河出文庫

イギリス怪談集

由良君美 編

河出書房新社

◉目次

イギリス怪談集

〔訳註について〕

訳註は本文中に入っている場合と、行間に(＊)で示し、作品の最後にまとめて入っている場合があります。

霧の中での遭遇

A・N・L・マンビー

A・N・L・マンビー

一九一三〜一九七四。ケンブリッジ大学キングズ・コレッジを卒業し、同学寮の図書館司書をつとめた。怪談集『アラバスターの手』（一九四九）がある。同書はM・R・ジェイムズに捧げられている。

　わたしは暇ならたっぷりあるという、幸せな境涯にある。でも、そこはそれなりに割りをくわされる。うちは大家族で、遠慮会釈もなく、わたしはみんなから奉仕を求められる。管財人か遺言執行人を呼ぶ用ができた時にきまってまず頭にひらめくのは、わたしの名前なのである。思うにこれは、わたしが有り余るほど時間をもてあましているからだ。まさか自分に聊《いささ》かでも世事に対する才能があるなどと考えるほど、わたしは自惚れ屋ではないのである。しかし原因が何であれ、気がついてみると家屋敷を片づけていたり、誰かしら今は故人となった親類縁者の書き残した書類を丹念に調べていたり、といったことが珍らしくない。おおむね、それは退屈で、だれからも感謝されない仕事であるというのに。一九一二年に亡くなった母方の伯父ジャイルズの文書もその例にもれないなという感じだった。前世紀の七〇年代に地質学者としてささやかな名声をあげた人物である――彼の白堊中期の化石に関するモノグラフは、たしか当時にあっては標準的な教科書であったはずだ。わたしは苦労して彼の所蔵物の処分の手筈をととのえ、サウス・ケンジントンにある自然歴史博物館をどうにか説きふせて、地質学標本の入った大きなキャビネット十一箇を引き受けさせたのだった。手紙と書類はわたしのアパートへ持ち込んで、暇にまかせて点検作業をつづけた。それは量も膨大だし、はなはだ退屈で、最後まで辛抱づよくなしとげることができたのは、ひとえになまなかでない意志力を発揮したおかげであった。やって本当によかったと思う。というのも、一八七九年のあじ気ない日常茶飯事を記録した日記の中に、わたしがこれまでに経験してきた非凡な大事件にてらしてもユニークな、ある事件がひそやかに語られているのにぶつかったのだ。ジャイルズ伯父自身も、まさしく身にふりかかったその出来事がありべからざるものだと認めていたこと、これは明白である。なにしろ、この思いがけない事件を、伯父は科学者ならばさもありなんと思われるほど、微に入り細に分け入って記録していたのである。以下の話は、その日記に基づいて再構成されたものである。省略したのは、かなり多数の地質学に関わっていて一般読者には興味のなさそうな部分、だけである。

　一八七九年十月のこと、当時三十歳台半ばであったジャイルズ・ハンプトンは、ウェールズで短い休日を過ごしていた。名前をベヴァリーという、リヴァプールで事業をやっていた彼の友人が、最近カーナヴォンシアに引退して、スノードン連山の斜面のふもとに居をかまえていた。泊りに来ないか、との友人からの誘いがことのほか有難かったのは、その家が、地質学研究のための小旅行をどっさり行なうのに、すばらしい根拠地にあったからである。ジャイルズが、ファブラン・フォールと名づけられたその山荘に着いたのは、十月十日の夕刻だった。一八七〇年代の水準からいえばじつに快適な住まいで——事実、その州では第一号のバスルームが設けられていた。建築様式は今日の好みを満足させるにはほど遠いものであっても、下の谷間を見はるかすことができるその黄色い煉瓦のノーブルな小塔に、伯父はすっかり気炎をあげた。いかにも、丘の凹入《おうにゅう》部のまさに最奥部という素晴らしい場所に、その山荘は位置していた。前のテラスからは下にコンウェイ峡谷《バレー》を見はらすことができる。また、そのすぐ裏手から山そのものが始まって、連山の頂きがおよそ七マイル先に見上げられる。

山荘は、つまり文明の及ぶ地帯の最上端にあって、裏庭の数百ヤード先から、ヒースに蔽われた岩石峨々たる山腹の斜面が始まっているのだった。

上天気に恵まれて、逗留期間の第一週目、ジャイルズは幾度となくベヴァリーと連れだって遠出した――二日ほどは狩猟に、またそのほかの日は様ざまな近隣の地や、この地方の景勝地を訪ねている。伯父の日記はやがて、そうした人づき合いのためにせっかく計画してきた探検ができないのではないかという危惧をただよわせ始める。が、しかし十月十八日、あるじ役の友人にこの土地の市場町でどうしても片づけなければならないやぼ用が生じ、ジャイルズはその好機をとらえて、山腹の反対側の、十マイルほど行った所にある大きな粘板岩採掘場まで、一日がかりの遠出を実行した。ジャイルズが早目に朝食をとって家を出る頃、空は一面曇っていたが天気回復のきざしはあった。背嚢には昼食と地質調査用のハンマーが入っていたし、また、山なみをそちらへ辿ってゆく最善のルートについては、馬丁から詳しく解説してもらった。

山道は予想したより遠いというのは、ありふれた話である。ジャイルズが目的地に着いたときには十二時を回っていた。やがて太陽が顔をのぞけて、暑かったし、くたびれもしたが、それでも調査に出かけてきた採掘場に対する興味に大いに発奮させられた。彼は採掘場に心を奪われ、そしてメモもどっさりとったので、帰途についた時にはもう三時半を回っていた。その時分には陽はふたたび雲に蔽われ、雨になりそうな気配であった。再度彼が小径を登って山へ入ってゆく途中で、こぬか雨が降りだして、それは高度が上がるにつれて激しくなったかと思うと、頂上まで辿りつかぬうちに彼はすっぽりと濃霧に包まれてしまい、視界も初めは数ヤードはあったものが、ついにはほんの数フィートにまで狭まった。わたしの伯父は行きがけに様ざまな目印を用心深く頭に留めていっていたから、霧に包まれてもなお正しい道をはずさない自信があった。そうは言っても道筋は不明瞭で、所によってそれは羊道程度にすぎず、ジャイルズは見覚えのないせせらぎを渡ろうとする段になって、道を間違えたことをわれながら認めざるを得ない状態になった。半マイル近くそこまでの自分の足跡を辿って戻ってみたが、記憶に刻んでいた、小径が突出した二つの岩の間をぬってゆく場所に立ち帰ることができない。実はそのとき、ついに道に迷ってしまったことを本格的に覚った。

彼はちょっとの間坐り込んで、自分の立場を考えた。彼があわてたのは、山腹で不快な一夜を送ることになりそうだからではない、彼が失踪したことでベヴァリーがきっとひどく動転するに違いないからであった。瞼に泛かぶのは、地所のあらゆる小家屋《コテッジ》から捜索隊が結集され、あるじ役の友人の秩序ある暮らしに大騒動が持ちあがる、といった絵図であった。そう考えると、彼が山腹の自分より上方の霧の中に犬の吠え声と、跫音を、そして跫音の間に間に杖をつく音を聞きつけたとき、どんなに安堵の胸をなでおろしたかはよく分かる。彼の叫び声に、ウエールズ語の人声が返ってきた。そして霧の中から、図体の大きなコリー犬を従えた、一人の老人の人影が現われた。年老いているが、背筋はしゃんとしている。踝《くるぶし》まで届く何やら黒っぽい布地のゆったりとした外套を着ているが、頭には何も被っていない。白くて長い毛髪が皺くちゃの赤ら顔をふちどっており、その顔には見るからに優しさと慈愛がみちあふれている。そしてまたウエールズ語で喋るので、ジャイルズが自分には理解しかねるむねを所作で示すと、相手はこちらを安心させるような笑みをうかべた。ジャイルズは、自分は道に迷ってしまったのだということを――それは実にどう見てもまったく明白であった――身振りで告げ、そして三、四回、友達の屋敷の名前ファブラン・フォールを繰り返した。老人は再度ほほ笑み、力づよく頷いた。ついで片手を外套の折返しに突っこむと、一枚の地図を引っぱり出して、前の石の上で広げた。むろんベヴァリーの新しく建てられた家は記入されていなかったが、その数百ヤード下手にある教会は明記されていた。見知らぬ老人は節くれだった人差し指で地図の上の二人が今いる地点をさし示し、つづいてゆっくりと、ジャイルズが目指す家に帰りつくために辿らねばならない道筋を辿ってみせた。彼は同じことを三度繰り返して、わたしの伯父がルートを完全に理解したのを確認した。それからその地図をたたみ、聴き手の掌中にそれを押しつけた。ジャイルズは贈り物を拒もうとしたが、老人はただ笑い、頷くだけだ。そこでたっぷりと礼を言い、道に迷った旅人は教えられたルートにそって出発した。数ヤード進んでから振り向くと、霧と深まってくる夕闇のなかに、彼を見守ってくれている人影がおぼろげに識別できた。彼は別れの挨拶の手を振って、また二、三歩進む。そして次に振り返った時には、もう道案内人の姿は見えなかった。

ジャイルズは失った時間をとり戻すために道を急いだ。霧は多少前よりも濃くなっていたが、しかし辿ってゆく道筋ははっきりしていたし、例の地図をたえず参照したおかげでだいぶ前進することができて、じきに尾根も越え、ふたたび下り坂にさしかかってほっとした。そこから先、道は涸れ沢らしい所をたどってつづき、しかもそこは山腹を下へ、切り立ったと形容してもよいほどの急勾配の下り坂であった。視界はほんの二、三フィートで用心しいしい足を運ぶ必要があった。突如、わたしの伯父は足を踏みはずして、つまずいた――この災難のおかげで、おそらく彼は命拾いしたのだ。倒れたはずみに、小さな丸い岩を突き動かして、それが足許からさっと転がってゆく——勢いをつのらせながら同じ道を数ヤードことこといいながら進んでゆく音が聞こえる——が、そこで音は消えた。三、四秒後、数百フィート下方で衝撃音がした。例の道筋のせいで、彼はいつしか断崖絶壁のぎりぎり端っこまで連れてこられてしまっていたのだ。ジャイルズは、さらにもう一つ別の石で実験してみたが結果は同じだった。もう一度地図をあらためる。けれども間違いはなかった。誰が見たって教わったとおりのコースを辿ってきたことは確かだった。初めて彼は躰の芯からおびえ、あわてた。今さらどうじたばたしてみても無駄だと覚った彼は、絶望して丸石の上に腰を下ろした。こうなればもう、ただじっとして霧が霽《は》れるのを待つしかないと心に決めて、パイプに火をつけた。

一時間はたっただろうか。山腹の下の方からかすかに叫び声が聞こえてきたので、伯父は胸も張りさけんばかり力いっぱい返事を返した。しだいに人声は近づいてきて、ベヴァリーの御者の声が聞き分けられた。御者と馬丁が、客人の安否に不安を抱いて、捜しに出かけてきてくれたのであった。ベヴァリー自身はまだ帰宅しておらず、そのことをジャイルズはどんなにありがたく思ったことだろう。二人の家事使用人に付き添われて、伯父は断崖のふちづたいに進み、やがて山荘へと下る小径との合流地点に出た。そして異常な出来事に遭遇したにもかかわらず、それでも一時間あまりのちには濡れた衣服を着替えていたのだった。何か虫の知らせを感じて、彼は救助してくれた二人に、あの山腹での不思議な出逢いについては黙して語らなかったし、また晩餐の席でもあるじを前にして、あのくだりについては触れることをしなかった。がそれでも、霧の中で道に迷い、気がついた時には絶壁の縁《ふち》にいたことは話した。

「そいつはべら棒に運が良かったんだよ、死なずにすんだのだから」とベヴァリーは言った。

「これまで何度かこの山ではいやな事故があってね。四年ほど前、わたしがここへくる直前にも一人死んでいる。たしか、遺体が発見されたのは、きみが危うく災難をまぬがれたまさにその断崖の下だったよ」彼は執事の方を振り返って、「憶えてるだろう、パリー。あすこじゃなかったかな?」と訊いた。

「まことにその通りでございます」と執事は答えた、「ロンドンからお越しの紳士で、この村の教会墓地に葬られました。当時わたくしはトレヴァ・ザ・フロン大佐様のお宅にお仕えしておりまして、お弔いのためにその午後は、わたくしどもお暇を頂戴いたしました。埋葬に立ち合われたのはロバーツ牧師様で――あの日のお祈りは感動的でございました。あの新聞、『カーナヴォン・アンド・ディストリクト・アドヴァタイザー』紙の記事の切抜きは、今もわたくし大切にしまっております。よろしければ、持って参りましょうか」ベヴァリーが同意すると、数分後に、執事が新聞の切抜きをもって戻ってきた。ベヴァリーとわたしの伯父は、一八七五年六月六日付のその地方紙の古臭い文章を読んだ。

「先の水曜日の早朝、アドウィ＝イア＝エリロン山道近くの断崖の下で若い男の死骸が発見され、検屍の結果死亡したのは数時間前であることが判明した。遺体は、ロンドンの少壮弁護士ジョン・スティーヴンソンのものと確認された。休暇でランベリスを訪問中の氏は、我等がカンブリア紀そのままの偉観を探検せんとして火曜日の朝出発したが、当夜戻らなかった。万事につけて公共精神を発揚される国会議員、ウイルソン・ジョーンズ殿が捜索隊を組まれたが、その尽力は険悪なる気象により阻まれた。故人は霧の中で道を見失って彷徨《さまよ》い、崖から転落して失神し、男盛りにして果てたものと思われる。この無惨な最期を見届けた捜索隊の一員がわが通信員に告げたところによれば、不運なる徒歩旅行者はすでに長期にわたり使われていない丘陵地帯の地図を所有しており、その地図には、一八五二年の一大山崩れにより危険となった尾根づたいの廃道が記入されていたという。問題の山径の一切を奪い去ったこの地殻大変動は、今もなお、村の古老の何名かの記憶にある筈である。かかる地図を用いたことも今回の惨事を招いた一因と見なさざるを得ない。今後この土地の荒れ山を探検する者は、この若者の悲しい死に鑑《かんが》みて、生のただ中にして我ら死せり〔祈禱書の一句〕という身分高き者にも低き者にも当てはまる厳粛なる想いを想起されたい。この地域の新しい、正確な、製版も立派な折り畳み地図（麻布使用、パノラマつきは一シル六ペンス。紙製、パノラマなしは九ペンス）は、本紙支局窓口において入手可能である」

遺体から発見された今は使用されていない古地図への言及は、わたしの伯父の脳裡に、臆測の渦をひき起こした。それはまことに尋常ならざる偶然の符合で、伯父はひとり胸にたたんでおくことができず、あるじに向かってあの出来事を一部始終つつみ隠さずに語らざるを得なかった。ベヴァリーは深い関心をそそられた。そして「地図のことは何か憶えていないかな、パリー？」と、ふたたび執事に向かって尋ねた。

「憶えておりますとも」と執事、「まことに古ぼけた地図でした。下の牧師館のロバーツ牧師様がそれを持っておいでです」

「だったら」とベヴァリーは膝を乗り出して言った、「ロバーツさんとこへ使いをやって、わたしからのご挨拶を申し伝えた上で、うちでコーヒーを一緒におやりにならんかと、ご都合を伺ってこさせてくれないか」

執事は命じられたことをはたしに、急いで立ち去った。「わたしの貰った地図はポケットの中にある」とジャイルズ、「取ってくるよ」伯父が持ってきたそれを、二人はテーブルの上にひろげて、じっくりと見回した。伯父は霧の中ではおかしな所など何も気づかなかったが、しかし今、食堂のまばゆい照明のもとで見ると、それは実に異様な様相を呈している。図版はどう見ても無骨で、またアルカイックだし、地名のレタリングの「S」の字は長いし、紙は歳月のために黄ばんでいる。下端にある銘を最初に目にとめたのはベヴァリーだったが、端正な銅版手書き文字で「マドッグ・アプ・リース、一七〇七年」と刻まれている。

教区牧師の到着が、容易に信じられない二人の驚愕にとどめをさした。牧師はわたしの伯父の話に耳をそばだてて聞き入っていたが、やおらポケットから一枚の、テーブルの上に広げてあるものとうり二つの地図を取り出した。「わしにはずっと、こんな地図をどうして例の遺体がもっていたのか、ということが解けない謎だった」と教区牧師は言った、「だってこの銅版地図は、めったにお目に掛かれない珍品でね。わしの知るかぎり、同じものはほかに一枚ウェールズ国立図書館にしかない」

「で、マドッグ・アプ・リースとは何者です？」とジャイルズが訊いた。

「これは山腹の上の方で暮らしていた隠者でな。当時はクム・カドファンで鉛が採掘されていて、あの尾根を横切る者は今よりずっとはるかに多かったんだ。このマドッグ・アプ・リースは道に迷った旅人を捜し出して、安全な道を教えることを一手に引き受けていたんだ。霧がたちこめるといつも愛犬を連れて、尾根を歩き回っていた。道に迷って途方に暮れている者に贈るために、今われわれが目の前にしている地図を描き、彫版したのも、その隠者なんだよ。いまだに彼は山腹に姿をあらわすって、土地の迷信があるんだが、正直言って、今日まで言葉通りそれを本気で信じたことはなかったな」

わたしの伯父ジャイルズの世にも不思議な体験の物語は以上記したとおりである。読者は、他に類をみない出来事であるという点については、賛同して頂けたものと確信する。悪霊が旅人を導いて死に至らしめるというのは、あらゆる国の、あらゆる時代にある話だけれども、しかしこのケースはまるで趣きが違う。つまり情け深い隠者の亡霊が生前善行を重ねた地を再訪して、この世で考えうるかぎりの善意から、思わず知らず、行き暮れて猜疑心をもたぬ人びとを破滅へ追いやってしまう、というのだから。

（訳＝井出弘之）

空き家

アルジャノン・ブラックウッド

A・ブラックウッド

一八六九〜一九五一。イギリスで教育をうけたのち、アメリカ、カナダで多くの職業を経て、帰国後小説に手を染め、生涯に二百を超える作品を書いた。怪奇幻想の大家となる。『ウェンディゴ』(一九一〇)、『牧神の園』(一九一二)、『木に愛された男』(一九一二)など。

ある種の家は、ある種の人間と同様に、悪に染まった性格をすぐにも顕《あら》わにするもののようだ。人間の場合、何かこれといった特徴が顔に書いてあるわけではない。屈託のない表情、無邪気な微笑を、自慢しようと思えばできる連中かもしれない。けれども、ほんのちょっとでも交際すれば、彼らの存在そのものに何か決定的に間違ったものがある、つまり彼らは悪であるという、いかんともしがたい不信感を植えつけられることになる。いやおうなしに彼らは、怪しい邪悪な思想の雰囲気を漂わせるものらしく、そのため、隣近所の人びとは、病的なものを避けるように、連中から身を遠ざけるのだ。

そしてたぶん、家屋についても同じ原理が働くのであろう。ある家の屋根の下で行なわれた悪事の匂いが、その当事者がこの世を去ったのちのちまでも、鳥肌立ち、髪の逆立つ思いを人にさせるのだ。悪に走った人間の、そのときの激情や、犠牲者の味わった恐怖といったものが、その名残りが、何も知らない見物人の心のうちに侵入してきて、人はにわかに神経がうずき、皮膚があわ立ち、血の気が引くのを意識することになる。その人にしてみれば、訳もわからずに恐怖にうちのめされるのだ。

その問題の家の外観を見るかぎり、内側にいまも息づいているとされる恐怖の物語をうかがわせるものは、何一つなかった。その家は野中の一軒家でもなければ、見るからに荒涼とした建物というのでもない。それは建て込んだ広場の一角に位置していて、両隣の家とそっくり同じ外見をしていた。同じ数だけ窓があり、同じバルコニーが庭を見下ろし、同じ白い階段が重厚な黒い玄関扉へと通じ、そして裏手には、同じ細長い緑地の帯が、こぎれいな栂《つげ》の縁取りとともに壁ぎわまで走っていって、壁の向こうの隣家の裏庭と接している。どうやら、屋根のうえの煙突の通風管の数まで同じなら、庇《ひさし》の幅と角度、おまけに地下勝手口の手すりの高さまでそうなのだ。

ところが広場のこの家は、五十軒の見苦しい隣人たちとそっくり同じように見えながら、実際にはまったく違う——恐ろしく違う家なのだ。

この顕著な、目に見えない相違がどこに起因するものか、口で言うことはできない。かといって、それをすべて想像力のせいにすることもできない。というのも、実際の事情を何も知らないで、この家でしばらく時間を過ごした人たちが、例外なくこう断言しているからだ。二、三の部屋はとても気色が悪くて、二度とそこにはいるくらいなら死んだほうがましなくらいだ、それに、家全体の雰囲気が心のうちに、紛れもない恐怖の兆候を呼び起こした、と。そして、何も知らない借家人が、次から次へとやってきては、住みつくまもなく早々に退散するとなれば、いやでも町の噂にならざるをえなかった。

ショートハウスが、この町の反対側のはずれの海浜に面した小さな家に、叔母のジュリアを「週末」訪問したとき、謎と興奮で叔母がはち切れそうになっているのを直感した。彼はその日の朝、電報を受け取ったばかりで、退屈を見越してやってきたのだが、叔母の手をとり、リンゴの皮のような、しわのよった頰にキスしたとたん、彼女の異常興奮の最初の電波を感じたのだっっそう深まった。ほかに誰も来る客はなく、彼だけが特別の用件で呼び出されたのだと知って、その印象はいた。

何かが空気中にあって、その「何か」は早晩、形をとろうとしていた。というのも、このオールドミスの叔母は心霊研究のマニアで、頭が切れるだけでなく意志の力ももっていて、あの手この手でたいてい目的を達成してしまう女性だからだ。彼女が話を打ち明けたのは、お茶のすぐあと、夕暮れの海浜をふたりでゆっくり歩いていて、ふと彼のほうに身を寄せたときだった。

「わたし、鍵をもってる」と叔母は嬉しそうに、しかしなかば厳粛な声で言った。「月曜日まで預かったの」

「浜辺の更衣室の鍵ですか、それとも——?」とショートハウスは海から町のほうへ目を移しながら、平然とたずねた。早く要点をひきだすのに、愚鈍をよそおうくらい効果的なものはないからだ。

「違うわよ」と彼女は声を低くした。「あの広場の幽霊屋敷の鍵をもってる——今晩、あそこへ行くつもりよ」

ショートハウスは、感じるか感じないかぐらいの震えが背筋をつたうのを意識した。揶揄する口調をすてた。彼女の声と様子に、何かぎくりとさせるものがあった。叔母はおおまじめだった。

「でも、まさか独りで行くのでは——」と彼はおもむろに切り出した。

「だからこそ、あなたに電報を打ったのよ」と彼女はあっさり言ってのけた。

彼は叔母のほうに向きなおった。醜い、しわくちゃの、謎めいた顔が興奮で生きいきしていた。偽りのない熱意の輝きが、後光のようにそれを包んでいる。目がきらりと光った。彼は相手の興同時にあった。


奮の電波をまたもや感じとった。そして二度目の、先ほどのよりもはっきりした震えが、それと
「それはどうも、ジュリア叔母さん」と彼は丁重に答えた。「感謝しますよ」

「わたしひとりではとても行く気になれません」と声を大きくしてつづけた。「でも、あなたと一緒なら、存分に楽しめると思う。なにしろ、あなたは怖いもの知らずだから」

「光栄です」と彼はもう一度礼を言った。「それで――何か起こりそうなんですか」

「いろんなことが現に起きてるのよ」と彼女は声をひそめて、「とても巧妙に揉み消されてはきてるけど。この二、三か月に、三人もの借家人が入れ替わり立ち替わりして、いまじゃあの家は永久に空き家のままだと言われてる」


われしらずショートハウスは興味を覚えた。彼の叔母はそれほど真剣そのものだった。

「その家はむろん、とても古い家なの」と彼女はつづけた。「で、この話は――気色のわるい話だけど――ずいぶんとむかしにさかのぼることで、その家の女中と深い仲になった、嫉妬深い馬丁が犯した殺人と関係がある。ある夜、馬丁は地下室にまんまと身をひそめ、全員が寝静まったころ、階上の女中部屋へ忍びよって、その娘を階段の途中まで追いつめ、誰も何ともできないうちに、彼女を手すりごしに下のホールへ突き落としてしまった」

「で、馬丁のほうは――?」

「捕まって、きっと絞首刑になったと思う。けど、なにしろ一世紀も前の出来事だから、これ以上詳しいことは分からない」


ショートハウスはすっかり好奇心を呼び覚まされた。しかし、自分のことではべつだん、神経

質にはなっていなかったけれど、叔母の身を案じて少し躊躇した。

「ひとつ条件があります」と彼はやっと言った。

「何を持ち出してきても、わたしが行くのを止めさせることはできなくてよ」と断固とした口ぶりだった。「でも、あなたの条件とやらを聞きましょう」

「それは、もしほんとに恐ろしいことが起きても、自制心を決してなくさないでいるということ。つまり――すっかり怯え切ってしまうようなことはないと保証してくれますか」

「ジム」と軽蔑したように、「わたしは若くはないし、神経だってその分細くはなっているでしょうよ。それは分かってます。けど、あなたと一緒なら、この世で怖いものなんてないわ！」

これで事実上、話は決まった。ショートハウスは、ごく普通の青年という以外に自慢できるものがあるとは思っていなかったが、虚栄心をくすぐられては、抵抗できなかった。結局は行くことを承知した。

本能的に、一種の潜在意識的な準備によって、彼はひと晩かけて、自分自身と自分の力をしっかりと制御した。すべての情念を徐々に絞り出し、ひとところに閉じ込める、あの形容しがたい内的プロセスによって、自制力の蓄えをこしらえたのだ。そのプロセスはなんとも言葉にならないが、驚くほど効果的なものであり、内なる精神の厳しい試練を経験したことのある人なら、誰しもよく理解しているところだ。のちほど、それは大いに役立った。

しかし、十時半になって、ふたりがホールに立ち、親しげなランプの明りのもとで、まだ心地よい人間的な環境にあって、いざ出発というとき、このとき早速、彼はその集中させた力の蓄えに頼らなくてはならなかった。それというのも、いったん玄関のドアが閉じられ、目の前にひとけのない静かな通りが月光を浴びて白く伸びているのを見たとたん、この夜の本当の試練は、一つではなく二つの恐怖を相手にすることにある、とはっきり悟ったからだ。自分のと叔母のと、ふたり分の恐怖をもち歩かなくてはならないのだ。

そして、彼女のスフィンクスのような顔つきをちらと見て、本物の恐怖に襲われたら、それがどのような形相を呈するか、などと考えながら、この冒険全体のなかでただ一つのことにだけは満足していた。つまり、何があっても、そのショックに立ち向かうだけの、おのれの意志と力に対する自信が、彼にはあるということだった。

ゆっくりと彼らは、ひとけのない町の通りを歩いていった。皓々たる秋の月が屋根を銀色に変え、深い影を投げかけている。ひとそよぎの風もなかった。海岸通りの端正な庭園の木々は、ふたりが通りすぎるのを黙って見送った。叔母がときおりことばをかけてきても、ショートハウスはろくに返事をしなかった。彼女はたんに精神的な緩衝装置で自分をくるんでいるだけのこと——異常なことを自分に考えさせないために、ありきたりのことを口にしているだけだと、分かっていたからだ。

明りのもれる窓はほとんどなく、煙や火花を吐き出している煙突は一本もなかった。ショートハウスはすでにあらゆるものに目配りをはじめていて、どんな些細なことでも見逃さなかった。まもなく彼らは通りの角で立ち止まり、月光を一面に浴びた家の側壁の名札を見あげた。そして、ふたり同時に、一言も交わさずに、広場のあるほうへ曲がり、影のなかによこたわっている家並みに近づいた。

「家の番地は十三よ」と耳もとで声がささやいた。どちらからもはっきり指し示すことはしなかったが、月光の広いシーツを横切って、黙って歩道を進んでいった。

広場にそって中程まできたとき、ショートハウスは彼女の腕が自分のほうに、そっと合図するようにすべりこんでくるのを感じ、彼らの冒険が本当の意味で始まったこと、そして連れはすでに、悪意をもった影響力にそれとなくさらされていることを知った。彼女は支援を必要としているのだ。

数分後に彼らは、背の高い建物のまえで立ち止まった。その家は、醜いかたちの、うすよごれた白い姿で、夜空に突き刺さるように立っていた。よろい戸のない、ブラインドもない窓が、彼らを睨みつけるように見下ろしていて、ところどころで月の光りを反射していた。壁は雨風の爪跡が目立ち、塗料はひび割れ、バルコニーは二階から少し不自然な出っ張り方をしている。しかし、人の住まない家のこうした、全体に寂しげな様子を別にすれば、この特定の住居を、それがもっているにちがいない邪悪な性格を、ひと目で見分けさせるものは何一つなかった。

肩越しに後ろを振り返って、誰にも付けられていないことを確かめてから、彼らは思い切って階段を上がり、人を寄せつけない感じで立ちはだかる、大きな黒い扉と向かいあった。だが、いま神経質な緊張の最初の波に襲われて、ショートハウスは長いこと鍵をいじりまわしたあとで、やっと鍵穴に差し込むことができた。一瞬、心のうちを言えば、ふたりとも扉が開かないことを願ったのだった。彼らはいま超自然的な冒険世界のとば口にあって、さまざまな不快な感情の餌食になっていた。

ショートハウスは鍵をまさぐりながら、腕にすがりつく重みに邪魔されながら、この瞬間の厳粛さを痛感した。それはまるで全世界が——全経験がこの瞬間、彼自身の意識のなかで一点に集中したように思えたからだが――その鍵のきしむ音に耳をそばだてているかのようだった。

ひとけのない通りをさ迷いながらやってきた一陣の風が、彼らの背後の木々の束の間のざわめきを呼び起こしたが、それ以外に聞こえるものといえば、鍵をがたつかせる音だけだった。そしてついに錠前がまわり、重い扉がゆっくりと開いて、その向こうで口を開けている闇の深さを覗かせた。

月光に照らされた広場に最後の一瞥をおくって、彼らは素早くなかにはいった。背後で扉が大きな音を立てて締まり、がらんとしたホールや廊下に不吉な反響を残した。だが、その反響と同時に、別の音が聞こえた。ぎくりとしてジュリア叔母が、急にからだをあずけてきたので、彼は思わず一歩後退して転倒をふせがなくてはならなかった。

彼のすぐそばで誰かが咳をした――あまりにも近くて、暗闇のなかのつい目と鼻のさきにその誰かがいるように思えた。

ひょっとして悪ふざけかもしれないと考えて、ショートハウスはすぐさま、手にした頑丈なステッキを音の方向に振りまわした。が、空気以外に何の手ごたえもなかった。かたわらで叔母が小さくあえぐのが聞こえた。

「誰かいるみたい」と彼女はささやいた。「音がしたもの」

「静かに!」と彼はたしなめた。「玄関のドアが音を立てただけです」

「明りをつけて――早く!」と催促した。甥はマッチ箱をさぐりだし、ひっくりかえしにそれを開けて、中身を全部ばらばらと石の床にこぼしてしまった。

しかしながら、怪しい音はそれきりだった。それに、遠ざかる足音を確認することもできなかった。一分後には、シガレットケースの蓋を燭台にして蠟燭の火を燃やしていた。最初に燃え上がった炎が落ち着いたとき、彼は即製のランプを高く掲げて、周囲を観察した。それはまさしく荒涼とした情景だった。というのも、人のあらゆる住家のなかで、家具も取り払われ、薄暗がりのなかで静まりかえり、見捨てられ、芳しくない劇的な過去の思い出だけが住みついている家——これほどわびしいところはほかにないからだ。

彼らは広い玄関ホールに立っていた。左手には、広々とした食堂の開いたドアがあり、正面から奥にむかって、ホールは徐々に狭くなって、長い暗い通路に変わり、それはどうやらキッチンへ下りる裏階段に通じているようだ。目の前に幅広い、むき出しの表階段が曲線状に立ち上がっている。いたるところ影にくるまれているが、ただ一か所、階段の中途あたりで、窓をとおして月光が差し込み、踏み段に明るい焦点を落としている。この光りの束がその上下にまでかすかな明るさを投げかけ、その範囲内の物たちにおぼろげな輪郭を付与していて、全くの暗闇よりも、いっそう暗示的で不気味な雰囲気を醸し出していた。埃をかぶったガラスのフィルターをとおってくる月光は、いつだって周囲の薄暗闇に陰気な顔を描きくわえるものだ。

そしてショートハウスが、暗い古井戸を覗きこむように階段を見上げて、この古い家の階上部の数えきれないくらいある空き部屋や通路のことを考えたとき、月光を浴びた広場の安全さを、あるいは一時間前にあとにしてきた、明るい居間の居心地のよさを、またも懐かしく思っている自分に気が付いた。それから、こうした考えは危険だと思いなおして、雑念を再び追い払い、現在に集中するためにありったけのエネルギーを奮い起こした。

「ジュリア叔母さん」と彼は厳しい口調で言った。「さあ、この家を上から下まで歩きまわって、徹底的に調査しようじゃありませんか」

　彼の声の反響がゆっくりと建物中にゆきわたった。そして、あとに訪れた深い静寂のなかで、叔母のほうに向きなおった。蠟燭の明りのもとで、彼女の顔がすでに死人のように蒼ざめているのが見てとれた。しかし、つかんでいた腕を一瞬放して、彼に顔をつきつけるようにして、彼女はささやいた――

「そうね。誰も隠れていないことを確かめなくては。それが先決問題だわ」

　叔母は必死の努力を見せていた。ショートハウスは感心したように彼女のほうを見た。

「大丈夫ですか。いまからでも遅すぎは――」

「たぶんね」と小声でこたえたが、目は落ち着きなく背後の影のほうに引き寄せられていた。

「ほんとに大丈夫、ただひとつ――」

「何ですか？」

「ちょっとのあいだでも、わたしをひとりにしないでほしいってことなの」

「ただし、理解してもらいたいのは、何か物音がするとか、変わったことがあったら、すぐに究明しなくてはならないということです。躊躇するのは恐怖を認めることになるから。それこそ致命的です」

「分かったわ」と彼女は一瞬ためらったあとで、すこし震える声でいった。「頑張ってみる――」

　がっちり腕を組んで、ショートハウスはしたたる蠟燭とステッキをもち、叔母はオーバーコートを肩にかけて、他人の目になら間違いなく全くの喜劇の人物と映る格好で、体系的な調査を開始した。

足音を忍ばせて爪先立ちで歩きながら、蠟燭の火をおおって、よろい戸のない窓から影が漏れないように気を配りながら、まず最初に大きな食堂にはいった。家具は一点もなかった。むき出しの壁、不細工なマントルピース、からっぽの炉——それらが彼らを睨んでいた。

すべてのものが彼らの侵入を恨んでいて、いわば隠れた目で見つめているように感じられた。囁きが彼らのあとに付きまとい、影が音もなく左右に飛び交った。何者かがたえず背後にいて、じっと監視しながら、危害を加えようと機会を窺っているように思われた。部屋に誰もいないときに行なわれていた作業が、ふたりがまたここから出てゆくまで一時的に中断されている——そんな感じがしてならなかった。古い建物の暗い内部のすべてが、悪意をもった一つの存在と化し、それがいま立ち上がって、思い止まるよう、よけいなお節介をせぬよう警告を発しているようだった。刻一刻と神経にかかる緊張が増していった。

陰気な食堂から大きな折り畳み戸を通りぬけて、図書室か喫煙室のような部屋にはいった。そこから再びホールへ出ると、そこは裏階段の降り口近くだった。

階下へと通じる、それこそ真っ暗闇のトンネルが、ぽっかりと口を開けていて——正直なところを言えば——足がすくんだ。だが、それもほんの一瞬だった。この夜の最悪の事態はまだ訪れてはいないのだから、何一つ避けてはとおらぬことが肝要なのだ。ジュリア叔母は、またたく蠟燭の火にかろうじて照らし出された、暗い降り口の最初の段でよろめき、ショートハウスでさえ、決意の半分以上が脚から抜け落ちるのを感じた。

「さあ、行きましょう」と彼は命令口調で言った。その声は転がっていって、階下の空虚な闇のなかに沈んだ。

「いま行くところよ」と彼女はうろたえた声を発し、必要以上の激しさで彼の腕をつかんだ。

あぶなっかしい足取りで石の階段を降りた。冷たい湿った空気が顔を打ち、むっとした悪臭がたちこめる。狭い通路の下へと、この階段が導いたキッチンは、かなりの広さがあり、天井も高かった。いくつかドアが見える――あるものは、空き瓶がいまでも棚に並んでいる貯蔵室へ開くドアであり、またあるものは、恐ろしげで気味の悪い、小さな裏部屋へと通じるドアである。どれも負けず劣らず冷ややかで、ひとを寄せつけない感じを与える。

黒い虫が床を走った。そして一度などは、彼らが片隅にあった厚板のテーブルにぶつかったとたん、何か猫くらいの大きさのものがいきなり飛び降りてきて、石の床を突っ切って暗闇に消えた。いたるところに、最近まで人の住んでいた気配が感じられ、悲惨で暗い印象だった。

キッチンを出て、つぎに流し場へ向かった。ドアは半開きになっていた。そのドアをいっぱいに押し開けたとたん、ジュリア叔母が鋭い悲鳴を発した。すぐさま自分の手で口を覆って、押し殺そうとはしたが。一瞬、ショートハウスは金縛りにあって、息もつげなかった。まるで背骨が突然からっぽになって、そこへ誰かが氷のかけらを詰め込んだみたいだった。

彼らと向かい合って、ちょうど行く手をさえぎるようにして、ひとりの女性の姿があった。髪を振り乱し、目をかっと見開き、顔は恐怖に引きつって死人のように白かった。女性は身じろぎもせず、時間にすれば、きっかり一秒間そこに立っていた。つぎの瞬間、蠟燭がまたたき、姿はなかった――影も形もなくなっていた――そして戸口の枠のなかには、空虚な闇があるだけだった。

「なんとも人騒がせな蠟燭の明りだ」と彼は早口に言ったが、その声は他人の声のようにひびき、とても自分の言いなりになるとは思えなかった。「さきへ行きましょう、叔母さん。何もありませんよ」

　叔母を引きずるようにして前に進んだ。足音を鳴らし、大胆不敵をよそおって突進したが、実際には、身体中の皮膚が一面、蟻に覆われたかのようにぴくぴくしていた。そして彼は腕に掛かった重みから、ふたり分の運動量を稼がなくてはならないのだと分かった。

　流し場はがらんとして何もなく、冷え冷えとしていた。大きな牢獄の一室といった様子だ。ひと回りして、裏口のドアとか窓を確かめたが、どれもしっかりと締まっていた。叔母は夢を見ている人のように一緒になって動いた。彼女の目は固く閉じられていて、彼の腕の引っ張る力にただ従っているといった様子だ。だが、その勇気には感嘆した。と同時に、ある奇妙な変化が彼女の顔に起きているのに気づいたが、それが何であるかを突き止めようとしてもできなかった。

「ここには何もありません、叔母さん」と彼はさっきとおなじことを早口に言った。「階上へ行って、ほかのところを見てみましょう。それから、ぼくらが腰を落ち着かせる部屋を決めましょう」

　叔母は彼の脇にぴったり寄り添って、おとなしく従った。そして、キッチンのドアを締めて出た。また一階へあがったとき、内心ほっとした。ホールは以前よりも明るかった。月が階段の少し下のほうまで移動していたからだ。用心しながら、頭上のアーチ状の暗がりのなかへ上がっていった。踏み板が彼らの体重できしんだ。

　二階には二間《ふたま》つづきの広い居間があった。ひととおり調べたが、目に付くものは何もなかった。家具の跡も、最近住んだ形跡もなく、あるのはただ埃と、荒廃と、影だけだった。前の居間と奥の居間との境の大きな折り畳み式のドアを開けて、そこから再び踊り場に出て、階段を上がった。
十二、三段のぼったところで、ふたり同時に立ち止まって耳を澄ませ、新たな不安に駆られて、ちらつく蠟燭の炎ごしに顔を見あわせた。ほんの十秒前に出てきた部屋から、ドアの静かに締まる音が聞こえてきたのだ。疑問の余地はなかった。重いドアを締めたときの、ずしーんとひびく音、つづいて留め金を掛ける鋭い音を聞いたのだ。
「ひっ返して確かめなくては」とショートハウスは短く、低い声で言って、向きを変えてまた降りはじめた。

どうにか彼女は引きずられるようにして付いてきた。脚をドレスに取られ、顔を土色にさせながら。

彼らが前のほうの居間にはいると、たしかに折り畳み式のドアは締まっていた——三十秒前とおなじように。ためらうことなくショートハウスはドアを開けた。誰かが奥の部屋にいて顔を突き合わせることを半ば期待しながら。だが待っていたのは、ただの暗闇と冷たい空気だった。両方の部屋を調べても、何の異常も発見できなかった。ドアがひとりでに締まるかどうか、いろいろと試してみたが、しかし蠟燭の炎を揺らすほどの隙間風もなかった。強い力をかけなくては、ドアはびくともしなかった。何もかもがひっそりと墓場のように静まり返っていた。誰が見ても、部屋はまったくからっぽで、家は静寂そのものだった。

「いよいよ始まる」と彼の肘のあたりで、とても叔母のものとは思えない声がささやいた。

彼は分かったというようにうなずいて、時刻を確かめるために時計を取り出した。零時十五分前だった。彼は起きたことを一つ残らず手帳に書きとめていたが、いまもそうするために蠟燭をシガレットケースといっしょに床のうえに置いた。そして、それをうまく壁にもたせかけるのに一秒か二秒を要した。

ジュリア叔母は、この瞬間、実は彼のほうを見ていなくて、奥の部屋の方向に頭を向けていたが、そこで何かが動くのを聞いたように思ったと、あとでくりかえし言っている。だが、いずれにせよ、ふたりともはっきり証言していることは、走る足音が、重そうな、とても速い足音がしたということ——そしてつぎの瞬間、蠟燭が消えたことだ！

しかしショートハウスにとっては、それだけではすまなかった。そして、これが彼ひとりの身に起き、叔母が免れたことを、あとから振り返って運命に感謝している。というのは、彼が蠟燭を下において、かがみこんだ姿勢から立ち上がったとき、その火が消える寸前に、一つの顔が目のまえににゅーっと突き出され、もう少しで彼の唇にさわるくらいにまで迫ってきたからだ。それは情熱につき動かされている顔だった。浅黒い男の顔で、肉太の鼻筋、怒った、猛々しい目つきをしていた。庶民階級の人間で、ふだんの平静な表情も、おそらくかなりの悪人づらだが、いま見るそれは、激しい攻撃的な情動にもだえ、悪意に満ちみちた恐るべき形相だった。

空気の動きはまったくなかった。ただ走る足音——靴下か何かを履いているような、鈍い足音がして、その顔が出現し、それとほとんど同時に蠟燭が消えたのだ。

思わずショートハウスは小さな叫び声を発した。かたわらで叔母がどうしようもない本物の恐怖に駆られ、一瞬、全体重をかけて彼にすがりつき、ふたりとも危うくバランスを失うところだった。彼女は声を出さず、ただむしゃぶりついてきた。しかし、幸いなことに、何も見ていなかった。ただ足音を聞いただけだったから、すぐにも自制力をとりもどした。そこで彼は身体を振りほどいて、マッチを擦ることができた。
その火のまえで闇は四方に逃げ去った。叔母はしゃがみこんで、貴重な蠟燭を立てたシガレットケースを探り当てた。そして判明したことは、蠟燭は吹き消されたのではなかった、揉み消された、ということだった。芯が蠟のなかに押しつぶされていて、何かなめらかな重い道具を当てたかのように、先端はたいらになっていた。

　彼の連れがどうやってそんなに早く恐怖を克服したか、ショートハウスにはついに分からずじまいだった。だが、彼女の自制力に対する賞賛の念は十倍にもふくれあがった。それと同時に、彼自身の衰えかけていた気力の炎をまた燃え上がらせてもくれた——そのことを深く感謝した。彼にとって同じく不可解なことは、いましがた目撃した物理的な力の歴然たる証拠だった。

　遠くの物体を意のままに動かすという「物理的な霊媒」とその危険な現象について、これまでに聞いたいろいろな話を、急いで記憶の隅へ押しやった。もし聞いた話が本当なら、そして叔母か彼かが、知らないうちに物理的霊媒にされているのなら、それはすなわち、すでにはち切れんばかりになっている、呪われた家の力に焦点を与える働きを、彼らがしているということだ。言ってみれば、むき出しのランプをもって、引火しやすい火薬箱のあいだを歩いているようなものだ。

　そこで、できるだけものを考えないようにして、再び蠟燭に火をつけ、つぎの階へ上がった。たしかに、彼の腕のなかで叔母の腕が震え、彼自身の足取りも不安定なものではあったが、断固として進んだ。そしてその階を捜索したあと、収穫のないままに、最上階へといたる最後の階段をのぼった。

そこはさながら小さな使用人部屋の巣といったところで、壊れた家具やら籐の椅子、衣装簞笥、ひび割れた鏡、がたのきた寝台などが詰まっていた。部屋は低い傾斜した天井をもち、すでにあちこちに蜘蛛の巣がかかっており、窓は小さくて、壁の塗装もお粗末なものだった。召使たちが一刻でも早く抜け出したいと思うような、なんとも気の滅入る領域だ。

ちょうど真夜中を打ったとき、彼らは四階の、階段の上がり際にある小さな部屋にはいり、これから先の冒険に備えて、ひとまず落ち着く場所を整えた。まるっきりがらんとした部屋で、話では——当時は衣装部屋として使われていたが——あの怒りにわれを忘れた馬丁が犠牲者を追いつめ、ついに彼女を捕まえた部屋とされている。外へ出て、狭い踊り場をひとまたぎすれば、そこから階段が階上へ、いましがた彼らが調べてきた使用人部屋へと伸びている。

夜の冷え込みにもかかわらず、この部屋の空気中には窓を開けて叫びたくさせる何かがあった。だが、それだけではなかった。ショートハウスは、この家の他のどの場所よりもここでは自分に自信がもてなくなる、という言い方でしかそれを表現できなかったが、神経にじかに働きかけ、決意を鈍らせ、意志を弱めさせる何かがあった。部屋にはいって五分とたたないうちに、この結果を意識した。そしてそこにいた短い時間に、生命力の急激な消耗に苦しみ、彼としては、この夜のすべての経験のうちで一番の恐怖をあじわったのだった。

戸棚の床に蠟燭をおき、その戸を数インチ開けたままにした。だから、明りが目を疲れさせることもなく、影が壁や天井を動きまわることもなかった。それから、床にコートを敷き、腰をおろして壁によりかかった姿勢で待機した。

ショートハウスは踊り場へ出る戸口から二フィート以内のところにいた。彼の位置からは、暗闇のなかへ降りる表階段を見通すことができ、また上の使用人の階へ通じる裏階段の上り口も見ることができた。そして、かたわらのすぐ手の届くところに重いステッキをおいていた。

月はいま家の真上にあった。開いた窓から、心を慰めてくれる空の星が親しい人の目のようにまばたくのを見ることができた。町中の時計が次々に真夜中を打った。そしてその音が消えたとき、風ひとつない夜の深い静寂が、またすべてのもののうえに鎮座した。ただ、はるか遠くの、もの悲しい海のざわめきだけが、うつろなつぶやき声で空中をみたしていた。

家のなかの静寂は恐ろしいものになった。恐ろしいのはなぜかといえば、思うに、いつ何時《なんどき》それは恐怖を予告する物音によって破られるかもしれないからだ。待つことの緊張がますますひどく神経にこたえた。ときたま言葉を交わすときも、ささやき声で話した。それほど自分たちの声が奇妙で不自然なものに響いたのだ。冷気が、必ずしも夜の空気のせいばかりではない冷気が、部屋に侵入してきて、彼らを震えあがらせた。敵対する影響力が、その実体が何であれ、徐々に彼らの自信と決断力を奪いつつあった。彼らの力が衰えてきて、本物の恐怖の可能性が、これまでとは違った意味をもって迫ってきた。ショートハウスはかたわらの年配の婦人の身を案じ、彼女のあっぱれな胆力にもおのずと限界があることを思うと、震えがとまらなかった。

彼は血管の血が歌い騒ぐのを感じた。ときにその騒ぎはうるさいくらいになって、そのため、家の奥深くでごくごくかすかに聞こえはじめた別のある音を、しかと耳で捉えるのを邪魔されたと思ったほどだ。その音に神経を集中するたびに、それはぴたりと止んだ。音は決してこちらに近付いているわけではなかった。けれども、この家の下のどこかで動きまわっている、という印象を拭い去ることができなかった。ドアがとても不思議な締まり方をした、あの居間のある階は近すぎるように思えた。音はそれよりもっと遠くだった。黒い虫が走りまわっている、大きなキッチンはどうかと思い、そしてあの牢獄のような流し場のことも考えた。だが、どうやら音はそのどちらからきているのでもなさそうだった。もちろん、音は家の外からではない！

そのとき、突然、真実が心に閃いた。そしてまるまる一分間、彼はまるで体内の血が止まって、凍りついたかのような気がした。

音の出所は階下ではなかった。階上だった。階上の——壊れた家具類がいっぱいの、低い天井、開かずの窓をもった、あの狭苦しい陰気な使用人部屋のどこか——犠牲者が最初に眠りを乱されて、魔の手に襲われた階上のどこかから聞こえてくるのだった。

そして音の出所が判明したとたん、その音がもっとはっきり聞こえるようになった。それは足の音、頭上の廊下づたいに部屋から部屋へ、家具のあいだをすりぬけながら、忍び足で動きまわる音だった。

そばに座ったまま身動き一つしない人影のほうに、ちらと目を遣って、彼女も同じ結論に達したかどうかを窺った。戸棚の戸の隙間から漏れ出るかすかな蠟燭の明りが、彼女の彫りの深い顔を、壁の白さのうえに驚くほど鮮明に浮き上がらせていた。しかし彼が思わず息を飲み、見つめなおしたのは、そのせいではなかった。ある異常なものが彼女の顔に浮かび出て、見る見るうちに顔面をマスクのように覆いはじめたのだ。それは深い線をなめらかにし、皮膚をいたるところで少しずつ引っ張って、しわを跡形もなく消していった。それは彼女の顔を——ただ一つ、あの懐かしい目だけを除いて——うら若い少女の、ほとんど子供時代の、容貌に一変させてしまったのだ。

彼はあっけにとられて凝視した。恐怖と紙一重の驚嘆の念に打たれて、口も利けなかった。たしかに叔母の顔ではあったが、四十年前の彼女の顔、ぽかんとした無邪気な娘の顔なのだ。恐怖のもつ不思議な効力について、いろいろと話に聞いたことはあった。恐怖が人間の顔貌から他の感情をきれいさっぱり拭い去ってしまう、それまでのすべての表情を抹消してしまうことがあるという。だが、いまのいままで、それが文字どおり真実だとは、あるいはいま目にしているような、これほど凄まじいものだとは、思いもしなかった。すべてを圧倒する恐怖のおぞましい刻印が、彼のかたわらの子供っぽい顔のうつろな表情のうえにはっきりと印されていた。そして彼の食い入るような凝視を感じて、彼女が向き直ったとき、彼は本能的に目をつぶって、視野からすべてを締め出した。

しかしながら、気持をとりなおして、一分後に目を開けたとき、そこに別の表情を見て、ほっとした。叔母は微笑んでいた。その顔は死人のように白かったが、しかし恐ろしいヴェールがはがれて、普通の顔付きにもどりつつあった。

「異常ありませんか」と彼は、思いついたことを口にするのがやっとだった。そして案外、返事はまともに返ってきた。

「寒い――それにちょっぴり怖い」と彼女は小声で言った。

窓を締めに立ちかけた彼をつかんで、一瞬たりと自分のそばを離れないでほしい、と彼女は懇願した。

「階上でしょう、わかってる」と奇妙な薄笑いを浮かべてささやいた。「けど、わたしはとても行けそうにない」

しかしショートハウスはそうは考えなかった。自制力を保つには、行動こそ最善の策であると知っていたから。

ブランデーのはいったフラスコを取り出し、グラスになみなみと注いだ。一杯やれば、誰だって怖いもの知らずになれそうな強いやつだ。彼女は小さな身震いとともにそれを飲みほした。いま彼の頭を占めている考えは、彼女が完全に参ってしまうまえに家から抜け出すというものだった。だが、尻尾をまいて敵から逃げ出せば、それで済むというものでは到底なかった。行動しないことは、もはや不可能なのだ。

一分刻みで自分を少しずつ失っていくのを感じていた。必死の攻撃的方策が、いますぐにも講じられなくてはならないのだ。そのうえ、その行動は敵にむかって取るべきで、敵から逃げるものであってはならない。クライマックスがもし必要で不可避なものならば、大胆にそれに立ち向かわなくてはならないだろう。いまならそれができる。だが十分もすれば、ふたりのためどころか、自分ひとりのために行動する力さえ残っているかどうか疑わしい！

階上の音はその間にも、ますます大きく近くなっていて、ときには板のきしむ音をともなった。誰かがこっそりと動きまわっており、ときどき無器用に家具にぶつかったりしているのだ。

たっぷりと流しこんだアルコールが効果を現わすまで二、三分待ってから、そしてこうした状況下ではその効果が長続きしないことが分かっていたから、ショートハウスは静かに立ち上がり、意を決した声で言った――

「さあ、ジュリア叔母さん、階上へ行って、あの物音がいったい何なのか突き止めてきましょう。あなたも来なくてはいけません。これはふたりで決めたことです」

ステッキを拾いあげ、戸棚から蠟燭を取ってきた。かたわらのぐったりした身体が震えながら、荒い息遣いをして立ち上がった。そして、いまにも消え入りそうな声で「用意ができた」といった意味のことばをつぶやいた。その勇気には舌をまいた。このひ弱い女性の勇敢さは、彼自身のはるかに上を行くものだ。したたる蠟燭を高く掲げながら、彼らが前進したとき、かたわらのこの震える顔面蒼白の老婦人から、ある何か微妙な力が発散され、それが実は彼のインスピレーションの源泉となったのだ。その力には、彼を恥じ入らせ、かつまた鼓舞してくれるような、真に偉大な何かが感じられたが、それなくしては、この難局を乗り切ることは到底かなわなかったであろう。

彼らは手すりの向こうの深い暗黒の空間から目を背けながら、暗い踊り場を横切った。それから、狭い裏階段をのぼりはじめたが、その行く手に待ちうける音は、刻一刻、いよいよ大きく近くなっていた。階段を半ば上がったところで、ジュリア叔母がけつまずき、ショートハウスは腕をつかんで助け起こした。ちょうどそのとき、頭上の廊下のあたりで激しくぶつかる音がした。すぐ直後に、恐怖の叫びと助けを呼ぶ声とを一つにしたような、甲高い苦しげな悲鳴があがった。

脇へ動くことも、一段下がることもできないうちに、誰かが真上の廊下を慌てふためいた足取りで走ってきて、彼らが立っているその同じ階段を、狂ったような猛烈な勢いで二段飛ばしで駆け降りてきた。その足音は軽い、乱れた音だったが、そのすぐ後ろに、別の人物のずしりと重い足音がひびき、階段は震えるように思えた。

ショートハウスと彼の連れがやっとの思いで壁際に張りついて身をかわすのとほとんど同時に、入り乱れた足音が彼らのうえに迫り、つづいてふたりの人物がほとんど間髪を入れずに、飛ぶような勢いで駆け降りていった。空き家の真夜中の静寂を打ち破る疾風迅雷のごとき音だった。

追うものと追われるもののふたりの人物は、同じところに立っている彼ら、ショートハウスたちを苦もなく通り抜けてゆき、すでにどしんという音とともに、下の床板が最初の走者を、ついで第二の走者を受けとめていた。ところが、彼らには何一つ――手も、腕も、顔も、なびく衣服の端すらも――見えなかったのだ。

一瞬の間《ま》があった。それから最初の人物、足音の軽い、明らかに追われているほうが、不確かな足取りで、ショートハウスと叔母がつい先ほど出てきた小部屋に走りこんだ。重いほうの足音があとを追った。それから揉みあう音、あえぐ声、押しつぶされた悲鳴、そのあと踊り場へ足音が出てきた――ひとりだけの重そうに踏みしめる足音が。

死の静寂が三十秒あまりつづき、それから空中を駆け抜ける音。つづいて鈍い衝撃音が家の奥底から返ってくる――ホールの石の床に反響して。

そのあとに完全な静寂が支配した。何一つ動かなかった。蠟燭の炎は微動だにしなかった。炎は先ほどからずっと同じ状態のままで、空気を乱すいかなる動きもなかった。恐怖のあまり動転したジュリア叔母は連れを待たずに、よろめきながら階段を降りはじめた。彼女は忍び泣きをしていた。ショートハウスが彼女を抱きかかえるようにしていっしょに降り始めたとき、腕のなかで木の葉のように震えているのが感じられた。彼は小部屋にはいって、床のうえからコートを拾いあげた。それから腕を組んで、ゆっくりゆっくり歩き出した。一言もしゃべらず、一度も後ろを振り返らないで、三回階段を折れ曲がってホールに降り立った。

ホールには何も変わったことはなかった。だが、階段を降りるあいだずっと、誰かがあとを付けてくるのを意識した。一段また一段と足音をたてて付いてきた。彼らが急げば、それは後ろに遠のき、彼らが速度をゆるめると、それはすぐに追いついた。しかし、ただの一度も彼らは後ろを振り返って見ようとはしなかった。それどころか、階段の曲がり角にくるたびに、目を伏せて、あとを付けてくる恐怖の正体をまともに見ないようにと努めたのだった。

　震える手でショートハウスは玄関の扉を開けた。そして彼らは月明りのなかに歩み出て、海から吹き寄せる、ひんやりした夜の空気を胸いっぱいに吸いこんだ。

（訳＝伊藤欣二）

若者よ、口笛吹けば、われ行かん

M・R・ジェイムズ

M・R・ジェイムズ

一八六二〜一九三六。ケンブリッジ大学卒。尚古学者、聖書学者、古文書学者。ケンブリッジの博物館長、副学寮長をつとめた。ジョン・ディーにかんする書誌学的業績も忘れ難い。『尚古家の怪談』(一九〇四)、『続尚古家の怪談』(一九一一)等。

「やっと全学期が終了したわけですから、早速お出かけになるのでしょう、教授」と、この話に関係のない人物が本体論の、つまり事物の本質を究めるのが専門の、教授に言った。セント・ジェイムズ・カレッジのホールでの晩餐会の席上、ふたりが隣り合わせにすわってまもなくのことだった。

教授というのは、年の若い、端正な感じの、ことば遣いのはっきりした人だった。

「ええ、前々から友人たちにゴルフをやるようにうるさく言われているんです。そんなわけで、東海岸へ——実を言うと、バーンストウへですが（ご存知でしょう）——一週間か十日くらい出かけていって、ゲームの腕を磨いてくるつもりです。明日、発とうと思ってます」

「ああ、パーキンズ君」と反対側の隣人が言った。「バーンストウへ行くんだったら、テンプル騎士団〔訳注　もとは十二世紀に聖地巡礼者を保護する目的で始まった騎士の結社〕の聖堂の跡を見てきてほしいものだ。この夏にあそこを発掘するのはどんなものか、きみの意見を聞かせてもらいたいんだが」

こう言ったのは、お祭しのとおり、考古学を専攻する人物だが、この冒頭の部分でちょっと顔を出すだけだから、名前や肩書きを紹介するまでもなかろう。

「お安いご用です」とパーキンズと呼ばれた教授は言った。「遺跡のだいたいの場所を書いてくだされば、地形その他のことは、帰ってからできるかぎり詳しくお伝えします。あるいは、あらかじめ行先を言ってくだされば、そちらに手紙でお知らせすることもできます」

「いいや、そこまでしていただかなくて結構です。実はね、休暇中にそちらの方向に家族を連れていくことを考えていて、ふと思いついたことなんですよ——イギリスのテンプル騎士団の建造物の跡をきちんと測量した図面が非常に少ないから、ひょっとして休みのあいだに何か有益な仕事ができるかもしれないと」

教授は、テンプル騎士団の跡地を測量することがはたして有益な仕事といえるかどうか、内心大いに疑わしく思った。隣りの先生は話をつづけた——

「遺跡は、一部分でも地上に露出しているかどうか疑問だが、いまでは海岸のごく近くにあるにちがいない。あのへん一帯は、知ってのとおり、海水の浸食作用がものすごいからね。地図で見るかぎり、どうやらグローブ・インから、町の北はずれにある旅館だが、四分の三マイルぐらいの場所だということだけは、見当がつく。ところで、宿はどちらに?」

「そのグローブ・インなんですよ、実際の話」とパーキンズは言った。「そこの部屋を予約してあります。ほかはどこも駄目だったんです。冬のあいだ、民宿はほとんど閉鎖状態らしいんですよ。そんなわけで、向こうの人が言うには、いま空いてるのはひと部屋きり——ベッドが二台はいってる部屋だけで、ただし使わないベッドをしまいこむ場所がないんですって。ぼくとしては、多少本を運んで、少しは仕事をするつもりだから、わりと大きめの部屋が必要なんです。一時的にせよ、自分の書斎となる部屋に空きベッドがある——二台もベッドがある——なんてのは気に入りませんが、そう長い期間でもないから、なんとか不便は忍べるでしょう」

「部屋に余分のベッドがあって不便だというのかい、パーキンズ」と向かい側の席の遠慮を知らない男が言った。「どうだい、ぼくが出かけていって、そいつをしばらく占領するってのは？きみにとっても仲間ができるというわけだ」

教授は身震いを禁じえなかったが、丁重に笑顔で取り繕った。

「ぜひどうぞ、ロジャーズ。願ってもないことですよ。でも、そちらは退屈しやしないかな。ゴルフはやらないんでしょう？」

「やらないよ、あんなもの！」と遠慮のないロジャーズ氏。

「そこなんですよ。ぼくは書きものをしていないときは、たいがいリンクへ出ることになりそうだから、きみが退屈をもてあますのじゃないか、それが心配です」

「そりゃどうかな！　あそこなら誰かしら知ったやつがいるに決まってる。だけど、むろん迷惑だというなら、はっきりそう言ってくれたまえ、パーキンズ。こっちはべつに気を悪くしたりしないから。きみがつねづね言ってるとおり、真実はひとを傷つけやしない」

パーキンズは実際、几帳面なくらい礼儀正しく、厳格なまでに真実を重んじる男だった。こうした性格を承知のうえで、ロジャーズ氏はときどき難題を吹っかけてくることがある。パーキンズの胸中でいまや葛藤が渦をまき、一瞬返答をつまらせた。一、二秒おいてから、彼は言った

――

「そう、正確な真実をお望みなら、ロジャーズ、いま話していた部屋が、ぼくたち二人を快適に収容できるだけの広さをもっているかどうか、それにいま一つ（これは本当は言いたくなかったのですが）、何かぼくの仕事の邪魔になるようなことを、きみがしやしないか、そのへんのこと

を心配してたんです」

ロジャーズは大声で笑った。

「よく言った、パーキンズ！　それでいいんだ。きみの仕事の邪魔はしないと約束する。その点は安心していい。ほんと、迷惑がられてまで行くつもりはないよ。しかしそれにしても、幽霊を追っ払うのもこの手で行きたいものだなあ！」ここでロジャーズは片目をつぶり、隣りの男を肘でつついたようだった。パーキンズもちょっと顔を赤らめたように見えた。

「これは失礼、パーキンズ」とロジャーズはつづけた。「うっかり失言してしまった。きみがこういう話題で軽口たたくのが嫌いだってことを忘れてた」

「そちらから話を持ち出したから、遠慮なく言わせてもらえば」とパーキンズ教授――「いわゆる幽霊なるものについて軽々しく口にするのは、たしかに慎むべきことだと思っている。ぼくのような立場にある者は」と少しく声を高くして、「こういう問題について世間一般で信じられていることを是認するやに見える言動は、極力慎むべきだと考えるのです。ご存知のように、ロジャーズ、あるいはご存知なかったかもしれないが、ぼくはこれまでも自分の考えを隠したりはしなかったつもりです――」

「そうとも、たしかに隠したりはしなかったぜ」とロジャーズが小声でちゃちゃを入れた。

「――そのようなものが存在するかもしれないといった見方を、いささかなりと容認する、もしくはそれに類した態度を示すことは、ぼくがもっとも神聖視するものすべてを否定することにひとしいと考えるのです。しかし残念ながら、きみの注目を繋ぎとめるところまでは行かなかったようですが」

「きみのまったき注目を、というのがブリンバー博士の実際に言ったことばだった〔原注　ロジャーズ氏は間違っていた。ディケンズ『ドンビー親子』第二章を見よ〈訳注　ブリンバー博士は、知識偏重の人間味に欠ける教育者〉〕」とロジャーズが正確さをもとめてやまないといった態度で、口をはさんだ。「いや、失敬した、パーキンズ。せっかくの話の腰を折ってしまって」

「どういたしまして」とパーキンズ。「ブリンバーという人は知りませんね。ぼくが来るまえの人なんでしょう。だけど、もういいんです。ぼくの言いたいことはお分かりいただけたようだから」

「分かった、分かった」とロジャーズがあわてて相槌をうった――「お説ごもっとも。その続きはバーンストウかどこかでじっくりやるとしようや」

　以上の会話を再現するに当たって、わたしは自分の受けた印象を伝えようと努めたが、パーキンズはどことなく老婦人を思わせる――というか、ちょっとした仕草が雌鶏《めんどり》を思わせるところがあった。残念ながら、ユーモアのセンスは皆無だが、しかし自分の確信するところにおいてはあくまでも屈することを知らず、真っ正直で、大いに尊敬に値する男ではある。読者にそこまでご賢察いただけたかどうかは別にして、これがパーキンズのもちあわせた性格である。

　翌日、パーキンズは望みどおりカレッジをあとにして、バーンストウに到着した。グローブ館では暖かく迎えられ、話に出ていた、ベッドの二台ある広い部屋に無事納まった。そしてひと休みするまえに、部屋の一隅のゆったりとしたテーブルのうえに、持参した仕事の材料をきちんと整理して並べることもした。

そこは海を見晴らす窓に三方をかこまれた最高の場所だった。すなわち、中央の窓は真正面に海を眺め、左右の窓はそれぞれ北と南に伸びる海岸線を見わたしていた。南にバーンストウの村が見えた。北には一軒の人家もなく、ただ砂浜と、その後ろに低い崖がつづいている。すぐ目の前は、雑草の生えた——さほど広くもない——空き地で、古い錨《いかり》やら巻上げ装置やらが転がっている。その向こうは広い道路で、さらに向こうは浜辺。グローブ館と海とのあいだの距離がもともとはどうであったにせよ、両者は現在、六十ヤードと隔たってはいない。

旅館の泊り客は、むろんゴルフをやりにきた連中ばかりで、とりたてて書くに値するような変り種もいなかった。いちばん目立った人物は、ロンドンのどこかのクラブの秘書をしているとかいう退役軍人で、信じられないくらい力強い声と、いかにも新教徒くさい意見の持ち主だった。教区牧師の行なう儀式に出席したあとで、その意見にはますます拍車がかけられた。実はここの牧師というのが、壮麗な儀式が大好きときていて、イースト・アングリア地方の伝統に敬意を表して、それでもできるだけ抑えたやり方をしているという、なかなか見あげた人物だった。

勇猛果敢を第一の身上とするパーキンズ教授は、バーンストウに着いた明くる日、このウィルソン大佐と連れだって、彼自身言うところのゲームの腕を磨くことに専念した。そして午後の日が傾くまでに——この点で進境いちじるしいものがあったかどうかは定かでないが——大佐殿の面体《めんてい》がたいそう剣呑《けんのん》な色合を呈してきたから、ゴルフ場からいっしょに歩いて帰るなどというのは考えものだと、パーキンズといえども用心するにいたった。相手の逆巻く口髭や真っ赤な鬼づらをちらちら盗み見たあとで、教授は、夕食時に二人が顔突き合わせるのは避け難いことだとしても、それまでは大佐を独りにしておいて、お茶とタバコの鎮静効果に頼るのが賢明だと判断した。

「こっちは浜づたいに歩いて帰ればいいさ」とパーキンズは考えた。「そうだ、ついでに——まだ充分に明るいから——ディズニーの話していた遺跡を見ていこう。どこにあるか正確には分からないけど、歩けば棒に当たるということもある」

これを彼は、どうやら文字どおりに実行したようだ。リンクから砂利浜へと道をひろいながら行くうちに、ハリエニシダの根っことごろた石とに足をとられて、ものの見事に転倒した。起きあがって周囲を見まわすと、そこはでこぼこした地面の一画で、小さな窪みや隆起がいたるところにあった。その隆起した箇所は、よく調べてみると、漆喰で固められた燧石《すいせき》の小山のうえに芝草がはりついたものだと分かった。これこそ探していたテンプル騎士団の聖堂の跡にちがいない、と当然のことながら推察をめぐらした。

それは発掘者の苦労に充分報いてくれそうに見えた。おそらくさほど深くないところに土台がそっくり残っていて、全体図を知るうえで、大いに光明を投じてくれるだろう。往時、テンプル騎士団は円形の聖堂を建てる習慣があったと、どこかで聞いた記憶がある。そのつもりで見ると、目の前の盛り上がった塚のようなものの配置ぐあいが、なんとなく円形状に並んでいるように思えてきた。自分のまったく専門外の分野でちょっぴり素人調査をやってみたいという誘惑に抵抗できる人はほとんどいないものだ——本気でその道を選んでさえいたら、自分がいかに成功していたかを見せたいという、ただそれだけのためだとしても。

われらがパーキンズ教授は、しかしながら、このけちくさい欲望にいくらか動かされたのだとしても、それ以上に、ディズニー氏を喜ばせてやりたいという切なる願望に負けたのである。そんなわけで、彼はいま気づいた円形の区域を慎重に足で測り、おおよその寸法を手帳に書きとめた。つづいて、円の中心の東寄りに位置している、長方形に盛り上がった箇所を調べにかかったが、彼の見当では、どうもそこが祭壇か説教壇の土台のように思えたのだ。その長方形の北側の端に一部分、芝草のなくなっている箇所があった――子供か何か野生の動物が剝ぎとったのだろう。証拠になるような石材が埋まっているかもしれないから、ここの土を少し掘ってみたらどうだろう、と考えて、ナイフを取りだし、地面を引っ搔きはじめた。

するとまたひとつ小さな発見があった。ナイフでガリガリやっているうちに、地面の一部が内側におっこちて、小さな洞穴が現われたのだ。マッチを何本も擦って、はたしてどういう性質の穴かを見ようとしたが、風が強くてうまく行かなかった。しかし、穴の周りを叩いたり引っ搔いたりしてみて、これは石工の手によって作られた穴にちがいないと確信できるようになった。その穴は長四角で、側面、底、上端のいずれも漆喰で塗り固められてはいないにしても、滑らかで、きちんと面ができていた。

むろん、なかはからっぽだ。いや、そうじゃない！　ナイフをひっこめるとき、金属にふれる音がした。手を入れてみると、穴の底に何か筒状のものが転がっている感触だった。何だろうとつまみあげて、どうにか残っている明るさの下に取り出してみると、明らかにこれもまた人工のもの――長さ四インチほどの金属の管《くだ》で、かなりの年代物だということは一目で知れた。

この奇妙な隠し穴にほかには何もないことをパーキンズが確認しおわったころには、時刻もだいぶまわり、暗くもなっていたので、これ以上調査をつづけることを断念しなければならなかった。これまでのところ、思ってもみないほどの好結果が得られたので、明日は明るい時間をいま少し考古学に捧げてみようと心に決めた。いまポケットに大事にしまいこんだ掘出物は、すくなくとも多少は値打ちのある品にちがいない、と彼は信じて疑わなかった。

帰路につくまえに最後に見わたした周囲の眺めは、蕭条《しょうじょう》として心にしみるものだった。西の空に残る黄いろい薄光のもとに、ゴルフ場と、そのうえをクラブ・ハウスへと引き揚げていく何人かの姿がまだ見られ、うずくまった円形砲台、オルジー村の明り、ほの白い帯状の砂浜と、そのところどころに突き出た黒い防波柵、かすかに光りざわめく海を一望することができた。風は厳しい北風だったが、グローブ館にむかって歩き出したときには、背中でそれをうけることができた。足早に小石のごろごろしているあいだを通りぬけて、砂地へ出た。砂浜は、数ヤードごとに防波柵を乗り越えなければならないが、それ以外の点では歩きやすくて楽だった。

テンプル騎士団の聖堂の廃墟をあとにしてから、どれくらい進んだかを確かめようとして、再度、後ろを振り返ったとき、おなじ道をやってくる、誰だかはっきりしない人影が一つ見えた。一生懸命こちらに追いつこうとしているようだが、全然といっていいくらい近づいてこなかった。つまり、身体の動かしぐあいはいかにも走っているようなのに、その男とパーキンズとの距離はいっこうに縮まらないのだ。すくなくともパーキンズにはそんなふうに思えた。そして、どう見ても知らない男のようだから、向こうが追いつくまで待っているのはばからしい、と決めてしまった。そうはいっても、こうした寂しい浜辺では、本当なら道連れは大歓迎なのだが――ただし、こちらでその相手を選ぶことができるなら、などと考えはじめた。

彼の人生のいわば暗黒時代に、いま考えても怖いような、こうした場所で起きたいろいろな出会いの話を、ものの本で読んだことがあった。ところがいま、宿に帰り着くまで、そんな出会いを、とりわけ子供の時分に多少とも人の空想力を捉えずにはおかないような話を、道々考えていたのだった。——「わたしは夢に見たのだ。クリスチャンが歩き出すとすぐに、悪魔が野原の向こうから彼を迎えにやってくるのを」〔訳注　バニヤン『天路歴程』〕

「どうしたらいいんだろう？」とパーキンズは想像をたくましくした——「もしいま後ろを振り向いて、黄いろい空に黒いシルエットが浮き出るように見えて、そいつに角《つの》と翼が生えているのが分かったら。じっとしているべきか、それともそちらの方へ走っていくべきか。さいわい、後ろの紳士はそういった種類の代物じゃない。それに、最初見たときと同様、相変わらず後ろでもたもたしているみたいだ。この分だと、あの男、夕食にはちょっと間に合いそうもないな。こりゃいけない！　定刻までにあと十五分もないぞ。それ駆け足だ！」

　実際、パーキンズは着替える時間もほとんどないくらいだった。夕食の席で大佐と顔を合わせたとき、平和が——元どおり、といってもたかが知れているが——退役軍人のいかつい胸に舞いもどっていた。そして、夕食後のブリッジのあいだも飛び去る気配はまったくなかった。それほど、パーキンズは申し分のない相手だったから。そんなわけで、十二時近くに引き揚げるとき、彼は本当に楽しい夜をすごしたと満足に思い、二週間か三週間の長逗留でも、こんなふうにすごせたら、ここの暮らしも悪くない——「これであとは」と彼は思う、「ゲームの腕さえ上がるなら」

　廊下の途中で、グローブ館の雑用係と出会ったが、その男が立ち止まって言うには——

「失礼ですが、旦那さま、いまさっき旦那さまのコートにブラシをかけておりやしたら、ポケットから何やらおっこちやした。お部屋の用箪笥の上に置いときやした、はい——何やら管のようなもんでしたが、はい。これはどうもありがとうさまで。用箪笥の上にごぜえますから、はい——さようで。お休みなさいませ」

このことばでパーキンズは、今日の夕方のささやかな発掘品のことを思い出した。好奇心がむくむくと頭をもたげ、早速蠟燭の明りの下でその品をひっくりかえしてみた。いま見ると、それは青銅でできており、形からすると、現在でもよく使われている犬を呼ぶ笛によく似ている。事実、これは——そうだ、間違いない——正真正銘の、これは笛なのだ。

試しに唇に当ててみた。だが、細かい砂か土が、中にぎっしり詰まっていて、叩いたぐらいではとても出てきそうになかったので、ナイフでほじくり出さなくてはならなかった。何事においても潔癖なほうだから、パーキンズは紙を敷いたうえに中の泥を掻き出し、それからそれを窓のところへもって行って、中身をはたいて捨てた。窓を開けたとき見上げると、空は晴れわたり、昼間のような明るさだった。手を止めて海のほうを眺めると、旅館のすぐまえの浜辺に夜の散策者がひとりたたずんでいるのが目にはいった。そのあとすぐに窓を締めたが、バーンストウではこんな夜更けまでぶらついている人がいるということに、少々驚いてもいた。それからまた、例の笛を明りの下にもっていった。

おやおや、よく見ると、何か印がある。印だけではない、文字が書いてある！　少しこすっただけで、深く刻まれた文字がはっきりと読めるようになった。だが正直なところ、しばらく頭をひねってみたが、その意味は、かのベルシャザルの壁にしるされた文字同様〔訳注　バビロン最後の王ベルシャザルは宴席で、壁に王国滅亡の預言がしるされるのを見た〕、教授にはまったくちんぷんかんぷんだった。笛の表側と裏側とに銘が刻まれていたが、一つはこういうもの——

FLA
FUR BIS
FLE

いま一つは――

卐 QUIS EST ISTE QUI UENIT 卐

「これくらい分かって当然だが」と彼は考えた。「しかしぼくのラテン語もだいぶ怪しくなっている。考えてみれば、笛という単語さえ知っているとは言えない。長いほうは、まあまあ簡単だ。意味は、ええと――『やってくるのは誰か?』そうさ、それを知るいちばんいい方法は、実際に笛を吹いてみることだ」

　彼は試しにそっと吹いてみて、びっくりして急に止めたが、自分が奏でた笛の音《ね》には満足した。その音には無限の彼方を思わせるものがあり、柔らかな音色ではあったが、数マイル四方に聞こえたにちがいない、となぜか感じさせるものがあった。それはまた、脳裏に幻影を描き出す魔力（多くの匂いがやはりもっている）を秘めた音でもあった。彼が一瞬、ありありと見たのは、夜の茫漠たる暗い広がり、吹きつける爽やかな風、そしてその中に立つ孤独な人影、といった光景だった。その人物は何をしていたか――そこまでは分からなかった。おそらくパーキンズは、もっともっと見ていただろう。一陣の荒々しい風が窓に吹きつけて、その幻影を打ち砕いてしまわなければ。不意の出来事に驚いて見あげたとき、暗い窓の外をかすめる海鳥の翼の白い閃光を、かろうじて彼の目はとらえた。

笛の音にすっかり魅了されてしまったので、もう一度吹いてみないではいられなかった。今度はもっと思い切って。思い切って強く吹いたが、しかし出た音は、前とほとんど変わらない大きさだった。そのうえ、繰り返したことで魔力が失せたのか——半ば期待していた幻影は現われなかった。

「だが、これは何事だ？　やや！　あっというまに風が強くなってきたぞ。なんて物凄い突風だ！　あれあれ、窓の止め具も役に立たん。ああ、案の定——蠟燭が二本とも消えちまった。まるでこの部屋を粉々にしようって勢いだ」

最初にしたことは窓を締めることだった。二十数えるあいだ、パーキンズは小さな窓と必死に格闘したが、まるで頑強な強盗を押し返しているような錯覚に陥った。それくらい強い圧力だった。それがふいに緩み、窓がバタンと閉じて、ひとりでに掛け金がおりた。つぎには、蠟燭に火をつけ、被害の程度を確かめることだった。何も異常はない。何一つ散らかった様子はないし、窓のガラス一枚割れてもいない。しかし先ほどの騒音で、泊り客の少なくとも一人は眠りを妨げられたようだ。大佐が上の階の床を素足で踏みならし、ぶつくさ言っているのが聞こえてきた。

あっというまに吹き出した風だが、そう簡単には吹き止まなかった。風は唸り声をあげて、いつまでも家のまわりを吹き荒れ、ときには、この世のものとも思えないような悲痛な叫びを発することがあった。そんなとき、パーキンズが他人ごとみたいに言ったように、信じやすい人は生きた心地がしなかっただろうし、想像力のない人でさえも――と彼は十五分後には思った――落ち着かない気分にさせられたことだろう。

パーキンズがなかなか寝つかれなかったのは、風のせいか、ゴルフの、あるいは遺跡調査の興奮のせいか、それはよく分からない。いずれにせよ、いつまでたっても目がさえて眠れず、ついには（何を隠そう、かく言う作者も、同じような状態のとき、よくそうなるが）自分はありとあらゆる不治の病を背負込《しょいこ》んでいるのではないかと気をまわすまでになった。心臓の鼓動を数えながらよこになっていて、それがいまにも働くのを止めるのではないかと気にしたり、肺や脳や肝臓や、その他いろいろのことを本気で心配したり――こういった不安は、日の光りがもどってくれば一掃されると分かっていても、それまではどうにもごまかしようがないのだ。

そんなとき彼はふと、誰か別の人間が同じ舟に乗り合わせていると考えて、いささか代償的な慰めを見出したのだった。すぐそばの隣人は（真っ暗闇だから、どっちの方角とは言いにくいが）、自分のベッドでやはり輾転《てんてん》反側しているのだと。

次の段階では、パーキンズは目を閉じて、ひたすら眠る決心をした。ここでもまた、過度の興奮が別のかたちで自己を主張した。つまり、脳裏に映像を生み出したのだ。エクスペルト・クレーディ（経験者の言を信じよ）――眠ろうと努める者の閉じたまぶたの裏に、映像がつぎつぎと浮かび、しかもたいてい、気に食わないものばかりだから、つい目を開けて追い払わずにはいられないのだ。

このときのパーキンズの経験はとても悲惨なものだった。彼の脳裏にひとりでに浮かんでくる映像は連続したものだと分かった。目を開ければ、むろん消えてなくなるが、目をつぶると、またしても同じ絵が現われて、前より速くも遅くもない、そっくり同じ展開の仕方を見せるのだった。彼が見たのは――

長く伸びた海岸線――小石の浜辺が砂浜に縁取りされ、短い間隔をおいて黒い防波柵に区切られながら、波打際まで走っている――それは実際、彼が今日の午後歩いた場所にそっくりの景色で、標識がない以上、区別のしようもないほどだった。あたりは薄暗く、一荒れきそうな空模様、冬の夕暮れどき、ときおり落ちてくる冷たい雨、といった印象をつたえている。

この寂しい舞台に、最初は登場人物の姿は見えない。そのうち遠くのほうに、跳びはねる黒い豆粒のようなものが現われる。つぎの瞬間、それは走ってくる人間と分かる。跳びはね、防波柵をよじ登っては越え、数秒おきにしきりと後ろを振り返りながら、走ってくる。近づくにつれて、男は心配事を抱えているばかりでなく、ひどく怯えてさえもいることが、ますますはっきりとしてくる。そのうえ、ほとんど力尽きる寸前の状態だ。まだ走りつづけてはいるが、立ち並ぶ障害物が、彼にはだんだんと困難なものになっているようだ。

「この次の柵をうまく越えるだろうか」とパーキンズははらはらした。「ほかのものよりちょっと高いようだが」

やった！　登るとも身を投げだすともつかぬやり方で、どうにか乗り越えると、反対側へ（つまり見ているこちら側へ）もんどりうって転げ落ちた。落ちたまま、二度と立ちあがれないかのように、男は防波柵の下に這いつくばって、痛々しいほどの不安をからだ全体で表わしていた。

これまでのところ、走ってくる男の恐怖の原因は何か、皆目見当もつかなかったが、いまやっとそれが見えはじめた。浜辺のずっと向こうのほうで、ちらちらと、何だか明るい色の小さなものが、すごい速さで、しかも不規則に動きまわっている。見る見るうちに大きくなって、これもまた人の姿と判明したが、白っぽい、ひらひらする衣服を着ていて、全体の輪郭がぼやけていた。その動きには、パーキンズをして近くで見るのは御免蒙りたいと思わせる何かがあった。それは立ち止まり、両手をあげ、砂浜にむかってお辞儀をし、それから腰を屈めたまま波打際まで走り寄り、また引き返す。それから身体をしゃんとさせて、走り出す――その速いことといったら、びっくりするのを通り越して怖いくらいだった。

そのうち、ついにくるべきときがきた。この画面の左から右へと妙な動き方をしながらやってきた追手が、先に走ってきた男の隠れている防波柵のほんの数ヤード手前まで近づいた。二度、三度、あちらこちらへ無駄な探りを入れたあと、立ち止まり、両手を高く掲げてまっすぐに立ち、それから防波柵めがけて突進した。

いつもこの時点で、パーキンズはどうしても目をつぶったままではいられなくなるのだった。視力の衰え、頭の使いすぎ、タバコの吸いすぎ、等々に関するさまざまな不安の思いに加えて、こんな執拗なパノラマに悩まされるくらいなら、いっそ蠟燭に火をつけて、本でも出して夜明ししたほうがましではないかと、とうとう眠るのを諦めてしまった。こんな妄想は、この一日にあったこと、散歩したり考えたりしたことの病的な反映にすぎないと、頭では充分すぎるほど分かっていたけれど。

マッチを擦った音、そして突然の炎が、夜行性の動物――ネズミか何か――を驚かしたらしく、ベッドの脇から床のうえをつたって慌てて逃げる音がした。ありゃりゃ、マッチが消えてしまった！　何てへまなんだ！　だが二本目はうまく燃えあがり、蠟燭と本が無事手もとに用意された。

それからパーキンズは、健全な眠りの兆候が訪れるまで読み耽ったが、それはさして長い時間ではなかっただろう。というのも、日ごろ規律正しく慎重な彼が、生れて初めて蠟燭を吹き消すのを忘れてしまったくらいだから。翌朝八時に呼び起こされたとき、燭台にはまだちらちらと火が燃えていて、枕もとのテーブルには、溶けた蠟が惨めな山を作っていた。

朝食後、彼は部屋にいて、自分のゴルフ姿に最後の仕上げを施していた――運命は今日も大佐をパートナーに選んだのだった――そこへ宿の女中がはいってきた。

「あの、お客さま、よろしかったら、ベッドの毛布をもう一枚よけいにしましょうか?」

「ああ、ありがとう」とパーキンズは言った。「そうだね、そうしてもらおうか。少し冷え込みそうだから」

すぐに女中は毛布をもってきた。

「どちらのベッドに敷きますか、お客さま」

「え? むろん、そっちの――昨夜眠ったほうのだよ」と指さした。

「はい――ですけど、お客さまは両方お試しになったようでしたわ。すくなくとも、わたしどもは今朝どちらも敷き直さなくてはなりませんでしたから」

「ほんと? そいつは変だな!」とパーキンズ。「もう一方のほうには手も触れなかったのに。ちょっと物をおいたりはしたけど。実際、それを使って寝たような様子だったのかい?」

「そうですとも」と女中。「何もかもくしゃくしゃで、とり散らかっていました、こんなこと言っては何ですが――どなたかお気の毒に、眠れない夜をすごされたみたいでしたよ」

「おやおや」とパーキンズ。「そうか、荷物をほどいたときに、思ってたよりも散らかしてしまったのかもしれないな。それはどうも、余計な手間を掛けさせてすまなかったね。ところで、もうすぐ友人がひとり来ることになっている——ケンブリッジから一晩か二晩、ここへ泊りにくるのだが、どうだろう、構わないんだろうね？」

「ええ、それはもう。あら、ありがとうございます。余計な手間だなんて、とんでもありません」と女中は言うと、同僚とくすくす笑いをするために出ていった。

　パーキンズはゲームの腕を上げようと、固い決意を抱いて出かけていった。

　彼がこの企てにかなりの成功を収めたと報告できるのは、作者としても嬉しい限りである。二日目も彼といっしょにプレーすることになって、内心ぶつくさ言っていた大佐だが、朝の時間がたつにつれて、だんだん口が軽くなってきた。そしてその大佐の声は広いグリーン上に——これまた、わが国の二流詩人の言い草だが——「大伽藍の鐘楼の大低音のごとくに」鳴り響いた。

「ひどい風だった、昨夜のあれは」と大佐は言った。「わしらの故郷ではああいうのを、誰かが笛で呼び寄せたというんだが」

「ほお、そうですか」とパーキンズ。「その種の迷信がお宅の地方ではまだ残っているのですか」

「迷信のことはよう知らんが」と大佐、「デンマークやノルウェーの全土で言われていることだ。ヨークシャーの海岸に限った話じゃない。わしの経験では、いいかね、土地の連中が信じていて何世代も言い伝えてきていることの根底には、たいがい何かがあるもんだよ。ほら、きみがドライブする番だ」（あるいは何でもいいが、ゴルフをおやりの読者には、適当な間《ま》をおいて、しかるべき脱線をご想像願わなくてはならない）

　会話が再開されたとき、パーキンズはややためらいがちに言った——

「いまさっき話してた件ですが、大佐、ぼくはこの種の問題に関して非常に強固な意見をもっているると申しあげなくてはなりません。実は、いわゆる『超自然』なるものを一切信じないほうなんです」

「何ですと！」と大佐。「千里眼とか幽霊とか、そういったものの存在をまったく信じないと言うのかね？」

「その種のものは何もかも」とパーキンズはきっぱり否定した。

「ほほう」と大佐。「そうなると、きみはサドカイ人〔訳注　復活と天使と霊魂の存在を信じなかったユダヤ教徒の一派〕と変わるところがないように思えるがね」

パーキンズは、自分の意見では、サドカイ人は旧約聖書で読んだ中で最も分別のある人たちだと、もう少しで答えるところだった。しかし彼らについての言及が聖書にそれほど見られるかどうか、多少疑問を感じたので、相手の非難を笑いで紛らすことにした。

「そう言われれば、そうかもしれません。ですが――おい、きみ、一番アイアンをくれ！――大佐、ちょっと失礼します」少し間があって、「ところで、笛で風を呼ぶという話ですが、それについては、ぼくにも少し考えを言わせてください。風を左右する法則というのは、必ずしも完全に分かっているとは言えない――まして漁師やなんかには、何も分かってはいないのです。おそらく変り者の男か女が、あるいはよそ者が、時ならぬ時刻に浜辺にふらりと現われて、笛を吹いていたりする――よくあることです。そのすぐあとに、激しい風が起きる。空模様を正確に読み取ることができるとか、気圧計をもってる人間なら、そうなることも予測できたでしょう。漁村の単純な人たちは、気圧計はおろか、天気を占うのにも、いくつか大ざっぱなルールしかもっていない。そこで、ごく自然の成り行きとして、さっき話した変り者が風を起こしたと見なされるようになる。あるいはその男なり女なりは、そういうことができるという評判に、待ってましたとばかりに飛びつくことにもなる。ところで、昨夜の風がいい例です。偶然にも、ぼく自身が笛を吹いていたときなんです。二回吹くと、まるっきりぼくの呼出しに答えるように、風がやってきた。もし誰かが見ていたら――」

聞き手はこの長広舌を少々もてあましていたし、パーキンズは、作者の見るところ、いささか講義口調に陥っている嫌いがなくもなかった。が、この最後のことばを聞いたとたん、大佐は聞き耳を立てた。

「笛を吹いていたって、きみが？ どんな種類の笛を使ったのだね？ まずはこのストロークをやんなさい」

しばしの間。

「お尋ねになった笛のことですが、大佐。それがちょっと妙な代物なんです。いまここに持ってます――いや、そうか、部屋においてきたんだ。実を言うと、昨日見つけたものなんです」

そこでパーキンズは笛を発見したいきさつを語った。大佐は口のなかで何やら唸りながら聞いていたが、自分がパーキンズの立場だったら、カトリック教徒の持ち物だったようなものを使うに際しては、もっと慎重な態度で臨む、と言い、総じてあの連中は腹の底で何を企んでいるか知れたもんじゃない、との意見を述べた。

この話題から、大佐は急に枝道へと逸《そ》れて、教区牧師の無法ぶりを問題にした。牧師はこの前の日曜日に、金曜日が使徒聖トマスの祝日であるから、十一時に教会で礼拝式を行なう旨を告知した。これに限らず、あれこれ似たようなやり方からして、あの牧師はイエズス会士じゃないにしても、隠れたカトリックではないかと、大佐の目にますます胡散臭く映っている。

パーキンズは、この方面での大佐の意見にそう簡単には従いかねたが、べつに不賛成も唱えなかった。事実、ふたりの関係は午前中、とてもうまく行ったから、昼食のあと別々になるといった話は、どちらからも出なかった。

ふたりとも午後もひきつづき、いいプレーをすることができた。すくなくとも、日が翳《かげ》るまで、何もかも忘れてプレーに没頭することができた。その時刻になって初めてパーキンズは、例の遺跡の調査をもう少しやるつもりだったことを思い出した。だけど、そんなに重大なことでもない、と思いなおした。今日でなくとも済むことだ。大佐といっしょに帰るとしよう。

ふたりが旅館のある角を曲がったとき、大佐は、猛烈な勢いでぶつかってきた子供に危うく突き飛ばされるところだった。そのあと、その子は逃げ出すと思いきや、大佐にすがりついたまま、苦しそうにあえいでいた。元軍人が真っ先に発したことばは、むろん容赦ない叱責のそれであったが、しかし少年が恐怖で口も利けないありさまなのを、いち早く見てとった。いろいろ尋ねてみても、初めはどうにもならなかった。やっと息がつけるようになると、少年は大声で泣き出し、大佐の脚にまだしがみついていた。ようやくそれは引き離したが、泣くほうはどうにもできなかった。

「一体全体どうしたんだ？　何をしてた？　何を見たんだ？」とふたりして言った。

「あすこの窓から、おいらにむかって、おいでおいでしてたんだ」と泣きじゃくりながら少年は、

「ああ、いやだ、いやだ」

「どこの窓だ?」と大佐はじれったそうに言った。「さあ、しっかりするんだ、坊や」

「正面の窓だよ、あのホテルの」と少年。

この時点で、パーキンズは子供を家まで送りとどけることを提案したが、大佐がそれを一蹴した。とことん真相を見極めなくてはいかん、と大佐は言った。この子がされたみたいに、子供をひどく怖がらせるなんぞ、もってのほかだ。もしおとなが冗談のつもりで仕出かしたことだと分かったら、それ相応の罰を受けさせなきゃならん。それから、いろいろと質問したあげく、大佐はこういう話を聞き出した――


少年はグローブ館の前の草地でほかの子供たちと遊んでいた。そのうちお茶の時間になってみんな家に帰り、少年も帰りかけて、ふと正面の窓を見あげたら、そいつがこちらに向かっておいでおいでをしてた。分かった限りでは、なにやら白いものを着てたようだった――顔は見えなかった。ともかく、そいつが少年においでおいでをしたが、あんなのは普通の人のすることじゃない――いかれてるなんて言ってないけど。部屋に明りはともっていたか? いや、明りがついてるのを見た気がしない。それはどの窓だ。一番上のか、二番目のか? 二番目のだった――両側にちっちゃいのが二つある、大きい窓だよ。

「よろしい、坊や」と大佐は、さらに二、三の質問をしたあとで言った。「さあ、家まで走って帰りなさい。どこかの不心得者がきみをびっくりさせようとしたんだろう。今度あったら、勇敢な英国男児らしく、石でも投げてやるがいい――いやまあ、それよりも、宿の給仕か主人のシンプソンさんに言いつけなさい――そうそう――わしがそうするように助言したと言いなさい」

少年の顔は、シンプソンさんが子供の泣き言に機嫌よく耳を貸してくれるかどうかという点に関して、いささか疑問を表明していたが、大佐はこれに気づいた様子もなく、先をつづけて――「ほら、ここに六ペンス――いや、こいつは一シリングだ――これをあげるから、早く家へ帰って、あったことは忘れてしまいなさい」

少年は礼を言うと、小躍りしながら走り去った。そこで大佐とパーキンズはグローブ館の正面へとまわって、偵察を開始した。少年から聞いた話と合致する窓は、ただの一か所だけだった。「これはおかしいな」とパーキンズは言った。「あの子が言ってたのは、どうやらぼくの部屋の窓だ。ちょっと来てくれますか、大佐？　誰かぼくの部屋で勝手なまねをしてる者はいないか、確かめなくてはなりません」

彼らはまもなく廊下に立っていた。パーキンズはすぐにもドアを開けそうにしたが、その手を止めて、ポケットのなかを探った。

「これは思ってたよりも深刻な問題だ」というのが、つぎに出たことばだった。「いま思い出したが、ぼくは今朝出かけるまえに、ドアの鍵をかけた。それがいま鍵はかかっている。そして、キーはここにある」と目の前に鍵を差し出した。「そこで、かりに使用人が日中、客のいないあいだに黙って部屋にはいる習慣があるとするなら、言えることは――そう、まったくもって感心しないということです」自分でもいささか尻切れとんぼだったと思って、彼は急いで鍵を（事実、鍵はかかっていた）開けにかかった。それから蠟燭に火をつけた。「あれ、何も荒らされた形跡はないな」

「きみのベッド以外はね」と大佐が横から言った。

「いいえ、あれはぼくのベッドじゃないんです」とパーキンズ。「あれは使ってません。だけど、誰かがいたずらをしてたみたいに見えますね」

たしかにそのとおりだった。ベッドのうえは、何もかももみくちゃで、乱れ放題になっている。

パーキンズは考えこんだ。

「そうにちがいない」とやっと口を開いて――「昨夜、荷物をほどくときに、ベッドを乱してしまったが、そのあと直しにこなかった。たぶん、女中がそれを直しにきて、そのとき窓からあの子が見たんだ。それから女中はほかに呼ばれて、ドアに鍵をかけて出ていった。そうだ、そうにちがいない」

「それなら、呼び出して聞いてみたら」と大佐は言い、お説は尤もだとパーキンズも同意する。

担当の女中が姿を見せて、長い話を短くすれば、朝方こちらのお客さまがいらっしゃるときにベッドを直しにきて、それきり部屋にははいっていない、と言う。いいえ、ほかの鍵は持ってません。シンプソンさんが鍵は全部保管してますから、誰か部屋にあがれば分かることです。

まさしく謎だった。調査の結果、貴重品は何一つ取られていないことが判明した。パーキンズは、テーブルのうえや、そのほかのこまごました品物の配置を思い出してみて、どこにもいたずらされた形跡のないことを、ほぼ確認することができた。そのうえ旅館の主人夫婦はふたりとも、日中は誰にも部屋の合鍵を渡していないと証言した。そしてパーキンズも、あまりうたぐり深い人間ではないが、主人夫婦と女中の態度に、いかなる罪の匂いもかぎわけることができなかった。それよりむしろ、あの少年に大佐がいっぱい食わされたのではないかと、そちらのほうに考えが傾いたのだった。

大佐本人はというと、夕食の席でもそのあとも、珍しく黙りこみ考えこんでいる様子だった。

パーキンズにお休みを言うときに、低いしわがれ声でつぶやいた――

「夜中に助けが必要なら、わしのいる場所は分かってるね」

「ええ、ありがとうございます、ウィルソン大佐。お部屋は分かってるつもりです。でも、お手を煩わすようなことは、ありそうもないと思いますが。それはそうと、お話しした笛はお見せしましたかね？　まだでしたよね。これがそうなんです」

大佐は蠟燭の明りの下でそれをおそるおそる手にとった。

「銘が刻んであるのですが、読めますか」とパーキンズは、笛を返してもらうときに言った。

「いや、この明りじゃ読めん。きみはこれをどうするつもりだね」

「そうですね、ケンブリッジに戻ったら、あそこの考古学の連中に預けてみて、どう思うかを聞いてみたいですね。その結果、大いにありえますが、相当価値のあるものだとしたら、どこかの博物館に寄贈してもいいと思ってます」

「ふーむ」と大佐は唸った。「きみは正しいのかもしれん。ただ言えることは、もしそれがわしのものだったら、すぐさま海に放り投げるってことだね。言うだけ野暮だってことは、ようく分かっているが、しかしまあ、これがきみにとって生きた教材になるやもしれん。そうなることを希望するよ、まったくの話。では、おやすみ」

何か言いかけたパーキンズを階段の下に残して、大佐は背中を向けた。そしてまもなくふたりは、それぞれ自分の寝室に納まった。

たまたま不運なことに、教授の部屋の窓にはブラインドもカーテンもなかった。昨晩はそんなこと気にもしなかったが、今夜また明るい月が昇ると、枕もとに光りがまともに差しこんで、またまた遅くまで寝つかれない、ということも充分考えられた。これに気が付いて、こいつは弱ったと思ったが、しかしそこはそれ、さすがに教授というだけあって、作者にはとても真似のできない器用さを発揮して、旅行用の膝掛け、安全ピン、ステッキ、こうもり傘などを利用して、スクリーンを急ぎこしらえるのに成功した。何でも寄せ集めさえすれば、彼のベッドから月光を完全に締め出せるという計算である。

そしてそのしばらくあとには、ベッドにぬくぬくともぐりこんでいた。少し堅めの本をかなり長いこと読みつづけたあと、いよいよ寝ようという段になって、眠気まじりの目でひとわたり部屋を見わたし、それから蠟燭を吹き消して、枕に倒れこんだ。

一時間かそこいら、ぐっすり眠ったにちがいない。突然、ガタンと物音がして、えらく寝覚めの悪い起こされ方をした。すぐにも、何が起きたかは理解できた。念入りにこしらえたスクリーンが壊れていて、まばゆいほどの冷たい月光がまともに顔に差し込んでいた。これは厄介なことになった。起きていってスクリーンを造りなおすか、あるいはそこまでしなくても、このままで何とか眠れそうか？

数分間、彼はよこになったまま、あれこれ可能性を探っていた。そのうち何を思ったのか、急に寝返りをうつと、目をかっと見開き、息をひそめて聞き耳を立てた。部屋の反対側の空いたベッドに、間違いない、動くものがある。明日になったら、動かしてみなくては——ネズミか何かが遊び場にしてるのだ。いまは静かにしている。いや、そうじゃない！　また騒ぎ出したぞ。ガサガサ、もぞもぞやっている。あれはネズミなんかじゃない、もっとでかいものだ！

このとき教授が味わった困惑と恐怖を、わたし自身はいくらか想像することができる。三十年前、夢のなかでそっくり同じことが起きるのを見たことがあるからだ。しかし読者には、おそらく想像もつかないであろう――空きベッドとばかり思っていたところに、突然、何者かがむっくりと起きあがるのを見た瞬間、彼がどれほどの怖い思いをしたかを。

弾かれたように自分のベッドから飛び出すと、窓に向かって突進した。そこには、彼の唯一の武器である、スクリーンを支えるのに使ったステッキがあった。彼の取った行動は、しかしながら、結果的には最悪の選択だった。というのは、空きベッドの人物は素早い動きで、するするっとベッドから抜け出ると、両腕を拡げて、二つのベッドのあいだに、そしてドアの真ん前に、立ちはだかってしまったからだ。

パーキンズは、金縛りにあったように突っ立ったままで見つめていた。どうしてだか、そばを擦り抜けてドアから逃げることは、考えただけでも耐えられなかった。手を触れるなんて――なぜだか分からない――とても我慢できないことだった。向こうが彼にさわったら――それをさせるくらいなら、窓から飛び出すほうがまだましだった。

相手はこれまでのところ、暗い影の帯のなかにいたから、どんな顔か見ることはできなかった。それがいま、ゆっくりと、背中をまるめた姿勢で動き出した。それを一目見たとたん、パーキンズは恐怖と安堵のいりまじった気持で、相手は盲目にちがいないと確信した。防寒具らしきものをまとった腕で、あちこち探るような動きを見せていたからだ。それは彼のすぐ前で半身になり、彼がさっきまでいたベッドに気づいたようだった。いきなりそっちへ駆け寄ると、覆いかぶさるようにして、枕を探りにかかったが、その様子を見て思わずパーキンズは、これまで経験したこともない、異様な戦慄が全身に走るのを覚えた。

すぐにも相手はベッドが空《から》なのを知ったようだった。つぎに、明るい場所に進み出て、窓のほうに向きなおった。このとき初めて怪物は、その正体をあらわにした。

パーキンズはこの件について質問されるのをひどく嫌っているが、一度わたしの聞いているまえで、少しだけ説明してくれたことがある。わたしの推察するところ、彼がいちばんよく憶えているのは、恐ろしい、身の毛のよだつほど恐ろしい、しわくちゃのシーツのような、その顔だったようだ。そこにいかなる表情を読みとったか、それはとても話せないし、話す気にもならないと言うが、それから受けた恐怖で、危うく狂気のふちに追いやられるところだったことは、確かである。

とはいえ、ゆっくりそれを観察している余裕など彼にはなかった。信じられないような敏捷さで、それは部屋の中央に移動して、また前後左右に手探りの動きを始めたが、そのうち、相手の着ている衣服の端がパーキンズの顔をかすめた。思わずぞーっとして――声を出せば危険なことは分かっていたが――つい嫌悪の叫びを抑えきれなかった。そのほんのかすかな叫びが、探している相手にとっさの手掛かりを与えることになった。

あっという間にそれは飛びかかってきた。つぎの瞬間、彼は後ろ向きに窓から半分飛び出した状態で、ありったけの声をしぼって叫びつづけていた。そしてシーツの顔が、彼の顔のすぐそばに迫っていた。この、あわや最期という瞬間に、大方お察しのとおり、救いの手が現われた。大佐がドアを蹴破らんばかりにして飛び込んできて、窓際で死闘を演じている人影を見たのだった。大佐がそばに駆けよったとき、残った影は一つだけだった。パーキンズは気を失って部屋のなかに倒れこみ、そして大佐の目の前の床のうえに、乱れたシーツと毛布の山があった。

ウィルソン大佐は何も訊かずに、ただ黙ってほかの者たちを部屋から追い出し、パーキンズをベッドに寝かせつけた。そして大佐自身、ありあわせのものにくるまって、もう一つのベッドのうえで夜を明かした。

翌日の朝早くにロジャーズが到着し、一日前だったら考えられないような歓迎を受けた。そして三人は教授の部屋でかなり長時間、頭を寄せあって相談した。そのあげく、大佐はホテルの玄関から、何やら小さなものを二本の指でつまむようにして出ていった。そしてそのつまんだものを、たくましい太い腕でできるかぎり遠くに、遠くの海中に投げこんだ。そのあと、物を焼き捨てているらしい煙がグローブ館の裏手から立ちのぼった。

旅館の連中や泊り客たちに、いったいどう説明して取り繕ったか、その正確なところを、作者は残念ながら記憶していない。教授はどうしてだか、アルコール中毒譫妄《せんもう》症という、当然懸けられたであろう嫌疑をうまく免れたし、また当ホテルも、ごたごたのあった家という評判を立てるまでにはいたらなかった。

実際、大佐があのとき踏み込んでこなかったら、パーキンズがどうなっていたかについては、疑問の余地はあまりない。窓から転落していたか、それとも気が触れていたかのどちらかだ。しかし、笛の音に応えて現われた怪物が、人を怖がらせる以外にはたして何ができたかは、それほど明白ではない。そのからだを作っていたシーツや毛布のほかに、物質的な要素は何一つ備えていないみたいなのだ。

大佐は、これと多少似てなくもない、インドであった事件を思い出して、パーキンズが相手と取っ組みあっていたら、相手はほとんど何もできなかっただろう、という意見を出した。なにしろ向こうは、人を怖がらせる力しか持っていないのだ。この事件のすべてが、と大佐は言う、ローマ教会について日ごろ言ってることの正しさを大いに裏付けてくれるものじゃった。

これ以上話すことは何もないが、みなさんのご想像のように、ある種の問題に関するパーキンズ教授の見解は、以前ほど単純明快なものでなくなっている。神経もだいぶ弱ってきている。いまだに彼は、白い法衣がドアに吊してあるのを、とても平静な気持では見ていられないし、冬の午後遅くに畑で案山子《かかし》を目にしようものなら、一晩か二晩、眠れない夜を覚悟しなければならなかった。

（訳＝伊藤欣二）

赤の間《ま》

H・G・ウェルズ

H・G・ウェルズ

一八六六〜一九四六。イギリスにおける近代的SFの鼻祖（『タイム・マシン』一八九五、『宇宙戦争』一八九五、等）として余りにも有名。『くぐり戸』（一九〇六）を始めとする怪奇小説にも秀作を多く残した。

「言っときますけど」私は言った。「はっきりと目に見える幽霊でも出てこなけりゃ、驚きませんよ」そして私はグラスを手に暖炉の前に立った。

「あんたが決めたことだ」腕の萎《な》えた男はこちらを横目で睨んだ。

「二十八年生きてますがね」私は言った。「幽霊なんて一度も見たことがない」

老婆は生気のない目を見開き、暖炉をじっと見つめたまま座っていた。「ほう」彼女が口をはさんだ。「しかし、二十八年生きていても、このような屋敷は見たことなかろ。まだ二十八ぐれえじゃ、これからなんぼでも見るものはあるよ」老女はゆっくりと首を左右に動かした。「これからいろんなものを見て、悲しい思いをするじゃろ」

その二人の老人の物憂げな主張は、屋敷の妖気を高めるための演出ではなかろうかと私は思った。私は空のグラスをテーブルの上に置いて部屋を見回し、隅に置いてある古い風変わりな鏡の中に自分の像を認めたが、それは上がすぼまり下が広がって、とてつもなく頑強な姿と映じた。

「とにかく」と私は言った。「もし今夜何かが見れるというのなら、一つ勉強になるというもんじゃありませんか。こっちは何でも知ってやろうという気で来てるんですから」

「あんたが決めたことだ」腕の萎えた男が繰り返した。

通りの敷石に杖の音、そして重い足音が響き、ドアの蝶番《ちょうつがい》の軋《きし》む音と共に二人目の老翁が入って来たが、はじめの男よりも腰が曲がり、皺くちゃで、さらに年老いていた。老人の身体《からだ》は一本の松葉杖で支えられ、目の上は目庇《まびさし》が覆い、ぼろぼろの黄色い歯の下には、半分ずれた下唇が不健康な桃色を浮かべて垂れている。彼は真直ぐにテーブルの反対側の肱掛け椅子の所に行き、ぎこちなく腰をかけ、咳込んだ。腕の萎えた男はこの新参者にはっきりとした憎悪の一瞥を与えたが、老女の方は彼の到来を無視し、じっと暖炉を見つめたままである。

「だから、あんたが決めたことだと言っとるのじゃ」腕の萎えた男がそう言った時、しばし咳が止んだ。

「その通りです」と私は答えた。

目庇をつけた男は初めて私の存在に気づき、しばし首を後ろに引いて、横目でこちらを見た。私は、一瞬、眼光炯々《けいけい》として血走っているその小さい目を直視した。それから老人はまた咳込むと、ぶつぶつと独言をはじめた。

「飲むか？」腕の萎えた男は彼の方にビールを押しやった。目庇をつけた男は震える手でそれをグラス一杯に注いだが、同時にその半分ほどの量は松のテーブルの上に飛び散った。老人が手酌でビールを飲む一方、彼の影は怪物のように壁の上にうずくまり、その行動をせせら笑っている。私のこのような気味の悪い管理人がいるとは、実のところ、私はほとんど予想していなかった。私の頭の中では、老齢というものが何か非人間的なものと結びついている。それはしだいに前屈みになって先祖返りをするようなものである。人間としての資質が、ほんの僅かずつではあるが、日に日に老人たちからこぼれ落ちていくように思われる。その三人の老人の不気味な沈黙、湾曲した挙動、私への、そしてお互いへのあからさまな敵意が私を不愉快にした。

「もし」私は言った。「憑物《つきもの》がいるというその部屋に案内してくれたら、そこでくつろいで見せますよ」

咳込んでいた老人は、突然ふり向いて私を驚かせると、もう一度こちらに向かって目庇の下の血走った目を光らせた。しかし、誰も答えようとしない。私は三人を順ぐりに見回し、しばし答を待った。

「もし」私は声音《こわね》を上げた。「憑物がいるというその部屋に案内してくれたら、これ以上楽しませてくれなくても結構ですよ」

「ドアを出ると、石の上に蠟燭があるが」腕の萎えた男は私の足元を見ながら話しかけてきた。「今夜、本当に赤の間《ま》に行くというのなら――」

(「よりによって今夜!」老婆が言った)

「あんた独りで行ってくれ」

「いいでしょう」私は答えた。「それで、どちらに行けばいいんですか?」

「その通路を少し行くと」男は言った。「ドアに行き当たって、そこを入ると螺旋階段があるからの、それを半分ぐれえ登ると踊り場で、今度は毛織物で飾られたドアがある。そこを抜け、長い廊下を突き当たりまで行って、左に段を上がった所が赤の間《ま》じゃ」

「確認しますが」私は今の説明を復誦した。男は一箇所だけ間違いを正した。

「本当に行くのか?」目庇をつけた男は首を何とも不自然に傾けて、三たび私を見た。

(「よりによって今夜!」老婆が言った)

「そのために来たんです」私はドアの方へ向かった。その時、目庇をつけた老人は、暖炉とそして他の二人のいる所に近づこうとして立ち上がり、よろよろとテーブルを回った。ドアの所で振り返って見ると、三人とも暖炉の火を背景に影のように寄りそい、肩ごしにこちらを凝視している三人の古代的な顔には、何かただならぬ意味が込められていた。

「おやすみなさい」私はドアを開けた。

「あんたが決めたことだ」腕の萎えた男が言った。

私はドアを開けたままで蠟燭の火が完全につくまで待ち、それから老人たちをそこに幽閉すると、音のよく響く、ひんやりとした通路を歩き出した。正直を言うと、この城の女主人がその管理を任せた三人の年金生活者の奇態、それから三人の集まっていた管理人部屋の深みのある古めかしい家具は、現実感を失うまいとする努力にもかかわらず、私の神経を不穏にした。その老人たちは別の時代の人間に見えた。古き時代、我々の時代と違って形而上的なものが曖昧模糊としていた時代、吉凶の兆《きざし》や魔女を信じ、幽霊の存在など否定する余地もなかった時代。彼らの存在そのものが霊的なのだ。その衣服の型、今や死に絶えた脳の中で生まれた風俗。その部屋の飾りや調度品はあの世のものと見えた――今の時代に息づいているというより取り憑いているというべき、消え失せた人間たちの思索の跡。しかし、私は何とかこのような考えを退けようとした。隙間風の吹く長い地下通路には埃《ほこり》っぽい冷気が漂い、蠟燭がゆらめく度に、幾つもの影が一斉に恐れおののいている。足音は螺旋階段を上下に吹き抜いて響き渡り、一つの影が背後に忍び寄ったかと思うと、目の前の別の影が頭上の闇の中へ逃げ去った。私は踊り場に着くと、そこでしばし立ち止まり、幻聴とも知れぬかすかな騒《ざわ》めきに耳を澄ました。そして完全なる静寂に気を取り直し、毛織物で飾られたドアを押し開けて廊下に出た。

ほとんど予期せぬ光景であった。堂々たる階段の大窓から差し込む月光は、あらゆるものを黒い影、あるいは銀の輝きとして際立たせている。すべてがあるべき場所に整然と納まり、人が立ち去ったのが一年半前ではなくて、ほんの昨日であったかのようだ。壁に備え付けてある燭台には蠟燭が置かれ、そして塵埃《じんあい》はすべて絨毯《じゅうたん》と滑らかな床の上に集まって、しかも月明りの中ではそれと分からぬほど均等に覆っている。私は進み出ようとし、急いで立ち止まった。壁の角の部分が邪魔になって私の位置からは見えなかったが、踊り場の所に青銅の群像が立っていて、白い鏡板に映るその驚くほど鮮明な影が、這いつくばって待ち伏せしているかのように見えたのである。私はおそらく三十秒ほどの間、硬直していたであろう。それからポケットの拳銃に手をかけたまま進み出ると、そこにはただ月光に輝くガニュメデス〔ゼウスの酒の酌をするために鷲に連れ去られたトロイの美少年―ギリシャ神話〕と鷲《わし》の像があった。これで気分はだいぶ落ち着き、磁器製の中国人像の首が、ちょうど傍らを通りかかった時に静かに揺れても、さして驚かずに済んだ。

赤の間《ま》へ通じるドア、そしてそのドアまでの上り段は、特に暗い一角にあった。私はドアを開ける前に、自分の立っている奥まった一角がどのようになっているのか見極めるため、蠟燭を隅から隅へと動かしてみた。ここだな、と思った。私と同じことを試みようとした人間が発見されたという場所。突然、その話の記憶が不安の念と共に蘇った。私は月光に照らされたガニュメデスを肩ごしに一瞥し、青白い静けさを湛《たた》えた踊り場を尻目に、急いで赤の間《ま》のドアを開けた。

私は部屋の中に入り、すぐさまドアを閉め、錠の内側に差してあった鍵を回し、蠟燭を高くかざして立ち、これから寝ずの番を勤めることになるその場所、若い公爵が死んだロレーヌ城の大きな赤の間を見渡した。いや、あるいは公爵の死がたちまち始まった場所とでも言ったほうがいいかも知れぬ。というのは、公爵はドアを開けたとたん、私がたった今上ってきた石段の上に前向きに倒れてしまったのだ。それが公爵の夜警の終わり、そしてこの場所の恐怖の歴史を征服しようとする果敢な試みの終わりであったが、思うに、脳卒中がこれほど迷信を補強することになった試しはない。さらに、この部屋にまつわるもっと古い話があり、その嘘とも真ともつかぬ起源に、遡《さかのぼ》れば、臆病な妻を夫が冗談半分に嚇《おど》かそうとしたために起こった悲劇がある。その大きな暗い部屋を見回すと、影を縁取ったような窓枠や壁の凹みがあちらこちらにあり、隅々の暗がり、生き物のような闇から数々の伝説が生まれてきたことも、全く不思議ではない。巨大な闇に光る小さな舌のような蠟燭の火は、部屋の反対側まで照らし出すことができず、光の島のむこうには、謎の大海が怪しげに広がっている。

私はすぐにその場を順序立てて調べることにより、得体の知れぬ何物かが私の空想の中で危険なまでに脹《ふく》れ上がることを防ごうと思った。戸締りを確認した後、私は家具を一つ一つ点検し、ベッドの天蓋の垂れ幕を捲《まく》ってみたり、カーテンをいっぱいに開いてみたりしながら、部屋の中を歩き回った。雨戸を閉める前にブラインドを引き上げて窓の戸締りを全て確かめ、身をよじって広い煙突の中の闇を覗き、さらに隠し戸がないかと、くすんだオーク材の羽目板を叩いてみた。部屋には二つの大きな鏡があり、それぞれ蠟燭をのせた燭台が二つついており、炉棚の上の陶器製の蠟燭立てにもさらに多くの蠟燭が立ててある。私はすべての蠟燭に火をつけて回った。炉には石炭が敷かれており——これはあの老管理人の配慮かと思うと意外であったが——私は自分を震えさせるあらゆる要因をなくすため、それに火をつけ、十分火が回ってから炉を背にして立ち、再び部屋を眺めた。目の前には、私が更紗《さらさ》飾りの肱掛け椅子とテーブルを動かして作った即席のバリケードがあり、その上に、いつでも取れるように拳銃がのっている。綿密な調査をしたことにより、気分はかなり楽になっていたが、部屋の奥深くに澱む闇、水を打ったような静けさは、いやおうなく私の想像力を刺激した。パチパチと火の燃える音も何の慰めにもならなかった。壁の凹みの中でも特に一番奥の壁龕《へきがん》の暗がりには、超自然的なものの持つあの何とも言えぬ存在感、いともたやすく忍び寄ってくる生き物を暗示する何かがあった。安心したい一心で、ついに私は蠟燭を手にそこに歩いて行ったが、結局知覚できるものは何も存在しなかった。私は壁龕の床の上にその蠟燭を立て、そのまま残しておいた。

　既に私はかなりの緊張状態に陥っていたが、理屈で考えると、そうなる理由はどこにも見当たらない。それでも頭の中は冴えきっていた。超自然的な事など起こり得ないと、私は無条件に決めてかかり、ひまつぶしにインゴルズビー〔イギリスの文人リチャード・ハリス・バラム〈一七八八―一八四五〉がトマス・インゴルズビーの名で出版した『インゴルズビー説話集』は、快活なリズムを用いて中世伝説をコミカルに歌ったことで有名〕風の韻律を操り、この部屋にまつわる最も古い言い伝えの詩を作り始めた。少し声に出してみたが、気分を愉快にするものではなかった。ほどなく、同じ理由により、私は幽霊や憑依《ひょうい》現象などあり得ないと自分に言い聞かせることをやめた。私は下にいるゆがんだ姿の三人の老人を思い出し、暫くはそのことを考えていようとした。部屋を彩る暗い赤と黒が私を苦しめた。七本の蠟燭もぼんやりとした光を放つのみである。壁龕に立てた蠟燭の炎は隙間風に揺れ、その小刻みな動きに伴い、本影と半影が常に移動し、震えている。何かうまい方策はないかと案じていた時、ふと通路で見た蠟燭を思い出し、一本の蠟燭を手に、思いきってドアを開けたまま月明りの中に歩み出て、すぐさま十本もの蠟燭を持ち帰った。これらの蠟燭を、ぽつりぽつり置いてある陶器製の飾り物の上に立てて火をつけ、床の上や窓枠の引込んだ部分など、影の濃い所に数本ずつ置き、部屋のあらゆる部分に少なくともどれか一本の光が直接当たるように、十七本の蠟燭を配置した。幽霊が出たら、それらの上を通るなと言ってやろう、などとふと考えた。今や部屋は完全に明るく照らされている。これらの小さな炎の流れには実に陽気で頼もしいところがあり、芯を切って歩くことで気も紛れ、ありがたいことに、時間の感覚が蘇った。

しかし、それでもなお、これから寝ずの番をすることを思うと、不安が重くのしかかってきた。真夜中を回った時である。壁龕の蠟燭が突然消え、黒い影がもとの場所に飛び戻った。私は蠟燭が消えるところは見ていなかった。ただ、振り向いた時、あたかも見知らぬ人の突然の出現に驚くように、そこに影があることにハッと気づいたのである。「なんてこった」私は声を出した。「ひどい隙間風だ!」私はテーブルからマッチをとると、ゆっくりと部屋を横切って再びそこに火をつけに行った。最初のマッチは不発で、二本目に火がついた時、目の前の壁で何物かがちらついたように見えた。思わず振り返ると、暖炉の脇にある小さなテーブルの上に置いた二本の蠟燭が消えている。私はすぐに立ち上がった。

「おかしいな!」言葉が口を突いて出た。「うっかりして自分で消してしまったのかな?」

私は戻って一本に火をつけたが、その時、片方の鏡の右側についている燭台の蠟燭が瞬《しばた》いてすぐ消え、まもなく左の蠟燭もそれに続いた。もはや間違える余地はない。はっきりと炎は消えたのだ。まるで突然芯が指でつままれ、燃え残りの赤い輝きも煙も跡形なく、ただ真黒になったという風である。呆気にとられて立っていると、ベッドの裾の蠟燭も消え、闇がまた一歩私に近づいたようであった。

「これはいかん！」すると炉棚の上の蠟燭も一本、二本と消え出した。

「どうなってるんだ？」私の叫び声はうわずっていた。その時、さらに衣装簞笥の上の蠟燭が消え、さっきつけ直した壁龕の蠟燭も続いて消えた。

「やめろ！　大事な蠟燭なんだ」私は半ばヒステリックにすっとんきょうな声を上げ、同時に炉棚の火をつけるべくマッチを擦ろうとした。手がひどく震え、二度ほど空振りをした。再び炉棚が暗闇から浮かび上がると、今度は窓の遠い方の端にある二本の蠟燭が怪しくなっている。同じマッチで大きい方の鏡の蠟燭、そして戸口近くの床に置いたものにも火をつけ、これでようやく火が次々に消え行く速さに追いついたかに見えた。しかしその時、部屋のそれぞれの隅にある四つの明りが一瞬にして消え、私は震えながら急いでマッチを擦ったものの、どれにつけたらよいか迷いながら立ちつくした。

　途方にくれて立っていると、テーブルに置いた二本の蠟燭の火を、目に見えぬ手がサッと払ったように見えた。恐怖の叫び声を上げながら、私は壁龕、それから部屋の隅、窓と走り回り、三本火をつけると、今度は暖炉のそばの二本が消えた。うまい方法がひらめいて、私は隅にあった鉄の書類入れの上にマッチを放り投げ、寝室の燭台を取り上げた。これでマッチを擦る手間が省けたものの、それにもかかわらず火は着実に消えて行き、恐るべき宿敵である闇が戻ってきて、あちらこちらから一歩、また一歩と忍び寄ってくる。まるで厳《いか》つい雷雲が星々を掠《かす》めるかのようである。時折、つかの間の輝きが戻っては、また消えてしまう。今や私は襲いくる闇の恐怖で半狂乱になっており、完全に自制心を失っていた。その仮借なき侵攻に対し、私は喘《あえ》ぎ、取り乱しながら、蠟燭から蠟燭へと徒《いたずら》に跳び回った。

私はテーブルに脚をぶつけて怪我をし、躓いて転ぶ際に椅子を倒し、テーブル掛けを引きむしった。持っていた蠟燭は転がって行ってしまい、私は立ち上がりながら急いで別のものを摑んだ。それをテーブルからサッと取り上げた時、その突然の動作によって生じた風のため、あっという間に火が消えてしまい、最後に残った二本の蠟燭もすぐに消えてしまった。しかし、部屋にはまだ明りがあるではないか。私の前でかろうじて影たちの侵略をくい止めている赤い光。暖炉だ！あたり前のようだが、格子の間に蠟燭を差し入れて火をつけるという手があったのだ！

私は、炎が赤い石炭の間を踊り回り、赤い光を家具にふり撒いている方に向き直り、火床に向かって二歩進んだが、とたんに炎が弱まって消え、赤い輝きが消え、反射光がそそくさと消え、蠟燭を火格子の間に差し入れた時、視界は閉ざされ、まるで瞼《まぶた》を閉じる時のように闇が私を包み込み、その息がつまるほどの抱擁の中で、脳の中にわずかに残った理性は粉々に砕かれてしまった。手から蠟燭が落ちた。迫り来る闇を追い払おうと、私は徒《いたずら》に腕を振り回し、声を張り上げ、力の限り叫んだ——一度、二度、三度。それから、私はよろよろと立ち上がったのだろう。突然月明りの廊下を思い出し、頭を下げ、両腕で顔を覆い、ドアめがけて一目散に走ったのは確かである。

しかし、ドアの正確な位置を忘れていたため、ベッドの角にもろにぶつかってしまった。私は後ろによろけてひっくり返り、それから何か別の大きな家具が倒れてきたのか、自分からぶつかったのかは定かでない。私がうっすら覚えているのは、このように闇の中であちらこちらにぶつかり、悪戦苦闘し、激しく叫びながら四方に走り回り、あげくの果てに額をしたたかぶつけて、時が止まったような恐ろしい感覚と共に倒れ、それでも何とか立ち上がろうと必死にもがいていたところまでである。

目を開けると、日の光があった。私の頭には大雑把に包帯が巻いてあり、腕の萎えた男が私の顔を見つめていた。あたりを見回し、何が起こったのか記憶の糸をたぐり寄せようとしても、しばらくの間何も思い出せなかった。目の端に飛び込んできたのは、青い小瓶からグラスに薬を数滴注いでいる老婆の姿であったが、空ろな様子はどこにもない。「ここはどこですか？」私は訊ねた。「前にお会いしたような気がするが、あなたがたが誰だか思い出せないのです」

それから私は、まるで物語でも聞くように、老人たちの口から呪われた赤の間《ま》のことを聞いた。

「明け方あんたを見つけたのさ」老人は言った。「額と唇から血が出ておった」

非常にゆっくりと、一夜の出来事が記憶の中に蘇ってきた。「これで分かったじゃろう」老人は言った。「あれが呪われた部屋だということが」老人の口調には、もはや侵入者に対する敵意はなく、失意の友人に同情するかのような優しさがあった。

「確かに」私は言った。「あの部屋は呪われています」

「あんたが見た通りだ。わしらはな、長年ここに住んどるが、そいつをこの目で確かめようとしたことはないのじゃよ。とてもそんな気にゃなれん……教えてくれ、本当にあの老伯爵が——」

「いいえ、違います」

「だから言ったろ」老女がグラスを手に言った。「あれはあの若い伯爵婦人が、嚇かされて、あわれにも——」

「違うんです」私は言った。「あそこには伯爵の幽霊も奥方の幽霊もいません。幽霊なんてどこにもいないんです。しかし、もっと悪い、はるかに悪い――」

「と言うと?」老人たちは息をのんだ。

「このあわれな生身の男に取り憑いた最悪のもの」私は言った。「それは他の何ものでもない、恐怖なのです! 音も光もない恐怖、理性も持ちこたえられぬ恐怖、耳をふさぎ、目を閉ざし、すさまじい力で覆いかぶさってくる恐怖。そいつが廊下づたいに後をつけて来て、部屋に入ってから襲ってきたのです――」

私は突然口を噤《つぐ》んだ。しばし沈黙があった。私は包帯に手をやった。

目庇をつけた男がため息をつき、口を開いた。「その通り」老人は言った。「わしには分かっていた。闇の力だよ。女子《おなご》にあのような呪いを掛けるとはのう! それがあそこにずっとあるのじゃ。日中でも感じることができる、いや、明るい夏の日でもな、壁紙、カーテン、どこを向いてもいつも後ろにいるのだ。黄昏《たそがれ》時には廊下をつたってそっとついて来るから、とても振り向けない。あの奥方様の部屋には恐怖という化物が取り憑いておるのじゃ――真黒い恐怖、そしてこれからもな――この罪の館がある限り」

(訳=斎藤兆史)

ノーフォークにて、わが椿事

A・J・アラン

A・J・アラン

生没年不詳。BBC放送作家として、気軽な日常性に富む怪奇作品群をあらわしている。『今晩は、皆さん』(一九二八)、『A・J・アラン第二冊』(一九三二)などがある。

きみんとこではどうなっているのか知らないけれど、ぼくんところではね、いつもさ、二月っていうと、決まってうちのやつがね、こういうんだよ、「ねえ、あなた、八月にはふたりでどこにゆくか、もうかんがえたの?」とね。

むろんぼくはこういうね「いーんや」と。

するとうちのやつは貸しバンガローの広告をしらみつぶしに調べ始めるってわけ。

で、去年のとこは、こうなったというわけ。いつものことだけれどうちのやつまもなくいけそうなのをひとつ、ひっぱりだしたんだ。

> ノーフォーク、ヒックリング・ブロード。
> バンガロー、家具付き。庭、ガレージ、艇庫付き。

なにもかも「完備」だときた。おまけに食器・食卓布つきだとさ。ただしだな、家賃は法外なやつが書いてあった。ぼくは家賃のことを、ちょいとこだわってみせたがね、うちのやつがこういうんだ、「ならさ、あなた、でかけていって、家主にあってさ、ここまで呼んできたら?　みんなそうするもんよ」とね。そうするもんとは思わないがね、実のところ。ま、こんなことどうでもいいと。

とにかく、ぼくは家主に手紙をだして、実地に見たいから、ご当地に一晩泊めてもらえるよう手配してくれないかと言ってやったら、折り返し、「どうぞ、どうぞ」ときた。もうなんとかさんの奥さんに頼んだ、ぼくがきたら面倒をみてくれて、夜具その他のこともやってもらえる手筈だと。

わが家ではね、いいかい、万事、徹底することにしてるんだ――ベッドはみんなぼくが試す。ぼくが帰ったら、うちのやつがぼくの擦り傷はみんな吟味して、OKかどうかをだすって具合。なにやかや、すごい吹雪のなかだったが、ぼくはそこへついたんだ、ま、この世にこんなわびしいところがあるのかいな、っていう土地。ポッター・ハイアムまで汽車でいって、それから車で、だーッと行く（駅からたっぷり五マイルはあったと思うね）。

うまいことに、セルストンさんというおばあさんがいて、このひとがぼくの世話をやいてくれるとかで、火をおこし、ステーキを焼いてくれたのはありがたかった。

それでも、なんだか考えさせられたね、雌牛《うし》――って言うかな、どこからこの肉を手に入れてきたにしろ、ま、その朝方にブッ殺されたばかりじゃなかろうかとね。ちょっとばかし――その――詮索好きってことになるだろうが。ぼくが食べているあいだ、セルストンさんは話してくれた。彼女の旦那がやったばかりの肉切り作業のことをね、一から十まで。まるでこいつは、外科手術のお講義みたいなもん。ステーキは、かなり生焼けのほうだったから、食べながらぼくは、なんとなく、彼女のお説教どおりにぼくが実演中のような気分になったね。それはさておき、彼女はぼくの夕食のあとかたづけをやってくれて、さて、その晩はさがって、寝にでかけた。

　ぼくはバンガローのなかをあちこち眺めてから、そとを見にでかけた。もちろん、もうあたりはトップリ暮れていたが、そうひどい積雪《つもり》にはなっていなかった。裏口のドアから十五マイルぐらいのところにガレージがたっていた。ガレージのまわりは歩いてみたが、なかへははいらなかった。湖のはじにもいってみて、艇庫も確かめてみた。このバンガロー全体、まず夏にはいたってけっこうなところだろうが、しかしね、この冬場だ、だれが一体、こんな北極くんだりまでくるかとおもわれたね。

　なにはともあれ、バンガローのなかに戻って、炉端にどっかり腰をおろした。考えられないほどの静けささ。水鳥もその夜はどこかにでかけちまったのだろうよ——すくなくとも、その夜は夜業しちゃあいなかったんだ。

　最初の物音を聞いたのは十一時数分前。あの、なんとかさん——セルストンさんといったかな、あのひとがさがって行ってしまってから最初の物音。自動車の音だった。ただ通りすぎていっちまったんだったら、ぼくは気にもかけなかったとおもうよ。通りすぎなかったんだ。道のずっと向こうで止まって、それから家の前まできたんだろうと思うな。それでもたいして印象にはのこらなかったんだ。だってさ、どだい、車ってもんは、止まるものだものな。

　きっと五分か六分そこらかかったかな、車が家の前からまた動いた気配がないってことがわかったのが。そこで跳び起き、窓から様子をうかがった。雪は止んでいた。門のこっちのほうから、明りがカッと照り付けていたから、見えないがどこか上のほうから明りがさしていたんだ。こいつは出てみて、調べてみたほうがいいと考えた。

門から二十ヤードぐらいのところに大型リムジンが一台停めてあるのがみえた。明りはまあ眩しいってとこ。近づいて行くってえと、女の子が一人、ボンネット開けてさ、なにやらエンジンをガタガタやってるのがみえた。ちょっと見ただけれど、なかなかイカス女じゃないか。もっとも、スッポリ毛皮にくるまってござるから、断言するのはむずかしいところだがね。

ぼくは言ったね、

「ええーっと――今晩は――お手伝いしましょうか」とね。

女の子は言ったんだ、どこが具合悪いのか分からない。とにかくエンジンが急に止っちまって、いっかな動いてくれない、とね。《止っちゃったのよ！》スターターかけても、ハンドルかけても、コトッともしないのよね、と。

ボンネットのなかは、どえらい熱気さ。そこでぼくは聞いてみた、ラジエーターには水がはいってるんだろうね、と。

はいってないわけがないわ、いつだってはいってんだから、と、まあどえらい自信でね、こっちが気圧《けお》されちまったわ。

でも、ぼくは言ってやった。とにかくちょっと入れてみて、様子をみたら、と。

雪をいれたらいいじゃない、と彼女は言う。ぼくは、それはちょっとマズイとおもった。雪水《ゆき》をいれちゃマズイわけは、なんとなく、こう、頭の隅にあってね。それでバケツに一杯、水を汲んでもどってくるころには、なぜマズイと思ったかわかっていた。むろん、詰まって破裂するから。

戻ってきたら、女の子はラジエーターのキャップを外して、ぼくのオランダ人の友達がね〈火葬〉って呼んでる奴を突っ込んでやがった。

　そこで水をほんのチョッピリ注ぎこんだ……

　幸いぼくは、《危ない、はなれてろ！》って注意しといたから良かった。

　最初のほんの匙一杯、入ったと思ったら、いきなり灼熱して噴き上げてさ、〈火葬〉は宙天たかく舞いあがった。

　数分間待って、すこし冷《さ》める案配をみたんだが、一向に動く気配がないんだ。水をいれると、いれるそばから水が下の地面に流れでちまう。ま、この女の子、からっきしラジエーターに水なしの状態で飛ばしてきたんで、エンジンがすっかりイカレちまったのは明らかだったね。

　そこで、彼女にそう言ってやると、彼女、言うじゃないか、

「あたしに今夜、ここでエンコしたまんまでいろって言う気？」

　ぼくは言い訳したね、なにもそこまで、悪いことずくめってわけじゃない、と。つまりさ、わがパッとしない屋根の下（実際、パッとしねえのよ――雨漏りすんだもんな）でもおよろしければ、どうぞ、とね。でも、いっかな耳をかそうとしないんだな。それはそうと、この女の子には、さっぱり――その――事《じ》、事情ってもんが飲み込めちゃいねえんだと、こう思えたんだが、そうでもなかったんかな。車はここに置いて、歩いて行くって言いだしたんだな。

　ぼくは言った、

「馬鹿いいなさんな。どっち行こうと、人里《ひとざと》までは何マイルもあるんだから」

　ところがな、そんときだったな、道をこっちへ向かってやってくる車の音がした。女の子がやってきた方角からだーね。もち、ライトもみえなかった、まだえらい遠くだったんだろうけれど。

ノーフォークってのは、どだい平地でね——凄い遠方まで見遙かせるんだが。

ぼくは言った、

「どうやら助かったらしいね。何だか知らないがやってくる。あいつが一番近いガレージまで引っ張ってくれるかも。でなきゃ、どっかのホテルまで乗っけてってってくれそうだ」

やれやれ助かったという様子でもみせたろうと思うだろ、ところがなんだ、てんでそんな気配もみせねえ。全体、この子、何を考えてんだ、とぼくはだんだん分からなくなってきたね。ここに泊めてやろうってのに、その気にならない、かといって、ここからどっかに行くのに誰かの助けを必死に求めるって風《ふう》でもない。

なんとも妙な子だ。女の子はぼくの腕をグイとひっつかむと、こう言った、

「こっち来るの、何だと思う?」

ぼくは言った、

「ぼくはこの辺のもんじゃないから、はっきりは分からないが、音からして、多分、牛乳罐でもいっぱい積んだタンク・ローリーじゃないかな?」

ひとつ、半ペンス賭けようじゃないか、とぼくは切りだした。払ったのは彼女の方だった。まさしく、牛乳罐満載のタンク・ローリーだったんだ。道に余地がなかったからさ、運転手は停車しないわけにゆかなかった。

運転手は車から降りてきて、何か手伝おうかと言った。ぼくが事情を説明すると、運転手は、ノーウィッチに行く途中だって言う。彼女がお望みなら、車を引っ張ってってやるがね、と。ところが彼女はその気にならない。挙句、決着がついたのは、今晩はうちのガレージに彼女の車を

いれて、明日人を呼びにやる、彼女はタンク・ローリーに乗っけてもらってノーウィッチに行く、ってこった。

　ぼくはガレージの鍵をなんとか探し出し、タンク・ローリーの運転手――ウィリアムっていう名だったが――と一緒に彼女の車を中にいれて、ガレージのドアの鍵も閉めた。

　さて、ことをしおえると――絶対奪格*だぜ――だね、ぼくは言った、今夜はとりわけ冷え込むようだが、と。ウィリアムもうなずいて、少しぐらいなら構わんよ、と。そこでぼくは、ふたりを屋内に招きいれて、ふたりに強いウィスキーで水割りを作ってやった、ソーダがなかったもんでね。

　で、当然だがね、こんな夜夜《よるよ》中《なか》に戸《こ》外《がい》に居たもんだから、ぼくはすっかり冷えちまっていたんだ。外套なしでいたもんだから。

　これまでのところ、あの若い女のことは、真面目に考えてみもしなかった。ひとつには、真っ暗闇だったしね、それに故障しちまったエンジンの面倒はみなきゃならんし。あー、なんてのかな、これじゃあんまり無粋だが。いやその、メカに強い奴だったら、ああいう具合になっちまった車ってのは……よりもっと興味があるもんだからさ――なんで、そこんとこをこだわるのさ。ま、ランプの光りをあびて居間に座ると、もうすこし細かく分かるようになった。彼女は思ったより年はフケてるんじゃなかろうか、とか、彼女は少し目と目が寄り過ぎじゃなかろうか、とか。

　むろん――じゃなかったさ、その、何といったらよいか？　よそよそしい方で、言葉遣いも慎重だった。なあ、そうなんさ。でも、そういうもんでもなかった。ちょっと親しさに欠けるっていうか――でもさ、親しいそぶりをしてもらうほど、われわれ別になにもしちゃあいなかったわけだし。ちょっぴり敵意とでもいうか猜疑《さいぎ》のようなものがあったな、固さが抜けないって言うか、考えてみるとね。そういえば、絶えず影ん中に身をおこうっていう素振りが強くてね、別にランプを動かしはしなかったが、彼女は火には近づこうとしなかったね。

それに、哀れなウィリアムをいやにせっついてウィスキー飲ませたんだが、痛ましいばかり。それに愚かなことでもあったよな、これからウィリアムは運転しようとしてたんだから。でも、ここんとこが——あの女の子にはキワドイところだったんかな。ウィリアムが外へでてエンジンをかけたとき、ぼくは聞いたんだ彼女に、お金のほうは大丈夫なのかって、どうやら大丈夫らしかった。ふたりが行ってしまってから、ぼくは家を閉めて、二階へあがった。

たまたまぼくの寝室にこの地方のガイド・ブックがあってね、地図つきのやつだった。その地図をね、見るともなしにみていると、むらむらと疑問がわいてきて押えられなくなってきたんだ。あの車にのった女の子、いったいどこからやってきたんだろう、とね。つまりね、あの道はね、いたって目立たない道なんさ。他人眼《ひとめ》を避けようってときに、ひとが使うような道なんだな。たとえばさ、盗難車かなんかにのってる場合なんかだな。こりゃ、もう一度、あの車を調べておいた方がいいぞ、とぼくは思った。そいで、もう一度、台所の食器棚のなかから鍵をとって、勢い込んで雪のなかに飛び出した。漆黒《しっこく》の闇ってのかな、すごく静かだったから、ぼくのローソクの光りはちらりとも揺れない。そう大きなガレージってわけでもなかったから、車はガレージ一杯といったところ。それはそうと、われわれは、もう一度ひっぱりだしやすいように、車は目一杯バックさせとといたんだ。

エンジンはあのときもう調べたわけだから、ぼくは壁際を無理矢理とおって、車のボディーのところを開けたんだ。せいぜいハンドルを回してみただけだったと思うよ、とたんに、ドアが内側から押しひらかれてさ——何かが——ドサーッと倒れ掛かってきたんだ。そいつは、えらい勢いでぼくを突っとばして、ぼくを壁に押しつけるのさ。おまけにそいつは、ぼくの手からローソクを叩きおとしやがって、あたりは真っ暗になっちまって——ちと面倒なことになった。一体全体こいつはなんだ——こんな具合にぼくに向かって押し込んでくるなんて——ちいっとばかり気色ばんで見たところ、なんと人間——それも死んだ男だった——口髭をした——ね。ドアにもたれるようにして座っていたのは明らかだった。ぼくはできるだけ丁寧に、この死んだ男を押し戻してからドアを閉めた。

車の下をさんざあちこち探った末、ローソクをみつけて火をつけ、反対側のドアを開け——ルームライトをひねってみたところ——ウワーッ！

もち、ぼくはいくらか詳しく調べたさ。そいつはえらいノッポの痩せ男。六フィート三は優にあらぁな。血の気がすっかりなくなって、全くの死体という有様。むろん、生きていたときには、こんなに死人のような男じゃあなかったろうと思うよ。トレンチ・コートを、着こんでいやがったな。

死因はなにか、そうむずかしくなくわかった。背中から撃たれていたんだよ。その、何てんだい、スクロフュラってのかい、スカルペルってのかい、とにかくよ、肩甲骨《けんこうこつ》のすぐ下んところに穴があいてて——ああ、クラヴィクルってのか、《鎖骨《さこつ》》ってのか——どうも頭悪くってね——とにかく、そこんところに穴があいてて、弾《たま》は明らかに肺にまで達していた。明らかにとね、これだけにしておくよ。

男のポケットには何も書類は入っていなかったし、洋服は仕立屋のネーム入りでもなし。札入れだけあって、九ポンド入っていた。なんともまあ、ゾッとしねえ仕事だったがね。もちろん神様がみそなわし給うってこと、つゆ、うたがったりはしなかったし、そんなことのないように、願わずには居られなかったね。ちょっとばかし不可思議にも思えたのは、まあ、その、誰がこの男を殺《やつ》たのか、ということだね。あの女の子がやったってことはありえないやね、でなきゃこの男と田舎をアベック旅行なんか楽しむわけがない。でも、ほかの誰かがやったのなら、彼女はどうしてそのことを言わなかったんだろうか。ま、いいや、彼女はやらなかったし、彼女は行ってしまった、ぼくにはいまのところ、なにもできないんだから。むろん、電話なんかありはしない。こうしてガレージをちょっと見ただけで、ぼくは床についた。二時だったな。

翌朝、ぼくは早く目覚めた。どういうわけか、とにかく起きて例のものを——白昼のなかでとくと見たほうがいいという気がしたんだ、セルストンの奥さんが叩き起こしに来るまえにね。そいで、起き出した。最初に、ハッと気づいたのは、夜の間に豪雪が降ったということ。わだちの跡も全然ついていなかった。第二に気づいたのは、ガレージのドアに鍵をぼくが忘れておいたこと。鍵を開け、ガレージのなかへはいった。なかは、完全にカーラッポ。車もなけりゃあ、死体もない、なにもかも無い。

ぼくがローソクをおっことしたあたりに、脂《あぶら》じみが床《ゆか》にひとつあるきり。ほかになにひとつ、ぼくがここにいた証拠となるものはない。なにか、ひとつやふたつ、おこったにちがいないんだ、夜のうちに誰かがやってきて、車をもっていってしまったとか、ぼくが暖炉のところで眠りこんじまって、この一切を夢のなかで見たんだとか。

そのとき、例のウイスキー・グラスをおもいだした。

あれはまだ居間にあるにちがいない。居間にとってかえすと、グラスはまるまる三つともちゃんとあった。じゃあ、あれは夢じゃなかったわけだ、車はもってゆかれちまったんだ。それにしても、恐ろしくコッソリやったにちがいない。

女の子はウイスキー・グラスをマントルピースのうえに置き放しにしていた。とてもはっきりした指紋がいくつもついていたんだ。

そのうちいくつかはぼくのだね、当り前さ。台所からグラスをとってきて彼女に酒をついでやったんだからね。でも、彼女のほう、つまり彼女の指紋はきれいだが、ぼくの指紋は脂じみててね、容易にみわけがつくんだよ。このグラスが重要だってことは、こと改めて説くまでもないがね。明らかに、殺人事件か何かそんなことがあったんだ。それについて彼女は何もかも知っていたに違いないんだ、たとえあの女の子が直接、手を下したことではないにしろ。だからよ、何であれ、証拠になるようなもので、彼女が残したものなら警察に引き渡さなくちゃあ、な。で、この指紋が残していった唯一のものさ。ぼくはすごく慎重にこいつを、食料貯蔵庫からひっぱりだした古いビスケット箱に梱包した。

セルストンの奥さんがやってきたので、ぼくは彼女と話をつけて、町へもどった。途中、家主に会って、ぼくは凄《すご》んでやった、あのバンガローの《正体をアバイテやる》とね。それから列車にのって。そうこうしてるうちにスコットランド・ヤード（ロンドン警視庁）に直行。警視庁勤務のぼくの友人に面会。

ぼくは例のグラスをひっぱりだして訊いた、君の部下ならこの指紋を鑑定できるかね、と。

「たぶん、難しいだろうが」といいながら、彼はグラスを〈指紋鑑定課〉に回して、それから、あれは、どこから出たものか、と聞いた。

ぼくは言った、

「それは、君の構ったこっちゃない。まず、とにかく、鑑定をだしてくれ」と。

「分かった」と、彼は言った。

ここの人たちってのは有能だな、アッという間だったぜ。鑑定官はね、三分もすると、書類のファイルをひとつもって戻ってきたよ。あの女の子のことは、先刻ご承知だったね。彼女の名前も教えてくれて、写真もみせてくれた、本物より写りがいいとは言えなかったがね。

どう見ても、ひどいスケ番女だね。その道の初めのころ、彼女は、おもに本屋でだが万引を二度やらかしている。それから、不良グループの仲間のひとりと〈つきあい〉ができてっていうわけ、時々聞くああいう仲間だね。

警視庁のこの友人がもっと説明してくれたところでは、こういう不良グループのふたつが喧嘩をやらかしてね、そのいざこざのなかで、彼女の友達は撃たれたんだと。

彼女はなんとかかんとか、撃たれた友達を車に運びこんだんだが、ノーフォークのどっかでね、車がこわれちまった。そこで、だれかのガレージに壊れた車と死体を置いて、ノーウィッチさしてタンク・ローリーに便乗してでかけたっていうんだな。ただし、ノーウィッチへは着かなかった。途中でタンク・ローリーはスリップ事故をおこしてね、彼女も運転手——ウィリアムって名だった——もろとも、車からほうりだされて、煉瓦塀に頭をブッつけて頸の骨をヘシ折った——こりゃあ、助からないわな。どうも、これが一件の真相らしい、とね。

ぼくは言った、

「こりゃあ驚いた、なにもかも、おっしゃるとおりでしょうがね、でも、これだけはあんたの知らないことなんだ——そんな昔じゃない、たったの、昨晩《ゆうべ》のことだってこと……」

警視庁の友人は言った、

「昨晩《ゆうべ》だって！　止してくれよ！　これぁ君、みんな、一九一九年二月に起ったことなんだぜ。君の話に出てきたひとたちは、何年も昔に死んでいるんだ」

ぼくは叫んだ、

「ヒャーッ！」

でもね、あの九ポンドへの御執心だけは満更でもない心中なんすよ、ぼく！

＊　ablative absolute〈絶対奪格〉。ラテン文法用語。意味上の主語となる名詞に分詞・形容詞・名詞を付して、時・原因を表わす副詞相当句となるもの。

（訳＝由良君美）

暗礁の点呼

A・クィラ＝クーチ

A・クィラ＝クーチ卿

一八六三〜一九四四。文学批評家、小説家、ケンブリッジ大学教授として英文学を講じた。コーンウォールの自然を背景とする超自然味ゆたかな作品（『小説選』一九二一）は今も親しまれている。〝Q〟の筆名で聞えた。

「そうさ、旦那」私をもてなしてくれた採石夫は、炉棚の上の壁に掛かっていた遺品を鉤から外した。「こいつら、あっしが生まれてからずっとそこにぶら下がってるんだぜ、いや、親父の若え時からさ。女どもは触ろうともしねえや、その話が恐ろしくてね。だから誰か別の人が住むようになって、屑《くず》として捨てない限りは、埃《ほこり》まみれのまま、ずっとそこに宙ぶらりんてわけだ。畜生！　ひでえ天気だぜ」

男は戸口へ行き、扉を開け、マナクル沿岸から小屋の正面に真直ぐ吹きつけてくる強風の様子を窺った。雨は男の横を通って斜めに台所に吹き込み、薪の燃える火に照らされて、まるで金色に輝く絹糸のようである。一方、同じ暖炉の光のもとで、私はその遺品を膝にのせて調べてみた。金属はどちらも変色していて、何かよくわからない。しかし、ラッパは明らかに昔の軍隊のものであり、斑《まだら》の吊り帯は、糸がすり切れて埃まみれになっているものの、まだ頑丈である。小太鼓の縁の部分、ちょうど茶色のニスがひび割れている下のところに、かすかに英国軍の紋章が見え、銘が読みとれる――『海を渡り《ペルマレ》 陸を駆ける《ペルテラム》』――これは海軍の標語だ。太鼓の皮は薪の煙で変色し、煤《すす》けた匂いがしていたけれども、まだ柔らかく、黴が生えている。私は紐を締めてみようとした――その下から桴《ばち》がぶらりと突き出ている――その古い太鼓がまだ鳴るかどうか、何となく試してみたくなったのだ。

ところが太鼓を膝の上で回してみると、それは風変わりな樽形の錠でラッパの吊り帯に結ばれていた。しばらく私はその錠を調べてみた。錠の本体は六つの真鍮《しんちゅう》の輪でできており、それぞれの端と端がぴったりくっついている。さらに真鍮の部分を親指でこすってみると、それぞれの輪の回りにはアルファベットが刻み込まれていることが分かった。

なるほどこういう仕掛けか、と私は思った。これは昔よく出回っていた錠で、輪を回してある言葉を綴れば開く仕掛けになっているが、その言葉は鍵を掛けた本人と鍵屋しか知らないのである。

採石夫は扉を閉めて閂《かんぬき》を差すと、暖炉の所に戻って来た。

「あん時もきっとこんな風が吹いていたんだ――東南の方からね――旦那が今持ってるもんがここにやって来たのさ。一八〇九年の出来事だから古い話だが、親父から耳にたこができるくれえ聞かされた。輪っかひねってんだね。でもその言葉は絶対分かんねえよ。ケンダルって神父さんが考えて、その言葉でもって二体の幽霊を墓に封じ込んで、そんでもって自分があの世に行く時に、その言葉もろとも墓に入っちまったって訳だ」

「おいマシュー、そりゃ誰の幽霊なんだい?」

「話が聞きてえとおっしゃるね、旦那。まあ、その話は親父のがうまかったけどね。一八〇九年というと、親父はまだ若くて結婚もしてねえ時分だ、今のあっしみてえにこの小屋に住んでたんだ。それでもってこの話に巻き込まれたって訳さ」

男は腰を掛け、短いパイプに火をつけると、揺らめく菫《すみれ》色の炎を見据えたまま、低い、物憂げな声で話を始めた。

「そう、一八〇九年の一月、親父が三十の頃の話だ。その月の二十一日の夜から海が荒れ出してね。親父は夜が明けるとうの前から起きて仕度をしてた。こん時ゃもう、嵐は鎌首もたげて目の前まで来てたんだが、それでなくてものんびり寝てるなんてことはねえ親父だ。それに、その冬は下の岬のそばに小さなじゃが芋畑の柵を作ったんで、そいつが一晩しっかりしてるかどうか見ておこうと思ったのさ。親父は砲兵ヶ原を通って行った――後で死体の大半を埋めた場所さ。そん時はもう風はびゅうびゅう顔に吹きつけて、途中で一度（この話は何度も聞いたが）でっけえ藻《も》が暗闇から親父のほっぺたに飛んで来て、まるで冷たい手でひっぱたかれたみてえだったってさ。でも下の岬の近くまでは何とかうまく辿り着いたんだが、そこからは仕方なく匍匐《ほふく》前進だぁな、処々砂利《じゃり》に指を突き立ててしがみつくようにしてね。だって、まるで目の前の岸全体が西に動いているように見えるくらい、石がゴロゴロ転がって傍を通り過ぎて行くんだが、中にゃ人の頭ほどもある石まで本当に転がってくるってんだから。もちろん柵なんか吹っ飛んじまって、元の所にゃ棒切れ一つ残ってねえから、最初そこに着いた時には方角を間違えたと思ったってさ。あっしの親父ってのはね、旦那、実に信心深い人でしてね、この世の終わりが近いんじゃねえかと思った――そういう嵐の夜にだ、石まで動いちまうんだから無理もねえや――その時だ、ドーンと砲声が鳴って、それと同時に闇から風向きに火の手が上がって、あたりがパァーっと明るくなったから、親父も観念したぁな。『主は再臨したもう――主は再臨したもう！　花婿は来たり、悪しき神は大いなる国に球のごとく舞い上がる！』ってね、ひざまずいて頭をじっと下げたまま、何度も何度も一心に唱えたって訳だ。

　とにかく、疾風《はやて》の合間に胆《きも》据えて顔を上げてみると、その光の下で——青っぽい光だったそうだが——マナクル岬まで岸辺がはっきり見え、マナクルの向うに、荒波の真只中に上檣《じょうしょう》を下げた軍艦が艫《とも》の方から岩場に突っ込もうとしてる。火柱上げてたのはもちろんそいつさ。ちょうど岩場の白波のあたりまで船が近づいた時には、白い模様や砲門までよく見えたそうだが、どうやら艦長さん、何とか船の向きを変えたものの、苦心惨憺、小さな主錨《しゅびょう》や、かろうじて吹っ飛ばされずに残ってた一、二枚のボロの帆布《ほぬの》を使って、海の方へ進もうとしてるんだな。ところが見ていると、船は風に負けて、舷側《げんそく》が徐々に流され、カーン・デュとヴァーセズあたりの荒波のとこさ押し戻されてる。あの辺は岩がごつごつしてて、それにぶつかったから一発でバーンだ。まぁ、その時ゃただ火が弱まって消えたというだけで、親父にも訳が分からなかったらしいがね。

　それでだ、旦那、親父はコヴラックさ急いで戻って、このすさまじい状況を村人に知らせようと、回れ右した訳だ——もちろん、船もろとも乗組員も御陀仏だってのは分かってたんだがね。で振り返るとね、親父は、まるで『鞠《まり》みてえに』ってよく言ってたっけ、風に乗って、海岸づたいに家の方に吹っ飛んで行ったのさ。あの石の間を縫って進むんだからね、日中だってこりゃしんどいよ、で最初のうちは真暗ん中で滅多矢鱈ぶつかってさ。だがもう朝の七時近かったから、日の光が差し始めてね。こん時にゃ、北の境界線の所、あの目印がついてるとこだがね、そこまで来てたんだ。だけど親父は海の方もコヴラックの方も見ねえで、最初に見つけた小屋さ真直ぐ向かった——今でも境界線の上んとこにあるあの小屋だよ。その当時、あそこにはビリー・イードって奴が住んでてさ、親父が『難破だ！　難破だ！』って叫びながら台所に入ってくと、ビリー・イードの女房のアンてのがつっかけ履いて、頭にショール掛けて、服なんかびしょびしょのまんま立ってるじゃねえか。

『何だい、この人は！』そのビリー・イードの女房のアンてのがさ、言う訳よ。『何をそんなに騒いでんのさ』ってね。

『だから難破だって言ってんじゃねえか。おら見たんだよ！』

『何だい、そんならあたしだって見たよ』とこう来るじゃねえか。『目がついてりゃ、みんな見てるよ』

そしてアンが親父の肩越しに指さすんで、振向いた。するとどうだ、悲哀岬のすぐ下、コヴラックの町のはずれんとこに難破船が打ち上げられて、岬は黒山の人だかりだ、蟻みてえにうようよね、薄明りの中せわしげに駆けずり回ってるじゃねえか。そいつをじっと見てると、船からラッパの音が聞こえてくるんだが、途切れ途切れで、まるで風に向かって飛び上がる鳥の鳴き声みてえだってさ。だがもちろん微かな音だよ、はるかあっちの方で、しかも風は少しは弱まったものの、まだビュウビュウ吹いてるんだから。

『ありゃ軍用輸送船だよ』ってビリー・イードの女房のアンが教えてくれた。『馬っこだの、兵隊さんだの、すらっとしたお方がいっぱい乗ってるんだ。ぶつかった時に、船を軽くするため馬っこ放り出したんだね、三十分ほど前、あたしがまだあそこにいた時には、死馬《しにうま》が沢山流れついてたよ。兵隊さんも三、四人ね――白いズボンはいて、青と金の軍服を着た立派な死体だったよ。そのうちの一人に角灯を近づけて見たら、そりゃ端正な若い衆だった』

親父はラッパの音について聞いてみた。

『そこが何ともおかしな処なのさ。あたしとうちの人があそこの人だかりに入ってった時には、もう真赤に燃えてたんだからね。マストなんか無くなっちまってさ。畳んだのか、軽くするため切り取っちまったのかは知らないけどね。とにかく甲板むき出して岩の上にのっかってるのさ。竜骨は折れて、床板はひん曲がってはずれてるしさ、卵あっためてる雌鶏みたいにじーっとしてるんだよ――船の右側は縁だけになっちゃってさ、でも人一人ぐらいは優に立てるぐらいだったけど。手摺《てすり》から手摺まで縄をかけて、みんなそこに集まってさ、大波がザブーンと来りゃ死にもの狂いでしがみついて、それが過ぎりゃ堂々と立ち上がるのさ。艦長と将校さん達は上の甲板の手摺につかまって、みんな金ピカの服着てさ、まるでジョージ王に拝謁するような顔でこの世の終わりを待ってるんだよ。みんな何度も助けようとしたけど、どうしようもないのさ、まるで綱が届かないんだもの。その傍にラッパ吹きがつかまっててね、すごい大男なんだけどさ、大波の合間をぬっちゃ片手でラッパ持って合図してるんだ。それでラッパが鳴るたびに歓声が上がるのさ。それから（こりゃアンの話ですぜ）――いいかい――もう一回ラッパが鳴った！　でも、もう歓声が上がらない。だって上げる人間がほとんどいなくなっちまったんだからね、声だって弱々しくなってさ。風は刺すように冷たくて、綱を摑む手がかじかんだんだね、一波ごとにボロボロ落ちて行ってるところで、うちの人が朝メシ持って来いって言うもんだからさ。もう一隻難破だって？　かわいそうだけど、マナクルじゃまず助からないね。こっちのを助けに行った方がいいよ。それでもどうしようも無いけど。あたしが見た限りじゃ、一人として助かった人がいないんだから。潮も上げてるし、船はあと一時間ももたないだろうってさ』

それでもって、親父がそこに着いた時にゃ、確かにもう助からねえ状態だった。六人ほど生きて引き上げられてた、いや、ただ息をしてるってだけだ――船乗りが一人と歩兵が五人。口をきけるのは船乗りだけだったが、そいつを町に運んでる間に、その船は『はやしお』って名前の軍用船で、サー・ジョン・ムーアの指揮のもとで戦っていた第七軽騎兵隊の特別分遣隊を乗せて、コラナから帰る途中だったって話が伝わった。そん時ゃもう、船は大波にひっくり返されちまって、甲板なんざ急な坂だ。まだ十二人つかまっててさ、七人が船の真ん中あたりの綱んとこ、二人が尾っぽの先、そして三人が後ろの甲板だ。その三人のうち一人は船長で、その横に正装した将校がしがみついている——名前は後で分ったんだが、ダンカンフィールド艦長って人だそうだ。そして最後がそのでっけえラッパ吹きだ。で、こりゃ本当の話だがね、そいつぁ最後に何とかかんとか英国国歌《ゴッド・セイヴ・ザ・キング》を演奏しやがった。そんでもって、『勝利を我等に』ってとこまで来た時、特別でかい波が襲ってきて甲板を一洗いだ——船の尾っぽの下んとこにいた二人のうち片方を除いてさらわれて——残る一人も次の波が来る前に手を放しちまった。気絶したんだろうね、きっと。他の連中はすぐ見えなくなっちまったが、そのラッパ吹きは——言ったように、頑丈な水泳選手と同じくれえ強いんだな——家鴨《あひる》みてえに顔出して、一波二波乗り越えたぁな、そして三つ目の波頭に乗ったね。村の連中の見てる前で、そいつは卵みてえに足元にグシャっと叩きつけられたが、波しぶきが引いてみると其所《そこ》にいるじゃねえか、下の岩棚とこさ俯伏《うつぶせ》に倒れてね。で、たまたま綱持ってた奴が——何てったかな、名前は忘れちまったが——飛び降りてって、波にさらわれかけたラッパ吹きのくるぶし引っ掴んだね。次の大波が来る前に二人は安全な所まで引き上げられて、もう一回よいしょとやって草の上に上がった。そりゃ速えもんだったってさ。そのラッパ吹きの大将は死んじゃいなかった。頭をひどく打って、肋骨にも三本ひびが入ったという程度で、一命は取り止めたんだ。二十分ぐらいでそいつはベッドに運ばれ、医者さまが付き添った。

ようやくこん時だよ――もうその軍用船には鼠一匹生き残っちゃいねえんだから――親父はマナクルに突っ込んだ軍艦の話をしたんだ。で、やっと話は聞いてもらえたものの、ほとんどが救助に駆り出された連中で、他で起こった難破を束にしたって、自分達が出会った難破の方がすげえと思ってるんだから、親父と一緒に行って見てみようと言ったのはほんの数人だよ。で、下の岬を通って行ったが、マナクルには船なんぞどこにもいねえ、いや海の上どこ捜してもさ。親父のことを嘘つき呼ばわりする奴も出てくる始末だ。親父は『ディーン岬まで待ってくれ』って言ってね。で、確かにディーン岬のはずれのところで、軍艦の大檣《たいしょう》が波かぶって、そこに六人ばかし引っ掛かってるんだが――赤い服着てさ――どいつも溺れ死んで、目え剝《む》いてるんだ。その少し先、ちょうどディーンの下だ、三、四人浜に打ち上げられていて、そのうち一人は小太鼓だ何だ身につけた太鼓叩きの小僧だ。で、そのすぐ傍には艦長さまのボートの一部らしいが、その艫《とも》の板っぱちには『H・M・S・プリムラ』と彫られている。そっから先ゃ、浜は船の残骸と死体の山さ――ほとんどが制服姿の水兵さんだ。それから、特にゴッドレヴィ洞窟にゃ艦長室の家具がゴロゴロしてて、その中に水の染《し》みねえ箱があって、それほど傷《いた》んでなくて、書類がいっぱい入っててね、それでもって翌日調べてみたら、その難破船は十八個の大砲さつけた『プリムラ』だってことがすぐ分ってさ、スペイン戦争に向かう艦隊と一緒にポーツマスから出航したんだってさ――最初は十三隻だったたって話だが、あとはどうなったか聞いてねえや。商船で鍛えてる船長さん達の指揮だ、嵐乗り越えて無事タホ川まで着いたんだろうさ。別に『プリムラ』の艦長が

（メインて名前だが）、船が岸壁の下に来たからってんで、錨を下げて上手回しをしたのが間違いだったって訳じゃないけどね、ちゃんと深さ測ってればあんなとこに来るはずはねえんだよ。まあ、言うは易しだ。

『プリムラ』って言やぁ、旦那、立派な船だよ――あの大きさの軍艦の中じゃピカ一だぜ――しかもプリマスの船渠《せんきょ》で装備を整えたばかりだったんだ。だから連中、真鍮細工のものとか船の用具とか、樽入りの食料なんかももちろんだ、あまり傷んでねえから、取りたい放題、すげえ収穫だった訳よ。沿岸警備員がその話聞きつけて、せっかくの楽しみを台無しにしちまう前にもう一回取りに来ようと、とにかく持てるだけ持って家に向かったのさ。だが、親父はディーンの下を通って帰る途中、たまたま振り向いて、そこらに転がってる土左衛門を見たんだ。『ありゃ』と言って、親父は思わず持ってたものを落としちまった。『足が動いてる！』でもって、走って行って、さっき話した太鼓叩きの小僧の上さ屈み込んだ。その小僧、かわいそうに、顔は傷だらけ、目は閉じたままでそこに倒れてるんだが、足を一、二寸動かして、まだ息をしてるんだ。そこで、親父はナイフを取り出して太鼓を切り放してやったのさ――二重撚《よ》りのマニラ麻の綱で括《くく》られてたんでね――で、そいつを抱え上げてここまで連れて来たんだ。あっしらが今いるこの部屋にね。それで親父はだいぶん損をしたんだぜ、だって分捕り品取りに帰った時にゃ、沿岸警備員たちが取り上げちまってるし、奴ら盗賊みてえに浜にわんさかいるんだから。仕方なくそのうちの一人二人にほか捜すように金握らせてさ、ようやく一通りのものを拾ってきたんだが、難破の知らせを最初に伝えたのは親父なんだから、ひでえ話だぁな。

それでまあ、当然ながら事情聴取ってのがあってさ、親父が証言した訳だ。残りはその軍艦の書類を信用するしかないわな、だってその太鼓の小僧以外生き残りはいねえんだし、小僧も風邪と恐怖で熱出してうなされてる始末だ。『はやしお』の遭難については、船乗りの連中と歩兵が五人証言したのさ。でけえラッパ吹きもね、肋骨が治ってきたもんで、出てきて宣誓はしたんだが、岸に打ち上げられる時に打ち所が悪くて、おかしな事ばかりぬかしやがるんで、こりゃ二度とまともになることはねえって誰もが思った。他の連中はプリマスに呼ばれて出掛けて行ったんだが、ラッパ吹きはコヴラックに残ったのさ。ジョージ王もこいつぁ駄目だと思って、しばらく療養所みてえなとこに入れちまった――といっても雨風凌《しの》げるといった程度のとこだぜ、タバコぐれえは少しばかりくれるらしいがね。

さて、この男――ウィリアム・タリファーと名乗ってたが――そいつが初めてその太鼓の小僧と会ったのは、小僧がずいぶん元気になって、少しぐれえなら外散歩してもいいって言われてから二週間ほど経った時だ。小僧、いつも正装だとさ。それほど誇りを持って軍服着てる兵隊もいねえや。小僧の服は塩水でもってだいぶん縮んじまったが、普通の上着にコール天のズボンなんて恰好は、絶対に厭だってんだな――一生裸の方がまだましだって。で親父はね、気のいい人でね、針仕事なんざうまいもんだから、どれ、一つ直してやろうってんで、溺れた水兵の軍服から緋色の布を一きれ二きれ切り取って修繕してやった。そんでもって、この坊主、仲間が四十人余りも埋められた砲兵ヶ原の門の下に、この恰好で立ってたんだね。三月もまだ初めの晴れた朝だ、同じように散歩してたその頭のおかしいラッパ吹きが歩いて来た。

『やぁ』とそいつは声をかけた。『おはよう！　何してるんだ？』

『願い事をしてたのさ』と小僧が言うんだ。『桴《ばち》があったらなぁって。そこに埋まってるみんな、太鼓も礼砲も鳴らしてもらえなかったんだもの。こんな埋葬のされ方じゃ、英国兵も浮かばれないや』
『ぷっ』とラッパ吹きが吹き出して、唾吐きやがる。『海兵さんのゴミ溜だぁ！』
　小僧、一秒ほど奴を睨みつけて言い返したね。『桶一杯の泥を口に突っ込んでやろうか、この脂ぎった騎兵隊くずれめ、目上の者に対する口のきき方をわきまえろ。海軍は最も国王のお役に立ってるんだぞ』
　ラッパ吹きは六尺二寸の高さから見下ろして、小僧に聞いた。『死にざまは立派だったか？』
『そりゃ立派だったよ。最初はずいぶん慌てふためいて、泣き出したり、服を引きむしってた人もいた。でも最後に船が沈む時、メイン艦長が振り向いて海軍部隊指揮官のグリフィス少佐に何か言うと、少佐は僕に集合の合図をしろと叫んだ。まるで結婚式で歌うように朗々とね。閲兵式の順序って決まってるから、まるで教会にでも行くみたいに、揃って堂々と集まって来たよ。一人二人、最期に鬚《ひげ》を剃ろうとしてた人さえいた。少佐なんか勲章をつけてるしさ。一人の水兵さんは、僕が太鼓をしっかり持とうとして苦労してるのを見て——吊り帯がちょっとゆるい上に、あの通りの風だもの——綱の切れ端でしっかり結んでくれたんだ。それが後になって僕の命を救ってくれたのさ、太鼓の縁が外れるまでコルクみたいに浮くんだもの。みんなが甲板に出るまで僕は敲き続けた。それから少佐はみんなを整列させると、英国兵らしく死ぬようにと命じ、従軍牧師さんが一節二節お祈りを上げて——その間みんな岩のように立ち、お互いを励まし合っていた。お祈りの真最中船がぶつかったんだ。十分で船は影も形もなくなった。そうやってみんな死んだんだよ、騎兵さん』

『それはあっぱれだ、海軍鼓手の坊や。お前の名は？』

『ジョン・クリスチャン』

『俺はウィリアム・ジョージ・タリファー、第七軽騎兵隊のラッパ手——近衛師団のな。俺はみんなが溺れ行く時、英国国歌《ゴッド・セイヴ・ザ・キング》を吹いた。ダンカンフィールド艦長が、みんなを激励するために何か吹くようにとお命じになったのでな。しかし国歌を吹いたのは俺の考えだ。五尺もねえおチビの海兵さんだからって、機嫌を損ねるような事は言いたかねえが、近衛軽騎兵隊はそりゃ見事な連隊だ。騎兵隊と歩兵隊の優劣ってことになりゃ、これは運の問題だから分らねえ。だが、サーグーンからコラナまで一番戦ったのは俺たちだ——マーヨーガ、ルウェイダ、そしてベニィヴェンティでな』（なんであっしがこんなに地名をすらすら言えるかっていうとね、旦那、そのラッパ吹きがマーヨーガとルウェイダとベニィヴェンティの話ばっかりするもんだから、親父まで空で覚えちまったんで）『俺たちはパジェット将軍の指揮のもとで後方を守り、常にフランス軍を打ち負かしたのに、その頃歩兵部隊のすることと言えば、俺達が叩き出すまで酒屋に入りびたって、大体はこそこそと馬鹿なことして油を売ってただけだ。だが、コラナで両軍がぶつかり合った時、騎兵隊、いやその中でも選りすぐった強者《つわもの》たちは船上待機だ、船酔いで青い顔して、歩兵部隊が元気に飛び跳ねているのを指をくわえて見物していなければならなかった。奴らも実によくやった。特に第四連隊、第四十二高地連隊、それに第五十「泥んこ」歩兵連隊だ。おお、そうとも、素晴しい連隊であった、三つともな。だが近衛軽騎兵隊はずばぬけていた。そうか、お前も船が沈む時に太鼓を演奏したのだな。ならば鼓手ジョン・クリスチャンよ、俺が新しい桴《ばち》を持ってきてやろう』

それでね、旦那、その翌日ラッパ吹きはヘルストンまで行進だ、大工んとこ行って小僧のための黄楊《つげ》の桴《ばち》を作らせたのさ。で、これがおよそこの世で最も奇妙な友情の始まりって訳だ。二人が一番好きだったのは、親父から船さ借りて、『プリムラ』と『はやしお』がぶつかって沈んだそれぞれの岩んとこに出掛けてく事でさ、静かな日にゃ、マナクルの向うのとこでさ、小僧が帰営太鼓を敲き――二人はいつでも楽器持ち歩いてんだから――ラッパ吹きが天使の囁きみてえな音色で合図のラッパを吹くのが聞こえて、そりゃいいもんだったってさ。だが空が荒れると、二人は歩きながら話をしてた、と言うか、小僧はただ聞いてるだけで、スペインとポルトガルにおけるサー・ジョンの戦いぶりや、それぞれの小戦がどうやって起こったとか、サー・ジョンの人となり、ベアド将軍、パジェット将軍、ヴィヴィアン大佐、それに自分の連隊の司令官がどういう人だったかとか、最後のコラナでの激戦の様子なんかを、相棒がいつまでもべらべら喋ってたんだけどね。

だけどそんな生活も夏の終わりまでだった。というのも、ジョン・クリスチャンというその小僧、すっかり元気になってね、報告のためプリマスさ行くことになったんだ。それは自分から願い出たことだけどね（だってジョージ王はそいつのことなんかすっかり忘れちまってらぁな）、相棒は引き止めようとはしなかった。ラッパ吹きの方は、小僧が行った後は親父が引き取るようとり計らってやってさ、で出発の日の朝五時にはもう、そいつはラッパ腰にぶら下げ、あとの七つ道具は小さなカバンに入れてここの戸口に立ってたんだ。月曜の朝でね、朝メシの後、その男は小僧と一緒に馬車の出るヘルストンまでの道を歩くことになっててね。親父は朝メシ一緒に食ってから、豚に餌やったり、何だかんだ朝の仕事をやりに一人で出て行った。帰ってみると、小僧はまだテーブルんとこ座って、ラッパ吹きは暖炉の傍に立っててさ、手に持ってたのが太鼓とラッパを括《くく》りつけたそれだよ。

『どうだ』と言って、そいつはその錠を親父に見せた。『こいつはリスボンの死にそうな金物屋から買ったものだ。これは決まった六文字を綴るといつでも開けられるというありふれた錠じゃないぜ。この中にはちゃんと門番がいてな、自分で好きな六文字の言葉を選べばいいんだが、それでパチッと閉めてみろ、誰も開けることは出来ない――たとえ鍵屋でも駄目だ――閉めた時のその言葉を知ってる人間が現われない限りはな。もうジョニーは行っちまう。この太鼓はここに置いてな。だって、まだいい音がするけれども、一回海水に漬かっちまったから、雨が降ると皮がたるむのだ。それをプリマスに持って行ってみろ、なんだその太鼓は、ってんで、どうせ新しいのと取り替えられてしまうんだからな。俺の方は、ジョニーが行っちまったら、ラッパを口につける気にならん。だから二人で言葉を選んで、こいつを結んでしまったのさ。それで、悪いがここの暖炉の上の鉤のとこに掛けさせてもらうぜ。ジョニーが帰って来るかどうかは分らん。もし帰って来たら、俺はもうあの世に行ってるだろうが、ジョニーはそれを外し、昔を偲んで敲いてくれるだろうよ。帰って来なけりゃ、誰にも外すことはできない。誰もその言葉を知らねえからな。それで、もしあんたが結婚して子供ができたら、こう伝えてくれ。ここに海軍鼓手ジョン・クリスチャンと、かつての近衛軽騎兵隊ラッパ手ウィリアム・ジョージ・タリファーの二つの魂が結ばれているのだとな。アーメン』

そしてその男は二つの楽器をここの鉤に掛けたのさ。小僧は立ち上がって親父に礼を言い、握手をした。それから二人は出て行ったんだ。ヘルストンに向かってね。

途中どこかで二人は別れたらしいんだが、誰もそれを見ちゃいねえ、どんな話を交したのかも誰も知らねえ。ラッパ吹きがてくてく丘を越えて帰って来たのは午後三時頃だってさ。親父はもう漁から帰ってて、小屋ん中大掃除だ、どこもかしこもピカピカにしてね、お茶まで用意しちゃってさ。それから五年間、その男はここで親父と寝起きを共にしたのさ、家の掃除とか庭の手入れなんかしてね。だけどどんどん衰えて行ってね、どうやら頭の傷が体に回ったらしいな。親父はそいつの体が蝕《むしば》まれて行くのを目のあたりにしていたが、何も言わなかった。そして二人は最初から最後まで鼓手ジョン・クリスチャンのことは一言も話さなかった。手紙も来なかったし、風の便《たより》すらなかったんだ。

ここから先は、旦那、信じようが信じまいが勝手だよ。親父の言った事をそのまま話すがね、親父はいつでも裁判官や陪審の前に出てって、聖書に接吻して誓うと言ってたぜ。それにそんな話をでっち上げる程の頭もねえってさ。で、この話、特にその錠について、何かもっともらしい説明でも出来るもんならやってみろって、親父はいつも言ってたよ。しかし旦那は旦那で考えてくれりゃいいさ。

朝の三時頃だと言ってたっけ。一八一四年の四月十四日、親父とウィリアム・タリファーは、ちょうどあっしらみてえに、ここにこうして座っていた。親父は数分前に着がえを済ませて、夜が明ける前に網さ仕掛けに行こうと思って、角灯の明りつけて網の修繕をしてたんだ。ラッパ吹きは一晩中横にならなかった。最期の頃には、この男、一晩中（昼間もだがね）旦那の座ってるその肱掛け椅子の上でうつらうつらしてるだけだったのさ。そん時も（親父の話によるとね）うつらうつらしてたんだとさ、顎が胸にのっかかるほど首を垂れてさ、そん時だ、ノックの音がして戸が開き、緋色の軍服に身を包んだ堂々たる若え衆が入って来たんだ。

かなり大きくなって、顔も灰のような色してたけど、紛れもねえ、それは鼓手ジョン・クリスチャンだった。軍服だけは昔のものとは違っていて、襟の所に『三十八』という真鍮の記章が輝いている。


鼓手はまるで親父が目に入らなかったかのように親父の前を通り過ぎ、肱掛け椅子の傍に立って、こう言った。『ラッパ手、ラッパ手よ、お前は私と一心同体であるか?』

するとラッパ吹きはちらと目を上げて、それに答えた。『決まってるじゃないか、鼓手ジョン――いや、ジョンの坊やよ。よく頑張るもんだぜ。お前が来るまで、俺は指折り数えているのだ。行進の間は一緒に足踏みしてたな。お前が軍隊をやめる日まで』

『今日がその日だ』と鼓手が言うんだ。『そしてCorunna《コラナ》という言葉はもう使わない』それでそいつは暖炉んとこまで歩いて行って、太鼓とラッパを鉤から外すと、真鍮でできた錠の輪っかを回し始めたんだ。C-O-R-U-N-A《コラナ》とね。最後の文字を合わせると、そいつの手の中で錠はパチッと開いた。

『知ってるか、ラッパ手よ、私はプリマスに行って、正規軍に入れてもらったのだ』

『第三十八連隊はいいぞ』かつての近衛軽騎兵は、まだ眠そうな声で言うのさ。『俺は奴らと一緒にサーグーンからコラナへ戻ったんだ。奴らはコラナでフレイザー将軍の師団に加勢して右翼を守った。立派な兵隊達だった』

『しかし私は再び海軍のみんなに会いたい』と言って、鼓手がラッパを差し出すのさ。『そしてラッパ手、お前は近衛兵達をもう一度呼び出すのだ。おい、マシュー』そいつは突然親父の方に振り向いた――で、振り向いたそん時、親父は初めて気がついたんだが、そいつの緋色の軍服の胸のところによ、丸い穴がぱっくり口を開けて、そこからどくどく血が流れてるんだ――『マシュー、船を出してくれ』

　それから親父が夢遊病者みてえに立ち上がると、二人は楽器を吊り下げた。一方は太鼓、もう一方はラッパをね。親父はカンテラを持ち、震えながら二人を岸まで案内したんだ、荒い息づかいを耳にしながらさ。二人は船に乗り込み、親父が押し出した。

『まず悲哀岬まで漕ぐのだ』と鼓手が言う。親父はコヴラックの白い家々を通り越して悲哀岬まで行って、そこで言われるままに櫂《かい》を休めた。するとラッパ吹きウィリアム・タリファーはラッパを口につけて、起床ラッパを吹いた。まるで川の流れのような音色だったってさ。

『みんなついて来るぞ』と鼓手が言うのさ。『マシュー、今度はマナクルに向かうのだ』

　そこで親父はマナクルに向かい、カーン・デュのむこうに船を近づけた。あそこの岩場のはずれのとこで、鼓手は桴《ばち》を取り、帰営太鼓を敲いた。これはまた四頭馬車が走るみてえな響きだったとさ。

『これでいい』そいつは手を止めた。『みんなついて来るぞ。次は砲兵ヶ原だ』

　それから親父は岸に向かい、砲兵ヶ原の下んとこさ船をつけた。で三人共降りて、原っぱまで歩いたのさ。門の所で鼓手は立ち止まり、海に掛かる闇に向かって、もう一度帰営太鼓を敲いた。

　そして太鼓が鳴っている間、息を凝らして見ていると、海から闇から騎兵や歩兵がぞろぞろ出て来て、戦没者墓地に勢揃いだ。墓ん中から出て来て整列する者もいる――土左衛門みてえな顔の水兵、馬に跨った青白い近衛兵、みんなげっそり痩せて、影のようだ。親父が言うには、蹄《ひづめ》の音も馬具の音もしねえ、ただずっと鳥がはばたくような静かな音がしてて、兵隊達の足元には真黒い影が水溜りみてえに澱んでいたって。鼓手は門を入った所の小さい塚の上さ立って、その横にはでかいラッパ吹きが、手を腰に当てて、兵隊どもが集まるのをじっと見てる。二人の後ろで親父は門にしがみついてる。全員が揃ったところで鼓手は敲くのをやめ、叫んだ。『点呼』ってな。

それからラッパ吹きは、列の端にいる兵隊のとこさ行って、呼びかけた。『騎兵中隊曹長トマス・アイアンズ！』するとその兵隊がか細い声で『はい』と答える。『騎兵中隊曹長トマス・アイアンズ、報告願います』兵隊が答える。『この通りであります。若き日、自分はある娘を裏切り、齢《よわい》重ねて後、友を裏切り、その贖《あがな》いをせねばなりません。しかし自分は男らしく死んだのであります。国王陛下万歳！』

ラッパ吹きは次の兵隊を呼んだ。『騎兵ヘンリー・バッキンガム！』するとそいつが答える。『はい！』

『騎兵ヘンリー・バッキンガム、報告願います』

『この通りであります。自分は酒飲みであり、盗みもやりました。ルーゴウの飲屋では人を刺してしまいました。しかし自分は男らしく死んだのであります。国王陛下万歳！』

こんな風にしてラッパ吹きは最後の列まで行ったのさ。で点呼が終わると、代わって鼓手が海兵たちに順番に呼び掛けた。誰も彼も自分の名が呼ばれるとそれに答え、最後に『国王陛下万歳！』と叫ぶのさ。全員の名を呼び終わると、鼓手は塚に戻って叫んだ。

『良し。全員満足している様子、嬉しく思います。私達も加われて満足です。もう少しそのまま待つように』

すると鼓手は振り向いて、親父にカンテラを持って帰りの道案内をするように言いつけたんだ。親父がカンテラを取り上げる時、『国王陛下万歳！』と叫ぶ死んだ兵隊達の意気揚々とした声が聞こえ、見ると、全員手を振りながら、まるで窓ガラスに吹きかけた息のように、闇の中に消えて行った。

だが三人がこの台所に戻って、親父がカンテラを置くと、二人とも親父のことなんか忘れちまったって風だ。カンテラの光の中で鼓手は振り返ると――あいかわらず胸の穴からは血がどくどく流れ出ているんだ――相棒の首からラッパの帯をはずし、錠の文字をじっくり考えて、また太鼓とラッパを結びつけたのさ。そうしながら、そいつは言うんだ。『Corunna《コラナ》という言葉はもう使わず、これからはBayonne《バヨンヌ》だ。Corunna《コラナ》のn《エヌ》を一つ取ったのと同じく、Bayonne《バヨンヌ》のn《エヌ》も一つ落とさなければならないが』そして錠を閉める前に、そいつはゆっくりとその文字を綴った――『B-A-Y-O-N-E《バヨンヌ》』それからは何も言わず、振り向いて二つの楽器をもとの鉤に掛け、ラッパ吹きの腕をとると、そのまま二人は右も左も見ねえで闇の中に歩いて行ったのさ。

親父がついて行こうとした時、後ろで溜息のような声が聞こえたんだ。見ると、どうだ、たった今出て行ったばかりのラッパ吹きがそこにいるじゃねえか！　親父の心臓がこん時ほど飛び出しそうになったこたぁねえや。しばらくして、親父は椅子で寝ているそいつの所へ行き、肩に手を掛けた。その手が触れたのは、まさしく生身のラッパ吹きだった。だが、ぬくもりは残ってたが、そいつはもう死んでたんだ。

それで旦那、ラッパ吹きは三日後に埋葬された。で、はじめ親父は夢（だと思ったんだな）の事は話すまいと思った。ところが翌日、ヘルストンの市場からやって来たケンダル神父に会うとね、神父さんが親父に呼びかけたんだ。『けさの早馬の知らせを聞いたかな？』『何の知らせで？』親父は聞いた。『知らんのか、停戦が結ばれたのじゃよ』『それはちょうどよい時に』と親父が言うと、神父さんの顔が曇った。「ところがかわいそうに、バヨンヌの兵隊達には間に合わなかったのじゃ」『バヨンヌですと！』親父は飛び上がった。『ああ、そうじゃ』神父さんは、フランス軍が四月十三日に猛攻をかけて来たという話をこと細かに伝えてくれた。『まさか、第三十八連隊がその会戦にかかわっていたというような事は？』そう親父が聞くと、ケンダル神父さん、驚いた顔で『何じゃ』ってね。『そこまで軍隊の事に明るいとは知らなかった。だが、わしもたまたま知ったのじゃが、確かに第三十八連隊はそこに加わっていた。何たって彼らが本陣を死守し、フランス軍の侵攻を食い止めたのじゃからな』

親父は口がきけなかった。それから一週間後、親父はヘルストンまで歩いてって、シャーバンの旅商人から『マーキュリー誌』を買い、戦没者・負傷者名簿に載ってる名前を、エンジェル館の主《あるじ》に一つ一つ読んでもらったら、そこに間違いなく第三十八歩兵連隊鼓手ジョン・クリスチャンの名前があったんだ。

そうなると信心深い親父のこった、すっかり話してしまわねえと気が落ちつかねえや。で、ケンダル神父さんのとこさ行って、あの話を全部うち明けたって訳よ。神父さん、二つ三つ質問しながらその話を聞き終わった後で、こう言った。

『その晩以来、錠を開けてみようとした事はあるか?』

『と、とんでもねえ』親父は首を振った。

『それじゃ、やってみよう』神父さんはこの小屋に来ると、鉤からそいつを取って錠に手をかけた。『Bayonne《バヨンヌ》と言ったのか? それは七文字ではないか』

『いえ、あいつがやったみてえにn《エヌ》を一つ取ればいいんで』そう親父が答えた。

神父さんはその文字を綴った——B《バ》-A-Y《ヨ》-O-N《ン》-E《ヌ》とね。『ほう!』と神父さん、驚きの声を上げた。錠が開いたんだよ。

神父さんはじっと考え込んで、それからこう言った。『いい考えがあるぞ。いいか、この話は教区中に喋り歩かん方がいい。真実を話しても信じてはもらえんだろうし、せっかくの奇跡も愚かな者には通じないからのう。だが、もしよかったら、わししか知らぬ神の言葉でこれを封印してやろう。鼓手もラッパ吹きも、いや、生者、死者、いかなる者がこのわしを嚇してもその秘密が割れないようにな』

『神父さま、それは有難いことで』と親父は喜んだ。

神父さんはその場で聖なる言葉を選び、元のように錠を閉めると、その太鼓とラッパをまた元の所に掛けたのさ。神父さんはとうの昔におなくなりになった。その言葉を心に刻んだままね。だから力ずくで錠を毀《こわ》さねえ限り、あの二人は決して離れねえって訳よ」


（訳＝斎藤兆史）

おーい、若ぇ船乗り！

A・E・コパード

A・E・コパード

一八七八〜一九五七。フォークストンに生まれる。暗喩と寓喩に富んだ散文詩的な幻想作品に独得の腕をふるった。『アダムとイヴ』(一九二二)、『黒い犬』(一九二三)、『魚屋のバイオリン』(一九二五)等。

アーチー・マリン、という航海から戻ったばかりの若い船乗りが、とある夏の宵に、包みを一つ小脇に抱えて、ふらりとある宿屋《タヴァーン》に入ってきた。客たちは陽気で、床にはおがくずが撒いてある。が一夜の宿を求められてもその宿屋では用立てることができなくて、そこで船乗りは、浜辺の先の方で締め具や滑車を商っているシルヴァタフという未亡人の所へまわされた（彼女とはあらためて知り合うこともあろうが、白黒混血《ムラート》で、不穏な目つきをしている）。ところで一夜の宿をお願いすることができるでしょうか。明朝一番列車で出発します——今夜発ちたかったのに、終列車が出ちまっていて——ただ寝られさえすればいいのですが？ 大丈夫だと彼女はいう。という訳で荷物を抛り出して、バターボールを一袋買うと、彼はさっきの宿屋《タヴァーン》《桜の樹》亭へと取ってかえした。表の吊り下げ看板には、二、三本の小枝に、葉っぱは一枚ずつしかついていないのに、トマトさながらぽってりとした桜んぼが四十箇も描いてあった。中に入ると一座は陽気で、唄声にあふれ、床にはおがくずがつもっている。

「乾杯！」と船乗りは言い、ほかの連中にまじって飲んだりなんかし始めた。

さてこの金髪の若い余所ものが、ただのそこいらの水夫でなかったことは、承知しておいてもらいたい。腕に記章のついたいきな制服を着て、見るからにしゃれ男だったけれども。その場に居合わせた誰かれとなく噂話をかわすこともできたし、愉快な田舎っぺの声で唄をうたいもするが、しかし時おり顔色は悲しげにくもり、瞳は憂いをたたえるのだった。アラスカのシトカへ行ってきたんだ、と彼は言った。が、シトカってどこだい、とか、今度ぁどこへ行くんだね、と訊き返す気などとてもそそられないような口のきき方だった。実際皆、きっと家族の中に不幸や悲運に襲われた者でもいるのだろうと思い、だからこそ、誰ひとりとして、彼をまごつかせかねない個人的な問題に立ち入るなんてへまをやらかすことを望む者はいなかったのだ。でも誰かが、つい最近この界隈で亡くなるものが多いことを話題にすると、水夫はいささかけんか腰になった。

「ふん！　死ぬ奴なんざぁ、山とござるのさ。刻一刻と。ただ皆その誰とも知り合いでないだけ。何千人も毎日死んでゆく、でもそれだけいながら誰ひとり、あんたらも私も知ったことか。私も知らないし、あんたらも知らん。知らなけりゃ、死んでいようが生きていようが同じことよ。そりゃむろん斃《たお》れたのが大物ならば——例えばルーズベルト大統領でもいい、またクロフターズの切れ地商人チャーリー老人だっていい——ニュースは耳に入ってくる。でも、でなきゃ知りもしない。としたら何の関係があるんですか——知り合いでもないとしたら？　いいですか。全く妙な話でも、いやしくも知人の中に死にそうに思われる人なんていやしない。でもそれが現実だ——死ぬ気配なんてこれっぽっちもない。むろんぼくは、ぼくの父親の死ぬ時は見ていたし、死んだ友達のうち一人、二人は親しい知り合いだった。しかし他の死骸についちゃ知らん。それがどうなったって関係ないやね。道ばたのちり同様、これが道理ってものよ」

「お若いの」と、はや若くはない男がラム酒を飲みながら言った。「お前さんはまだ若い。わしの年になったら経験するさ。仲間の者たちが、屋根から瓦がころがり落ちるように斃れてゆくのをな」

「斃れて、どうなるってんです？」

「ほんとの眠りにありつけるってことよ」

「で、それだけってわけ？」

「いや、いたる所うるわしい情けありだ。生前の行ねぇしだいでね、実際。この世で何をやろうが、あの世できっとその報いを受けるに決まっている」

「へえっ」と水夫は、面々に向かって目くばせしながら、「あっちの天国でも、金が物をいうってわけ？」

「まいったな！　そんなことを考えるなんて！」と老人は叫んだ。「金は物をいうさ、確かに。だが金が満足を与えてくれるとしたら、二通りしかない。つまり、稼ぐ喜びと、それを使う喜びとな」

「大勢いるじゃない」と水夫、「自分で稼ぎもしない大金を使うのが」

「いや、それはそんな連中の知ったことさ」と、老人はラム酒のグラスを手にして言った、「これはどれだけ誓っても構わない、とりわけて神聖《サクラメンタル》な、真実なんだから。ラクダに針の穴をくぐらせることはできないってこと。ちりはちりに帰る、だよ。灰は灰に帰る」

「ねえ！」と宿屋の主が不服そうに言った、「どなたか、ひとつぱっと歌って下さいよ、なんだかお化けにとっ憑かれそうな気分だね」

　そこで彼らはこの若い水夫にせがんで、彼の持ち唄を歌わせた。

「昔船乗りに頬笑みかけてた娘っこらは皆どうしたい？
すけよ元気で、若ぇの元気で、よいと巻け！

「ミ＝ラ＝ファー＝ソ＝ラー＝シのジェインとケイトの噂、聞かないか？
わしは知らんよ、アーチー・マリン、知らんぞな。

今度こっちへ来たら結婚するわと誓った娘は今どこに？
すけよ元気で、若ぇの元気で、よいと巻け！

あれは世迷い言、それともお世辞？　ぼくの報いにすぎないか？
わしは知らんよ、アーチー・マリン、知らんぞな。

ああ若者は快楽ばかり、しかし娘は声色ばかり。
すけよ元気で、若ぇの元気で、よいと巻け！

素敵で、しかも純朴な、可愛い子なんていないのか？
わしは知らんよ、アーチー・マリン、知らんぞな。

さほどぱっとした唄でもなかったけれど、歌ってくれたことに対して、皆心から拍手喝采した。

「今のバラッドは初めて聞いたぞ」と、ラム好きな老人が言った。

「そうでしょうよ」と水夫は答える。

「でもわしは唄という唄はほとんど全部、ほとんど全部知ってると思っていたがな！」

「今のはご存知ないでしょう」と水夫は言った、「あれはぼくの自作自演だもの」

「ほう！」と別の男がはしゃいで叫んだ、「そんでだよ、どっか小細工があるって感じだった」

「これは本当なんだよ」と歌い手はつけ足した。「道ばたのちり同様、あったりめえよ」

そう言うと腰をあげ、テーブルの上のグラスを押し戻すと、彼は出ていった。

時どき少しよろけながら、水夫はふさぎ込んで、小さな港の防潮堤の上を濶歩していった。店屋はほとんど扉を閉じていて、穏やかな真夏の宵闇が通りにも、海の上にも蹲っていた。海へ向かって突き出した岩積みの突堤の先端で、彼はまったく孤りぼっちで塁壁に身を寄せた。月が眠たげに湾の上に昇ってきて、静まり返った海面は岸近くだけがうごめいている。波が、石英の縞が入った灰色の岩のそばで、すねたように襞をつくっていた。船が一隻、灯りをほのかに輝かせながら、悲しげな日暮れ時の海をわたってゆく。岸辺の家も二、三軒、光を放っている。周囲の山なみは、背後の空は真珠色だが、すでに黒々としていた。どこかで鐘がなっている。

彼はこの退屈な小さな町から早く出てゆきたかったが、しかし朝まではどうにもならなかった。だから半時間あるいはそれ以上の間溜息をつきながら過ごすと、十時には踵を返して、ぶらぶら宿への帰途についた。が、町はずれに着くと向きを変えて、丘陵中腹にちょっとした城壁のように見える、斜面の曲りくねった小径に最近灌木や若いブナの木やベンチをあしらい都市風に誂《あつら》えられた所、へと登っていった。登りつくと、ほっそりしたカバの木のベンチの一つにゆったりともたれた。するとその梢の間に、暗くなった湾上に今は昇りきった月が、そして港には赤と緑の灯、一、二本の煙突、マストや帆桁が二、三見える。また姿は見えないが、下から動いてゆくエンジンの音、トラックのごとごという音が聞きとれた。ビールと憂鬱な気分に首までつかった彼は、うとうとし始めた。その時、すぐそばをそっと影のように誰かが通った。夜の帷はおりていて、だから彼は月明かりにもかかわらず、ただ、豪華な衣装をまとったレディが一人気品をたたえて歩いてゆく、といった印象を受けただけである。奇妙な香水の残り香が漂った。

さてこのりりしい船乗りは、もともとロマンチックな性格で、男っ振りを発揮したい気がしたのに、レディはこちらがかすみのかかった意識をとり戻せないうちに姿をくらましていた。顔は見なかったが、彼女は、あれはベルベットではなかったか、黒っぽいマントを着ているような感じだった。きっと目をこらしたが、もう見えなかった。「まるで女優みたいなにおいだ」と彼は想い、そしてあくびをかみ殺した。再びベンチにもたれかかると、じきに軽い眠りに落ちる。が、またしても、誰かが今通り過ぎたという感じがして眼が覚めた。小径は、上も下も人気がなく、姿もなく物音も聞こえないというのに、あの妙な香水のかおりは宙に漂っている。次の瞬間彼は、ベンチの上のすぐ傍らにある小さなものに目をとめた。市松模様の月光の中に、それは白く浮かんでいるが、色は白くはなかった。この余所者は、見知らぬハンカチーフを拾うのは縁起が悪いことだと知ってはいたが、しかしつまみ上げた。それは、さっき彼が女優のものだと思ったあの優雅な香りを漂わせていた。

彼のボタンの上で月がきらめき、彼の上には細い梢や葉っぱの縞模様がかかっていた。わ、し、は知、ら、ん、よ、アーチー・マリン、知、ら、ん、ぞ、な！　とハミングしながら、彼はいいにおいのするハンカチーフを胸ポケットにつめ込んだ。そして坐ったまま、あの不思議なレディが行くのを見たその方角に向かって目をしばたたいた。手遅れで、もう丘を昇って行ってしまっていた。また、じき降りてくる筈だ。

「じつにいいにおいだ、神に誓って」と彼はつぶやくと、再びハンカチーフをポケットから引っぱり出した、「誓ってこれはあの女《ひと》のものだ」物想いに耽るようにそれを指でもてあそびながらも、待ちかねて、眼差しは登り径から離さなかった。「ぼくが坐るときここにハンカチなんてなかった、でなければ、気がついたはずだ」それをポケットに戻しながら、結論を下した、「一クラウン賭けてもいい、わざとここに落としたんだ。そう、きみだよ、ジェイン。きみの仕業だ」片腕をベンチの背に押しあてるようにして倚《よ》りかかり、再度丘を降りてくるとき正面から向かい合うような具合に、坐り直した。そして彼は待った。

あとを追うべきであった、との思いが胸にあった――今どこか上の方でぼくを待っているのかも知れぬ。でも、きっと戻ってくるさ――彼女らはいつだってそうだった！――そう思うと、もう彼は躰を動かすのも少々おっくうな感じだった。時がひどくゆっくりと過ぎてゆく。つややかな月光をあびて、彼の真鍮のボタンが小さな星のように輝く。葉っぱや梢の縞模様はおごそかにその躰にまとわり、膝に貼りつくかと思われた。引き返してくる彼女の足音をとらまえようと、彼は息をつめ、耳をそばだてる。まるでしんと静まり返って音もない。と、そのとき衝撃に見舞われた。いきなり、ぐるっと回ったすぐ背後から、何か悪意に満ちたものが虎視眈々と、飛びかかって彼を引き裂くすきを窺っているような気配に襲われたのだ。彼はまるでさわられた神経のように身をすくめ、怖い――でなければほっとさせる――ものであるに違いない何ものかにそなえて、即座に身構えた。そしてさっと眼を巡らし、たしかに何かが、ベンチの上、彼の背後に坐っているのを見た時には、かたずをのんで顫えだした。しかし大丈夫――それは彼女だった！

おだやかに彼は言った。「やあ！　どうやってここへ来たんだい？」（全能の神よ、彼の脳天は今にもはり裂けんばかりだったのだ！）

彼女は答えなかった。黒いベルベットのマントを着て、両膝をしっかり組み合わせ、優雅に、しかし押し黙ってじっと坐っている。帽子をかぶっているのかいないのかも定かでなかった。頭と顔は黒っぽいヴェールに蔽われていたからである。しかしそれでも、彼女が美しい女であることは、大丈夫わかった。マントの下で腕組みしているのは、指先でしがみつくようにしてマントを押え、しっかりとくるまっているためであろう。

「きみが通り過ぎるのは見たよ」と若い水夫は口を開くと言った、「でも、戻ってくる足音は聞こえなかった」

さて、この時も彼女は答えなかった。ひと言も発しなかったが、しかし間違いなく彼の言葉には多大の関心を払っており、その瞳がヴェールのかげでひどく親しげに輝いた。そこで彼女をアーチーはからかい続けた。なぜなら、夜のこんな時間に、こんな寂しい所にいる彼の傍らに、いわれもなく彼女がとび込んでくる筈がないことを確信していたからである。そして、むろん気分ははなやいでいた。彼女は、ひと言ひと言にしきりと頷いて返していたが、彼に向かって口を開くまでにはかなり時間がかかった。が、その時にはぎくっとした。なぜなら彼女は胸も何もかも素敵な、見事に均整のとれた体軀の美少女であったからだが、でも、心底ぎょっとさせられたのはその声であった。

「ここへこれまでに来たことはありませんわ」彼女はそう言ったのだが、まるで喘息か何かにでもかかっているみたいな、か細い、リード楽器のような声であった。「たまたまあなたを見かけて——それで来たんですわ」

「ああ、そいつはいかすな」とアーチーは言うなり、彼女と向かい合い、いまにも彼女の躰に腕を回そうとした。

「だめよ……！　それはだめ！」

そして後ずさりした訳でも、しりごみしたのでもなかったが、じつに悲しげな口調だったので、なぜかこの颯爽とした水夫は気勢をそがれてしまった。こいつは完璧なレディなのだ！　彼は居ずまいをただし、行儀をあらためた。

少女は、木々の間から下の港の灯りを見つめた。下の方からは、いや世界中の他のどこからも、囁き声ひとつ聞こえはしなかった筈である。

彼女は言った、「わたくし淋しかったんです」

「そりゃそうだろうさ！」と、がさつな答えを返すと、彼は腕組みをしつづける。こんなとんでもない変わり者に彼は長いこと出くわしたことがなかったのだ。

「お願いだから怒らないで」と、彼の方を向くなり、彼女はそう言った。

「怒っちゃいない。本当だ」と彼は真心こめて言った。「ただ、きみの名前を知りたいね。ぼくはアーチー・マリン。船乗りなんだ」

「わたくしの名前？」彼女は溜息をつく。「フリーダ・リストウエルでした」

「え、今は違うの？」と彼はくい下がった。

彼女は首を横に振る。

「結婚したの？」と水夫はなおもくい下がる。

「いいえ」今の質問を彼女はかすかに面白がっているように見えた。

「じゃあ、どこかで失くしてしまったって訳？」

「ええ」と重々しい返答。

若者はこのやりとりを楽しみ始めていた。この種の気さくなおしゃべりこそは、ジェインやケイトのような娘たちに言い寄る楽しみの一部であったのだ。しかしこのひとはレディだ――これは疑いの余地がない――だから彼は少々びっくりだった。でも、それでもこいつは気に入った。

「フリーダ・リストウエルか！　いい名前だね。とても立派、失くしたくはない名前だ」

彼女は身顫いした。月の光は冷たくなっていた。

「きみが捜し出すのを手伝わなきゃなるまいて」彼はなおも言った。

「無理ですわ」

「ぼくには無理だって！　きみはこの町《バラ》には長く滞在しているの？」

「わたくしはどこにも泊まりはしませんわ。すぐに戻らなくっちゃ」

「今夜はもう遠くへは行けまい――遅いからね。で、今はどこに泊まっているんです？」

「言っても信じていただけませんわ」

「きみの言葉を！　とんでもない！　たとえきみが、わたしは天国からきた天使ですと言っても、ぼくは信じてあげるさ。車でも持っていない限りは、ね？」

彼女はゆっくりと首を横に振る。

彼は、とにかく彼女とはうまく気分を合わせられないな、と感じ始めた。どういうわけか、二人してみっともないお芝居しかできないでいる。でも彼女が役者であることは間違いない、と思った。言葉からじゃなくて、彼女のしゃべり方からしてそうなのだ。紙巻タバコを箱から出して、それに火をつける。

「ぼくはあちこち放浪してきたが、こんな奴にはお目にかからなかったな！」彼はタバコの箱を彼女の方に向けてかざし、頬髭をはやして、帽子に英雄《ヒーロー》という銘の入っている、愚鈍な船乗りの図案をつきつけた。「一本どう？」とすすめたが、彼女は拒んだ。そこで彼は両膝に左右の肱をあずけて、長靴の間の地面に向かって煙を吐き出した。それにしても彼女の靴はじつにエレガントで、きれいな脚は絹の靴下につつまれている――彼はそれらから目を離すことができなかった。それにしても彼女は何を言おうとしているのか？　それにどこで暮らしているのだろう？　彼は向き直りもせずに、両足の間の地面に向かって言った。

「きみ、大丈夫？」

「いいえ」と彼女は答えた。その声には絶望の色があって、一瞬それが彼のうちに同情の念を目醒めさせた。背を起こして、向かい合う。

「どこがおかしいの、ミス・フリーダ？　要するにぼくなんぞの口出しすべきことじゃないってこと？」

彼女は初めてこれまでの深刻な風情を和らげる様子を見せて、おおむ返しに言った、「あなたが――口出しすべき――ことじゃない！」

それをまるで面白がっているといってもいいくらいだった。「それは違うわ。有難う、でも、そんなんじゃないの！」

　拒否の意思ははっきりしていて、逆らってそれを説き伏せられるというものではなかった。だから、半ば弁明じみた呟きをもらすことしか彼にはできなかった。

「いや、もしも助けがいるのなら、ぼくはせい一杯やらせてもらう。だから――命令してくれよ」

「ああ、そうおっしゃると思いました！」とそれは、まるでやさしくくすぐるような返答だった。「おやさしい方――でも、あなたは――」彼女は激昂して身を起こした。固く握りしめ合った両手がマントからすべり出る。初めて見るそれは、手袋をはめていた。次の瞬間、彼女はその両手を離すと、ほとんど歯擦音で「わたくしが何者だとお思い？」と訊いた。

　これにはぎょっとした。彼女にとっての問題とはきっとこれだ。

「お宅まで見送らせて下さい。本気なんだ、ミス・フリーダ」

「でも、行く所はありませんわ」と彼女は叫んだ。

「じゃ、どうしようってんだ？」

「何も」

「だけど、何とかしなくっちゃ」

　彼女はヴェールを被った顔をもたげて、片手で月に向かって何やら所作をすると、言った。

「わたくし、消えますわ」

「あ、ああ！」水夫は瞬時にして、今相手にしているのが全然女優なんかではないことを悟ったのだった。こいつは気がふれているのだ！　それに自殺しようとしている！　さっき彼が気勢をそがれたのはそのせいだ――狂女だ、彼女は狂女だ！　よりによって、えらいのにぶつかったもんだ！

「あのね、わたくし、あなた方のおっしゃる幽霊なんです！」と、おごそかに彼女は言った。

そう、これで決まった。可哀そうなのは一般に、月夜の晩にいっそうひどくなる。彼はじっと彼女に警戒の目を注いでいた。女好きで、ことに月夜のすてきな若い女性などは大好きになる彼だった。でも気がふれたのはいやだ。

「信じられないでしょう？」と彼女は問うた。

彼は、その彼女をなだめようと努めて、「おかしいね、今夜は先ほどもある男と幽霊について論争していたんだよ。そしたら今度はきみ。ぼくを説得しようとする二人目の登場だよ。実を言うと、受け入れてくれるかどうかは勝手だけど、ぼくは幽霊なんて、たとえこの目で見たって信じられないな！」

ひどく穏やかに彼女が訊いた。「わたくし、ここで何をしているとお思い？」

アーチーはしばらくもじもじしていたが、こう答える、

「じゃあ、正直いうか。きみが幽霊だとは思わなかったんだ。最初きみは――つまり――すてきな娘《こ》がふざけ心で現われたと思ったんだよ」

彼女の応答を待って、口をつぐむ。たいそう冷淡なお返しだった――

「それで？」と彼女。

「そう。次には、女優だろうと思った」

「じゃないわ」彼女はちらと不機嫌の色をのぞかせる。

「が、その次には、何か悩みごとがあるに違いないと気がついた」

ためらいがちに頷いて、「ええ、そうなんです」

「要するに――金を失くしたとか……」

「いいえ」と、きびしく彼女は彼の言葉を遮って言った。「わたくしの失くしたのは、命です」

「まあ、そんなところだな」と、機嫌をとるように彼、「きみがきたのは……それとも……下のあそこから?」そして町の方へ向かって顎をしゃくってみせる。

彼女は穏やかに答えた、「わたくし、天国からきたんです」

可哀そうに、男はとまどいにほとんど虫酸が走るようだった。水夫はデリカシーに欠ける。だから途方に暮れて、ささやかなジョークに飛びつかんばかりにして、

「ああ!　それそれ!　きみは天使だ――と思ったよ」

「天国に天使などいませんわ」と娘が叫んだ。

「いない!」と彼。

「いません。あちらでお目にかかったことはありませんもの」

アーチーは、じゃあ後のちぼくはひどくがっかりすることになるな、などとぶつぶつ口の中で呟いた。

「天国ってどんな所だとお思いになります?」とレディが尋ねる。

彼は、その点は、今の今まで深くつきつめて考えることもできずにきたと認めない訳にいかなかった。

「わたくしには分かります」と重々しく彼女は言う。

「言ってみろ」彼女があまりにもねばり強いので、彼は相手が気がふれているのだということをいささか忘れかけていた――それに、しょせん彼には、狂女にどうあい対したものやら分からなかったのだ。

「わたくしが三年ほど前に死んだとき……」と彼女は語り始める。

「ねえねえ」水夫は笑いながら彼女の方に向き直って言った、「きみはきっと、途方もなく素晴らしい女優になれるぜ！」

わずらわしそうに彼女が躰を動かす、「聞いて下さい！」

「死ぬ前のきみは何者だったの？」と彼はひやかす。彼は、むざむざそんな風に催眠術をかけられてしまいたくはなかったのだ。

「当時は若くて、お金持で、愚かでした。この世で思いや情熱をかけられるものはただ一つ。わたくしは衣装道楽で、きれいな服には目がありませんでした。気が狂っていたに違いないと思います。見せかけはそうでなくても、ほかに、心から興味をもてるものなどありませんでした。ただただ沢山の美しい衣装を身にまとうために生きていた。それにまた、わたくしは美しかったと思います――あるいは、あなたもさっきそうお思いだったかも……」

「どうれ！」アーチーは彼女のヴェールをすす早くひったくろうとした。

「だめ……！」彼女の拒否には略奪者の腕を縮み上がらせ、ひっ込ませるような語気があった。そしてその叫び声の谺《こだま》が、なんだか一瞬、上のかすかな星の間ではためいたかと思われた。

「用心して！」彼女の真剣さに彼の感情はおさまった。「それがわたくしの命、そのほかには何もなかったのです。毎日毎日、一刻一刻、手に入るかぎりの豪勢なドレスで正装すること、ただそれだけ。何という虚栄！　そしてわたくし、信じていたのです、それが五体を尊び、魂をよろこばせることなのだと。狂気の沙汰ですよ！　何をやっても、頭の中はこれから着る服のこと、それによって異彩を放つどんな機会に恵まれるだろうか、ということだけ。それが喜びのすべてでした。この世に苦労、意味、目的は、ほかに何もない、願いも、至福も、ほかにないように思われた。だから絹や、サテンや、紋織り《ブロケード》に財産を注ぎ込んだ。そうすることによってすべての人びとに恩恵を施しているのだと、そう想像していたのです」

「へえ、でもひどい話だな！」とアーチーが不意に半畳を入れる。彼女は身振りで彼を制止すると、ベルベットのマントにすっかりくるまって、ベンチの隅に深ぶかと躰を沈めた。水夫はベンチの背に片腕をついて倚りかかり、もうひどくうんざりして、もしも彼女がすぐに去らなければ、自分は悩む彼女を置き去りにしてずらかるしかないなと思いながら、彼女をしげしげと見つめた。あくびが出そうだったが、なぜかそこまでの勇気はなかった。判読できるかぎり、彼女は悲惨そのものだった。そして再び彼は、彼女は狂女だとの確信に戻ろうとしていた。邪気はたしかにないけれど、でも精神の異常な女を相手にこの彼に何ができるというのか？

「やがて、わたくし死にました」と、彼女は語りついだ、「すぐに気づいたのですが、安い木綿製の、わたくしにはひどく大きすぎる、つまらない醜いガウンを着せられて、埋葬されているのを知った時のおぞましさを想像なさって下さいな！　うっ！」レディは身顫いした。「長い間、宙にぶら下がっている感じでした。化学溶液の中の動かない雲状のもののように、ひとりぼっちで、まったく近寄り難いわたくし。目はよくきくのに、何も見えないのです。ちょうど消えかかる月の泛《う》かぶ薄汚れた空を見つめている時のように、すべてがぼんやりして、単調で」

「そのとき思いがぐるぐる回りだして、わたくしの所へ帰ってき始めた。地上の思いが、です。で自分は死んで、無限界の浮游物なんだと分かってるのに、思うのは、生きているその時にわたくしが珍重していたもの、つまり素晴らしい衣服のことだけ。そしてそれらの思いも、考えていると、わたくしのまわりを漂い始めるのです。ドレスや、ペティコート、ストッキング、靴といった、それら一切の心慰められる亡霊が」

水夫は溜息をつき、紙巻きタバコに火をつける。レディは、再び彼の気持が静まるまで待った。

「しかし、それらはわたくし自身と同じくらい、わたくしにとってはリアルでした。ああ、何と嬉しかったことか！　さっそく忌まわしい木綿の屍衣をはぎ取って、そのいとしいドレスの一つに着替えました。でも、じきに飽きがきて、脱ぐと、それは消えてしまって二度と戻ってきません。わたくしは生前に楽しんだ他の物も思い起こそうとしたけれども、それらはついぞ現われない——現われるのは着るものだけ。つまり、かつて理想であったそれらが、このわたくしの天国となった。衣装のうちに、わたくしは昔の幻をとり戻したのですわ」

「畜生！」と水夫は呟いた。「これじゃあな！　すぐにもおれはこの娘を殴りつけちまうぜ」

「何とおっしゃいました？」とレディが大声で訊く。

「時間だよ、つまりもう遅い、と言ったのさ」と彼は答える。

つづく沈黙の中で、彼女の痛ましい驚きようが肌にまるで痛いほど感じられるような気がして、彼はふざけるみたいに彼女の方を振り向くと、

「でも、これじゃあ、まさしくぼくへのお説教だね、ミス・フリーダ。ぼくが知りたいのはね、どうやって、こんな風にぼくの姿を見つけたかってことさ！」

「いちど着ると服は全部消えてゆくの。一つ、また一つと、再びどこかへ行ってしまう。長い間そのことに気がつかないまま、取り返した喜びのうちにそれらを着て、またほかのに着替えて。生前にやっていたそのままにね。でも、ついに今着ているご覧のもの以外は皆行ってしまったのです。なくなった今、途端にわたくしの身の上に何かしら変わったことが起こりつつあるみたいな感じなんです」

「ふん！」とアーチー。

「……でも、よく分からない」

彼女が語るのをやめると、水夫は紙巻きタバコを口でうごめかせた。煙が逆流して、彼はくんくん鼻を鳴らした。

「何かしらほかにある筈だと、お思いになりません？」と、彼女が悲しげに尋ねる。

彼女の靴のバックルには月の光があり、木の葉の縞模様が、彼女のこぎれいな脚、優雅な躰の上に広がっている。

「そうさ！」彼は慰めるように言った。「朝になれば大丈夫。ひと晩ぐっすりと眠れば、明日は、どっかの仔猫みたいに陽気になれるさ」

レディは何分かの間口もきかず、身動きもしなかった。沈黙が腹立たしくなってくると、水夫はやむなく訊いた。

「ところで、今これからどうするの？」

「わたくしとしては」と溜息まじりに彼女、「できれば海の底の、さらにずっと深い所に埋められたいの」

「うーん！　そんなの平っちゃらさ、きみならね！」彼は本気で彼女に請け合ってみせた。

　すると彼女は、彼にはただじらされるだけだというのか、彼の人品を見定めようとするかのように「でも、わたくし死んでいるんですよ。古い衣装の亡霊をまとった生き霊にすぎないんですから」

　彼女のしつこさには弱った。彼女が狂人だとは信じられず、だから今のはもう、彼には好意的に受けとれない類いの冗談だった。

「おい、よせ、フリーダ！　ここがどこだというんだ？　いい加減にしろ。ぼくにきみは、さっきからずうっと、寂しい人間だってことを押しつけようとしてるがね、ぼくはえて公まがいなんぞじゃない。ぼくは水夫なんだぜ、れっきとした——。だからいい娘らしくキッスして、おやすみを言って、ぼちぼち家へ帰ったらどうだい」

　にもかかわらず——そんないい娘らしさを彼は待った。が、反応はなかった。

「わたくしの言葉が信じられませんの？」と彼女は訊いた。

「そうじゃない。ぼくは最善をつくしてるんだ。きみはとてつもない立派な女優——だよね？　でも、ぼくはのれない。とてもじゃないが！」

　彼はまるで憤然として立ち上がる。娘は同じ場所に掛けたまま、そして水夫もなんとはなしにぐずぐずしていた。いや、実を言えば、いまだに彼女を残して立ち去りたくはなかったのだ。要するに彼女は気分がすぐれないのかも知れず、いまだに彼は戸惑っていた。あるいは歩きだせば、ついてくるのかも知れない。彼が一歩踏み出した、その途端に彼女の呟く声が聞こえる。眉をしかめて彼は聞き耳をたてる——

「証明ならしごく簡単にできましてよ」

「どうやって?」さっと彼は振り返る。

「この服を脱いでおみせすれば」と彼女。

お！　こいつは名案じゃないか！

「きみが服を脱ぐ！　ここで！」

沈黙の頷きが返ってきて、たちまちそれが、彼の行き過ぎた気まぐれの焼けぼっくいに火をつけた。

「やあ、素敵なことを言ってくれるじゃないか、フリーダ！」

彼は、再びベンチの彼女の傍らへ身をおどらせて戻った。「本当かい?　さぁ！」彼女がそうしようとしていることを感じ、そわそわしながら待った。「どうしたい?」とせかしながら、山径の上下に目を走らせる。「平気だよ。さあ。他人《ひと》は誰も見ていないよ」

彼女はついに腰を上げ、そして彼も身動きしようとすると、それを制止して言った。「坐ってるのよ、お馬鹿さん！」

ちょっとの間彼女は、灌木や小さな木に護られて小径に立ち、マントの下の服を手探りした。彼女は大そう巧妙だった。というのも、どうやったのかも気づかぬうちに、服は全部脱げ落ちて、その場に山をなしていた。

そして、それでお終いだった。

ほっそりとした裸の少女が彼の抱擁を待っている訳ではなかった。フリーダ・リストウエルは、行ってしまい、消え失せてしまっていた。あの手すら見えなかった。影のような彼女の衣服だけが、小径で月光を浴びている。マントに靴、ヴェール、ストッキング、襞べり飾り、フリル、緑のガーター、そして白い櫛がのぞいている携帯用化粧具入れ。息をのむほどす早く、だがじつにさり気ない証明であったので、思わず胆をつぶしそうだった。

「彼女はそこにいた。動きもしなかった！」彼は呟いた。「この魂にかけて誓ってもいい」

暫くの間、わが目が信じられない水夫はベンチから起き上がる勇気もなかった。怯えた目を右に、左に、そして背後に、と走らせながら、両手でベンチに、難船者が帆桁にすがるようにしがみついていた。

「信じられないことだ！」と彼は気丈にも呟いて、ベンチから掌を引き剝がすと、小径に立ちすくんだ。

「おーい！」彼は声を殺して叫んだ。「どこにいるんだ？」

きびしい顔つきで、背筋をのばし、胸をはって近くの茂みの中を歩く。そこではなかった。どこにもいない。再びぐるりと回ってみると、服もまた消えている。

「おい！　よせよ！」と叫んでみたが、彼女が隠れているのでないことを彼は知っていた——彼女には、隠れるところなどありはしないのだ。殻竿で打つように胸を動悸させながら、ぞっとするような空気を彼は吸った。なんだったのだ？　一目散に逃げうせたかったが、かなわなかった。ショックをうけた脳髄を組み伏せようと気を締めなおす彼の、その爪が彼の手の平にくい入っていた。

「フーッ！」と彼は、じっとしていることもままならず、躰をぐるぐるくねらせながら喘いだ。

「フーッ！」汗で目が見えなくなったので、片手をポケットに突っこんで、ハンカチーフを引き出した。それは一時間前にベンチの上に見つけた、香水のにおいのする布切れだった。再びそのにおいを嗅いだとき、彼は思い出した。それを月光の中にかざし、じっと凝視したまま、呟いた、

「考えられないことだ。とてもぼくには……」

空中の見えない何かが、彼の指先からそれをもぎ取った。


（訳＝井出弘之）

判事の家

ブラム・ストーカー

B・ストーカー

一八四七〜一九一二。ダブリン大学卒業後、名優ヘンリー・アーヴィングのマネージャーを長年つとめ、歴史・音楽・数学の素養が深い。彼の名を一世に高めたのは吸血鬼譚『ドラキュラ』（一八九七）であり、遺作に『ドラキュラの客』（一九一四）がある。

　大学の試験期も近づいた。マーカム・マーカムソンはどこか独りになって読書できるところに行こうと思った。浜辺の魅力は怖かった。かといって、全くの田舎の独居も怖かった。昔から田舎の独居のいろんな魅惑は良く知っていた。そこで、気が散るようなものは何ひとつないもったいぶらない小さな町にでも行くか、と思った。友達に意見を求めるのは止めにした。友達なんて誰だって、すでに知っているか、行ったことのある土地を勧めるにきまってる。友達を一切避けようと思ったから、友達の友達を煩わすことも止めにして、自分で行く先を決めることにした。旅行カバンに衣類を若干と必要な書物をつめこんで、まるっきり知らないローカル線の時間割の、最初に目に飛び込んできた駅名の切符を買った。

　三時間の旅のあと、ベンチャーチの駅に降り立って、やれやれこれで、ひとりしずかに勉強できる機会をもつため自分の足跡はくらませたわいと、満足をおぼえた。眠たげなちいさな町なかに宿屋がひとつ。そこに真直ぐに行って、その夜はそこに泊まることにした。ベンチャーチは市《いち》の立つ町。だから三週間に一遍だけ途方もなく町がゴッタがえすが、あとの二十一日は、砂漠みたいに閑静で魅力があった。着いた日、マーカムはもうあたりを見回して、この《好旅軒》の静かさよりもっと孤独になれるところはないかと物色した。物好きな彼の気に入ったところとなると一つしかなかった。こいつばかりは、閑静という観念の最大の幅をたしかに満足させた。閑静というのは、この場合、ぴったりな言葉ではないな――その場の閑寂さという観念にピッタリとなると、まあ、荒淋ってとこかな。だだっ広い、重々しい、後期イギリス・ゴシック・スタイルの建築で、重たげな破風や窓がついてござる。窓は異常に小さくて、こういう家に普通なよりもたかいところに付いていて、かさばった高い煉瓦塀にぐるっととりかこまれている。実際、しげしげみると、こいつはありきたりの家というより、要塞をめぐらした家といった感じ。こういうのが、マーカムソンには気にいった。「これこれ、こいつこそ、探してたやつ。ここに泊まれたら、幸福なんだがな」とマーカムソンは思った。いま、誰も住む者がいないのは疑いないと知ったとき、彼の喜びは倍加した。

周旋屋の名前は郵便局で教えてもらった。例の古い屋敷を間借りしたいと申しいれると、周旋屋は驚きを隠さなかった。クロフォードさんという、この地方の弁護士兼周旋屋さんで、温和な老人だったが、あの屋敷に進んで住もうなんてお方なら、誰だって、もっけの幸いなのです、と率直に言うのだった。

「打ち明けた話」と、クロフォードさんは言うのだった、「あのお屋敷の代行者としてですな、そりゃもう、数年の期限でなら、ただなりと、どなたかに住んで頂いて、この辺の連中にあの屋敷が空き家じゃないってことを知ってもらうだけでも、有難い極みですわ。なにしろずーっと空き家だったから、あの屋敷にはいわれのない偏見がつきまとっていましてな、そんな噂を吹っ飛ばすのは――こういうと彼はマーカムソンをこっそりと眺めて――しばらくでもそんな噂を静めてくださるあんたのような学生さんが来てくださるのが一番でしてな」

　その〈いわれのない偏見〉とは何か、マーカムソンは別に聞く必要はないと思った。必要なら、別のところからもっと聞き出せるだろうと思ったから。三カ月分の家賃を払い、領収書をもらい、彼のために〈まかない〉をやってくれる筈のお婆さんの名前を教えてもらうと、鍵をポケットにして帰ってきた。《好旅軒》の女亭主のところにもどった。陽気でじつに親切なこの女亭主に、当座の身の回り品はどんなものをもっていったらよいかを相談してみた。どこにこれから泊まりに行こうとしているかを聞くと、彼女は驚きのあまり、両手を突き上げて言うのだった。

「まさか《判事の家》じゃないでしょうね！」と、言いながらもう、みるみる顔が青ざめた。マーカムソンは、屋号は知らないんだがといいながら、その屋敷のありかを説明した。説明が終ると、女亭主は言った、

「はい、はい、もう、紛れもありゃしない――まさしくあの屋敷ですよ！　そりゃ《判事の家》ですよ」マーカムソンは女亭主にあの屋敷について話してくれるように頼んだ、何でそんな名で呼ばれているのか、なにかマズイ噂でもあるのか、と。何年もまえからそう呼ばれている屋敷なんだそうだ。彼女の話によると、自分はよその土地から来たものだから、よく知らないが、なんでも百年かそれより以上も昔のことらしいが、あの屋敷はある判事の住み処《か》だった、巡回裁判所で下す判決が過酷なのと、囚人にたいする敵意のすさまじさから、ひどくひとびとに恐怖を与えた判事だった。あの屋敷そのものについて、なにかまずいことがあったのか、女亭主にも分からなかった。何度もひとに尋ねてみたが、だれからも答えが得られなかった。〈何か〉があるらしいことは、漠然と分かったものの。女亭主自身、ドリンクウォーター銀行の有り金一切貰えたところで、たったひとりぽっちで、あんな家に、一時間だっていたくない、というのだった。さて

それから女亭主はマーカムにむかって、こんな話の腰を折るようなことを言って申し訳ありませんというのだった。

「こんなこと、言いたかないんですけどね、お客さん、あなた——それも、いい若者のあなたに——ひとりで、あんなとこに行かせるわけにはゆかないんですよ、申し訳ないけど。あなたがわたしの倅《せがれ》だったら——こんな言い方許して下さいね——わたしがついていって、天井についてる大警鐘を鳴らしてあげられるならともかく、とてもじゃないけど、一晩だって、寝かせるわけにはゆかないんですよね！」気のいい女亭主が大真面目で言っているのは顔にでていたし、誠心誠意言ってくれていることは分かっていたから、マーカムソンも、内心面白くなってきたものの、心打たれるものがあった。マーカムソンは女亭主に、そんな気遣いをしてもらってどんなに有難く思っているかを丁重に言うと、こう付け加えた。

「でも、ウィザムの奥さん、ぼくのことなんか心配することありませんよ。大学の試験勉強するっていう男ですからね。摩訶《まか》不思議な〈何か〉なんかに煩わされる暇はないし、ぼくの勉強はね、すごく精密なうえに散文的なもんですから、どんなもんにしろ、面妖なことなんか、頭の隅にも持っちゃいられませんよ。数列だの順列組み合わせだの関数だのというだけで、ぼくには摩訶不思議には十分なんですからね」

　よろず面倒仕事の方はウィザムの奥さんが親切にも買ってでてくれたので、賄《まかな》い役に推薦された老婆には自分が会いにゆくことにした。ものの二時間もして、老婆をつれて判事の家に来てみると、ウィザムの奥さんはもう、荷物を持った男衆と若者を引き連れて待ち構えていた。おまけにベッドまで積みこんだ家具屋をひとり連れている。テーブルや椅子はお屋敷のもんで大丈夫でしょうがね、五十年も風通しひとつしたことのないベッドなんてね、お若い人の体が保《も》つもんじゃないと思いましてね、と言った。明らかに屋敷のなかを見たくてたまらない様子だ。それでいて〈何か〉をひどく怖がっているのは見え見えだった。ちょっとした物音にも、マーカムソンにすがりつく有様。マーカムソンの脇を片時も離れようとはしないのだったが、それでも屋敷のなかは、ひとわたり見て回った。

屋敷のなかを見終ると、マーカムソンは大食堂を居間にすることに決めた。欲しいだけの広さがあったからだ。デンプスターという派出婦の老婆に助けられて、ウィザムの奥さんは切り盛りしていった。食料品入りの大型バスケットが運びこまれて開かれた。ウィザムの奥さんはとても気の利く人で、数日分ならタップリある食料を自分の台所からもってきてくれたことがマーカムソンには分かった。帰り際に女亭主は、ありとあらゆる気づかいを並べたてると、ドアのところで振り返ってこういった、

「それからね旦那、この部屋はダダッ広いし、隙間風も吹き込むことだから、夜分はベッドのまわりに大きい衝立《ついたて》を巡《めぐ》らしなすった方がいいですよ――本当のところ、わたしだったら、ありとあらゆる〈奴ら〉にですね、そんな具合に閉じ込められたら、死んじまいますよね。脇から上から頭だしたり、こっちをみつめたりする〈奴ら〉にね！」自分でデッチあげたこの光景に、もういたたまれなくなった彼女は、即刻、遁走していった。

デンプスター婆さんの方は女亭主が立ち去ると、小馬鹿にしたようにフンとせせら笑って、わたしには、国中のお化けだって、一向に怖かないね、と言うのだった。

「いいですか旦那」と婆さんは言うのだった、「お化けなんかと言うけれど、どんなもんだって

お化けに見えますよ――本物のお化け以外にはね！　ネズミでしょう、ハツカネズミでしょう、甲虫でしょう、ギーッと開く扉でしょう、ゆるんだ屋根瓦でしょう、壊れたガラス窓でしょう、きつくなった引き出しの把手でしょう――引っ張っても開かないが、真夜中にボロッと落ちるって奴ですよ。この部屋の羽目板を見なさいな、古いでしょう――何百年もたってるね！　ネズミや甲虫がいないわけがない！　旦那、一匹もいないなんて想像できますか。ネズミだってお化けですよ、ね、お化けはネズミですよ。ほかに考えようがないでしょう！」

「デンプスターさん」とマーカムソンは丁重にお辞儀しながら真顔で言った、「おばさんは、ケンブリッジの首席第一級試験合格者より物知りだ！　で、おばさんの頭も心も疑問の余地なく健全なことへの敬意の印にね、ぼくがこの屋敷から出たら、ぼくが借りた期限の残る二ヵ月間、おばさんがここに住めるようにしてあげる。ぼくの目的には四週間もあれば足りるんだ」

「それはご親切にどうも、旦那」と婆さんは答えて言った、「折角ですがね、わたしゃ一晩だって外泊できないんですよ。わたしゃグリーンハウ養老院の厄介になっているもんでね。グリーンハウから外泊しようもんなら食いぶちに困ることになるんでさあ。規律がとてもやかましくてね。規律を破るには、わたしの空きをねらってる目が多すぎるんですよ。ほかに訳はありません、旦那、喜んでご滞在の間は、ここへ通って、お世話させて頂きますだ」

「ねえおばさん」とマーカムソンはあわてて口をついで言った、「ぼくはここに独りになりにきたんですよ。亡きグリーンハウが立派な慈善心をそこまで徹底的に組織したとはねえ、感心しちゃうな――現状はどうだろうとですよ――こんなくらいの誘惑をやらかすスキも絶対ダメにしちまったんだからな！　聖アントニウスだって、そこまで規律ずくめじゃないと思う！」

婆さんはガラガラッと笑うと、「若旦那、ご心配いりませんよ。ここならお好きなだけ独りになれますよ」。そういうと、掃除にかかった。夕方、マーカムソンが散歩からかえってきてみると、部屋は奇麗に掃かれ、キチンと整頓され、古い炉端には火がもえている。ランプがともされ、ウィザムの女亭主の心づくしの御馳走がテーブルに並んでいる。「こりゃ、楽チンだ」と彼は言いながら揉み手をした。

夕食をすませ、樫の木のテーブルの向こう端《はし》にお盆をさげた。書物をとりあげ、暖炉に新しい薪をくべ、ランプを調節して、ひとしきり本格的な猛勉をした。十一時ごろまで休みなしに勉強してから、さて一休みして薪をくべ直し、ランプを調節し、自分でお茶をいれた。マーカムソンは大の茶好き。大学生活の間も遅くまで勉強し、遅くなってからお茶をのんでいた。お茶で一服というのは、マーカムソンには素晴らしい贅沢。素敵で官能的な安らぎを味わいながらいつも楽しむ。新しく勢いづいた炎が弾《はじ》けてきらめき、古い大きな部屋一面に、奇妙な影を投げ掛けた。茶をすすりながら、性《しょう》にあった独りっきりの気分を大いに楽しんでいた。初めてそのとき、ネズミたちが大変な物音を立てているのに気がついたのだ。

「どうみたって、ぼくが本を読んでいた間は、こんな音を立てていた筈はないぞ。あんな音さしていたら、ぼくだって気がついていた筈！」とマーカムソンは考えた。まもなくネズミたちの物音は、まえよりももっと大きくなった。間違いなく今立て始めた物音だと分かって、マーカムソンは満足した。見も知らぬ男が現われたり、暖炉の火がついたり、ランプの明りがついたりしたのだ。ネズミたちは、初めのうちこそびっくりしていたが、時がたつと大胆になって、いつものように浮かれ騒ぎだしたことは明白だった。

なんとまあ、せわしない奴ら！　奇妙なこの物音！　聞くがいい！　古い腰板の上・下・後ろ、天井の上、床下をネズミたちは走りまわり、嚙みつき、ひっかいている！　マーカムソンはデンプスターの婆さんが言ったことを思いだし、ひとり笑いをした。「お化けなんてネズミですよ、ネズミはお化けですよ！」まもなくお茶が彼の知性や神経に効き目をあらわしだして、今夜中にやってしまう筈のもう一ふんばりの勉強のことを、満足して彼は眺めるのだった。眺めていると心が落ち着いてきて、部屋中をゆっくり眺め回す気持の余裕にひたってしまった。ランプ片手に部屋を見てまわる。こんな珍らかで美しい古い屋敷が、こんなに長い間、どうしてほったらかしにされてきたのだろうと訝りながら。腰板のパネルの上の彫刻された樫材は美しく、扉や窓の上や回りも見事で、めったにみられない値打ちのあるものだった。壁には古い絵が何枚もかかっているが、塵だの埃だのが厚く覆っていて、できるだけ高々とランプを掲げてみたが、絵の細部はほとんど見分けがつかない。板の裂け目や穴から、ランプの光りをうけて、キラッと光るネズミの目玉が一瞬覗く。だがつぎの瞬間、もう目玉はない。そしてチューチューいう声、走り騒ぐ物音が続く。

一番強い印象をうけたのは、天井の大警鐘の引き綱だった。こいつは暖炉の右手、部屋の隅に下がっている。マーカムソンは、高い背のついた彫刻した大椅子を暖炉ちかくに引き寄せて、最後のお茶を一杯飲みに座りこんだ。飲んでしまうと薪をくべて、テーブルの隅に座り、勉強に戻った、暖炉を左にして。一時、ネズミたちは例の騒音で彼の邪魔をしたが、やがてそれにも慣れてしまった。時計の音や流れ水の音にもいつしか慣れてしまうように。勉強に夢中になって、今、解こうとしている問題のほかに、この世の何もかも、彼の頭からは消え去ってしまっていた。

突然、目をあげた。問題はまだ解けていなかった。大気のなかには暁の時刻に特有のあの気配がただよっていた。これは懐疑する生《もの》にとっては、きわめて恐ろしい時刻。ネズミたちの騒音は鎮まっていた。つい今しがた、それは止んだように思われ、急に止んだことが、彼の邪魔をしたように思えた。暖炉の火は衰えていたが、それでも、深い赤い輝きを投げている。

暖炉の右手の背の高い彫刻した樫材の大椅子の上に、ばかでかいネズミが一匹、座っている。薄気味悪いまなざしで、マーカムソンをジッと睨みつけている。あっちいけ、という仕草をしてみたが、いっかな動こうともしない。何か投げつける身振りをした、動こうともしない。怒ったように巨大な歯を剝《む》いただけ。その眼はランプの光りをうけて残忍に、まえよりも執念に燃えて輝いた。

マーカムソンは仰天し、暖炉から火搔き棒をつかみとり、殺してやると、ネズミ目がけて走った。だが、火搔き棒があたるより早く、ネズミは憎悪の結集《けつじゅう》のような叫びをあげると、床から高く跳ね上がり、大警鐘の綱を駆けのぼると、緑のシェードのついたランプの光りの彼方の暗闇に姿を消してしまった。とたんに、不思議にも、腰板のなかのネズミたちのやかましい騒音がまた聞こえだした。

もうこの頃は、数学の問題などマーカムソンの頭からは奇麗に消えてしまっていた。朝を告げる雄鶏の鋭いトキの声が戸外でし、彼はベッドに入って眠った。

ぐっすり眠ったので、デンプスター婆さんが部屋を整えに入って来たのに、眼もさまさなかった。部屋を整え朝食を用意した婆さんが、ベッドに巡《めぐ》らした衝立《ついたて》をコツコツ叩いたとき、やっと彼は眼があいた。一晩中猛勉したので疲れが少し残ったが、濃いお茶を飲むと気分爽快になり、本をとって午前の散歩にでかけた。夕方まで戻らずにすむように、サンドイッチを少しもってでかけた。町のすこし外れのあたりに、楡の木の高い木立の間の散歩道をみつけ、そこでラプラースを勉強して一日の大半を過ごした。帰り道、かれはウィザムの女亭主のところに立ち寄って、彼女の親切に対してお礼を言いに行った。ダイヤ・ガラスを嵌め込んだ私室の張り出し窓越しに、マーカムソンのやってくる姿をみた女亭主は、出てくると、どうぞお入りくださいと言った。さぐるように彼をみて、頭を振り振り、こういう彼女だった、

「旦那、ちょっと、ご勉強が過ぎやしませんか。いつもよりお顔色がすぐれませんよ。あんまり遅くまで猛勉なさって頭を使いなさるのは、誰にだって良かありませんよ！　でも旦那、どうなんです、昨夜《ゆうべ》はどうでした、ねえ、大丈夫でした？　でも、ほんと、旦那、うれしかったですよ、デンプスターさんから今朝、旦那がお元気で、お部屋に行った時は、ぐっすりお休みだったと伺ったときはねえ」

「ええ、ぼくは至極好調ですよ」と、にっこりしながら彼は答えた。「〈奴ら〉なんて、まだ一向、出てきやしないですよ。ネズミだけです。暴れて部屋中、なんとサーカスをやらかすんですよ。ただね、一匹、忌まわしい目付きのジジイの野郎《デビル》がいましてね、暖炉の側の椅子に座っているんですよ。火掻き棒をひっ掴むまでビクともしないんですからね。でもね、火掻き棒には驚いて、大警鐘の綱をつたって駆け登り、壁の上か天井かどっかに逃げちまいましたがね――暗すぎて、どこか分からなかったけれど」

「神様、お慈悲を！」とウィザムの女亭主は言った、「ジジイの悪魔ですって！　それも炉端の椅子に座っていたですって！　お気を付け遊ばせ！　冗談で言った言葉にも、沢山、本当のこと

があるもんですよ」

「なんのことかなあ?　どうもピンとこないけれど」

「そのさ、ジジイの悪魔ですよ!　ジジイの悪魔。きっと、そら、旦那!　笑いごとじゃありませんよ」。マーカムソンは思わず腹をかかえて笑ってしまっていたのだ。「あなたがたお若い方ってのは、老人が震えあがるようなことを、気安く笑い飛ばそうってんですから。どうとでも、お笑いなさいな。旦那はそれでよろしいのよ!」そう言いながらも、気の良い女亭主は、面白がっている彼に調子を合わせ、顔中笑いにするのだった。一瞬だったが、さきほどの彼女の恐怖も消えていた。

「あ、ごめんなさい」、マーカムソンは気がついて言った。「無礼な奴だとお思いでしょう。でもね、その思い付きがおかしくってたまらなくなっちゃったものだから——昨晩《ゆうべ》、本物のジジイの悪魔が椅子に座っていたなんて、その思い付きがね」。思っただけで、もうおかしくなり、また笑ってしまった。それから彼は夕食をしに屋敷にもどった。

今夜は昨晩《ゆうべ》より少し早くから騒ぎが始まった。本当は、彼が帰って来るまえから暴れていたのだが、マーカムソンが新しく姿を現わしたために、ネズミたちは、しばらくの間、鳴りをひそめていたのだった。夕食後しばらく彼は炉端に座って一服した。それからテーブルの上を片づけて、いつものとおり勉強を始めた。今夜は昨晩《ゆうべ》よりもネズミたちは彼の妨げになった。上を下への、上での下での、なんという大騒ぎ!　何とまあ、金切り声をあげ、引っ掻き、噛みつくことか!　ますます調子に乗って、巣穴の入り口や隙間や割れ目に出てきて、炉の光りが明滅するにつれて、小さなランプさながら目玉をピカリと光らすことか。でも、マーカムソンは、こんなものにはもう慣れっこになっていたから、ネズミたちの目玉も気味悪くはならなかった。馬鹿騒ぎぶりに腹が立つだけだった。時々、一番大胆な奴が床の上とか、腰板の彫り込まれた彫像の上まで出張ってくる。あんまりうるさくなるとマーカムソンは音をたてて脅かしてやったり、手で机をドンと叩いたり、シッ、シッ！　と叱ったりしてやる。ネズミたちは、さっと穴に逃げこむ。

こうして、夜更けまえの時はたっていった。騒音はひどかったが、マーカムソンはますます自分の勉強に没頭していった。

突然、勉強の手を止めた。昨晩と同じだった。突然の静寂の気配に圧倒されたのだ。かじる音、ひっかく音、キーキーいう音はピタリと止んだ。墓場のような静寂。昨晩《ゆうべ》の奇妙な出来事はよく覚えていた。本能的に炉端の椅子を振り向いた。すると、ひどく奇妙な感じがゾクッと身体を走った。

暖炉のそばの背の高い古い彫刻した樫の木の椅子の上に、例のバカでかいネズミが、気味悪い眼差しで、じっと彼に向かって目玉を光らせている。

とっさに、一番手近なものを手にとった、対数の本だ。こいつを投げつけてやる。本はひどく狙いを外れ、ネズミはびくともしなかった。そこで昨晩《ゆうべ》の火掻き棒作戦にでてみた。昨晩《ゆうべ》同様厳しく攻め立てられ、ネズミは大警鐘の綱を登って逃げ去った。不思議にも大ネズミが遁走すると、一ネズミの群れが一斉に立てる騒音は、また始まった。先夜と同様今夜も、マーカムソンには、一体部屋のどのあたりに大ネズミは姿を消したのか分からなかった。ランプの緑のシェードのおかげで、部屋の上方は暗闇になっていたし、暖炉の火も力がなかった。

時計をみると、もう真夜中近かった。ちょっとした余興に時間をつぶされたとも思わず、マーカムソンは暖炉の火を熾《おこ》して、夜ごとの茶を自分で淹《い》れるのだった。かなりの時間勉強をしたんだから、煙草を吸ってもいいなと考えて、炉端の彫刻した樫の木の大椅子に座って楽しんだ。煙草を吸っていると、あの大ネズミはどこに姿を消したのか知りたいと思い始めた、朝になったらネズミトリでも仕掛けてやろうという考えがないでもなかったのだ。そこで、もう一つのランプに火をつけて、炉端の壁の右手の隅にも光りが当たるようにした。それからもってきた本を全部とって、あの悪い野郎に投げつけてやれるよう、手近に集めた。最後に警鐘の綱をとりあげ、綱の端をテーブルの上に置き、綱の端の上にランプを載せて固定した。綱を扱いながら、なんて柔らかいんだろうと思わないわけにゆかなかった。とりわけこんなに頑丈な綱で、しかも長年月使われずにいたものにしては。「これなら、人間だって吊れるなあ」と彼はひとり考えた。用意が整うと、彼はあたりを見回して、満足げに言うのだった、

「さあてと、なあおまえ、今度こそは、おまえのことが何かわかる番だと思うぜ！」彼はまた勉強を始め、初めのうちこそネズミどもの騒音に煩わされたが、まもなく定理だの設問だのに我を忘れていった。

またしても身辺のことに注意がいった。今度彼の注意を引きつけたのは突然の静寂だけではなかった。わずかながら綱がうごき、ランプもうごいたのだ。身動きしないようにして、本の山は手の届くところにあるかを見て、さて綱づたいに上へ眼を走らせた。見ていると、ばかでかいネズミが樫の木の肘掛け椅子のうえにズッシリ落ちてきて、椅子の上に座って彼を睨みつけるのだった。右手で本を一冊とり、慎重に狙いさだめて、ネズミめがけて投げつけた。ネズミは素早く動き、脇に飛び跳ねると、この飛び道具から身をかわした。もう一冊、またもう一冊と、つぎつ

ぎにネズミ目がけて投げつけたが、どれも命中しない。とうとう、ある一冊を手にとって投げつけようとしたところ、ネズミはきしるような叫びを上げ、怖れおののく様子をみせた。いつも以上にやる気を起こしたマーカムソンの手から本は飛んで、音たててネズミを一撃した。ものすさまじい叫びをあげると、ネズミは恐ろしい悪意のこもった目付きを向けるなり、椅子の背に這いあがり、大きくジャンプして警鐘の綱に飛びつき、稲妻のように綱をつたって走り上った。突然引っ張りあげられてランプは揺れたが、重いランプだ、ひっくり返ることはなかった。ネズミをじっと見据えていると、ネズミは第二のランプの光りに照らされて、腰板の彫像のひとつに跳ね、それから壁にかかった大きな絵のひとつの穴に姿を消した。塵と埃が厚く覆ったその穴は、ぼんやりとして良く見えなかった。

「朝になったら、あいつの住み処《か》を探してやろう」とマーカムソンは、自分の本を拾いあつめながら言った。「暖炉から三つ目の絵だな、よし、よく覚えておこう」一冊一冊拾い上げ、手にとってみながら、いちいち何か彼は言ってみるのだった。「『円錐曲線』ねえ、こいつには鼻もひっかけなかったな。『サイクロイド振幅』ねえ、こいつにも。『原理』、『変数』、『熱力学』どれもねえ。命中した奴は、これだ!」マーカムソンはその本を拾いあげて眺めた。じっと見詰めているうちに、突然、顔一面に蒼白の色が広がった。不安そうにあたりを見回し、かすかに身震いして、こうひとりごちた。

「おふくろが呉れた聖書。なんたる奇妙な一致」。彼はまた座って勉強を始めた。腰板のなかのネズミどもは、また大騒ぎを開始した。でも彼の妨げにはならなかった。ネズミたちの存在にはなにかかえって仲間意識を感じさすものがあった。でも、勉強に心を集中できなかった。当面の数学問題をなんとか理解してみようとしたが、あげくの果てに放棄してしまい、東の方の窓から朝の最初の暁光がさし入るころ、ベッドに入ってしまった。

　ぐっすり眠りはしたが、不安な眠りだった。沢山の夢を見た。朝遅く、デンプスター婆さんが彼を起こしたところ、彼は不安そうで、ほんの数分、自分がどこに居るのか分からない様子だった。最初に婆さんに頼んだことが、やや突飛なことだった。

「デンプスターさん、今日はぼくが外出したら、梯子をもってきて、部屋の絵の塵を払うか洗うかしてくれませんか――とくに暖炉から三番目の奴をね――何が描いてあるのか、見たいもんだから」

　午後遅く、例の日陰の散歩道で何冊も本を読んだ。一日が経ってゆくにつれて、先日の快活さがまた戻ってきて、読書がどしどし進むのが分かった。今まで頭を悩ましていた数学問題はみんな満足な解答に達したから、《好旅軒》にウィザムの女亭主を訪問したときには、うきうきした気分になっていた。行ってみると、心地良い居間には、女亭主のほかに、見知らぬ客がひとり居た。ソーンヒル医師だと紹介された。女亭主がなにか少し心配しているらしいこと、この医者がいきなり質問を連発しだしたことを考えあわせて、マーカムソンは、ははあ、医者が居あわせたのは偶然じゃないんだな、と納得し、当たり障りのない前置きは抜きにして、こう聞いた、

「ソーンヒル先生、何でもおっしゃりたいことには喜んでお答えいたしますよ。ただそのまえに、ひとつだけ答えていただけませんか？」

　医者はびっくりした様子だったが、微笑《ほほえ》んですぐに応じてきた。

「ああ、いいとも、言いたまえ、何だね」

「ウィザムの奥さんがあなたをここに呼んで、ぼくの様子を見て、ぼくに意見するようにしむけたんでしょう?」

ソーンヒル先生は一瞬ギョッとし、ウィザムの女亭主は真っ赤になって横を向いた。医者はあけすけな、当意即妙な人だったから、すぐ、それも、隠さずに答えてくれた。

「そうだ、奥さんの依頼だよ。でも君には言うなといわれてね。ぼくが下手に性急に尋ねたもんだから、君に気取《けど》られてしまったんだな。奥さんはね、君があの屋敷にひとりぼっちで居たがることが、どうも心配でたまらんというのだ。君が濃いお茶を飲みすぎることもね。できればぼくから君に言って、お茶を止めること、夜更《よふか》しをしないことを、すすめてもらいたがっているんだ。若いころはね、ぼくもよく勉強する学生だったから、昔はぼくも大学人だったことに免じて、あけすけに、親身《しんみ》になって、君に忠告しようと思ったわけでね」

マーカムソンはにっこり笑って手を差し伸べた。「握手! アメリカ式にゆきましょう」といいながら。「先生とウィザムの奥さんのご親切には感謝しますよ。先生のご親切には、ぼくからもお答えしなくちゃね。もう濃いお茶は飲まないとお約束します——お許しが出るまで、もう飲みません——今夜は、遅くとも一時にはベッドに入るようにします。これで宜しいですか」

「結構!」と医者は言った。「あの古い家であったことを、なんでも話してもらいたいんだ」。そこでマーカムソンは、ここ二晩の間に起こった一切合切を、微に入り細を穿って、その場で話した。ウィザムの女亭主の驚きの声が、彼の話をしょっちゅう中断するのだった。とうとう聖書の一件に話が及んだとき、女亭主の押えられていた興奮は金切り声となって噴きだした。強いブランデーの水割りを飲まされて、やっと女亭主は落ち着きをとりもどした。ソーンヒル先生の表

情はますます深刻さをました。マーカムソンの話が終り、ウィザムの女亭主の気分もなおると、ソーンヒル先生は言った、

「その大ネズミは、いつも警鐘の綱を登るんだね？」

「いつもです」

「知っているとは思うが」と医者はちょっと言葉をとぎらせて言った、「あの綱の正体だが……」

「存じませんが」

「あれはな」、ゆっくりと医者は言った、「例の判事の法的悪意の犠牲となったすべての者の首を吊ってきた綱なのだ！」ウィザムの女亭主のもう一度たてた金切り声に、医者の話は中断されてしまい、彼女の気をとり直さす手当がおこなわれた。時計をみたマーカムソンは、もう夕食の時間が迫っているのに気が付いて、女亭主がすっかり正気にもどるまえに、その場をあとにした。

我にかえるとウィザムの女亭主は腹立たしげに、何の考えがあってあの若者にあんな恐ろしいことを吹き込んだのかと質問責めにした。「あの人はね、もう十分、気が動転するだけの目にあっているんですからね」と。ソーンヒル先生は答えて言った、

「まあ奥さん、ぼくにははっきりした目的があった！　あの若者の注意をあの綱にむけてな、あの綱に注意を集中させようと思ったんだ。むろん、あの若者は過労だ、勉強しすぎだ。しかしな、頭のしっかりした健全な若者と見た。このことも言っておかねばならん。――だがな、ネズミとか悪魔という言葉になるとな」、医者は頭を振って言葉をつづけた。「最初の夜、あの若者と一緒にいって一夜を過ごしたほうが良かったのかもしれん、しかし彼が気を悪くすることになってもと思ってな。夜になり、なにか不思議な恐怖か幻覚に遭うかもしれん。そうなったらあの綱を

引いて欲しいのだ。ひとりぽっちの彼だ。われわれに警告してもらい、まだ間に合ううちに、彼のところに行けるかもしれん。今夜は遅くまで起きていることにしよう、耳を澄ませてな。明け方前にベンチャーチの町中が起こされても、びっくりしてはならん」

「まあ先生、いったいどういうことなんですの?」

「つまり、こういうことです。たぶん——きっとたぶんですがね——今夜、判事の家から大警鐘の音がするだろう」。そう言うなり医者は、このうえなく効果たっぷりに部屋をでていった。

マーカムソンが部屋にかえってみると、いつもより時間が少し遅いことが分かった。デンプスター婆さんはかえってしまっていた——グリーンハウ養老院の規律を破るわけにゆかなかったのだ。部屋は楽しげな炉の火と程よく切られたランプの芯《しん》で、明るく整然としていた。四月の割には少し肌寒い夜だった。強風が急速に高まりながら吹いていて、どうみても今夜のうちに嵐になりそうだった。彼が入ってくると、数分間はネズミの騒ぎも鎮《しず》まったが、彼の存在に慣れてしまうと、また騒ぎがはじまった。騒ぎを聞くのはうれしかった。またしても彼らの騒ぎに仲間意識が感じられたから。そして、あの妙な事実に思いを馳せるのだった、例の敵意のこもった目付きのネズミが登場するときにだけネズミどもは姿をひそめるという妙な事実に。読書ランプだけが灯《とも》っていて、その緑のシェードが天井と部屋の上半分を暗黒にしていたから、暖炉の楽しげな光りは床に広がり、机の端の上に広がる白いテーブル・クロースの上に当たって、暖かく陽気に見えた。マーカムソンは食欲十分、快活な気持で腰を据えて夕食をとった。夕食をすませ、一服してから、着々と勉強にかかった、何があっても邪魔されないぞと決心して。医者にした約束のことはしっかり覚えていたし、自分の思うままになる時間を善用しようと決心したから。

一時間ほどは万事好調だったが、さてそれから考えが書物から離れて脱線しだした。まわりの現実の環境、肉体に訴えてくる注意、神経質な感じやすさばかりは否定できなかった。もうこの頃には、風は疾風《はやて》になり、疾風《はやて》は暴風になっていた。古い家は頑丈だったが、それでも土台までゆらぐように思われ、屋敷の多くの煙突や奇異な古びた破風のなかを、嵐は轟音を立てて荒れ狂い人気《ひとけ》のない部屋や廊下で、奇妙なこの世ならぬ物音を立てるのだった。屋根についた大警鐘さえもが風の力を感ずるにちがいない、綱がわずかだが上りさがりした、まるで鐘が時々わずかながら動くかのように。そしてしなやかな綱が、樫の木の床の上を硬いうつろな響きをたてて打ちつける。

耳を澄ますと、マーカムソンは医者の言葉を改めて思い出すのだった——「あの綱はね、判事の法的悪意の犠牲になったものたちの首を吊った綱なんだよ」。そこで彼は暖炉の端にいって綱を手にとって眺めてみた。この綱には、どうも猛烈な興味があるようだった。そうして立っていると、どういう人が犠牲になったんだろうというあれやこれやの思いと、こんなおぞましい遺物をいつも目の前に置こうとした判事の残酷な意志などにたいする思いに、一瞬我を忘れてしまうのだった。そうして立っているあいだにも、屋根の上の警鐘が揺れて、綱は時々上がった。やがて新たな妙な感じが伝わってきた——綱が震えたらしいのだ、まるで何者かが、綱を伝って動いたかのように。

思わず振り仰ぐと、例のバカでかいネズミがゆっくり彼の方に向かって降りてくる、じっと彼をねめつけながら。綱をとり落すと、思わず畜生！　と叫んで彼はあとじさりした。ネズミはくるりと身を翻《ひるがえ》すと、綱を登って姿を消した。とたんに、マーカムソンには、ネズミたちの騒ぎが聞こえだした。しばらく止んでいたその騒ぎが、また始まったのが。

それやこれやで、彼は考え始めた。いままでその気だったのに、まだあのネズミの巣穴を調べてもいないし、絵をよく見てもいないことが閃いたのだった。シェードのついてないもうひとつのランプを灯《つ》けて、手で高く掲げ、歩いていって、暖炉の右手から三番目の絵の前に立った。昨晩あのネズミが姿を消したのを見たところだ。

一目見たとたん、思わずハッとして激しくあとじさりしたから、すんでのところでランプを落すところだった。膝はガタガタし、大粒の冷汗《ひやあせ》は額に浮き、五体がワナワナと震えた。だが若かったし、勇気もあったから、気をしゃんと立て直した。少し間を置いてから、また前に歩み出た。ランプを掲げ、絵をしげしげと見た。絵は塵を払い、すっかり洗い去られていて、いまはくっきりと眼《ま》のあたりに立っていた。緋と白毛皮の外衣をまとった判事の肖像。その顔は力強く無慈悲で、邪悪で、ずるがしこく、執念《しゅうね》く、肉感的な唇に、赤味のかかった鉤鼻。その形は猛禽類《く》の嘴《ちばし》そっくりだ。顔の他の部分は死のごとく青ざめて。眼は奇妙に輝き、恐ろしい悪意を抱いた表情をしている。その眼を見ていると、マーカムソンはぞっとしてきた。あの大ネズミの眼と、それはそっくりの眼だったのだ。ランプがほとんど手から落ちそうになった。絵の隅の穴からこちらを伺っている敵意に満ちたあのネズミが見えたのだ。しかし彼は気を取り直して、その肖像画をなおも詳しく調べ続けた。

判事は背のたかい彫刻した樫の木の大椅子に座っていた。大きな石の暖炉の右手、部屋の隅のところに一本の綱が天井からさがっていて、その端は床の上でトグロを巻いている。何か恐怖感のようなものに捉われて、マーカムソンは絵のなかの部屋の光景を見極め、さてそれから畏怖に打たれたかのように、あたりを見回した。まるで自分の背後に何か異様なものがいるのを見るのではないかと予感するかのように。それから暖炉の隅に眼を走らせ――一声たかく叫ぶと、手からランプを落してしまった。

そこ、判事の椅子の上、下がった綱を背に、例の大ネズミが座っている、判事の悪意ある目付きをして。いまやその目付きは、悪魔のような流し目で、さらに強められていた。戸外の吠えるような嵐の音のほかは、まったくの静寂だった。

ランプを落したことで、マーカムソンは我にかえった。幸い金属製のランプで、油漏れがしていなかった。ランプ直しという実際的必要のおかげで、神経質な不安も収まった。ランプに火を灯《とも》すと、額の汗をぬぐい、一瞬考えた。

「こりゃいかん」とひとりごとを言った。「この調子でいったら、ぼくは気違いになっちまう。止めなくちゃ！　お医者さんとは、お茶を飲まない約束をした。たしかに、あの先生は正しい！ぼくの神経がおかしくなりかけていたんだ。気がつかなかったなんて、おかしなこった。いつもすこしおかしいんだ、ぼくは。でも、いまは大丈夫。二度とこんな馬鹿にはならんぞ」

さてそれから、強いブランデーにたっぷり水を割ったやつをつくり、座ると、決心して勉強にとりかかった。

一時間もたったろうか、本から眼をあげた。突然の静寂に邪魔されたのだ。戸外では風がまえよりも吠え、荒れ狂っていた。雨はドシャ降りになって窓に打ちつけ、ガラスを打つアラレのようだった。部屋のなかはコトリとも音がせず、大煙突のなかの吠えるような風のこだまだけがして、嵐の合間、煙突のなかを落ちる僅かな雨粒のすり音しかしなかった。暖炉の火は火勢が落ちて、炎はあげなかったが、それでも赤く輝いていた。マーカムソンはじっと耳を澄ませた。やがて、とてもか細い、きしるような物音が聞こえた、とてもかすかな。綱がたれさがっている部屋の一隅から聞こえてくる。警鐘がゆれて綱が上下し、床をこする音なんだろうと思った。見上げると、しかし、そこには、例の大ネズミが、綱につかまり、綱を噛んでいるのが、ぼんやりした光りのなかに見えた。綱はもうすでに、新たに噛み切られていた——綱のヨリ糸が剝きだしになって、その白っぽい色が見える。見ている間に噛み切り作業は完了。切られた綱の端は樫の木の床に音たてて落ち、一瞬だったが、例の大ネズミが綱の端に、まるで結び目かたんこぶのようにとりついているのが見え、綱はいまや、あちこち揺れ始めた。一瞬、マーカムソンはもうひとつの恐怖を覚えた。外の世界に助けを呼ぼうにも、その可能性が絶たれてしまったと思ったから。だがその恐怖に、激しい怒りがとって代わった。読みさしの本をとりあげると、ネズミ目がけて投げつけた。狙いすました一撃だった。だが、飛び道具が命中する寸前、ネズミは綱から飛びおりて、床に柔らかくドスッと落ちた。ネズミめがけて突進したが、ネズミはさっと逃げ、部屋の影になった暗闇に姿を消した。マーカムソンは今夜の勉強は終りだと思った。単調な勉強作業にネズミ狩りで変化をつけてやろうと、ランプの緑のシェードを取り去り、光りがもっと遠くまで届くのを確かめた。すると、部屋の上方の暗がりは大きく浮き出し、新しい光りの洪水に当てられて、壁の上の絵の群れは大胆にむきだしになった。彼の立つ真正面、暖炉の右の壁の上、三番目の絵があった。びっくりして眼をこすると、さて大きな恐怖心がマーカムソンを圧倒してきた。

　絵の真只中に、褐色のカンバスの大きないびつの地肌がむきだしになっているではないか。まるで、額《がく》のなかに新しく張られたばかりのようなカンバスの地肌が。背景は今までどおり。椅子があり、暖炉があり、綱がさがっている。ところが判事の姿ばかりは消えてなくなっている。

　マーカムソンは、ほとんど恐怖のなかに凍りついたようになり、ゆっくりと振り向いたが、さて、中風にかかったようにガタガタ震えだした。身体中から力が抜けたようになり、行きも動きもならず、考えることもほとんどできなかった。ただ眼が見、耳が聞くだけの有様。

　そこ、背の高い彫刻した樫の木の大椅子に判事が座っていた。緋と白毛皮の外衣をまとい、敵意をこめた両眼を執念《しゅうね》く輝かせ、決然たる残忍な唇に微笑を浮かべていた。黒の〈死刑宣告帽〉を両手でもちあげながら。マーカムソンは血が心臓から噴きだしそうな気がした。ながびかされたサスペンスに人がいつも感ずるような、あの感じ。耳がガーンと鳴った。戸外では嵐がごうごうと吠え、嵐に吹き流されて、市場にある時鐘の真夜中を告げる音が縫って聞こえてきた。ほとんど果てしないと思われるしばしの間を、彫刻のように凝然と、両眼をカッと見開いて、恐怖に打たれた目付きをし、息をひそめて彼はたっていた。時鐘が時を打つにつれ、判事の顔に勝利の微笑が強まり、真夜中を告げる最後の一打ちとともに、判事は頭の上に黒の帽子を載せた。

　わざわざゆっくりと、判事は椅子から立ち上がった。そして床のうえに横たわっていた警鐘の綱の切れ端をつかみあげ、その感触を楽しむかのように手でしごき、その一端を慎重にゆわえて投げ縄の形にした。固く引き締めると、足で試し、満足するまで足でふんばり、投げ縄の形にしあげると、手に持った。机ぞいにマーカムソンの反対側に動き始めた、じっと眼をマーカムソンに据えたままで。マーカムソンをやりすごしたと見るや、素早い身のこなしで、扉の前に立ちはだかった。自分が罠にかかったことがわかり、マーカムソンは、どうしたら良いのか考えた。判事の両眼には、ある魅するものがあって、マーカムソンを捉えてはなさず、否応なしに見詰め続けている。判事がちかづくのがみえる――マーカムソンと扉との間に依然として立ちながら――投げ縄をもちあげ、マーカムソンをからめとるように、こちらに向かって投げつけた。マーカムソンは必死の努力をして一方に敏捷に動き、縄が脇に落ちるのを見、縄が樫の木の床を叩く音を聞いた。またしても判事は罠をとりあげ、彼をからめとろうとし、敵意ある眼をじっと彼に向け続けていたが、そのたびごとにマーカムソンは、きわどいところで身をかわした。この調子で、何度も何度も続いた。判事は失敗しても、失望もあわてもしなかった。まるでネズミ相手に戯れるネコのようだった。とうとう絶望も頂点に達したとき、マーカムソンは素早くあたりを見回した。ランプが炎を上げたらしく、部屋の中はかなり明るくなった。沢山のネズミ穴に、腰板の割れ目や裂け目にネズミたちの目が見えた。その光景は、まったく物質的なものだったのに、一閃の安堵のようなものをもたらした。見回すと、大警鐘の綱に、ビッシリ、ネズミたちが重なって取りついていた。ビッシリと隙間なく綱に取りつき、天井の小さな丸い穴から、つぎつぎにあふれ出てきて、ネズミたちの重みに、大警鐘はゆれはじめた。聞こえる！　大警鐘は揺れて、そのなかの〈舌《ぜつ》〉が、とうとう鐘の縁《へり》に触れる。響きはまだほんのわずかだった。それでも揺れ初めて、どんどん大きくなるだろう。

その鐘の音に、マーカムソンにじっと注がれていた判事の眼が、鐘を見上げた。すると悪魔的な険悪な怒りの表情が判事の顔一面に広がった。両眼は熱した石炭のように明々と燃え、家を揺るがさんばかりに地団太を踏んだ。もういちど綱をあげようとしたとき、恐ろしい雷鳴が頭上をつんざいた。ネズミたちは時間に抗するかのように、ひっきりなしに綱を上下している。今度は判事は綱を投げようとはせず、マーカムソンにぐっと近づいてくると、近づきながら投げ縄を広げた。近づかれると、判事の存在には何か麻痺させられるような力があって、マーカムソンは死体のように硬直してしまった。判事が綱を調節したとき、彼は判事の氷のような指が喉元に触れるのを感じた。罠が締まる——ぐっと。すると判事はマーカムソンの硬直した身体を両手に抱え、樫の木の椅子のところに運び、樫の椅子の上に立てかけた。脇に歩みより、手をあげて、揺れている警鐘の端をつかんだ。判事が手をあげると、ネズミたちはキーキー鳴いて逃げ、天井の穴のなかに姿を消してしまった。マーカムソンの頭の回りにかかった罠の端をつかむと、判事はそれを絞首の鐘の綱にゆわえつけ、綱をひきおろすようにしながら、椅子を引き抜いた。

判事の家の大警鐘が鳴り出すと、群衆が集まった。いろんな明りや松明《たいまつ》が現われ、黙ったままの群衆は現場に急行した。群衆は家の扉を音高く叩いたが、何の返事もなかった。そこで扉を蹴破って、大食堂になだれ込んだ。医者が先頭に立った。

そこ、大警鐘の綱の端に、学生の死体がぶら下がっていた。そして絵のなかの判事の顔には、あの邪悪な微笑が浮かんでいた。

（訳＝由良君美）

遺言

J・S・レファニュ

J・S・レファニュ

一八一四〜七三。ダブリン生まれ。ダブリン大学在学中より執筆生活を始め、ジャーナリズムで活躍。詩・戯曲、とくに秀れた怪奇小説を多く遺した。『サイラス叔父』(一八六四)、傑作「カーミラ」を収めた『鏡に見るごとく朧ろに』(一八七二)等。

駅馬車時代に、かつての ヨーク・ロンドン街道を通いなれた多くの人々は、首都ロンドンにむかう旅の途中、アップルベリの街の南方約三マイル、あのエンゼル館にたどりつく一マイル半ほど手前のあたりで、秋の日の午後などに、風雨に晒され荒れ果てて、背後の鬱蒼たる楡の木立の中から浮き上がって見え、夕陽を浴びた窓ガラスという窓ガラスがダイヤのように輝く大きな格子窓のはまった、古風なケージ造りの黒白の広壮な屋敷の前を通りすぎたことをよく覚えているはずだ。広い街路には、芝や雑草の生い茂った教会墓地のように、今は一面に雑草がはびこり、道の両側には同じように鬱蒼とした二列の楡の大樹の並木がつづき、その昼なお暗い並木のところどころに切れ目があって、ときに路上に倒木が横たわっていたりする。その並木道がこの屋敷の戸口につづいている。

わたしが幾度となくそうしたように、ロンドン行きの馬車の二階席から、この暗く道ゆく人影すらない並木道を見やると、人は誰しもかぎりなき放棄と荒廃の有様に心を打たれずにはいられない。石段や窓框の割れ目にはびこる草叢、煙を吐くことも忘れた煙突の上空を小ガラスの群が旋回し、人影もなく、人が棲《す》みついているという形跡がまったく無いために、人々はただちに、この屋敷には住人もなく、朽ちはてるままに放置されているものときめてかかる。この古い館の名をグリンデン屋敷という。高い生垣と樹木がたちまちのうちに道行く人々の目からこの屋敷をおおいかくし、さらに四分の一マイルほどさきに進むと、陰鬱な木立に覆われた荒れはてた小さなサクソンの礼拝堂があらわれる。これが遠い昔からマーストン家の人々の墓地であり、一家の昔からの住居にたちこめている放棄と荒廃のたたずまいを共有している。

森のねぐらへ帰るカラスや、仲間からはぐれて枝間から顔をのぞかせている鹿たちが誰はばからず君臨しているかに見える、魔法の森のように寂しいグリンデンの人里はなれた谷間のこのもの寂しげな憂鬱は、グリンデン屋敷のさびれた様子をひときわ際立たせている。

ちかごろは修理も怠られ、屋根もあちこちはげ落ち、「今日の一針」がなおざりにされたままなのだ。水路を走りぬけてくる奔流のように、谷間から吹きぬけてくる強風に晒されっぱなしの屋敷の側面には、満足な窓ガラス一枚とてなく、鎧戸が辛うじて雨をしのいでいる有様だ。天井にも壁にも黴《かび》が生え、みどりの汚れたしみが浮き出ている。天井から雨滴がしたたり落ちてくる床のあちこちは腐りかけている。番人が語ったように、嵐の夜など、この屋敷の戸がガタガタ鳴る音が遠くグリストン橋あたりにまできこえ、誰もいない回廊を吹き渡る風の咆哮や忍び泣きもきこえるのだ。

その道では所有の猟犬、仲間へのもてなし、それに悪癖で、名の知られた郷士トビー・マーストンが亡くなったのはかれこれ七十年も前のことだ。善行も施したが、決闘もした、無駄な金も使ったし、人を鞭で打つようなこともした。多少は人から祝福されもしたが、多くの人々の怨みをかい、屋敷が抵当に入り、死後に多額の負債を残したために、二人の息子を仰天させたのだが、かれらには事業や金勘定の趣味もなく、かのよこしまで気前のよい悪態つきの父親が死ぬ日まで、この屋敷のきりもりも破産寸前だったことなど夢にも思いつかぬことだった。

兄弟はグリンデン屋敷で顔を合わせた。かれらは遺書を前にして、弁護士の説明をきき、故人がかれらに背負わせた債務に関して際限なき情報もきかされた。遺書は二人の兄弟をただちにおそるべき不和にいたらせるように仕組まれていたのだ。

この兄弟には似ていないところもあったが、ただひとつ肝腎な点で、互いに、そして、亡くなった父親にもよく似たところがあった。かれらが中途半端な争いを演じることなどなく、ひとたび争えば、些末に固執することすら忘れていたということだ。

弟以上に物騒な兄のスクループ・マーストンは亡くなった父親から可愛がられたことなどついぞなかった。かれは野外のスポーツにも田園生活の愉しみにも関心がなかった。スポーツマンでもなかったし、それに、ハンサムでもなかった。父親は息子のそういうところを不快に思い、息子はまた息子で、父親を尊敬もせず、長ずるにしたがって父親の暴力を怖れなくなり、反発した。それゆえに、この性悪の父親の嫌悪は、いつしか、つよい憎悪となっていった。父はこの青二才のせむしの悪党スクループが、まともな人間の、ということは弟のチャールズのことなのだが、邪魔をしないようにと常々のぞんでいた。それで、酒が入ると、一緒に猟をし酒も汲みかわす間柄で、かれの悪態にも慣れっこの連中ですら、不快を覚えるほどの口の利きかたをした。

スクループ・マーストンは身体が少々不具で、顔はやせて色つやが悪く、黒い眼にとげがあり、くせのない黒髪の持主で、それらが時として不具者にぴったりの感じなのだ。

「わしはあのせむしの父親なんかじゃない。あいつの種馬なんかじゃないぞ、くそっ！　それくらいなら、火ばさみを息子と呼んだほうがましさ」

父親は息子のひょろながい足のことをそんな風に言ってよくわめいたものだ。

「チャーリーはまともだが、あいつは悪党だ。性格《ひと》が悪いし、素直なところも男らしさもなければ、マーストン一家の気位など、これっぽっちもありゃしない」

そして、しこたま酔っぱらっているときなど、あいつは家長の席につくべきではないし、あのやせて尖った顔で人をにらみつけるから、碌でなしめが、グリンデン屋敷に誰も寄りつかんのだなどとよく毒づいていた。

「ハンサムなチャーリーこそ自分の財産をゆずり渡す男だ。馬のことも心得ているし、酒の呑みかたもわきまえている。娘たちもみんなあの子にのぼせあがってる。あれは六フィート二インチの頭のてっぺんから爪先までマーストンの人間なんだよ」

しかしながら、ハンサムなチャーリーと父親との間にだって、一、二度のいさかいはあった。郷士は口も悪いが、鞭も容赦なくふるい、そのいずれも効き目がないときには、鉄拳をふるうことで知られていた。しかし、チャーリーは体罰もいずれ止むときがくるはずだと思っていた。ある夜、ワインがまわってきたときに、どういうわけか父親のお気に召さぬ粉屋の娘マリオン・ヘイワードの話が出た。酒が入っていて躾には放任よりも鉄拳にかぎると思いこんでいた父親は、居合わせた人みなが驚いたことに、チャーリーに殴りかかった。息子はたくみに体をかわし、デカンターが床に音をたてて落ちただけのことだった。しかし父親は逆上し、椅子を蹴って立ちあがった。暴力には我慢がならぬと意を決してチャーリーも立ちあがった。酩酊した郷士は瞑想にふけるかのごとく床にのび、ガラスの破片で耳を切った。チャーリーは自分めがけてふりあげた父親の拳を平手でうけとめ、父親のクラヴァットをつかみ、背を壁に押しつけて、ゆすぶった。

郷士があんなに真っ赤になって怒ったのも、あんなに目玉をひんむいたのも見たことがないと連中は言っていた。それからチャーリーは父親の両腕を壁に押えつけた。

「いいか、あんな馬鹿なことは二度と口にするんじゃないぞ。そしたらわしだってお前を殴ったりはせんよ」と父親はかすれ声で言うのだ。

「お前の兄貴だって、この頃じゃ、反抗しなくなっただろうが。なあ、チャーリー、機嫌をなおして、そう、呑みなおそうじゃないか」

こうして、いさかいは終った。父親がチャーリーに手をあげたのも、おそらくこれが最後だっただろう。

しかし、それも今は昔の話だ。トビー・マーストンも、多くのマーストン一族が塵にかえり、忘れ去られていった、このサクソンの廃屋のトネリコの枝からしたたり落ちる雨滴の下で、今はつめたく口利かぬ身となった。風雨に晒された乗馬靴も、なめし皮の乗馬ズボンも、当時の紳士たちが執心していた三角帽、腰の下まであるかの有名な真紅のベスト、それにあの怖ろしげな郷士トビーのブルドッグ面も、みんな今は昔の語り草だ。そしてかれが和解の余地なき争いを植えつけていった兄弟がいま、絹の光沢の消えやらぬ新調の喪服を着用して、広い樫の間《ま》の卓をはさんで激論をかわしているのだ。この部屋は、客を招くのが好きだったこの屋敷の主人によばれた気のおけない隣人たちの冗談や、ひわいな歌や、誓いの言葉、笑声を、幾度となくきいたことだろう。

グリンデン屋敷に育った二人の青年は、口の利きかたにも抑制を知らず、必要とあれば、拳をふるうことにためらいもなかった。二人とも父親の葬儀には参列しなかった。死は突然にやってきた。きこしめしたワインやポンチのせいで、さんざん浮かれさわぎ、妙に喧嘩っぱやくなっていた状態でベッドにかつぎこまれ、朝になったら冷たくなっていた。ベッドのわきに頭がたれさがり、顔はどす黒く腫れあがっていた。

さて、父親の遺書は、遠い昔よりあととりの長子にゆずり渡されてきたグリンデン屋敷を、長男スクループから奪い取った。スクループ・マーストンは激怒した。かれの太く鋭い声がいまは亡き父親と生きている弟を痛罵するのがきこえ、嵐のような非難を主張する激しくテーブルを叩く音が広い室内に反響した。そこにチャールズのさらに猛々しい声が割ってはいり、早く短い言葉の応酬ののち、やがて二人の声はともにつのる怒りに高まり、ついには、喧噪をさらにつのらせるかのように、穏やかながら怯えたような弁護士の説諭、そして、あげくのはてに、突如、協議は打切られた。ながく黒い髪と対照的な蒼白い顔に憤怒をたぎらせ、黒く鋭い眼は燃えたぎるかのようで、両の手をかたくにぎりしめ、こうした怒りの発作のなかでいつも以上に不様で醜悪な表情をうかべつつ、スクループは部屋からとび出していった。

二人の間にはさぞかし激しい言葉のやりとりがかわされたに違いない。なぜなら、チャーリーは勝者ではあったが、スクループに負けずおとらず立腹していたからだ。兄は家屋敷の所有を主張し、弟を追い出すための法的手続をすすめようとしたが、かれの弁護士たちはあきらかにそれに反対だった。そこで、憎悪にたぎりたつ心をかかえて、かれはロンドンに赴き、父親の事業をこれまできちんととりしきってきた会社をさがし出した。かれらは遺書の内容を検討し、グリンデンの屋敷がとりきめの例外となっていることを知った。妙な話だが、事実そういうことになっていて、特に屋敷だけが除外されていたのだ。そういうわけで、遺書によって郷士たる父親が屋敷を処分する権限に疑いをはさむ余地はなかった。

こうした一切の事情にもかかわらず、復讐と攻撃に燃えたぎる兄は、弟の息の根をとめることさえできるなら、自分の身はどうなっても構いはしないと、遺言事件裁判所でもコモンローの法廷においても、弟を槍玉にあげ、遺言そのものを激しく論難した。こうして、兄弟の確執は抜きさしならぬものとなり、日ごとにかれらの瞋恚《しんい》はつのるばかりだった。兄は敗れはしたものの、敗北がかれの心を和らげることなどなかった。弟も兄の激しい非難の言葉を赦しはしたかもしれないが、かれ自身もまた、兄弟が敵味方として登場するこのような法的抗争のエピソードの数々を構成する、小競り合いや特別の動機などなどによる長きにわたる争いのなかで、敗北感にさいなまれていた。それに、法的手続に要する出費の損失も、さしたる収入を持たぬ身にはかなりこたえていた。

月日は流れたが、かれらの傷が癒えることはなかった。それどころか、心に深く食いこんだ憎悪は時とともにつのるばかりだった。二人とも結婚しなかった。しかし、思いがけぬ事故が弟のチャールズの身におこり、それが如実にかれの日常生活の愉しみを減殺することになった。

猟馬から落馬したのだ。数箇所に骨折を負い、脳震盪をおこした。当分の間は恢復は無理と思われていたのだが、かれはそうした不吉な予測をくつがえしてみせた。たしかに恢復はしたが、二つの肝腎な点でかれは変ったのだ。腰をいため、二度と鞍にまたがることのかなわぬ身となったのだ。こうして、かれに活力を与えつづけてきた陽気で野性的な気質は永遠に失われてしまった。

五日間はまったく人事不省のままに昏睡状態がつづき、意識が恢復するや、言いようのない不安につきまとわれるようになった。

父親のトビーの下で、グリンデン屋敷華やかなりし頃執事だったトム・クーパーは、かつての栄光見る影もなく屋敷のいとなみもすっかり倹《つま》しくなったこの頃でも、むかし変らぬ忠勤ぶりで依然その任に当っていた。先代の主人が亡くなってから二十年がすぎていたが、いつのまにか痩せほそり、腰も曲がり、年のせいで顔にしみが増え黒ずんでいた。皺が増え、いかつい感じになり、主人と相対する場合は別として、すっかり気難しい男になっていた。

主《あるじ》のチャールズは湯治にバースやバクストンに出かけてはみたものの、依然として跛をひいたままで、憂鬱げに杖につかまって歩く有様だった。馬を売り払って、グリンデンでの昔ながらの最後の伝統も消えはてた。若き郷士とその当時呼ばれていたチャールズは不幸な出来事ゆえに狩場から追われ、孤独な生活を送る身となり、屋敷裡をひとり、ゆっくり歩きまわり、めったに顔をあげることもなく、その身辺には言いしれぬ陰気さを漂わしていた。

クーパーは主人と時には腹を割って話すこともあったが、ある日、玄関で主人に帽子とステッキを手渡しながら、こう言った。

「旦那さま、すこしは元気をお出しになって下さい」

「わたしにはもうそれも無理だな」

「実はちかごろ、こんなことを考えておりまして……旦那さまには気にかかることがお有りなのに、それを誰にも話そうとはなさらないのだと。心配ごとをご自分の胸のうちにしまいこんでおくのは良くないことです。誰かにお話しになれば、うんと気も晴れましょう。一体、それは何なのでございますか」

チャールズは丸い灰色の眼でじっとクーパーをみつめた。一種のまじないが解かれたような気がした。話しかけられねば、自分からは口が利けない亡霊のきまりのようなものだった。数秒間まじまじとクーパーを凝視し、主人は深い嘆息をつくのだった。

「お前の忠告もこれがはじめてというわけではないが、よくきり出してくれたね。たしかに、落馬してからこのかた、ずっと気がかりなことがあったのだ。さあ、中にはいってドアを閉めてくれ」

主人は樫の間《オーク・パーラー》のドアを押しひらき、放心の面持で壁にかかった絵をながめた。この部屋に入るのも久しぶりのことで、テーブルに腰をかけ、ふたたびクーパーの顔をみつめてから、やおら語りだした。

「たいしたことではないのだが、それが気がかりになっているのに、牧師にも医者にも話す気になれない。かれらが何というか分らないが、どうせ碌なことは言うまい。しかし、お前はいつもわたしらに忠実だったから、お前にだけなら話してもいい」

「旦那さま、櫃《ひつ》に入れて鍵をかけ井戸に沈めたと同じことで、わたしならご心配ご無用でございます」

線や円をたどっていたステッキの先端を見つめながらチャールズは言った。

「実はな、落馬したのち、お前も知っての通り死人のように眠りつづけていた間中、わたしは父と一緒にいたんだよ」

そう語りながら再びクーパーの顔をみつめ、怖ろしい呪いを口にするかのように、くりかえして、

「父と一緒にいたんだよ」

かしこまって主人を見かえしながら、クーパーはこたえた。

「ご先代もあの方《かた》なりに良い方でございました。わたしには良いご主人でしたし、旦那さまにも良いお父さまでしたよ。きっとご成仏なさって居られましょう。ご冥福を」

「いや、こういうことなんだ。昏睡していた間中、父と一緒だった。あるいは、父が私のそばにいたのだ。そのどちらなのかよく分らないが。つまり、わたしらは一緒にいて、わたしは二度と父の許をはなれられまいと思った。そして、父は始終なにかのことで私を脅迫していてね、クーパー、それがわたしの生命を救うためのことなら……ところが、意識がもどったとたんに、父の脅迫の種が何だったのかがどうしても思い出せないのだ。それが分りさえすれば、この手を失ってもいいくらいだ。なにかお前に思いあたることでもあれば、怖れずにはっきり言ってくれ。それというのも、相手はまぎれもなく父だったし、その父がそれは激しくわたしを難詰したのだから」

ここでしばしの沈黙がつづいた。

「旦那さまご自身に思いあたることはございませんか」

「思いあたる節がなにひとつないのだ。いつになっても、決して。あのせむしの悪党スクループが、わたしが、いや、わたしと父が贈与財産に関する証書を破棄したと、ギンガム弁護士の面前で悪態をついたことを、もしかしたら父がなにか知っているのかなと思ったりもした。それに、わたしだって、地獄行きは御免だから、そんな途方もないことをするはずがないじゃないか。一言一句、わたしは父のとり決めの通りにし、兄貴には相応以上のこともしてやった。もっとも、ギンガム弁護士からは、我家の経済が逼塞《ひっそく》して以来、何の相談もないがね。あの男には相当の借りもあるから、いまさら弁護士を替えることも出来ないし。しかし、兄貴はたしかに言ったんだ、きっとわたしを縛り首にしてやるぞと。かれはまさにそう言ったのだ。わたしを縛り首にするまでは安心がならぬと。やっぱり、このことと関わりがあるのかなという気がするな。父も気に病んでいたし。でも、大の男が気も狂わんばかりになるなんて——思い出せない、父が語った言葉が一言も思い出せない。わたしをはげしく脅迫し、ああ神よ、そのときの顔色もひどく悪かった」

「ご先代がそのようなことをなさるはずがありません。どうぞご成仏なさっておられますように」

「むろん、その通りさ。しかし、誰にも言ってはいけないよ。いいか、生きてる者には誰ひとりだよ。父の顔色がとても悪かったなんてことは」

「そのようなことは金輪際」とクーパーは首をふりながら言うのだ。

「でも実を申しますと、お父さまのご遺体には墓石ひとつ建てられず、お名前すら刻まれず、ないことそのままになっております。そのこととかかわりがありはいたしませんでしょうか」

「そうか、それは考えてもみなかったな。クーパー、帽子をかぶって一緒にきてくれ。とにかく調べてみるから」

　回転木戸を通って庭園に通じている迂回路があり、その庭園の先に美しい墓地がある。墓地は老木の木立に覆われ、道のかたわらの奥まったところにある。美しい秋の日暮れどきのことで、自身もいずれは埋葬されることになるその場所に、チャールズと老執事が近づいていったとき、憂鬱な光と長い影がそのあたり一帯の光景に一種独特の趣をそえていた。二人が少しばかり進んだとき、チャールズはたずねた。

「昨夜、一晩中吠えていたのはどこの犬かね」

「旦那さま、どこかの見知らぬ犬がお屋敷の前にやってまいりまして。うちの犬はみんな小舎にいれておりました。頭の毛の黒い白犬のようでした。ご先代が、ああ、なむあみだぶつ、膝を悪くなさいました折にお造りになった馬乗石のまわりを嗅ぎまわっていたようでございます。その野良犬が馬乗石の上段にあがって屋敷の窓にむかって吠えたてまして、なにか投げつけてやりたいような気がいたしました」

「おや、あんな犬かな」と主人は言いながら、立ちどまってステッキで大きな黒い頭のうす汚れた白犬を指してみせた。その犬は、たいていの犬がよくそうするように、いかにも不安げで、哀願するかのように、半ばうずくまるような姿勢で、大きく円を描くように二人のまわりを駆けまわっていた。主人は口笛を吹いてその犬を呼んでみた。大柄の、今にも飢え死にしそうなブルドッグだった。

「こいつは遠くからやってきたんだ——鞭打ち刑の柱のように痩せこけて、体中うす汚れて、すっかり爪もすりきれてる」と主人はもの思いにふけるような表情で言う。

「素姓の悪い犬じゃないよ、クーパー。父は血統のいいブルドッグが好きで、犬には目の利く人だったな」

野良犬は一種独得のうす気味悪い表情で、チャールズの顔を見上げていて、かれは不謹慎なことながら、鞭をにぎりしめ猟場の番人をどなりつけていたときの、獰猛なパグのような父の顔とそっくりだなと思ったりした。

「本来なら射ち殺してしまうところだ。家畜を怯えさせ、うちの犬を嚙み殺すかもしれんからな。どうかな、クーパー、番人によく見張らせておいては。こいつがうちの羊を倒し、それで空腹を凌がれてはたまらんからね」

だが、犬は怯えて逃げ出したりはしなかった。哀しげにチャールズの後姿を眺めやり、二人がしばらく行ったところで、おずおずとその後を追うのだった。

その野良犬を追い払うなどということは空しいことだった。『ファウスト』の地獄の犬のように、そいつは大きな円を描くように、二人の周囲を駆けまわった。ただひとつ違うのは、自分の背後に淡い光のようなものをひきずっていなかったことだ。こうした策略は一種の哀願調をもっておこなわれ、妙な好感を抱いてしまったチャールズの心をくすぐる羽目になった。そこで、かれは犬をもう一度口笛で呼びよせ、撫でてやり、その場で、飼ってやることにした。

生まれてからこのかたずっとチャールズの飼犬だったかのように、その犬は忠実に二人についてきた。クーパーが鉄の扉の鍵をあけ、犬も二人のすぐあとから、屋根のない礼拝堂の内部に入っていった。

マーストン家の先祖たちがこの小さな建物の床の上に幾列にもなって横たわっている。地下納骨所はない。各人が石工の刻んだ線飾り内にそれぞれの墓所をもち、各々の上には石棺がのせられて、板石の上部にそれぞれの墓碑銘がきざまれている。あわれなる故トビー・マーストンのものをのぞいては、だ。遺族がかれにも他の先祖同様の計らいがいつでも出来るようにと、その遺体の上にあるものといえば、生い茂った雑草と棺の位置を示す石工のひいた線ばかりだった。

「たしかに、みすぼらしい眺めだな。これも兄貴の仕業だ。だが、兄貴にその気がないのなら、わたしがあと始末をしてもいい。そして、兄が手を貸そうとしなかったから、弟が石をのせたとはっきり刻ませようじゃないか」

かれらはこの小さな埋葬地の中を歩きまわった。日はすでに沈み、地平線のかなたに沈んだ太陽にまだ照らし出されている雲の赤く金属的な輝きが、燃えるように黄昏《たそがれ》と融けあっていた。チャールズが小さな礼拝堂の中を再び覗いたとき、かれはあの醜い犬がいつのまにか倍ほども大きくなった感じで、父の墓の上に寝そべり、思わずかれの目を見はらせるような異様な身ぶりを演じているのを目撃した。一束のカノコソウを目前にして、猫がためらい、身もだえし、ながなが愛撫をくりかえすかのように頤をさすり、陶酔の忘我の状態で床の上に寝そべっているさまを見たことのある人なら、チャールズがこのとき垣間見た光景がそれとそっくりだと思ったにちがいない。

その犬の頭部がいやに大きく、胴体が妙にながく、痩せこけて、関節の形が不恰好ではずれているように見えた。チャールズはクーパーとともに、吐気をもよおすような嫌悪感と驚きで、その光景を眺めていたのだが、すぐさま、かれは手にしたステッキで激しく二度犬を殴った。犬は陶酔から醒め、棺の上部にとび乗り、突如として、これまで通りの献身的な身ぶりに怖ろしげなうす笑いと犬特有の怒りにみどりの目をぎらつかせた表情をまじえて、自分の足許に立っている飼主を凝視するのだった。次の瞬間、そいつは主人の足許にあさましげに蹲《うずくま》った。

「いやぁ、妙な犬でございますな」とクーパーは犬をにらみつけて言った。

「わたしは気に入ったが」

「わたくしはきらいです」

「しかし二度とここには入れないことにしよう」

「もしかしたら、こいつは魔女かもしれません」とクーパーが言うのも、この辺りに今も伝わっている数々の魔術の伝説を思い出したからだ。

「なかなか良い犬じゃないか」と主人は夢見るような口調で言う。

「昔ならかなりの金を積んでも、手に入れようとしたかもしれん――しかし、もう二度とそんな馬鹿なことも出来ない身の上さ。さあ、ぼつぼつ行こうか」

　クーパーはこの犬のどこからどこまで好きになれなかった。主人がこの犬のどこに感心するのか想像がつかなかった。主人は犬を一晩中、銃器室にいれておき、犬は跛の主人の散歩のお伴で、屋敷内をついてまわるようになった。

「いったいあいつのどこが良いのかしらん。多分、旦那さまは目がくらんでおられるのだ。それに、キャプテンにしたところが（老いた赤いオームの名前なのだが、樫の間のとまり木につながれて、独り言をいいながら、一日中、爪やとまり木を噛んでいる）――あの鳥はわたしら一人、二人と旦那さまを別にすれば、この屋敷でご先代のことを憶えている唯一の生きものなんだが、あの犬を一目見たとたんに、気がふれたように金切声をはりあげ、羽根をうちふるわせて、かわいそうに、発作をおこしてとまり木から落ちて吊づりになってしまうんだから」

　しかしながら、蓼《たで》喰う虫もなんとやらで、チャールズは他人に反対されればされるほどみずからの気紛れを執拗に押し通そうとするタイプの頑固な人間だった。だが、彼の健康は跛のゆえに悪化した。規則正しい活発な運動の日々から不自由な身体ゆえに余儀なくされた今の生活への変化が健康を損ねずにおくはずもなく、そうしたものが有ることさえ知らなかった一連の消化不良の症状が実に由々しくかれを苦しめていた。それらの症状の中で今では珍らしくもなくなったことだが、眠っているさいに、さまざまな夢や悪夢にうなされるようになっていた。こうした悪夢の中では、かれのお気に入りのあの犬がかならず一役買っていて、たいていは中心的な、時としては唯一の登場者なのだった。夢の中でその犬はチャールズのベッドのかたわらに寝そべっているようで、実物よりも大きくなった感じで足許に坐りこみ、亡き父トビーのパグ面にぞっとするほどよく似た表情をうかべては、首を振ったり頤をつきあげたりしてみせるのだ。そして、犬はかれにスクループのことを語りかけ、「万事が公明正大ってわけじゃない」とか、「スクループと仲直りをしろ」とか、「先代もひどい仕打ちをしたもんだ」とか、「いよいよその時がきた」「おたがいフェアにいこうぜ」などと言ったりして、チャールズもいまさらながらに兄のスクループのことが気がかりになったりするのだった。そして、夢の中でこの半人半獣のけだものは互いに重なりあうほどに自分の顔を主人の顔に近づけ、鉛のように重そうな身体をはいつくばらせたり、蹲ったりしながら、父親の墓の上で見せたあの不吉な愛撫や伸びや身もだえといった一連の仕草をしてみせるのだった。そんなとき、かれは息も切れぎれに呻き声とともに目をさまし、冷たい汗をびっしょりかいてベッドから立ちあがると、足許のベッドのすそを何か白いものがかすめて走り去ったような気がするのだった。ときにはそれが白い裏地のついたカーテンがかすかにゆれたか、かれの不安な寝がえりゆえに乱れたベッドの上掛けのせいかと思いもしたが、そんなときかならず、何か白いものがベッドから急いで遠のくような気がした。そんな夢を見たときはかならず、あくる朝のかの犬は、いつもの挨拶以上の馴れなれしさで、夜の恐怖が残していった嫌悪感を忘却させせんとするかのように、いつも以上にじゃれついたり、卑屈なまでに献身的な身ぶりをみせたりした。

　こうした夢にはなんの意味もない、かれが患っている消化不良の症状がいろいろな姿をかりて夢となってあらわれる、医師はそう言って些か慰めてくれはしたが、しばらくの間、その説を確証するかのごとく、犬は夢にまったく姿を見せなくなった。しかし、やがて今まで以上に不快な形で夢の中にもどってきた夢を見た。

　悪夢の中で室内は暗いようだった。入口のドアから入ってきてベッドのそばを通り、ゆっくりいつもの側《がわ》のベッドにとび乗ろうとする犬の足音らしきものをきいた。部屋の一部にはカーペットが敷かれていなくて、爪を立てる微かな音さえ聞える、特有の足音をはっきりきいたとかれは言うのだ。軽い忍び足のような足どりだが、一歩ごとに部屋中がはげしく揺れた。何者かがベッドのすそに現れた気配を察し、一対の緑色の眼が暗闇の中からかれを凝視していて、その眼から眼をそらすことができなかった。そして、案の定、亡き父トビーの声が聞えてくる――

「最後のときが過ぎようとしているのにお前はまだ何もしておらぬ。お前とわしはスクループにひどい仕打ちをした」

　それからまだいろんなことを語りかけ、やがて、

「そろそろ時間ぎれだぞ、いよいよその時がくるぞ」などと言う。

　そして、ながく低い呻き声を立てながら、そいつはかれの足の上によじのぼりはじめた。呻き声がつづき、ゆっくり身体を伸ばしてそいつがかれの顔に接近してきたとき、上目づかいのその緑の眼が夜具に映っているのを見た。大きな悲鳴をあげて、かれは目をさました。最近では寝室

にも点《とも》すことにしていた灯りが偶然にも消えていた。しばらくは立ちあがることも、それどころか、室内を見まわすことすら出来なかった。どこかの隅の闇の中で緑の眼が自分を見すえていたのを見たと確信していたからだ。悪夢が残していった最初の激痛から立ち直り平静をとり戻そうとするかしないかに、時計が十二時を告げるのをきいた。そして「最後のときが過ぎようとしているぞ、時間ぎれだぞ、いよいよその時がくるぞ」という台詞を思い出し、あの声が再び同じことを言いだしそうな恐怖におののくのだった。

翌朝、チャールズは蒼ざめた顔をして起きてきた。

「クーパー、ヘロッド王の間《ま》と呼ばれている部屋を知っているか?」

「はい。わたくしが子供の頃、そのお部屋の壁にヘロッド王の物語が張ってございまして」

「押入れがついているかね?」

「よくは存じませんが、でも、旦那さまが今頃ごらんになるほどのものではございません。つづれ織が腐り、壁も旦那さまがお生まれになるまえに剝がしました。がらくたの類のほかに何もございません。可哀想なトウィンクスがそれらをあのお部屋に運びこむのをこの目で見ましたから。あの男は眼が不自由でして、のちには従僕をつとめさせて頂いておりましたが、かれのことは憶えておいででしょうか? このお屋敷で、例の大雪のころ、息をひきとりました。埋葬してやるのが大変でございました」

「クーパー、鍵を持ってきてくれ。その部屋をのぞいてみるから」

「いったい、どういうご了見であのお部屋をごらんになりたいと仰言るので?」と、いかにも昔ながらの忠義一徹な執事の威厳をこめて、クーパーは問いかえした。

「では、いったい、どういう了見でお前は反対するのかね？　なんなら話してきかせてもいい。例の犬を銃器室に入れておきたくないから、どこかほかに移したいのだ。それであの部屋がどうかと思ったのさ」

「ブルドッグを寝室にでございますか！　旦那さまのお頭《つむ》がどうかなさったと村人たちが申しますよ」

「言わせておけ。鍵を取ってきて、あの部屋を見てみよう」

「旦那さま、本来なら射殺するはずの犬です。あいつは、昨夜は一晩中、銃器室で吠えつづけ、サーカスの虎のように唸りながら、部屋のなかをうろつきまわり、うるさくてかないませんでした。こう申してはなんですが、お屋敷で飼ってやるほどの犬ではございません。犬らしさがまるでなくて、ひどい犬でございます」

「犬のことならわたしのほうがよく分っているし、それに、あれはいい犬だ」とチャールズは不機嫌に言った。

「犬のことをよくご存知とおっしゃるのでしたら、あいつはしめ殺したほうがよろしいのでは？」

「そんなことはせん。もうその話はよせ。さあ、鍵を取ってくるんだ。取りにいくときに、しゃべるのはよせよ。気が変るかもしれんのでな」

　ところで、ヘロッド王の間をのぞいてみようというこの気紛れは、実は、チャールズが言ったのとは全く別の目的だったのだ。かれが悪夢の中できいたあの声はある特定の方角を口にし、それがかれの心につきまとって、調べてみるまでは気が済まないという気がするのだ。今ではあの犬に愛着をおぼえるどころか、おそろしい疑惑さえ抱きはじめていた。そして、クーパーが出しゃばったことを言いだしてかれの頑固な気質をかき乱さなかったなら、おそらく夜にならないうちに、あの犬を屋敷から追い出していたことだろう。

ながいこと使われないできた四階に二人は上っていった。埃じみた回廊のはしにその部屋がある。この広々とした部屋にそんな名称がつけられた所以の古いつづれ織も、とうの昔に当世風の壁紙に変えられ、そこに白かびが生え、壁のあちこちが剝げ落ちかかっていた。

埃が分厚く床をおおっていた。いくつかのこわれた椅子やテーブルが埃をかぶって、他のがらくた同様、部屋の片隅に寄せて積みあげてあった。

二人はがらんとして何ひとつない小部屋《クロゼット》に入った。チャールズは室内を見渡していたが、ほっとしたのか、がっかりしたのか、さだかではなかった。

「家具がなにもないんだね」とかれは言い、埃じみた窓から外を眺めた。

「最近、お前はわたしに何か——今朝のことではなく、あっちの部屋か、この小部屋のことを話さなかったかね？　わたしはよく憶えていないのだが」

「まさか！　とんでもございません。この四十年間、このお部屋のことなど思ってみたこともありません」

「ビュフェと呼ばれていたような家具のことだが、憶えているかい？」

「ビュフェですか？　はい、はい、たしかにこの小部屋にはビュフェというものがございました。旦那さまのおたずねで、いま思い出したのですが。でも、今では壁紙の下になっておりまして」

「で、それはどんなものかね？」

「壁にはめこみになった小さな戸棚でございます」

「ほう、なるほど。それでは、この壁紙の下にそういうものがあるんだね。どのあたりかな?」

「さよう、多分このあたりかと存じますが」と答えながら、老人は窓と反対側の壁を拳で叩いた。

「ああ、ここでございますな」ノックにこたえて木製のドアのうつろな音がかえってきたとき、かれはそうつけ加えた。主人が壁から剝げ落ちかかった壁紙をひっぱると、壁にはめこまれたおよそ二フィート四方の小さな戸棚のドアがあらわれた。

「わたしのバックルやピストル、その他いろんな玩具の恰好の置場だったか。さあ、行こう、犬は今までの所へ入れておこう。この小戸棚の鍵はあるのか?」

老人は鍵を持ってはいなかった。先代の主人が中を空《から》にして鍵をかけ、壁紙をはって塞いでしまうことを望んだからだ。これがそのいわくだった。チャールズは階下におり、銃ケースから頑丈なねじまわしを取り出し、そっとヘロッド王の間にひき返し、労せずして小部屋の壁にはめこまれた小戸棚のドアをこじあけた。中には数通の手紙やキャンセルされた契約書のほかに、羊皮紙の証書があって、かれはそれを窓辺に持っていって、たいそう興奮の面持で読みふけるのだった。それは他の幾通かの証書から二週間ほどたって作成された補足の証書で、かれの父の結婚に先立ち、グリンデンの屋敷はいわゆる〈限嗣相続財産〉として、長子に授与されるというものだ。チャールズは兄スクループとの訴訟争いで法律の知識も少しはかじっていたから、この証書の趣旨では家屋や土地が兄のものとなるばかりか、自分の身だってあの怒り狂った兄の胸三寸だということ、それに、兄は弟に直々に、父の亡くなったその日から、地代その他で弟が得てきた全収入をかえせと要求できるはずだということをよく知っていた。

陰気な曇り日のことで、どことなく妖気をはらんだような日和だったが、窓を覆いかくさんばかりの大樹の梢ゆえに、かれが立ちつくしている辺りは暗さもひときわだった。はげしい動揺のなかにあって、かれは自分の立場を考え直してみようとした。証書をポケットにしまいこみはしたが、危うくそれを破棄する決意をするところだった。以前なら、こうした状況の下で、一瞬たりともためらったりはしなかったことだろう。しかし、今では健康も気力もすっかり衰えていたし、それに、奇妙なことからこの証書を発見したために、深い超自然的な驚きにとらえられてもいたのだ。

こうしたつよい動揺状態にあったとき、かれは小部屋の戸口で何者かが鼻をならし、それから、もどかしげに扉をひっかき、ながく低く呻く声を耳にした。かれは勇気をふるいおこし、なにが待ち構えているとも知らずドアを開けはなつと、あの犬がいつもの夢に現れる犬とうって変ったように、嬉しそうに身をよじり、蹲ってさも従順げに尾をふって甘えている姿を見た。犬は小部屋のまわりをうろつきながら、その一角にむかって激しく吠えたて、なだめることも出来ないほどに熱立《いきり》つのだった。

それから、犬は主人の許にもどってきて、尻尾をふり、再びかれの足許に蹲った。最初のときがすぎると、嫌悪と恐怖の念もうすれはじめ、この哀れな友を持たぬ生きものの愛情にいわれなき反感をもってこたえようとした自分を詰《なじ》りたいほどの気持にもなるのだった。

犬は主人のあとを追って階段をおりた。とっさに強い反感を覚えたのに、奇妙なことに、この犬を眺めていると気がやすまった。かれの目には、とても優しく、善良で、どこからどう見ても普通の犬に見えるのだった。

夕方までには既に、チャールズは中庸の道を択ぼうと決心していた。兄に証書を発見した事実を知らせるわけにもいかず、証書を破棄することもなるまい。結婚もすまい。もうその年齢でもないし。手紙を残し、唯ひとり生き残っている受託者宛の証書が出てきたことを説明し——兄はそんなこと一切忘れ去っているかもしれないが——かれ自身の保有権を見とどけたからには、自分の死後すべてが精算されるよう取計らうことにしよう。それが公正というものではないだろうか？　いずれにせよ、こうした決着がかれのいう良心なるものをいたく満足させ、兄に対するまったく正当な妥協だと考えたわけだ。そして、日没時にいつもの散歩に出かけた。

暗さを増す黄昏どきに戻ってくると、いつものようにお伴をしていた犬が急に勢いよく走りまわるようになり、最初はほとんど全速力で、今まで同様大きな円を描くように、かれのまわりを駆けまわるのだった。大きな頭を両足のあいだに埋めるようにして。しだいにその走りかたも昂ぶった様子となり、円が小さくなり、絶えまない吠え声が高く猛々しくなっていき、チャールズが立ち止ってステッキを強く握りしめたのは、犬の燃えるような目と歯をむきだしたさまが今にも自分にとびかかってきそうな気配に見えたからだ。自分のまわりをぐるぐる駆けずりまわる犬の動きに合わせて、みずからも回転しつつステッキで打ちすえようとするのだが、それも空しく、ついには疲れはてて、もはや犬を寄せつけまいとしても無理なことと諦めかけていた。ところが、そのとき、犬は急に立ちどまり、身をよじるようにして従順にかれの足許に蹲った。

これほど申訳なさそうで、みじめな様子もなかった。主人がステッキで二度はげしく打ちすえると、犬は哀れな啼き声を発しただけで、身もだえしながらかれの足を舐めるのだ。かれが倒木に腰をおろすと、口の利けない相手はいつもの元気を直ちにとり戻して、木の根に鼻をこすりつけて嗅ぎまわるのだ。かれは胸のポケットにしまってあるはずの証書をさぐってみたら、無事だった。そして、またもや、こんな寂しい場所で、自分の死後兄に財産がもどるよう証書を保存しておくか、直ちに破棄すべきかと、思い悩むのだった。自分の気持が後者の決着に傾きかかったときに、犬のながく低い唸り声を近くにきき、かれは我にかえった。

わずかに西に傾いた老木のうっそうたる森の中で、かれは腰を下ろしていた。すでに述べたと同じ光線の奇妙な効果、つまり、日が沈んだのちにもなお上空から下方にむかって反射する微かに赤いきらめきが、今、深まる闇にぎらぎらとした妖しさをそえていた。静かな窪地にあるこの森は、唯ひとつの方向をのぞき周囲を包囲した地平線ゆえに、一種独特の侘しい風情をたたえていた。かれは立ちあがり、互いに重なりあって倒れている樹の幹が偶然つくりだしている柵のかなたを見やると、かの犬は躰中に緊張感をみなぎらせ、いまわしげに身体を伸ばし、そのため、醜い頭部が例によって倍くらいにふくれあがって見えるのだった。悪夢が再び襲いかかってくる。今、犬はその不様な頭を柵の間につっこみ、ながい首をひき抜こうとし、胴体を巨大な白い蜥蜴《とかげ》のようにくねらせていた。そして、必死の力をふりしぼって、からみあった幹からくぐり抜けてきたとき、今にも主人に喰いつかんばかりに目を爛々と光らせ、吠えたてるのだった。

不自由な足のゆるすかぎりの全速で、かれはこのもの寂しい森から家路へと急いだ。その途中でどんな考えがかれの脳裡をかすめたことか、それは当人とて分らなかったことだろう。しかし、主人に追いついたとき、犬は気分も落ちつき、上機嫌にもどっていたようで、かれの夢にしばしば出現する犬ではなかったのだ。

その夜、かれこれ十時頃、チャールズはひどく動揺した様子で、番人を呼びつけ、あの犬が狂ったに相違ないから射殺してしまえと命じた。あいつが今いる銃器室で射ち殺してもかまわぬ、一発や二発羽目板を打ち抜いたってかまわない、そうすれば、あいつだって逃げのびるチャンスはあるまいから、と。

主人は猟場番人に大きな弾丸をこめた二連銃をかし与えたが、番人と一緒に玄関まで出てはいかなかった。番人の腕にそっと手を触れたが、番人の話では、主人の手がふるえていて、顔色も凝乳のように蒼白だったという。「しいっ！」と主人は小声で制した。二人は室内にいる犬がひどく熱立った様子で、不吉な唸り声をあげつつ、窓辺の小椅子にとびのっては下り、また、部屋中を駆けずりまわっている足音をきいた。

「油断は禁物だぞ、いいか、のがすなよ。すきをみて横あいから、二発くらわせてやれ」

「狂犬を射ち殺すなんてこと、これがはじめてってわけでもねえですから」と撃鉄をおこしながら、男はまじめくさった顔をして言った。

番人が部屋のドアをあけたとき、犬は火のない火床にとびこんでいた。

「こんな薄気味悪い犬畜生見たこともねえ」

犬は煙突をよじのぼろうとするかのように身をよじらせた。

「そんなことしやがったら、ただじゃ済まさねえぞ」

犬はさけび声をあげたが、それはもう犬の啼き声などというものではなくて、製粉所のクランクにはさまれた男みたいに絶叫し、番人に襲いかかってくる寸前に、一発ぶちこまれた。なおも番人にとびかかろうとしたが、頭部に二発目をくらい、横転し、かれの足許にのびて、かすかな断末魔を洩らした。

「こんな犬畜生見たことねえです。あんな悲鳴もきいたことねえです」と番人はたじろぎながら言うのだった。

「こっちの頭が変になっちまいまさあ」

「死んだか?」

「ぴくりともしねえでさあ」と男はこたえ、犬の首根っこをつかまえて、ひきずっていった。

「とりあえず玄関の外にほうり出しておくんだ。今夜のうちに門の外にほうり出しておけ。クーパーは、こいつは魔女だから、グリンデン屋敷には置いておけんと言ってたな」とチャールズは言いながら、蒼白い顔にかすかな笑みをうかべるのだった。

これで一番ほっとしたのは、むろん、チャールズで、そののちの一週間ほど安眠できたこともなかった。

人はみな、こうと決めたら迅速に行動することだ。悪に敢然と身を委ねることもあろうが、それだって、なりゆきまかせにしておこうものなら、当初の意図はうやむやになる。迷信的恐怖の念にとらわれた瞬間に、チャールズが多大な犠牲を支払う決意し、不思議なことから手に入れる次第となった例の証書に関して、兄に対して誠実をみせようと決意したとしても、その決意がたちまちのうちに詐欺との妥協に道をゆずって、自分に都合のいいことに、日々の生活の愉しみを享受することが出来なくなるその日まで、兄への資産の返還をのばしてしまうことになったのだった。やがて、また兄のスクループから、チャールズが隠匿したか、破棄したに相違ない証書があったことを明らかにするためにはあらゆる手段をつくすつもりで、弟を縛り首にするまでは安心がならぬ、といった歌の折返し文句のような毎度おきまりの趣旨の激しい脅迫の手紙がやってきた。これは無論よた話というものだ。当初はそれがかれを怒らせただけにとどまっていたのだが、近頃のうしろめたい思いや隠しごとのせいもあって、薄気味悪くなってきた。証書が存在することと自体がかれには危険だったから、徐々に、それを破棄してしまおうという気持に傾いていくのだった。そうした罪を犯そうとする心境にいたるまでには数々の紆余曲折があった。しかしながら、ついにかれは決断し、いまにも我が身の不面目と破滅の因ともなりかねぬ一件を始末してしまった。それでひとまずほっとしたものの、同時に、あらたに生じた怖ろしい現実的な罪悪感にさいなまれることになったのだ。

超自然ともいうべき不安からは、ある程度解放されはしたものの、今のかれを悩ましていたのはまた別種の心労であった。

その夜、かれは自分のベッドがはげしく揺れて目を醒ましたのだと思った。ほの暗い灯りの中で、二つの影がベッドのすそに居て、互いにベッドの支柱をつかんでいるのを見た。そのうちの一方は兄のスクループのような気がしたが、もう一人が父であることは確かで、二人が眠っている自分をゆり起こしたのだと思えた。かれが目をさましたとき、父のトビーが饒舌《しゃべ》っていたのはこんなことだ。

「わしらの屋敷から出ていくがいい！　いつまでこんなことがつづくものか！　仲良く、わしらがこの屋敷に入って住むのだ。あらかじめ警告されていながら、わざと、お前はこんなことをしでかしたのだ。だから、スクループがお前を縛り首にする。二人でお前を殺してやる。わしをよく見ろ、この悪魔の手先めが」

そう言いつつ、先代の当主は弾丸にひき裂かれて血まみれの顔をふるえながら近づけ、その父の顔が、刻一刻、ますますあの犬の形相に似てくるのだった。そして、身体をのばして踏み板からベッドにあがりはじめた。そのとき、チャールズは、ほとんど暗い影ほどに朧《おぼろ》な別の人影が、もう一方の側からベッドにあがろうとするのを見た。たちまちの裡に、すさまじい混乱と怒号が室内に湧きおこり、意味不明の早口言葉と哄笑がきこえたが、その言葉はききとれなかった。しかし、そのとき、みずからの悲鳴によってかれは目をさましたのだが、気がついたら、床の上に立っていた。亡霊の姿と喧噪はすでに消え失せていたものの、なにかの破片が衝撃をうけて砕け散る音とその余韻が耳に残っていた。グリンデン屋敷のマーストン一族が代々にわたって洗礼を受けてきた大きな陶器の深鉢がマントルピースから落ちて、炉石にあたって粉々に砕けていた。

「昨夜は一晩中、兄の夢ばかり見た。クーパー、もしや兄は亡くなったのでなかろうか？」翌朝、階下におりてきたチャールズはたずねるのだった。

「なんということでございましょうか、わたくしもあの方の夢を見ました。あの方は穴の中で溺れかかっておられ、コートのすそに火がついておりました。そして大旦那さまが――なむあみだぶつ――はっきりおっしゃったのでございます、たしかに大旦那さまに間違いございません、『起きろ、クーパー、この宿なしの泥棒めが。あいつを殺すから手を貸せ、奴は気のふれた碌でなしで、わしの飼犬なんかじゃない』そして、わたくしの頭の中を駆けめぐっておられるそのお姿が、どう見ましても、前の晩に射殺したあの犬のように思えまして。大旦那さまに拳固を頂戴いたしましたようで、意識も朦朧としたままながら、かしこまりましてございます、とおこたえいたしたのでございます。しばらくは、それが頭にこびりついておりましたが、旦那さまもその部屋においででした」

街から数通の手紙がきて、チャールズにまもなく分ったことは、兄のスクループは亡くなるどころか、とりわけ活動的だということで、チャールズの弁護士からの手紙によれば、兄はグリンデンの屋敷を我がものとしてくれる第二の証拠も既に手に入れ、財産譲渡のための補足証書に関する訴訟をおこすつもりと洩れ聞いた、という深刻な警告調のものだった。そんな脅しをチャールズは一笑に付し、弁護士をはげます手紙を書き送ったが、同時に、ひそかな虫のしらせにつづいて生じるかもしれぬ出来事を覚悟して待つ心境でもあった。

いまやスクループは公然と脅迫してくるようになり、例によって辛辣きわまりない悪態をつき、いよいよ詐欺師を縛り首にしてやるという古い約束を何度も繰りかえすのだった。しかしながら、こうした脅迫やその下準備のさなかに、突然、平穏が訪れた。弟に対する死後の報復の準備をするいとまするらなく、兄は死んだ。弾丸にあたって非業の死をとげる人の如く、死が突如として訪れる心臓病の一種であった。

チャールズはあからさまに喜んだ。ぞっとするほどだった。むろん、かならずしも悪意からではなかったのだが。なぜなら、ひそかな恐怖がとりのぞかれた結果生じるすっきりとした気分になれたからだ。それにおかしな幸運もあった。スクループは亡くなる前日に、自分の全財産をある見知らぬ男にゆずるという趣旨の遺書を作成しておきながら、チャールズ相手に訴訟をおこすという特別の条件をつけた別の遺書を一両日中にその人物に送りつけるつもりで、もとの遺書を破棄してしまったのだった。

その結果、兄の全財産は、無条件で相続人たるチャールズのものとなった。かれが残忍にも兄の死を雀躍《こおど》りして喜んだのもむりからぬことだった。しかし、半生にわたる相互の執拗な確執と根深い憎悪もあったことだ。それに、ハンサムなチャーリーという男は心の底から遺恨も抱けば、復讐をたのしんでやりかねない男でもあったのだから。

かれは兄が望んでいたグリンデンの礼拝堂に兄を埋葬してやることだって喜んで阻止することも出来たであろうが、弁護士たちもそこまではやるまいと思っていたのだが、チャールズにしてみれば、マーストン家の先祖に敬意を表して参列するであろうこの村の郷士たちの葬儀を阻止すれば予測されるスキャンダルもまた堪えがたいものだった。

しかし、かれは使用人たちには誰ひとりとして兄の葬儀に出ることを許さなかった。軽視すべからざる脅しの言葉をもって、万一葬儀に出るものがあれば、二度とこの屋敷の敷居はまたがせないと言うのだった。

人里はなれた片田舎の村人たちの強い好奇心に水をさしたという点をのぞけば、老クーパーは例外としても、使用人たちはこの主人の御法度をさして気にもとめなかったことだろう。先代当主の長男が一族の眠る礼拝堂に埋葬されるというのに、グリンデンの屋敷から誰ひとり参列するものがないということをクーパーはとても気に病んだ。一族に敬意を表して参列した地元の紳士たちが屋敷にお立寄りになるかもしれないので、せめて樫の間にワインとお菓子ぐらい用意してはいかがなものかと主人にうかがいをたてたところ、チャールズはかれに毒づき、余計な口出しをするな、そんな客が来たら主人が留守で何の支度もないといって、かたっぱしから追っぱらってしまえと言う有様だった。クーパーが懸命に諫めてみても、主人は立腹するばかりで、さんざ荒れくるった挙句のはてに、エンゼル館の方角から谷を下ってくる葬列が見えてきた頃、帽子とステッキを手に、散歩に出てしまった。

やるせない気分でクーパーはうろうろ歩きまわり、門の前で、数えられるかぎりの馬車の数を数えた。葬儀が終り参列者が散りはじめると、開け放ったままでいつものことながらひと気のない玄関に戻ってみると、そこにたどりつくかつかないまに、一台の葬式用馬車がやってきて、その中から黒いマントを羽織り帽子にクレープの喪章をつけた二人の紳士があらわれ、いきなり案内も請わずに、石段をのぼり屋敷の中に入っていった。かれはゆっくり二人のあとを追った。馬車はてっきり中庭の方にまわったものと思った。それというのも、戸口にたどりついたときには、その影も形もなかったからだ。

そこで、二人の会葬者を追い、屋敷の内に入っていった。玄関の間《ま》で一人の使用人に出会ったが、その男は黒いマント姿の二人の紳士がこの玄関の間をつっきり、帽子もとらず誰の許しも請わずに階段をのぼっていくのを見たと言うのだ。とても妙なことだ、それにほんとに失礼なことだとクーパーは思った。そこで、その二人の正体をつきとめようと、二階にあがっていった。しかし、あとにも先にも、二人を見つけることは出来なかったのだ。そして、その時から、この屋敷に騒動がもちあがったのだ。

ほどなくして、誰かれとなく使用人たちがいろいろなことを言いはじめるようになった。廊下で足音や声が追いかけてきたり、きまって脅迫調の忍び笑うようなささやきが回廊の曲り角や暗い奥まった所から聞えてきて、使用人たちを怯えさせた。かれらが恐怖におののいて戻ってくると、やせぎすのミセス・ベケットにたしなめられる羽目となるのだが、それというのも、彼女はそういう類の話は全くくだらないと考えていたからだ。しかし、彼女自身も、それからまもなく、まったく別の考えかたを抱くにいたったのだ。

彼女自身もそのような声を聞くようになったからだ。それも、彼女が生まれてからこのかた欠かすことのなかったお祈りの最中にきまってきこえてきて、すっかりお祈りを妨げてしまう有様で、いとわしいかぎりだった。そんなとき、声はいろんなことを語りかけては彼女を怯えさせたのだが、彼女の言うところでは、その声が次第に脅迫や冒瀆的なものになったという。

謎の声は室内できくとはかぎらなかった。彼女には、この古い屋敷の分厚い壁の中から、近隣の共同住宅の方から、ときにはさまざまな方角から、呼びかけてくるような気がした。遠くはなれたロビーからきこえてくることもあれば、ながい羽目板ばりの廊下のむこうから、朧げながら脅迫するような調子できこえてくることもあった。声は近づいてくるにつれて狂暴になり、まるで大勢の人間が同時にしゃべっているようだった。すでに述べたように、この立派な婦人がお祈りをあげているときに限って、あの怖ろしい声が時を移さず戸口にあらわれ、怯えきった彼女が跪いていた床から立ちあがろうとするや、それまでの一切が急に静まり、コルセットを圧迫する胸の動悸と背筋も凍りつくような神経の震えだけがあとに残るのだった。

その声がなにを語っていたかは、声がきこえなくなったとたんに、ミセス・ベケットにはどうしても思い出せなかった。ある言葉が別の言葉を追いはらい、それぞれがぞっとするほど明晰な、嘲りや脅迫や不敬な弾劾の言葉は、きこえたかと思うや、かき消えてしまうのだった。それがこの身の毛のよだつ嘲弄や毒舌をいっそう際だたせ、どうしてもその正確な内容を心にとどめることが出来なかった。その怖ろしさだけが脳裡に鮮明に刻みこまれてはいたけれど。

ながいあいだ、こうした悩みにまるで無縁であったのは、屋敷内でチャールズ唯ひとりのようだった。その週のうちにミセス・ベケットは二度もお暇をとろうと決心したほどだ。しかしながら、一箇所で二十年以上も落着いた暮しをしてきた分別のある女性なら、そんなことが二度つづいたくらいで、簡単に暇をとったりはしないものだ。トビーが生きていてこの屋敷の暮しも順風万帆だった頃のことを憶えているのも、今では彼女とクーパーだけだったから。ほかには使用人もほとんど居らず、かれらとて常雇いの使用人とはいいがたかった。女中のメグ・ドップスは屋敷には泊らず、毎晩、弟の迎えで門番小屋に住む父親の許に、恐怖におののきながら歩いて帰っていた。落魄《らくはく》したグリンデン屋敷の一時凌ぎの使用人たちに横柄だったミセス・ベケットも、たちまちのうちに折れて出て、ミセス・カイムと台所の下働き女中のベッドを自分の広くて色褪せた部屋に持ちこませ、すっかり心を許して彼女たちと夜な夜なの恐怖をともにしていた。こうした話に腹を立て、あら探しをしたのはクーパーだけだった。自分の目ではっきり見たのだから、それはまがうかたなき事実だったはずだが、この屋敷に二人のマント姿の男が入りこんできたために、かれはすでにかなり焦立っていた。かれは女たちの話を信用しようとせず、二人の会葬者が出迎えてくれる者のないままに、この屋敷から立ち去ったものと思っているふりをした。

夜になってクーパーが樫の間に呼ばれて行ってみると、主人は煙草を喫《の》んでいた。主人は蒼白く腹立たしげな面持でこう言うのだ。

「なあ、クーパー、お前はいったいどういう了見で、妙な話を吹きこんで愚かな女どもを怯えさせるのかね？　屋敷に幽霊が出るというのなら、ここに居ても仕方があるまい、荷造りをして出ていったらどうだ？　使用人にこと欠くわけじゃなし。ベケットが料理人と色白の台所の下働きをひきつれてやってきて、一緒に泊って悪魔を説伏してくれる司祭さまを雇ってくれと言うのさ。きっと、あの者たちに妙な考えを吹きこんだりしたのは利口なお前さんのことだろうよ。メグは屋敷に泊るのが怖くて毎晩小屋におりているようだし——お前が迷信じみた馬鹿げた話をしてきかせるせいじゃないのか、この老いぼれ狂人《きじるし》めが！」

「旦那さま、それはわたくしのせいではございません。わたくしの作り話などではございません。なぜかと申しますに、わたくしはあの者たちに、そういう話はみんな空《くう》の空だと申しきかせておる次第でして。ミセス・ベケットにきいて頂けば分ることでございます。わたくしの了見はさておきまして、誰もがずいぶんと見当ちがいのことを口にしておりましたけれど」

主人は目をそらし、腹立たしげに独り言をつぶやいた。そして、わきを向いて、暖炉の内部に設けられた小さな棚でパイプの灰をおとし、再びくるりとクーパーの方に向きなおって、蒼白い顔はそのままだったが、今までほど怒った様子ではなく、語りはじめるのだった。

「クーパー、お前は自分さえしっかりしていれば、決して馬鹿な男じゃない。この屋敷に幽霊が出るとしたら、そいつが話しかける相手が愚かな女どもじゃないってことくらい分るだろう。このわたしが考えもしないようなことを色々と考えたりして、いったいなにを悩んでいるのかね？むかしはお前も頭のいい男だった。父親の口癖じゃないけれど、折角のそんな頭にまぬけな帽子をのっけちゃいかんな。ありもしない戯事でお互い怖れおののいて、村人たちにグリンデンとその一家の悪口を言わせるなんて、馬鹿な真似をさせちゃいかん。それがお前の本意じゃあるまい、きっとな。女どもも台所から出ていったようだから、火を焚きつけたら、自分のパイプを用意しておくことだ。こいつを吸いおえたらお前のところへ行くから。一緒にパイプをやって、ブランデーの水割でも飲もうじゃないか」

この混乱して寂しい屋敷内で、主人のこうした妥協すらさして珍らしいとも思わなかった老執事は階下におりていった。相手えらばずうちとけられる者が、それがかなわぬ主人に冷たくするわけにもいくまい、と思いつつ。

主人の指示通りあれこれ用意をととのえてから、かれは広々とした古い台所に腰をすえ、炉格子に両足をのせた。かれのかたわらのカード・テーブルに置かれた大きな真鍮の燭台のローソクが赤く輝き、そのそばにはブランデーのボトルとグラス、それにかれ自身のパイプも用意してあった。そして、こうした支度がすむと、何代も前の人々や良き時代のことを未だに忘れずにいた老執事は、またいつもの思い出にふけり、こうして、徐々に深い眠りにおちいっていったのだ。

クーパーは誰かが頭のそばで低く嗤《わら》っている声をきいて、なかば目覚めた。かれはそのときこの屋敷の遠い昔の夢を見ていて、若い殿方の誰かが自分を罠にかけようとしている気がして、なにやら寝言を言ったようだが、「お前は葬式にも出なかった。殺してやる、耳を切りとってやる」という鋭く太い声に目を醒まされたのだ。こめかみをはげしく突かれ、思わず立ちあがってしまった。火は消えていて寒気がした。同時に、ローソク差しの灯が消えかかっていて、床から天井にいたるまで白壁に踊っているような長い影が映し出され、心なしか、その黒い輪郭がマントをはおったあの二人の男に似ているように思えて、思い出してぞっとするのだった。

かれは大急ぎでローソクを手に廊下に出た。この廊下の壁にも同じような黒い影が踊っていて、かれは手許のローソクの灯が消えないうちに自分の部屋にたどりつきたいと思った。自分の頭上ちかくで主人の部屋のベルが突然けたたましく鳴りだして、かれは仰天せんばかりに驚いた。

「おや、おや、鳴ってるぞ、やっぱりそうだったか」とクーパーはつぶやき、刻一刻けたたましさを増すベルの音をききながら先を急ぐうちにも、自分の声をきいて落着きをとり戻すのだった。

「旦那さまも、わたし同様、眠りこんでしまわれたのだ。きっとそうだ、そして目がさめてみたら、灯が消えてたんだろうな、なんなら五十ポンドかけても……」

「誰だ?」執事が樫の間のドアの把手をまわしたとき、主人は強盗におそわれた人のような口調で、荒々しく叫んだ。

「わたくしです、クーパーですよ、旦那さま。とうとう台所にはお出でになりませんでしたね」

「とても加減が悪いんだよ。意識を失っていたようだ。なにかに出くわさなかったか?」

「いいえ」

二人は互いに顔を見合わせた。

「入れ、ここに居てくれ。ひとりにしないでくれ。部屋の中を見て、異常はないと言ってくれ。手をかせ、クーパー、握っていないと不安なんだ」

主人の手は湿っていて冷たく、ひどく震えていた。もう夜明けがそう遠くなかった。しばらくして、かれは語りはじめた。

「してはならぬこともいろいろやった。これでは極楽にも行けまい。でも、神のお恵みで、そう願っている。いけないことだろうか? わたしはひどい跛だ——生きていてもなんの役にも立つまい、酒もやめて、おくればせながら結婚もしよう。相手は身分のある女性でなく、家庭的なごく普通の女でもいい。百姓のクランプの家の末娘、あれはいい娘だし分別もある。あの娘をもらってもおかしくはないだろう? あれならわたしの面倒も見てくれ、頭に妙な夢をいっぱい詰めこんで、どこの国で織られたか分らん見かけ倒しの織物を屋敷に持ちこんだりもすまい。司教と相談して、誰にもよくしてやろう。そして、いいか、わたしは自分がしでかした数々の罪を本当に後悔してるんだよ」

すでに荒涼として冷たい夜はあけていた。クーパーの話によれば、おやすみになるようにと勧められたにもかかわらず、帽子とステッキをとり急に散歩に出ようとしたときのチャールズの顔色がとても悪かったそうで、ひどく昂ぶってとり乱していたので、かれが屋敷から脱出するのが目的であったことはあきらかだった。チャールズが台所へ姿を見せたのは十二時、ここなら使用人の誰かに会えると思っていたことだろうが、そのときのかれの様子ときたら、前日から十年もの月日が経っていたかのようだった。主人は火のそばに床几を寄せ、一言もしゃべらずに腰かけた。クーパーがアップルベリーから医者を呼び、その医者がちょうど着いたばかりだったが、かれは診てもらおうとはしなかった。

「診察したけりゃ、こっちにくるがいいさ」クーパーにうながされるたびに、主人がそう言うので、医者は渋々やってきたのだが、チャールズの容態はかれの予想以上に悪かったのだ。

主人は床に就くようにとの指示を拒んだが、生死にかかわると医師に言われて、ひるんだようだった。

「では先生のおっしゃるとおりにしましょう。ただし、クーパーとディック・キーパーも同室させて欲しいのです。ひとりきりになりたくない。そして、二人には寝ずの番をしてもらいたい。先生にも屋敷にしばらく居て頂きたいのです。すこし元気になったら、街に出て暮すつもりだ。昔とちがって今は何もすることがなくて、ここの生活はつまらないし、これからはもっとましな生きかたがしたいのだ。わたしの言うことをよく聞いておいてくれ、誰に嗤われようと、司祭にも相談してみるつもりだ。みんなに嗤われたって、それがわたしがまともになろうとしている証拠なんだから」

　患者が自分の指示に素直に従うとも思わなかったので、医師は州立病院から二人の看護婦をよび寄せ、かれ自身グリンデンに赴き、夕方その二人に会った。クーパーは寝室と隣りあわせの化粧室で寝ずの番をするよう指示され、それでひとまずチャールズは安心したが、医師の話では、主人は発熱のせいで奇妙な興奮状態にあり、気分が沈んで怯えているということだった。

　年をとった穏やかで学識ありげな牧師がやってきて、その夜おそくまでチャールズと話しこみ、二人でお祈りをした。その牧師がかえると、主人は二人の看護婦を枕元によび、こんな話をした。

「ときどき男がひとりやってくるが、気にしないでくれ。そいつはドアから顔をのぞけて手招きする。喪服を着て黒い手袋をはめた痩せたせむしの男だ。羽目板みたいに顔色のくすんだ、痩せた男だからすぐに分る。そいつが笑ったりしても気にかけないことだ。そいつのほうに近づいてもいけないし、呼びいれてもいけない。かれは何も言わない。腹を立てて睨みつけられても、怖がったりしてはいけない。奴はなにもしないし、じっとしていることに飽きてくるから、お願いだから、中に呼びいれたり、あとを追ったりしないでくれ！」

　話がすむと、看護婦は額を寄せあって小声でなにごとかを話しあい、そのあと、クーパーとあれこれ相談した。

「とんでもない！　いいえ、この屋敷に気狂いなんぞひとりも居りはしませんよ。あなたがたが見たもの以外に誰ひとりとして。旦那さまは頭痛でちょっと熱がおありになるだけなのです。それだけのことです」

　夜が更けるにつれて主人の容態は悪化した。生気がなくなり、譫言《うわごと》を口ばしり、酒や犬や弁護士のことなど、いろんなことを口にした。それから、いわば、兄のスクループに語りかけはじめるのだった。かれが譫言を言っていたとき、ひとり寝ずの番をしていた看護婦のミセス・オリバーは、誰かの手がひそかに入口のドアの把手にふれ、そっと回そうとする音を聞いたような気がした。

「まあっ！　いったい、誰なの？」と彼女は絶叫しつつ、戸口から顔をのぞかせてはにっと笑って手招きするという黒服のせむし男のことを思い出して、肝をつぶした。

「クーパーさん、いらっしゃるの？　いらして下さいな、早く、お願い、クーパーさん！」

暖炉のそばで居眠りをさまされて、クーパーがよろける足どりで化粧室からやってくると、彼女はかれにしがみついた。

「せむしの男がドアを開けにやってきたんです。嘘じゃありませんよ」

主人は熱にうなされ、彼女がそんな話をしてもわけも分らず、呻いたり、譫言を言ったりしていた。

「まあ、まあ、オリバーさん。そんなことは有り得ませんよ。お屋敷にはそんな男は居りませんので。ところで、旦那さまは何を言っておいでですかな？」

「どういうことだか存じませんが、しょっちゅうスクループ、スクループとおっしゃって――シィッ！　ほら、また把手が……」と言いかけて、甲高い金切声でつけ加えて言う、

「ほら、戸口から頭と首をのぞかせてるじゃありませんか！」そう言って、身震いしながら、息もつけぬほどクーパーにしがみつくのだった。

ローソクの炎がめらめらと燃え、戸口になにやらゆれ動く影があって、それが首のながい、高

めの鋭い鼻を持った男の頭が室内をのぞきこみ、ひきかえしていくように見えた。

「馬鹿なことを言っちゃいけません」とクーパーは叫んだが、自身も真っ蒼になって、力一杯彼女をゆすぶった。

「いいですか、ローソクの炎のせいですよ。動いているものはあれだけなんですから。ね、そうでしょ?」と灯りをかかげて言う。

「たしかに、戸口には誰もいませんよ。離して下さったら、調べてみますから」

ミセス・オリバーは心細いやら怖ろしいやらで、クーパーがドアをあけて確めてみたとき、彼女はソファで寝こんでいたもうひとりの看護婦をゆり起こした。ドアの近くには誰もいなかったが、回廊のあたりに、かれが室内で見たのと似た影があった。ローソクの灯をすこし高くかかげると、その影は頭をひっこめながら、ながい手で手招きしているように見えた。ミセス・オリバーの狼狽に自分までが負けてはならじと思いつつ、クーパーは叫んだ。

「たかがローソクの灯が生んだ影じゃないか!」

そして、灯りを手に、回廊の隅まで歩いていった。なにもなかった。その位置から、長い回廊の先をそうっと眺めずにはいられなかった。そして、ローソクの灯りを動かすと、さらにその少し先に、さきほどと全く同じ影がうかびあがり、近づいていくと、影は後退して手招きするのだった。

「馬鹿な! ローソクの灯のせいにすぎん」

この醜い影が――文字通りそれがただの影とかれは確信していたが――姿をあらわす執拗さに、腹を立てたり、怯えたりしながらも、かれは進みつづけた。今、その影が出現したとおぼしき地点にたどりつくと、影は移動し、クーパーが近づいていった彫刻の施された古い戸棚の羽目板の中央に、消え失せたかのようだった。このパネルの中央部の狼の頭部には浮き出し飾りが施されていた。その上にローソクの灯があたる。すると、とらえどころのない影がバラバラになり、妙なことに、また再生してくるかに見えた。狼の眼が一点の反射光をうけて輝き、その光は薄笑いをうかべた口許をも照らし出したのだが、それがスクループ・マーストンの高く鋭い鼻を思い出させ、かれの獰猛な眼が不動の意味をこめて自分を凝視しているような気がした。

身動きすらできず、クーパーはその光景をじっと見つめていたのだが、やがて、顔とそれにつながる胴体の全容がしだいに木製の部分から立ち現れてくるのを見たと思った瞬間に、横手の回廊からにわかにきこえてくる人声を聞きつけ、大声で「やんぬるかな!」と言いつつ、踵をかえして、一陣の強風のごとくこの古い屋敷中をゆすぶるかに思えた物音にうろたえながらも、急遽、主人の部屋にとってかえした。

なかば恐怖におののきつつ、クーパーは主人の部屋にとびこみ、ドアを大急ぎで閉め、素早く鍵をかけたが、そのときのかれの顔つきときたら、人殺しに追われている者のようだった。化粧室の戸口ちかくで、かれは小声できいた。

「今のを聞きましたか?」

みんなは耳をすましたが、夜の全くの静寂を破る外部の物音ひとつとてなかった。

「畜生!　おかしくなったのは、この老いぼれの頭のほうか!」とクーパーは叫んだ。

かれらの話し声に怯えるなんて、馬鹿なのはかれ自身のほうで、窓がガタガタ鳴っても、ピンが床に落ちても、今の自分はビクビクする、かれはそんなことを言ったが、ほかには何ひとつ話すまいと思った。そこで、その夜はブランデーを飲み、寝ないで、主人の寝室の暖炉のそばで、おしゃべりをした。

チャールズは脳炎から徐々に恢復したが、すっかりというまでには至らなかった。ごく些細なことだってかれを動顚させるのだと医師は言っていたが、完全な恢復に必要な転地をするほどに元気になってもいなかった。

化粧室でやすむクーパーが、今では、主人の唯ひとりの寝ずの番だった。病人の症状というものも奇妙なものだ。主人はベッドに身をおこすようにして、夜中に陶製の長パイプをくゆらすのが好きで、炉辺でクーパーにも一緒にパイプを吸えという。主人とそのつつましき友が喫煙の愉しみに耽ったように、喫煙とはまことに寡黙な喜びというものだが、このグリンデンの主が三服めを吸いおえてからのことだった、かれが話をしはじめたのは。そして、いざ話しはじめたとき、その話はクーパーの思いもつかぬものだったのだ。

「なあ、クーパー、わたしの顔をようく見て、はっきりこたえてくれ」そう言って、チャールズはいやに落着いて狡猾な笑顔をうかべてかれを見るのだった。

「これまでずうっと、屋敷に誰が居ついているか、それはわたし同様、お前も知ってるな。否定する必要はないぞ。え、スクループと親父なんだろう?」

無表情な主人の顔をうかがいながら、クーパーはしばらく黙りこくっていたのちに、かなり厳しい、びくついた口調で言う。

「そんな話はなさらないで頂けませんか、チャーリー」

「嘘をついて何になる、クーパー? スクループがお前の右耳を聾にしたんだ、そうなんだろう？　奴は怒った顔をしてて、わたしもこの脳炎で奴に殺されるところだったよ。だが、まだとどめを刺されちゃいないぞ。ひどく邪《よこしま》な顔をした兄貴を見た、見たはずだよね？」

　クーパーはひどく怯えた。主人の口許にうかぶ奇妙な薄笑いを見て、さらに怯えた。手にしたパイプをとり落とし、口も利けずに茫然と主人をみつめ、まるで夢の中にいるかのような気分だった。

「そうお考えなのでしたら、そんな風に笑ったりなさらないで頂けませんか」とかれは陰気な口調で言う。

「クーパー、わたしはもう疲れたよ。それに、笑うということは何にもましていいことなんだ。だから、笑っていられるうちは笑いたいのさ。あの二人がわたしをどうするつもりか、知ってるだろう。わたしが言いたいのはそれだけさ。さあ、パイプを吸えよ、わたしは眠るから」

　そして、主人は寝がえりをうち、枕に頭をつけて静かに横たわった。クーパーは主人の寝姿を見ながら、戸口にちらっと視線をやり、それから、グラスにブランデーを半分注いで呑みほし、気分もやっと落着いてきたので、化粧室のベッドに横になった。

　真夜中に突然、かれは主人に起こされた。部屋着にスリッパ姿で枕元に立っていたのだ。

「お前にちょっとしたプレゼントを持ってきてやった。ヘイゼルデンの地代が昨日入ったから、これだけあげる。五十だ。あとは明日ネリー・カーウェルにやろう。これでよく眠れることだろう。あれから兄貴に会ったんだ。結局、そう悪い人間じゃないよ。顔にクレープの喪章をかけてたな。というのも、とても見られた顔じゃないって言ってやったからさ。これからは兄貴にもいろんなことをしてやりたいんだ。優柔不断だけは禁物だね。では、おやすみ、クーパー」

そして、主人はふるえる手をやさしく老人の肩にかけ、自分の部屋にひきとっていった。

「どうもあのご様子が気にいらんな。先生もちょくちょくはお出でにならないし。それに、あの薄気味悪い笑いかたも気になるし、手だって死人のように冷たかった。おつむがおかしくなりかかっていないことを祈りたいもんだ！」

そんなことをあれこれつぶやきながら、さきほどの嬉しいプレゼントのことなど思い出したりしているうちに、とうとう眠ってしまった。

あくる朝、主人の部屋をのぞいてみると、ベッドは蛻《もぬけ》のからだった。

「まあいいさ、出来損いのシリング硬貨とおなじで、いずれお戻りになることだろう」と思いながら、クーパーはいつものように部屋のかたづけをはじめた。しかし、主人は戻っては来なかった。やがて不安になりだし、主人が屋敷内にいないことがはっきりすると、ひどく狼狽するのだった。いったい、旦那さまはどうなさったのかしら？　化粧着とスリッパ以外になくなっている衣料はなにひとつなかった。あんな病気のお身体で、あんな身なりのままで、お屋敷を出ていかれたのだろうか？　そうだとしたら、正気の沙汰じゃあるまい。それに、昨夜は霧も出てとても寒かったから、戸外《そと》におられて、まだ生きておられることだろうか？

屋敷にかけつけてくれたトム・エドワードの話によれば、今朝の四時頃――月は出ていなかったとか――かれが暗い夜道をマーケットに向けて荷馬車で出かける百姓のノークスを道づれに一マイル半ばかり歩いていたところ、男が三人、馬車のまえを、それもかれらと二十ヤードとはなれていないところを歩いていたという。グリンデン屋敷の門番小屋から、はるばる一家の埋葬場にいたる道程をとぼとぼと。そして、墓地の門が内側から開けられ、三人の男はその中に消え、門が閉った——そんな光景を目撃したというのだ。トム・エドワードはてっきり、三人がマーストン家の誰かの葬儀の準備をしに中に入っていったものと思ったのだ。一家にそのような不幸が生じていないことを承知していたクーパーには、この話がおそろしく不吉な感じがした。

それから、かれは入念な捜索を開始したのだが、やがて、あの四階の寂しい部屋、ヘロッド王の間《ま》のことを思い出した。その部屋にはなんの変った様子もなかったのだが、小部屋のほうのドアが閉っていて、まだ夜が明けきらず仄暗かったけれど、ドアの上部に大きな白い結び目のようなものが張り付いていて、それがかれの目をひいた。しばらくドアを開けようとしてみたが駄目だった。なにか重いものがドアをしっかりと下に押えつけているのだ。しかし、やっとのことで、すこしばかりドアがゆるみ、やがて部屋中をゆるがすほどに凄まじい物音がして、静まりかえった廊下のすみずみまで、その反響がだんだん遠ざかっていく笑声のようにひびきわたっていき、かれは失心せんばかりだった。

ドアをこじあけてみると、主人は床に倒れて死んでいた。クラヴァットが無口頭絡〔馬具のこと〕のようにぴったり首に巻きついて、その目的をはたしたということだ。すでに身体は冷たくなっていて、死んでから相当の時間がたっていた。

やがて、検視官が検死をとり行ない、陪審はチャールズ・マーストンが一時的狂気の状態にあって、みずからの手で死を択んだものと断定した。しかし、そのことについてクーパーは一言も発言しなかったが、主人の死についてはかれなりの意見を持っていた。それを口にすることは、ついぞなかったけれど。

かれはその余生をヨークに移り暮したが、口数のすくない無愛想な老人で、まじめに教会に通い、少々酒もたしなみ、小金をためていたという晩年のかれのことを、今でも憶えている人たちがいる。

(訳＝横山　潤)

ヘンリとロウィーナの物語

M・P・シール

M・P・シール

一八六五～一九四七。西インド諸島生まれ。レトンダ島の王となるなど、特異な背景に育ち、世紀末文筆家の雰囲気に染った特異なロマン、スリラー、幻想小説を残した。『黄波』(一九〇五)、『ラージャのサファイア』(一八九六)、『蒼い猿』(一九一一)等。

イステのハワード卿夫人ロウィーナは卿の許に嫁して十月《とつき》——そしてまたしても——ダーンリイ卿との行路《ゆきじ》に覚えず足を踏み入れる羽目となった。
場所はパルリ歌劇場。オペラグラスで向かいの貴顕の桟敷を覗いているうち、ふと目にとまった土気色の貌《かお》と角張った額は、まぎれもなくあのダーンリイ卿。しかも向こうの眼鏡《グラス》も、ずっとこちらを見ている。ふたつの眼鏡はしばし互いに凝視《みつ》め合っていたが、やがて女の方が急に色を変え、そっと俯向いた。

劇場を出ようとすると、白熊の仮装をした男（ダーンリイの秘書）が、ロウィーナのパラソルにさりげなくカードを滑り込ませた。それには『会っていただけますか、メタ・スダーナで』と書いてあった。時刻は八時に近い。もう少しすれば、時報を告げる〝受難節《レント》の鐘〟を合図に、朝十時から開いている劇場はどこも閉《は》ねになる。なぜならこの日は火曜、謝肉祭最後の——最高潮の——一日、野蛮人《バルベリ》と蠟燭祭り《モコレッティ》の日であって、湧き立つ歓声天を衝《つ》かんばかりに、今や市はひとつの眩暈《げんうん》の渦と化し、飛び交う花火の煙が靄《もや》さながら立ち罩《こ》め、裏通りから車馬が続々と流れ込む目抜き通り《コルソ》には、ドミノ仮面、ピエロ、〝侯爵〟、百姓《コンタディーニ》の仮装が溢れかえり、打ち振る腕、叫び声、競い合い、目にあやな色彩の混沌といった趣。

ロウィーナはこの騒ぎをよそごとに見ながら、馬車の座席に背をもたせて揺られていた——豊満な肢体に倦怠《けだる》さをただよわせる貴婦人。蒼白な顔に真紅の厚い唇が際立ち、大きな毬《まり》のように結った漆黒の髪といい、喉の曲線といい、ロセッティ描く夢幻の美女を想わせる。ダーンリイと並んで立つと、彼女の方が一インチ程背が高かった。

彼女を乗せた馬車がウルバーナ通りを行ってコロセウムに着くと、ダーンリイ卿は逢引きの場所の暗蔭から現われ、歩み寄って来た。

「また会いましたね、やはり……」

ロウィーナはつぶやいた。「不思議ね」

広出入口《ウォミトリウム》の前まで歩いてゆくと、薄闇の廃墟が二人の眼前に浮かびあがった。

女は微笑《わら》って、「相変らず神出鬼没ね」

男はこたえて、「旅ですよ。我々は他所《よそ》で罪を犯した魂であり、地上はその拘留場ですが、さいわい、檻の中をうろつき廻るのは自由ですから」

「ああ、また鬱《ふさ》いでいらして……幸せにおなりになると約束したじゃありませんこと、ヘンリ」

「貴女はどうです?」

「妾《わたし》、せんだって、年寄りと結婚しましたの——公債や株の話しかしない人ですけれど。でもいろいろと慰めはありますわ」

「どんな慰めです?」

「財産と、太陽と、謝肉祭《カーニバル》と」

「謝肉祭の後には受難節《レント》が来ますが」

「でも受難節の前は謝肉祭よ！」彼女は乾いた声で笑った。

「貴女らしくない俗っ気ですね。その――御夫君の影響ですか?」

「きっとそうでしょう」

「いや失礼、許して下さい。――貴女は貴女以外の何物でもありえない。わかっていますよ」

「妾というものが本当に貴方の目に映る通りのものだったら良いのですけれど。人の中身は見かけにふさわしくないこともあります。妾が今までに会ったなかで最高の美人は、セビラで紙巻煙草を巻いているお頭《ツム》の弱い娘でしたわ」

「僕は顔で貴女の値打ちを測りなんかしません」ダーンリイはそう言いながら、目を細めて相手の顔をつくづくと見て、「僕自身が物差しです。貴女は僕の分身だ――以前はそうでしたね」

ロウィーナはきまり悪そうに目を伏せた。「貴方がそうおっしゃるのなら……そうなんでしょう。でも貴方は殿方というより、オリンポスの神様のような感じがおありです。それにひきかえ妾は――人間気《にんげんけ》が多すぎやしませんこと?」

「オリンポスの神々は皮膚病など患ってはいないでしょう」男は薄笑いを浮かべてこたえた。

（これより五年前、ロウィーナと華《か》燭の典を挙げようという矢先、卿は癩病猖獗《しょうけつ》の地アイスランドに三夜を過ごした。やがて彼の病特有の小結節が三つ、左腕にあらわれ、以来ダーンリイは世捨人となったのである）

「まだ、いけませんの?」女が訊くと、

「僕の病は不治です」

「ああ！　妾の病もよ、ヘンリ」――おそらく、心にある以上の憂愁《うれい》をふくめて。

「実は僕らの病を癒そうと思って、来ました」

女はうろんな表情で、月明りに照らされた相手の顔を見た。コロセウムの上に今しさしのぼった月は廃墟を一際《ひときわ》茫漠と見せ、ロマンスと魔魅の手を以てロウィーナの心に触れた。

「それで、癒すとおっしゃるのは——例の方法ですの?」微笑んで、たずねた。「無可有国でのランデヴー?」

「魂と魂が真に出会うところ、ですよ」

ロウィーナは黙って、少し考え込むような顔をした。遠くから謝肉祭の騒擾《どよもし》がかすかに聞こえて来る。

「じゃ、ヘンリ、今も信じていらっしゃるのね、魂とか来世とかを」

「魂も来世も存在します。信じませんか?」

「信じます。貴方がそうおっしゃるのなら」

「では信じて下さい。七年前から僕にはわかっていました。向こうに行けば癒されるのですよ」

「誘惑なさるのね」

男は、肌身離さず持ち歩く二つのガラスの薬壜を、さいぜんからポケットの中でいじっていたのだが、ここで「承知してくれますね?」と切り出した。

「ヘンリ——妾——いろんなしがらみが……」

「僕を愛していないのでしょう——もう」

「そんな!」

「じゃあ、承知ですね。真夜中に——どうです?」

「駄目、妾――せめて時間をください」

「どれ位？」

「ひと月」

「場所は？」

「ナポリで」

男は辞儀をした。「では、ひと月後に――ナポリで」

「ともかく、それまでに心を決めますわ」

男は辞儀をした。二人は広出入口《ウォミトリウム》を横切り、メタ・スダーナで別れた。

蠟燭祭《モコレッティ・フェット》りは今がたけなわだった。戦陣組んで宙を突き、猛進し、暴れ狂う数万本の細蠟燭。四階のバルコニーから覗く紅潮した顔、顔、顔。誰も彼も自分の蠟燭を守りながら、他の誰かの細蠟燭を、鞴《ふいご》や灯り消しや大扇で消そうと夢中になっている……と、不意に「受難節《レント》の鐘」が鳴り渡り、蠟燭の火はいっせいに消えた。あとには気の抜けたシャンペンのような人の群れだけが残る。それがみな家路につく車馬輻輳《ふくそう》の大混雑の中を、ロウィーナの御者は、巧みに前に割り込んだり、間を詰めたりして、大分の後ようやく彼女を御邸《パラッツォ》の前におろした。邸に戻ると、夫君のそっけない置き手紙があり、社交界の謝肉祭を締めくくる宴――ロンドーラ公爵邸の仮面舞踏会に行くと書いてあった。

ロンドーラ公爵（博物学者で、自邸の庭を名高い「ロンドーラ動物園」にした、あの人物である）は、その年ローマ社交界の催し事の主役だったので、宴も果つる今宵、公爵邸広間は大勢の客でにぎわっていた。

真夜中、十二時を打つ頃、ロウィーナもその広間で踊っていたが、少し経つと人いきれが嫌になって庭におりた。どこか、ひとり夢見心地になれるところはないかと思ったのだが、仲々そうはいかなかった。花壇のあたりでも四阿《あずまや》でも、到るところに二人連れがそぞろ歩いているか、仲良く坐っている。だんだん庭の奥へ入って行くと、鬱蒼として暗い場所に出た。と、誰かがこちらへ近寄って来る。中背の仮面の男、真紅の皮頭巾を冠り、カシミヤの帯を締めている。見おぼえのある黒々とした口髭、そしてキラリと光るあの白い歯並――ロウィーナははっとした……

「貴方……ここへおいでになるなんて……」彼女は一種の畏怖を感じ、向かい合った相手を凝視した。まるで男の人格と意志とが絶対の力を揮い、偶然の骰子《さい》の目を動かし、この二度目の邂逅《かいこう》をもたらしたような、そんな印象を与えられたので――

「ほんとに、ここでお会いするとは妙ですわ。妾、夢を追いかけて出て来ましたの――」

「お邪魔でしたか――」

「いえ、そんなこと……サウルだって父親の驢馬《ろば》をさがしているうちに、ヘンリ、王国を見つけたのですわ」

「王国と悲劇とを、ね」

「また、陰気なことばっかり。でも、農夫として生きるより王として死ぬ方がましではありませんか?」――小首をかしげ、甘くくるめ込むような微笑を浮かべて。

すると男は、「言いかえれば〝女〟として生きるより〝女神〟として死ぬ方が――ですか?」

「誘惑なさるのね」

「質問しただけです」

「おこたえはしましてよ！　『一月後に、ナポリで』」——とは言うものの、己が心の内を省みたならば、一月後も昨夜とあまり変わらぬ返事をするであろうことはわかっていた筈である。しかし妖精が笛の音に舞う深夜の一刻、暗がりに洩れ射す月光は夢の気分を醸し、ロウィーナはひそかな不安を持ちつつ、ついまたあの話題にふれた。半ば稚なさとも見える、女固有の謎と憂愁を以て鋭利な刃を玩《もてあそ》ぶように。

「でも妾たち、始終出会いますのね！　どうしていつも一緒になるのかしら」

「物理学の世界では」と男はこたえた。「お互いに相手をさがし合う原子がありましてね——けして離れればなれにはなりません。魂の領域でも同じことです」

「そうすると妾たち、完全に法則の奴隷ですのね」

「原子は化学的な法則で動かされる。魂は宿命の操るがままなのですよ」

「たとえば、今ここでお会いしたのも、それで——」

「御覧なさい」とある方を指差して、「僕らが会った理由は、あそこにいる奴かも知れませんよ……」

二人が立っている場所は、サルサパリラの生垣に囲われた科《しな》の木の並木道だった。道は坂で、少し上ってゆくと行き止まりの塀があり、その下に四阿が立っている。ダーンリイが「あそこ」と言って指差したのは坂の下——坂を大分おりていった方に、二つのムーア風提灯の明りで見える物体。それは何やら斑のある動物らしく、しなやかに跳ねながら、だんだん道を上ってくる——二人の方へ。

ロウィーナは目を丸くして怪しい物の姿を凝視めながら、小声で言った。「あれは何？」

「ツアナ豹です……」

「逃げ出したの?」

「たぶんそうでしょう。この森には、御存知の通り、動物がたくさんいますから——」

「でも、こちらへ来るわ!」

「警報を聞かなかったんですか? 'Una lonza leggiera e presta molto che di pel mac——'」

「ヘンリ!」

「あれが僕らを癒やしてくれましょう——」

「うそよ、そんなのは、いやよ!」——逃げ身になって、つややかな絹の塊、しなやかさそのものといった不吉な美獣が素早く近づいてくるのを見ながら。

「しかし」とダーンリイ。「後ろは塀と四阿だし、生垣を越えて逃げる道もなさそうだ。罠《わな》にはまってしまいましたね。もっとも逃げたところで、背後《うしろ》から殺られるだけでしょうが」

「でもたすけて、妾を——頼みます!」

「どうしても、ですか?」

「もちろんよ!」

「だがどうやって?」

「武器はないの?」

「ありません……こいつだけです」彫刻をほどこした小さな蛮刀、柄が瑪瑙《めのう》で出来ている飾り物の刀を腰帯から抜いて、「でも、これでは傷を負わせることしか出来ない。傷を負えば、猛り狂うだけだ——」

「ヘンリ！　もうそこよ！　止まって、じっとこっちを見ているわ！」

「放っておきなさい。他人《ひと》が見たら、取り乱していると思われますよ――」

「いいえ！　取り乱してなんか……でも、たすけて――」

「さあ、いっときの我慢です――」

「そんな、おぞましい――たすけて、後生ですから！」

「どうしても、とおっしゃる？」

「ええ、どうしても！」――たすけるなどということがこの状況でどうして可能であろうか、それは見当もつかないが、彼女は昔から、奇蹟をも行なう彼の意志力に深い信頼を寄せている。事実ダーンリイはこれを聞くと獣を見ていた目を女の方に移し、

「貴女をたすけることは可能です。だが方法はたった一つ――僕の一部を失わなければならない。おたすけしたら、そのあとどれ程待てばいいんですか？」

「一部を失う？　それ、一体――いつでもいい！　いいから、たすけて頂戴――」

「明日では？」

「ほらっ、また動きだした！　結構よ！　いつでも――」

「夜明けに？」

獣はもはや三百フィートと離れてはいない。

「ええ！」

「承知ですね？」

「ええ、承知です――あっ、見て！」

「約束しますね？」

「ええ！」

ダーンリイはもはや焦らさず蛮刀を振り上げた。三度素早く刃を走らせると彼のチュニックの左袖は肩元から裂け、ぐっとひと引きで袖は地面に落ち、腕があらわになった。すると、獣類の習性に通じた世界的狩猟家であると同時に解剖学にも造詣並々ならぬ伯爵は、上腕骨の付根と肩甲骨とが接するあたりの肩の肉に刃をズブリと突き刺し、次いでつながっている血管、筋肉、骨膜を切断した後、関節の軟骨と軟骨の間に、絶妙の手首の捻りで切先をねじり込んだ。電光石火の、しかも正確な手捌きであったから、ロウィーナが呆気にとられているうちに、荒業は大方済んでいた。蒼白になった腕から滝のごとく迸《ほとばし》る血と、花崗岩《いし》のように硬張った男の顎を見た時、彼女はようやく何が行われたかを悟って、悲鳴をあげた。すると、今や六十フィートと離れていないところに身構えて風の匂いをかいでいる豹が、くうんと鼻を鳴らした……

ダーンリイは刀を捨て、左手首を残る片手でむんずとつかみ、腕を肩の付根から引きちぎった。時間はあまりない。獣の目はすでに貪婪《どんらん》な緑の焔に燃えている。だが、腹を地面に摩《す》りつけ、隙あらば跳びかからんと身をモゾつかせて這い寄って来る豹を横目に、ダーンリイは平気な顔で、ちぎれた腕をゴルフのクラブのようにぶらぶら振り、パッと勢いをつけて放すと、腕はクルクル旋回《まわ》りながら野獣の鼻先に落ちた。

途端に豹は喜んで天与の賜物にとびつく。

やがて顔を斜めにしながら、目を細め、ガツガツやりはじめる。喰うのに夢中になった頃合いを見て、ダーンリイは、どしりどしりと足を踏み鳴らし、獣に近づいて威嚇する。と、豹は大事な獲物をひょいとくわえ、うなりながら並木道を後ろに退った。ダーンリイがまた近寄る。豹はまた獲物をくわえて退る。ついに並木道の果てまで来ると、豹はサッと姿を消した。ロウィーナはただ呆然と立ちつくしていたが、伯爵が引き返して来るのを見て、坂の下へ走り寄った。血みどろの肩に腰布をあてがっている伯爵の顔面は、雌馬の乳のような土気色に変わり果てていたが、ロウィーナもまた蒼ざめかえっていた。男が血を以て自分を購《か》ったことを知ったのである。

「この通り——僕は——行かなきゃ」切れぎれの言葉を吐き、青黒い唇から息をエッエッと洩らしながら、依然微笑を浮かべている。「行かなきゃ」と言いながら、服の破れ目でも見るようにそっけなく左肩を見た。

「ヘンリ、お願い、お医者を……」

「それには及びません」あえぎながら、死すべき人間にあたうる限りの無感情を装い——「オテル・デスパーニュにいます——近くです。貴女に——お別れを——言っておきます——」

「ああ、ヘンリ！」——男の右肩に手をかけると、男は優しい目を向けて、「では、とうとう僕のものになるのですね？」

絶え入るばかりの「はい」という声がため息と共に洩れた時、彼女の唇は今にも彼の唇と触れそうだったが、ダーンリイの意志は固かった。彼女は他の男のものだ——死ぬまで。死ねばわがもの。今の自分は、名誉を尊ぶ廉潔の士でなくてはならぬ……

「では、夜明けに」——と彼の方から。

するとまたしても狼狽《うろた》えた女は、あわてて身を離した！「夜明けは、いつ？」

「六時半きっかりです」

「明日の？」

「ええ——」

「生命《いのち》の盛りを……よくてよ、でも七時にして——いえ、八時」

「では八時。これをお持ちなさい」

肩にあてていた布がはらりと落ち、丸い真赤な傷口から血がぶっと噴き出した。布を押しあてていた手で、伯爵は二つの薬壜を取り出したのである。ひとつをロウィーナに渡して、言った。

「三滴です」

「八時……？」

「八時……アリヴェデルチ」

「ヘンリ……ねえ、待って、後生だから……」彼女は、背を向けた相手に甲高い声で呼びかけた。だが彼はいってしまった。蹌踉《そうろう》とした足取りで坂をおりてゆく後姿を、ロウィーナは惘然《ぼうぜん》と見おくっていた。すでにダーンリイは死出の道を歩みながら、葡萄酒を呷《あお》ったかのごとくに酔い痴れている。これに反し、鉄槌を打つように間をおいて激しく鳴るロウィーナの胸のうちは真二つに引き裂けている。自分は死なねばならない——だが生を欲している……


ロウィーナは三時から朝の五時まで昏々と眠った。

目を開けた途端、胸にのしかかる恐怖が蘇り、思わず身震いしたが、ふだんのように鈴《りん》を鳴らし、小間使いを呼ぶと、杏子色の錦の化粧着にくるまって閨《けい》房の長椅子に寝そべり、つぶやくように「チョコレート」と言った。

スープのように濃いスペイン風チョコレートを一口すすったあと、鏡台に向かった。小間使いが髪をととのえる間、入念な櫛の動きにしばし気をまかせていた。やがて小間使いをさがらせる。この時すでに、八時という運命の刻限までは残すところ二十分。光眩《まぶ》しい、暖かい朝。

彼女は腕を伸ばして、伯爵がくれた小壜を取った。指の中で幾度も廻しながら見ているうちに、口を尖らせて不機嫌そうな顔に変わったのは、他でもない——朝が思慮分別をもたらせば夜は異国異世界となり果て、月影と宵の空騒ぎとを燦々《さんさん》たる陽射しの中で思い出す時、人間は一種の驚きと共に正気に返るからである。ロウィーナは立ち上がると爪先立で開き窓により、小壜をそっと中庭に落とした。聞き澄ました耳に、硝子がカシャリと割れる音がとどいた。だが、彼女は死のように蒼ざめていた。

でも、もし彼に軽蔑されたら——二人とも生きのびてしまって！　それもまた一種の死だ。なぜなら彼女はダーンリイの思いによって生きてきた。彼が夢見る幻像《まぼろし》のうちにこそ、彼女の真の存在はあり、魂の拠りどころがあった。

疚《やま》しさにかられ、早鐘のように鳴る胸を手でおさえながら立ちつくしている間に、貴重な瞬間《とき》は経ってゆく。

八時に彼は死ぬ——あとたったの七分……止めなくてはいけない。でも、それならもっと早く使いをやるべきではなかったか？　貴重な時間を無駄にしないで……「オテル・デスパーニュにいる」と言っていたが、ホテルの場所を知らない。いつのまにか時間だけは経っている。何を愚図愚図していたのか——心臓が耐えがたく鳴る。だが彼に軽蔑される——二人とも生きのびて

――という思いもまた耐えがたい。ロウィーナは鈴を鳴らした。声を荒らげて、
「オテル・デスパーニュはどこにあるの」と訊くと、小間使いは答えた。
「ここから四マイル半ほどのところです、奥様」
「これを持って急いで――馬で使いをやって――」
ロウィーナは、「どうか早まらないで」という陳腐な文句を紙に書きなぐり、小間使いに渡した。

独りになるや否や、部屋のドアに自ら鍵をかけた。今や身体中がおこりにかかったように激しく震え始めたのを、他人に見られたくなかったので。それが済むと、長椅子に身を投げ、きつく目をつむった。

さらに三分が経ち、小さな時計が、鳴り出す直前のカチリという音を立てた時、彼女の五体を戦慄が走り抜けた。ひとつ、ふたつ、――ロウィーナには処刑台の太鼓の轟きとも聞こえる音が――よっつ、いつつ……運命の八つが鳴り了えた時、彼女の胸から震え出たため息は、しかし、安堵のため息であった。

さらば！　彼女はダーンリイが死んだことをはっきりと感じた。と、その途端、彼が憎くなった。ぞっとする奴――いなくなってせいせいしたわ、と思った。

されど、盲《めしい》たるは人間《ひと》なるかな！　常凡の物象を無数なるものが取り巻くを知らず！　可視の花咲きひらく根元に、より偉大なる「無底」の存するをも知らぬとは！

八時を十分過ぎて、ロウィーナの使いはやっとホテル・デスパーニュに着いたが、オテルは上を下への大騒ぎだった。聞けば、ダーンリイ卿の死体がたった今発見されたというので、あたふ

たと取って返した。

しかるに、戻った彼の驚愕たるや！　なんと御邸がオテル・デスパーニュとかわらぬ恐慌混乱に陥っているではないか！　おびえる朋輩たちの話を聞くと、時刻はちょうど八時三分、ロウィーナ夫人の部屋のあたりを、凄まじい絶叫が突きぬけた。家中の者を骨の髄まで凍りつかせた、そのおそろしい悲鳴は、甲高いソプラノでもあり、また男の太い喉のようでもあったという。だがロウィーナの部屋へ駆けつけた召使いたちの前には、鍵のかかったドアが立ち塞がった……

かくてその日の午後になると、ローマ市中は二貴人死去の噂を聞いて憂いに鎖《とざ》されたが、悲報を濁すある怪異な謎のゆえに、憂いはひとしお暗澹となりまさった。ダーンリイ卿の死因は、プーナの苦力《クーリー》が用いる猛毒によるものとただちに推断されたのだったが、ロウィーナ夫人の一件に関しては、誰もが奇異の念に打たれるばかりだった。たしかに、医師の所見によれば、夫人の喉の粘膜は扼殺《やくさつ》を思わせる様相を呈しているという。だが、所見にはさらに次のことも言い添えられている。すなわち、(仮に扼殺とすれば) 殺害者の指は、雪をあざむく貴婦人の喉に一点の痕跡すら残さぬたぐいのものであったと――

(訳＝南條竹則)

目隠し遊び

H・R・ウェイクフィールド

H・R・ウェイクフィールド

一八八八～一九六四。オクスフォード大学卒業後、政界秘書となる。第一次大戦出征、第二次大戦ではロンドン空襲を経験。心理に基礎をおく正統的怪奇小説に独得の味がある。『夕べの帰還』（一九二八）、『時計が十二時を打つ』（一九三九）等。

「ありがたい、あの田吾作どんはちゃんと道を知ってたらしい」コート氏はひとりごちた。「『最初に右へ曲がって、次に左。黒い門がある……』と。ウェンドヴァーの頓馬め、六マイルも遠廻りをさせやがって。あんな手合いはこの寒さで凍えて死んじまうといいんだ。イングランドじゃ珍しい寒さだからな、実際――死人の眼にのっけた銭みたいに冷えやがる」

目ざす場所に辿り着いた頃には、日も暮れかけていた。コート氏の自動車《くるま》は、がしがしに凍りついた路を走っていた。『最初に右』――ここだろう。次に左――ここだな……すると黒い門があった。自動車を降りて門をあけ、曲がりくねった狭い車道を注意して登った。曲がり目にさしかかるたびに、ヘッドライトで用心深く前方をうかがった。あの生垣は刈り込まないといかんな、とかれは思った……それからこの道は石を敷き直さないと――穴ぼこだらけだ。雨の夜なんかに登るのはしんどいぞ、こりゃ――まあ多少物入りかも知れないがな。

自動車は急坂にさしかかり、大きなカーヴを描いて右に曲がった。やがて左右の高垣は忽然と途切れ、ローン屋敷の正面に出た。コート氏は自動車を降りると、寒さに手をこすったり足踏みしたりしながら、まわりを見廻した。

ローン屋敷はチルターン丘陵の中腹にすっぽりと嵌《は》めこまれたように立っている。不動産屋の台詞《せりふ》じゃないが「眺望絶佳」なところである。時代物の建物だな、とコート氏は思った。否、むしろ時代時代を物語っていると言うべきか——。対になったジョージアン式の煉瓦の煙突が、アン女王式建築の左正面と角突き合っている風だ。一番手前の煙突の台に一七〇三とあるのが目に留まった。この翼全体が後からの建て増しらしい。「でっかい屋敷だな。これで七千ポンドは安すぎる。どうしてなのかな。それにしてもこの家の窓は、眉毛みたいな飾りはあるし、何だか人を睨みつけているみたいだなあ」

かれは振り返って「眺望」をとくとたしかめた。壮大な赤い落日の光が、樹々をおおう氷晶のマントのうえにきらめいて、うつり変わる微妙な光彩に染めている。アイルズベリ峡谷は、次第に深まる霧の白無垢の下にうとうとと微睡《まどろ》んでいる。あたりの山々の頂には靄がまるい形にかぶさり、そのまわりを銀色や薔薇色の雑木林が囲んでいて、靄の中に夕陽が赫々と燃えるさまは、ちょうど巨《おお》きな焔の眼玉が浮いて出たようである。

「夢の世界みたいだ」とコート氏は思った。

「妙だなあ。夕陽のあたっているところが、みんな眼玉みたいに見える。そいつがどれもこれも僕を見つめているみたいだ。あの山といい、窓といい! しかしこの霧の様子じゃ帰りは時間がかかりそうだ。内部《なか》をざっと見ておくか。もっとも、どうもこの家は虫が好かん気がする。——なぜだろう。ポツンと離れていて寂しいからかな」

やがて彼方此方《かなたこなた》のいくつもの目は、瞬いて、それきり閉じてしまった。暗くなった。コート氏はポケットから鍵を取り出し、玄関の上り段をのぼって、どっしりした樫の扉の鍵穴にさした。次の瞬間、文目《あやめ》もわかぬ暗闇に鼻を突っ込んだ。扉が背後でギイッ、バタンと閉まる。さてここが、不動産屋の言う「御殿のような腰板張りの広間」にちがいない。ともかく、マッチを擦って明りのスイッチをさがさないと——ポケットをゴソゴソさぐったが、はて、マッチがない。もう一度さがしてみたが、出てこない。しばらく考えて、「自動車のシートに置いてきたんだ」と結論した。「取って来よう。扉はこの真後ろだったな」

振り返り、手さぐりで戸口に戻ろうとした途端、何かスッとわきを掠めていったような気がして、思わずギクリとした。両手を伸ばしてみた——椅子の背に手が触れた。手ざわりで錦織りの椅子だとわかった。そこから左の方に歩いていくと壁に突きあたった。向きを変えて、椅子の前に戻り、そのまままっすぐ行くと、また壁だった。かれは椅子のところに戻って坐り込み、もう一度ポケットというポケットをさぐった。今度はさっきよりも念入りに、徹底的に。なに、慌てることはないさ。扉はそのうち見つかるに決まってるんだから。ちょっと落ち着いて考えてみるかな。この部屋に入ってきた時はまっすぐ前に歩いて来たんだ。三メートルくらいかな。ところが、戻る時にまっすぐ戻らなかった。この椅子にぶつかったからだ。ということは、扉は椅子より少し右の方か左の方にあるはずだ。片方ずつためしてみよう。

まず左に向かって行った。すると狭い廊下の中に入ってしまった。腕を伸ばすと左右の壁に手がとどいた。よし、それじゃ右だ。行くと、壁に突きあたった。手さぐりで壁をつたっていくと、何かがまたスッと横をすりぬけたような気がした。「ここは蝙蝠《こうもり》がいるのかな?」そのうち、いつの間にか椅子の前に戻っていた。

レイチェルがこのざまを見たらさぞ笑うだろうな。ぜったいどこかにこぼれマッチの一本くらいあるはずなんだが……。コートを脱いで、ひとつひとつのポケットの縫目をさわってみた。背広とチョッキも同じようにしてたしかめた。それから服を着直した。よし、もう一ぺんだ。壁をつたってずっと行ってみよう――やってみると狭い廊下に入った。何かがフッと顔にさわったような感じがしたのだ。

いきなりかれは闇に向かって右手を突き出した。

「あの蝙蝠にはちょっと閉口だな。それと、このろくでもない部屋にも」かれは内心で思った。「神経質な性質《たち》の人間だったら、うろたえちまって大騒ぎだろうな。こういう場合はそれが一番いけないんだが」――ああ、またあの椅子だ。「じゃあ今度は向う側の壁だ」ところがその壁は、行けども行けども果てしなく続いているように思われたので、後戻りして例の椅子を見つけ、また腰かけた。あきらめたように口笛を一節吹くと――なんという反響だろう！　かれの吹いたメロディは、まるで脅しつけるような強烈な響きになってはね返ってきた。脅しつけるような――神経質な人間なら、意気地をなくしてこんな形容をするところだろう。さて、今度はまた左の方へ行ってみないと。

立ちあがろうとした時、冷たい空気がフッと顔に吹きかかった。「誰かいるのか?」かれは意識して抑えた声で言った――わめきたてる必要はないのだから。無論、返事はなかった。管理人はいないのだし、返事をする者がいるわけはない。さて、もう一度よく考えてみよう。入ってきた時には、まっすぐ前に進んだ。そのあと後ろにさがろうとして少し斜めの方に外《そ》れたにちがいない。ということは――駄目だ。頭がこんぐらがってきた。

その時、列車の汽笛が聞こえたので、かれはほっとした。ウェンドヴァーからアイルズベリに行く列車は、玄関から見て、向かって斜め左の方を通っている。だから扉はあのへんだ――と指差して立ちあがり、手さぐりで前に進んだ。すると狭い廊下に入ってしまった。それじゃ、もとに戻って今度は右だ……そちらの方へ行ってみると、何かがわきをすりぬけたような気がした。それでかれは椅子のところに戻って来て、錦織りの背凭《もた》れを指でカリカリ引っ掻いた。「迷路なんてやつがあるが、これに比べりゃ子供だましだな」と心の中で思った。それから、低い声でつぶやいた。「畜生、このいまいましい家め！」言ってしまってから、馬鹿なことをしたと気づいた――大声をあげてわめくのと差はない。とにかく扉をさがしても無駄であることはハッキリした。扉は見つからない――見つけられないのだ。朝日が射すまで椅子に坐っていよう。そう思って腰をおろした。

なんだか、いやに静かだな――。両手が自然とまたポケットの中をさぐりはじめた。どこか左の方から聞こえてくる、あのヒソヒソ声みたいなもの――あれがなければ静寂そのものだ。あれがなければ――。一体何の音だろう？　管理人はいないはずなのに。首をかしげて耳を澄まして聞くと、まるで人が幾人も寄りかたまってささやき合っている声のようだった。まあ古い家というのは妙な音がするものだが――。しかし、何たる馬鹿げた話だろう？　椅子から扉までは三、四メートルしかないはずだ。それは間違いない。左か右かにちょっと行けば良いはずなのだ。よし、もう一度左の方へ行ってみよう。

立ちあがると、何かがフッと頬をかすめた。

「誰かいるのか？」今度は思わず叫んでしまった。「今おれにさわったやつは誰だ？　ささやいているのは誰だ？　扉はどこなんだ？」ああ、こんな大声でわめくなんて、おれは何て神経質な阿呆なんだろう。でも、もしかすると外の誰かが声を聞きつけたかも知れない……。かれはまた手さぐりで前に進んだ。壁に手がさわった。指先を触れながらつたっていくと、曲がり目に来た。扉だ、扉だ、ちがいない！——気がつくと狭い廊下の中にいた。ふり向いて駆け戻った。その時——思い出したぞ！ 札入れに紙マッチを入れてあったんだ！ そいつをすっかり忘れてこのていたらくとは、おれは何て救いがたい阿呆なんだろう。

あった、よしよし——。ところが手が震えて、マッチを指の間から落としてしまった。膝をついて床の上をさがし始めた。「ちょうどこのあたりだ。遠くに行ったはずはないから」

すると、何か氷のように冷たく、じっとりしたものが額に押しつけられた。かれはそれをつかまえようとして、目の前の暗闇にとびこんだが、何もない。跳びあがって棒立ちになり、涙をぼろぼろ流して泣き叫んだ。「誰がいるんだ？ 助けてくれ！ 助けてくれ！」それから両手を広げてそこら中を走り廻った。しまいに、何かにつまずいた。椅子だ——何かがスッとわきを通った。かれはたまらずワーッと悲鳴をあげて部屋中を駆け廻った。と、その叫び声が突然、面を張りつけるように強烈にはね返ってきた。狭い廊下に踏み込んだのだ。

＊　＊　＊

「で、ラントさん」検死官が言った。「屋敷の方角から悲鳴が聞こえたというんだね？ なぜ様子を見に行ってみなかったのかね？」

「日が暮れてからお屋敷に近寄るものはいねえよ」とラント氏は答えた。

「ふむ。何かあの家にまつわるくだらん迷信があることは知ってる。だが質問の答えになっとらんね。いいかね、叫び声がしたんだよ。明らかに助けを呼んでいる声だ。それなのになぜ行って様子を見なかったのかね？　なぜ逃げたのかね？」

「日が暮れてからお屋敷に近寄るものはいねえよ」とラント氏は言った。

「はぐらかさんでくれ。いいかね、医師の話じゃ、コート氏はある種の発作に襲われたにちがいない――だがすぐに助けが来れば一命を取りとめたかも知れんというんだよ。なにかね、たとえそれを知っていても、それでもあんたはそんな意気地なしな真似をしたというのかね？」

ラント氏は俯向いて地面を見、帽子を指でいじくりながら、言った。

「日が暮れてからお屋敷に近寄るものはいねえよ」


（訳＝南條竹則）

チャールズ・リンクワースの告白

E・F・ベンソン

E・F・ベンソン

一八六七〜一九四〇。兄にも弟にも著名な文学者をもつ。社会風俗小説を得意とし、『ディド』(一八九三)があるが、レファニュを尊敬し、怪奇作品にも手を染めた。『可視と不可視』(一九二三)、『塔の部屋』(一九一二)、『ワルキューレたち』(一九〇三)等。

ティースデイル医師は処刑の前の週に一、二度死刑囚を診察した。

囚人は、生きる希望が完全に断たれた人の例にもれず、穏やかでこれが運命とあきらめているようで、刻一刻と近づいてくる処刑の朝を恐怖心をいだいて待っている様子もなかった。死の苦痛はすでに過ぎさったようだった。控訴が棄却されたと知らされたときに苦痛は終わってしまった。しかし、生きる希望がわずかでも残っていた頃は、毎日死の苦悩をなめつくしていた。医師は、これほどまでに激しく生に執着する人間を見たことがなかったし、動物のような生命欲だけでこの物質世界にしがみついている人間も見たことがなかった。そこへ生きる望みが断たれたという知らせがもたらされて、囚人の心は苦悩と未決定の状態から来る激しい苦悶から解放され、避けがたい運命を無関心にうけいれた。しかし、彼のあまりに激しい変わり様に、医師は囚人が感受性を完全になくしてしまったのではないかと思った。ところが、表面上の無関心とは裏腹に、内心はあいかわらず激しく物質世界に執着していた。知らせがもたらされると、彼は気を失い、看護のためにティースデイル医師が呼ばれた。が、発作は一時的なもので、我が身に起きた事態を十分に理解するのにさしたる時間はかからなかった。

この殺人は異様に恐ろしい事件で、世間の人々は犯人にまったく同情をみせなかった。目下死刑の宣告をうけて服役中のチャールズ・リンクワースは、シェフィールドで小さな文具店を営んでいた。妻と彼の母親と三人暮らしだった。残酷な犯行の犠牲者になったのは母親である。その所持金五百ポンドを手に入れることが目的だった。裁判で判明したのだが、リンクワースは当時百ポンドに及ぶ負債があって、妻が親戚の家に出かけて留守なのをいいことに母親を絞め殺し、夜のうちに死体をちいさな裏庭に埋めた。妻が戻ると、彼はもっともらしい作り話をして母が家にいない訳を説明した。というのも、ここ一、二年息子と母とは衝突が絶えず、口論を繰り返し、母親がこの家を引き払って家計費に貢いでいる週八シリングの金も差し止め、自分の金で年金受給権を買ってやるからとおどかしていたのも一度や二度のことではなかった。この日も例外ではなく、妻の留守の間に、息子と母は家計のやりくりの些細なことが原因で激しい喧嘩となり、この結果母は明日こそシェフィールドを発って友達のいるロンドンに身を落ち着けようと銀行から金をおろしていた。その晩このことを息子に話すと、息子は母を殺害した。

妻が戻るまえに次の手として彼はまことに筋の通った、手堅い対策を講じた。母親の所持品を一まとめにして、駅へもっていき、そこから旅客列車でロンドンへ送るよう手配した。そうしておいて、夕方に何人か友人を夕食によび、母親が家を出た旨を話してきかせた。彼は後悔しているふりなどせず（これは実に理にかなっているし、友人たちが耳にしていた噂とも矛盾しない）我々、二人はうまくいってなかったので、母がいなくなって我が家も一段と平和で穏やかになると言った。妻が戻ると、彼は寸分たがわず同じ話をしたが、激しく口論したので母はロンドンの落ち着き先さえおしえずに行ってしまった、と付け加えることも忘れなかった。これもまた実に巧妙な考えだった。これで妻がリンクワースの母に手紙を書くことができなくなる。妻は彼の話をすっかり信じ込んでいる様子だった。実際、疑わしいところなど全くなかった。

彼はしばらくの間、犯罪者にある程度つきものの冷静さと抜け目の無さを忘れずに行動した。これをなくすと、犯行後に逮捕されることになる。例えば、彼は借金をすぐに返済するようなことはせず、若者を母親の部屋に下宿させ、文具店の手伝いを解雇し、賄いはすべて自分でするようにした。こうしていかにもつつましい生活をしているという印象を世間の人々にあたえ、同時に、商売の売り上げが大幅にあがったと公言した。そうしておいて、一ヶ月もたたないうちに、母親の部屋の鍵がかかった引き出しにしまってあった銀行券をすべて現金に換えた。それから、五十ポンド札二枚をくずし、借金を精算した。

この時点で、せっかく抜け目無く冷静にふるまってきたのが無駄に終わってしまった。彼はもう四枚の五十ポンド札でその地方の銀行に預金口座をひらいた。ここはひとつ我慢して、貯蓄銀行に預けて預金残高を一ポンドずつ地道に増やすべきだったのだが。それから、安全のために裏庭に埋めた死体のことが気になりだした。この点でさらに身の安全をはかろうと、荷馬車一杯の石くずをもってこさせ、下宿人に手伝ってもらって、店の仕事が終わると夏の夕べを数日かけて死体を埋葬した地面の上に石庭のようなものを作った。この危険極まりない行動が導火線となって、これに火を付ける偶然の事件が生じた。ロンドンのキングズ・クロス駅遺失物取り扱い所（ここで彼としては列車で送った母親の所持品を受け取る手はずだった）で火事があり二個の箱のうち一方が一部分焼けてしまった。賠償の責任は当然鉄道会社にあり、中から母親の名前がついたリンネル類と、シェフィールドの住所が書かれた手紙が出てきたために、彼のもとに公式の事務通知が届いた。中には、当社は補償金の支払い請求に応じる用意がある旨が書かれていた。

この通知は母親のリンクワース夫人宛であったが、リンクワースの妻が受け取り、中を読んだ。

その通知は全く無害な文書のように思われたが、いわば彼あての死刑執行令状が裏書きされていたのだ。というのも、箱がキングズ・クロス駅にあった訳を彼は全く説明できず、母の身に何かあったのではないかと言うにとどまったからだ。彼女の行動を追跡し、もしも死亡していたら彼女がすでに銀行からおろしていた持金は自分のものだと主張するためにも、この一件は警察の手に委ねるべきだ。少なくともこれが妻と下宿人が彼に主張したことだった。鉄道会社の職員から来た通知は二人のいるところで読み上げられた手前、彼としてもその主張をいれざるをえなかった。そこで、英国の誇る冷静で物音をたてない警察機構が調査を開始した。穏やかそうな連中がスミス通りをうろつきまわり、銀行を訪れ、繁盛したとされている商売の売り上げをよく調べ、近所の家から、すでに石庭の上に羊歯がしげっている裏庭をながめていた。それから彼は逮捕され、短い裁判が済み、ある土曜日に判決がでた。大きな帽子をかぶった派手な女性たちで法廷は色とりどりになり、押し掛けた群衆の中の誰一人としてこの若いスポーツマンのような死刑囚に同情するものはいなかった。観衆の多くは年配の立派な母親然とした女性であり、犯罪が母親を侮辱する性質のものだったので、完璧な証拠の朗読を聴いて彼女たちはつよく支持した。判事が死刑宣告の際にかぶる黒い小さな帽子をつけ、神が定めた判決を言い渡すと、彼女たちは少しばかりぞくぞくとした。

リンクワースは残虐な行為の償いをすることになったが、証拠の朗読を聴いた人なら、控訴が棄却されてからの彼の態度にみられる無頓着さで犯行にも及んだにちがいないと思ったことだろう。彼の係になった教戒師は全力を尽くして告白させようとしたが、努力の甲斐もなく、最後までリンクワースは、別段抗議をするわけでもなかったが、自分の無罪を主張した。ある九月の晴れた朝、死刑装置が備え付けてある小屋へむかって小人数の列が刑務所の中庭を暖かい朝日をあびて進んでいき、正義の裁きは下された。囚人がすぐに絶命してティーステイル医師はほっとした。医師は処刑台の上にいて、かんぬきが引かれると、袋をかぶされ縛りあげられた囚人が穴のなかへおちていくのを見届けた。ロープが突然の重みをうけてきしむ音が聞こえ、下をのぞきこむと、ぶらさがった死体が妙にピクピク動いていた。ほんの一、二秒だった。処刑は極めて申し分の無いものだった。

一時間後に彼は検死をしたが、先ほど検分した通りだった。脊椎骨が首のところで折れていたので、即死にまちがいなかった。それを証明するためにちょっと切開をしてみる必要もないほどだったが、形式上解剖してみた。そのとき、妙にいきいきと、死体の霊がすぐ身近にいるような気がした。まるで、自らの壊れた肉体にまだ宿っているかのようだった。しかし、その肉体が死んでいることに疑問の余地はなく、すでに死後一時間たっていた。これに続いてちょっとした出来事があった。確かに妙ではあったが、たいしたことではないとおもわれた。看守の一人がやってきて、一時間まえに処刑に使ったロープは看守の役得で自分のものになるのだが、それがなにかの間違いで死体と一緒に死体仮置場に運びこまれたのではないか、と言う。しかし、そんなものは影も形もなく、なくなる性質のものではないのだが、まったく消えうせてしまったらしい。死体置場にも、処刑台にも見あたらなかった。ロープが紛失したことなどたいして重要な問題ではなかったが、なんとも説明のつかないことだった。

ティーステイル医師は独身で、稼ぐ必要もないほどの財産をもっていた。ベッドフォードに高い窓を取り付けた広い間取りの家を構え、教養はないが腕はとびきりの家政婦に食事の面倒を、その亭主に身の回りの世話を任せていた。医者を開業する必要などなかったが、犯罪者の心理を研究するために監獄で医師をしていた。彼の考えによれば、たいていの犯罪――人類が自らの保護のためにつくりだした行動の規則を破ること――は頭脳にどこか異常があるか、飢餓のせいかであった。例えば、窃盗のような犯罪はけっして片一方だけのせいにはできない、と彼は考える。なるほど、現実に餓えたから盗みをはたらく場合は多いが、なにか原因不明の脳の異常による場合のほうがもっと多いのだ。これが顕著になると窃盗癖とよばれるが、肉体的な要求を直接の原因としない犯罪ケースは他にたくさんあると、彼は確信していた。殊に今回の一件はそうだった。この犯罪には暴力もからんでいるし、その晩家に戻る道々考えたところでは、今朝最後の瞬間を見届けた犯罪者は後者の場合にあてはまる。ひどい犯罪であるし、金の必要性もさほど切羽つまってはいなかった。それで、殺人の残虐さと異常さからして、犯人は犯罪者というよりも狂人ではないかと彼は考えた。世間の知るところでは、犯人は穏やかで優しく、良き夫であり、近所付き合いもよかった。それが、罪を犯し、しかもたった一度の犯罪で、すっかり世間から爪弾きにあった。正常な人間がやったにしろ、狂人がやったにしろ、これほど非道な犯罪は許されるはずがない。そんな人間などこの地上にいる必要はない。しかし、医師の感じでは、故人が自分の罪を告白していたら正義の裁きにもっとすっきり賛成できた。道徳的にみて有罪は間違いの無いところだが、故人に死刑の判決がくだったとき、判決を支持する気持ちになれなかったのが残念におもわれた。

その晩医師は独りで夕飯をとっていた。食後、食堂のとなりの書斎で本を読もうとおもったが気がすすまず、暖炉に向い合った大きな赤い椅子に腰掛け、心のおもむくままにしていた。そのとたん、朝味わったあの不思議な感覚、死んで一時間もたつのにリンクワースの霊が死体置場にいたという感覚がよみがえってきた。特に死が急に訪れた場合はこういうことがあって、同様の確信をいだいたのは、今回が初めてではなかった。もっとも、今朝ほどはっきりと感じたことはなかっただろうが。霊というものは――医師は来世という考え方、肉体の死によって魂が消滅することはないという考え方を信じていた、と言ってよいだろう――この世をすぐに離れることはできないし、したくないらしく、しばらくは現世から離れがたくとどまっているものらしい。余暇をみつけては、医師はオカルトを熱心に研究していた。というのも、進歩した名医の例にもれず、彼ははっきりと理解していた。魂と肉体との境界がどれほど僅かであるか、無形のものが物質に及ぼす影響がどれほど大きいか、を。肉体を離れた霊が、有限の物質に縛られている人間と直接話ができることを彼はなんの苦もなく受け入れていた。

ようやくはっきりとした形にまとまりはじめた彼の思考はこの時中断された。近くの机のうえにあった電話が鳴った。それが、いつものように金属製の音で執拗に鳴るのではなく、電流が弱いか器械が故障でもしているのか、かすかな音をたてていた。しかし、鳴っているのは確かで、送話器が組み込まれた受話器をはずした。

「もしもし、どなたですか」医師は言った。

かすかに返事らしきものが聞こえたが、なんと言っているのか皆目わからなかった。

「よく聞こえないのですが」彼は言った。

またかすかな声が聞こえたが、前よりはっきりしてはいなかった。それから、すっかり消えてしまった。

三十秒かそこらそのままにして、また声が聞こえるかと待っていた。しかし、いつものカチャカチャ、ガーガーいう音が聞こえるだけで、これはどこか他の電話機につながっている証拠だった。ほかには何も聞こえなかった。そこで、医師は受話器をもどして、電話交換局をよびだし、自分の電話番号を告げた。

「たった今私のところにかかった電話の番号を教えてくれないかね」彼はたずねた。

すこし間があってから、番号がわかった。彼が医師をしている監獄の番号だった。

「そこにつないでくれたまえ」彼は言った。

つながった。

「たった今電話をかけたね」彼は電話機の送話口に言った。「そうだ、医師のティースデイルだが。何だって。何だかよく聞こえなかった」

はっきりとよく分かる声がもどってきた。

「なにか間違いではありませんか、先生」と言った。「先生にはおかけしていませんが」

「しかし、交換局ではそちらからかかったと言っているぞ。三分まえにだ」

「交換局の間違いでは、先生」その声は言った。

「変だなあ。まあいい、おやすみ。看守のドレイコットだね」

「さようです、先生。おやすみなさい」

ティースデイル医師は大きな肘かけ椅子にもどったが、本を読む気は一段となくなっていた。しばらくの間、ぼんやりと方向も決めずに考えていたが、時折うかんでくるのは電話の妙な出来事だった。これまでに間違い電話はよくかかってきたし、交換局が間違った相手につないだこともよくあった。しかし、今回の低い電話の音と電話のむこうのよくわからないささやきにはどこか変なところがあって、彼はあれこれと奇妙なことを考えつづけた。気がついてみると、部屋を行ったり来たりして、とてつもなく異様なことを熱心に考えていた。

「しかし、とてもありえない」彼は声に出して言った。

翌朝いつものとおり監獄にいくと、またしても何か目に見えないものがいるという感覚に襲われた。これまでにも妙な心霊体験は何度かあって、自分が「敏感」な人間であることは承知していた。つまり、ある状況下で常人を超えた印象を感受し、身の回りにある目に見えない世界を垣間見る能力の持ち主のことである。今朝感知したものは、昨日の朝処刑された人の霊だった。この霊のあらわれる範囲は狭い範囲にかぎられていて、監獄の小さな中庭において、また死刑囚の独房の扉を通過するさいにもっとも強く感知された。そこではひどく強烈に感じられたので、人の姿が現実に目に見えても彼はおどろかなかったろう。それで、廊下の突き当りの扉を通るとき、実際にこの目で見ようとふりかえったほどだった。彼はまたこうした間じゅう心に深い恐怖を感じていて、この見えない存在は妙に彼の心を乱すのだった。哀れな霊は何かして欲しいのではないかと彼は思った。自分の印象が客観的なものであることを一瞬たりとも疑わなかった。現実に現われたのは、彼が勝手に作り出した想像上の幽霊などではなかった。そこにいたのはリンクワースの霊なのだ。

彼は監獄付属の診療所に入っていき、二、三時間忙しく仕事をした。しかし、その間じゅうも例のおなじ霊が身近に感じられた。もっとも、診療所内では、あの男と密接な関係のあった場所よりも、霊の力ははるかに弱かった。家にかえるまえに、自分の考えが正しいかどうかをためしてみようと、やっとの思いで処刑小屋をのぞいてみた。だが、そのとたん、おおあわてで扉をしめ、真っ青な顔をしてとびだしてきた。階段のてっぺんには、袋をかぶせられ、縛りあげられた人の姿が、ぼんやりとした輪郭でかすかに見えた。確かに目に見えたのであり、まったく間違いないことだった。

もともと度胸のすわった医師は、すぐに気をとりなおして、一時的でも恐怖状態におちいったことを恥じた。彼の顔を真っ青に変えた恐怖は、おもに神経が驚いたせいであり、心が恐ろしいと感じたせいではなかった。とはいえ、たとえ心霊現象に深い興味をいだいていた医師でも、またあの小屋にもどる気にはなれなかった。というよりも、もどる気にはなったが筋肉が言うことをきかなかったのだ。この世を思い切れない哀れな霊が私に何か伝えたいことがあるのなら、是非ともう少し距離をおいて伝えてもらいたいものだと思った。彼の知るかぎり、霊の出現範囲には制限がある。監獄の中庭や死刑囚の独房や処刑小屋には頻出しても、診療所ではもっとかすかにしか感じられない。こう考えていると、さらにあることが心に浮かび、彼は部屋にもどると、他の看守にドレイコットを呼ばせた。昨夜電話で応対した男だ。

「私が君に電話する直前に、だれも私にかけなかったのは確かかね」彼はたずねた。看守の態度にはどこかためらいがあるのに気づいた。

「そんなことはありえません」と看守は答えた。「三十分も前から電話のすぐそばにいたんですから、三十分前からですよ。誰か電話のところへ行けば、姿が見えたはずです」

「誰も見なかったのか」医師はすこし語気を強めて言った。

看守は明らかにまえより落ち着かなくなった。

「いいえ先生、誰も見ませんでした」と相手に負けない語気で答えた。

ティーズデイル医師は男から目をそらした。

「しかし、誰かいるような気がしたのではないかね」と、どうでもいい質問を装って尋ねた。

看守のドレイコットがなにか気に掛けているのは明らかで、どうも話しにくいようだった。

「そんなふうに言われてみればそうですね、先生」と話しはじめた。「でも、私がうとうとしていたとか、晩飯になにか体にあわないものでも食べたとか、先生は言いたいんでしょう」

医師は断固とした口調にもどった。

「そんなことを言いたいのではない。お前だって私が昨夜電話の音を聞いたとき私が眠り込んでいたと言いたくはないだろう。いいかドレイコット、いつもの鳴り方ではなかったのだ。電話のすぐそばにいたのにかすかにしか聞こえなかった。受話器に耳をあててもかすかなささやきしか聞こえなかった。しかし、お前が電話にでたらよく聞こえたのだ。電話のむこうに何か——誰かがきっといたのだ。ここにいて、誰も見なかったが、誰かいるとは感じたのだろう」

看守はうなずいた。

「私は神経質でもないし、とっぴょうしもない話が得意ではありませんが、確かに誰かいました。電話機のあたりをうろうろしてました。風なんてことはありません。まったく風もなく暖かい夜だったから。しかも、念のために窓をしめたんです。それでも、一時間ぐらい部屋をうろうろしていました。電話帳のページをパラパラとめくり、私の近くにきて髪をかき乱したんです。とってもつめたかったです、先生」

医師は男の顔を見据えた。

「それで昨日の朝の出来事を思い出さなかったのか」と医師は尋ねた。

男はまたためらった。

「思い出しました、先生」やっと口を開いた。「死刑囚のチャールズ・リンクワースのことです」

ティースデイル医師はそのとおりだとばかりうなずいた。

「そのとおりだ。ところで、今夜は当直かね」

「そうです。そうでなければいいんですが」

「おまえの気持は分かる、私だってまったく同じ気持になったことがある。それはともかくとして、その『何か』はどうも私と話をしたいようなのだ。ところで、昨夜監獄でなにか騒ぎはなかったかね」

「ありました。六人ほどの囚人が悪夢にうなされました。普段はおとなしい連中なのに叫び声をあげまして。処刑のあった晩は時々あるんです。前にも経験がありますが、昨晩みたいなのははじめてです」

「なるほど。今夜また目に見えない奴が電話を取ろうとしたら、是非とも取らせてくれ。多分、おなじ時刻に現われるだろう。理由はわからないが、通例はそうなのだ。もし必要がなければ、電話がある部屋にいなくてもいいよ。九時半から十時半までちょうど一時間もあれば充分だろう。私は自分の家の電話口で待機しているから。こちらに電話がかかったら、終わりしだいお前にかけて私に電話がかかっていたかどうか確かめるから。この前と同じように」

「何も恐いことはないですか、先生」看守は尋ねた。

ティースデイル医師は今朝の恐ろしかった出来事を思い出したが、心をこめて言った。

「こわがることなど決してないから大丈夫だよ」安心させるように言った。

医師はその晩夕食の約束があったのを断って、九時半には書斎にひとり休んでいた。肉体を離れた霊の動きを支配している法則については目下のところ人類はなにも知らないので、そうした霊がなぜ人間の時間体系にしたがって精確に一定の周期をおいてあらわれるのか看守に説明することはできないが、「幽霊」の出現の実例を表にしてみると彼には次のことがわかった。つまり、霊が必死に助けを求めている場合は、今回はこの例にあてはまるだろうが、昼にしろ夜にしろ同じ時刻にあらわれる。また、概して、この世の人間に姿を見せたり、声を聴かせたり、存在を感じさせたりする霊力は、死後しばらくは強くなり続け、霊がこの世に執着しなくなるにつれて次第に弱まるか全く消えてしまう。従って今夜ははっきりと姿をとらえられるはずだ。霊は肉体を離れたばかりの頃は、蛹からかえった蛾のように元気がなく――ちょうどこの時電話が鳴った。前の晩ほどかすかではないが、通常のせきたてるような音ではなかった。

ティースデイル医師は、即座に立ちあがり受話器を耳にあてた。聞こえてきたのは、悲痛なすすり泣きと相手のこころが引き裂かれるような激しい痙攣の声だった。

すこし待ってから話しはじめた。名状しがたい恐れで背筋がひんやりとしていたが、できれば援助の手をさしのべたいという気持にかられていた。

「もしもし」彼はやっと言った。自分の声がふるえていた。「医師のティースデイルですが。私でお役にたてることがありますか。どなたですか」無用な質問とは思いながら付け加えた。

すすり泣きはゆっくりと止んでゆき、かわってささやきが、泣き声にとぎれがちに聞こえてきた。

「話したいのですが、先生。話したい――いや、話さなくては」

「是非言ってください。どんなことですか」と医師は言った。

「あなたではだめです。別な人、私のところによく来てくれたあの人です。私の頼みをあの人に伝えてくれますか。あの人には私の姿を見せることも声を聞かせることもできないのです」

「どなたですか」不意に医師はきいた。

「チャールズ・リンクワースです。ご存じでしょ。とてもつらいのです。監獄を去ることができないのです。ここはとても寒い。あの人を呼んでくれませんか」

「教戒師のことですか」とティースデイルは尋ねた。

「そうです、教戒師の先生です。昨日中庭を通って行くとき祈禱文を読んでくれた先生です。話してしまえばこんなにつらくはなくなると思うんです」

医師は一瞬ためらった。これは奇妙な話だが、電話のむこうに昨日処刑された男の霊がいたと、監獄付きの教戒師ドーキンスに話さなくてはならない。彼は、まじめにそう思った。この哀れな霊は惨めな状態にあり、しきりに話をしたがっているると。何を話したがっているかたずねる必要はなかった。

「わかった。ここへ来るように頼んでみよう」と彼はようやく言った。

「ありがとうございます、先生、とても。きっとあの人が来るようにしてくれますね」

声はだんだんとかすれてきた。

「きっと明日の夜にしてください。今日はもうこれ以上話せません。会いにいかなくては――おお、神よ、神よ」

「何に会うんだって」と彼は叫んだ。「何をしようというんだ。いったいどうしたんだ」

「お話しできません。してはならないのです」非常にかすかな声で言った。「それは――」そこですっかり声は消えてしまった。

ティーステイル医師はすこし待ってみたが、もうそれ以上何も聞こえず、ただ電話機のカチャカチャいう音しか聞こえなかった。彼は受話器をもとにもどすと額から恐怖の汗が流れていることに初めて気がついた。耳はがんがん鳴り心臓は速くかすかに鼓動していたので、腰をおろして気を静めた。誰かが自分にひどいいたずらをしているのではないかと一、二度考えてみたが、そんなはずはなかった。恐ろしく取り返しのつかない罪のために悔恨の念に苦しんでいる霊と話をしていたのは確かだった。錯覚でもなかった。あたりにロンドンの喧噪がにぎやかにわきあがるベッドフォードの快適なこの部屋でチャールズ・リンクワースの霊と話をしたのだ。

しかし彼には考えに耽っている暇はなかった（またその気もなかった。というのも心の震えがとまらなかったからだ）。何よりもまず監獄に電話した。

「看守のドレイコットか」彼はきいた。

男の返事にはかすかに震えがあった。

「さようです。ティーステイル先生ですね」

「そうだ。そこで何か起きたか」

男は二度ほど言葉にしようとしたが、ならないようだった。三度目にやっと言葉が出てきた。

「そうです、先生。例のやつがここにやってきました。電話のある部屋に入るのを見ました」

「ああそうか！　話しかけたか」

「いいえ。汗だくで祈っていました。また今夜も、囚人が六人眠っている最中に叫び声をあげました。でも、今はまた静かになりました。あいつは処刑小屋にはいったんだとおもいます」

「そうか。それではもう騒ぎはないだろう。ところで、ドーキンスさんの家の住所を教えてくれないか」

住所を聞くと、医師は手紙で教戒師に明日の晩食事をともにしたいと書こうとした。しかし、近くに電話があるいつもの机ではとても書けなかった。そこで、客を迎えるとき以外はめったに使わない二階の居間へ行った。そこに入ると、神経を落ち着かせることができたし、しっかりした字で書くこともできた。手紙には、明晩夕食をともにし、そのさいに極めて妙な話をするが相談にのってもらいたい、とだけ書いた。「たとえ別な約束があっても、是非ともキャンセルしてほしい。今夜は私もそうした。そうしなかったら、ひどく後悔したことだろう」と結んだ。

というわけで、次の晩二人は医師の居間で食卓についていた。たばことコーヒーになったとき、医師が切り出した。

「私の話を聞いて気が狂ったと思ってもらってはこまりますが、ドーキンスさん」

ドーキンス氏は笑った。

「決してそんなことはありませんよ」と言った。

「そうですか。昨晩と一昨晩、今晩よりもすこし遅い時刻ですが、二日前に処刑されたあの男の霊と電話で話をしたんです。チャールズ・リンクワースですよ」

教戒師は笑わなかった。椅子を後に引き、当惑した様子だった。

「ティースデイルさん」と彼は言った。「失礼なことを言って申し訳ないが、私を今晩ここに呼んだのはこんな——こんな幽霊話をするためなのですか」

「そのとおりです。でも、まだ話は半分も終わっていません。昨晩あの男にあなたと連絡をとってくれと頼まれたのです。あなたに何か話があるのだそうです。どんな話か見当がつきますよね」

ドーキンスは立ち上がった。

「もうそれ以上聞かせないでください。死んだ人が生き返るわけはない。死者がどんな状態で、どんな状況下で存在するか、われわれにはまだ解っていないのです。ともかく、死者は物質界とはすっかり縁をきってしまったのです」

「そう言われても、もっとお話ししなければなりません」と医師は言った。「二晩ほどまえ、電話に相手を呼び出されたのですが、極めてかすかな音でほんのささやきしか聞こえませんでした。即座に相手を問い合わせたら、監獄からかかったというのです。監獄を呼び出すと、誰も電話していないと看守のドレイコットが言うのです。彼も、なにかあるものがいると感じたのです」

「あの男は酒呑みではないですか」と鋭い口調でドーキンスが言った。

医師はすこし間をおいた。

「いいですかドーキンスさん、そんなことを言ってはいけません。あんなに頼りになる男はいませんよ。それに、あの男が酒呑みだとすれば、私だってそうだということになりますよ」

教戒師はまた腰をおろした。

「許してください。しかし、この件には立ち入ることはできません。こうしたことに介入するのは危険です。それに、いたずらでないという証拠がありますか」

「誰がいたずらをするというのですか」と医師は尋ねた。「よく聴いて下さい」

不意に電話のベルが鳴った。医師にははっきりと聞こえた。

「聞こえませんか」

「何が」

「電話のベルが鳴っているでしょう」

「ベルの音なんか聞こえませんよ」と幾分か腹をたてて教戒師は言った。「ベルなんか鳴っていませんよ」

医師はそれには答えず、書斎に入っていき電気をつけた。それから、受話器をはずした。

「もしもし」震える声で言った。「どなたですか。もしもし、ドーキンスさんがみえていますよ。あなたと話をしてもらうようにしましょう」

居間にもどった。

「ドーキンスさん、苦しんでいる魂ですよ。是非聴いてやってください。どうかお願いします」

教戒師は一瞬ためらった。

「あなたの言うとおりにしましょう」

受話器を取り上げ耳にあてた。

「ドーキンスだが」

返事を待っていた。

「何も聞こえない」やっと言った。「確かに何かはいた。ほんのかすかな音がした」

「そうか、よく聴いてみてくれ、よーくだ」と医師は言った。

教戒師はまた耳をすました。突然、顔をしかめて受話器をおいた。

「何か——誰かが言った『彼女を殺したのは私です、告白します。許されたいんです』と。いたずらだよ、ティースデイルさん。あなたが心霊学に取りつかれていると知っている者が気味の悪いいたずらをしかけているんだ。とても信じられないよ」

ティースデイル医師は受話器を取り上げた。

「医師のティースデイルだが。ドーキンスさんにリンクワースだという証拠を見せられないかね」

それから受話器をおいた。

「できると言っている。待たなくては」

またしてもその晩は暖かく、家の裏手の舗装された石庭に通じる窓は開け放してあった。五分ほど二人はじっと黙って待っていた。何事も起こらなかった。そこで教戒師が言った。

「これで充分結論がでたと思いますが」

ちょうどこう言ったとき、ひんやりとした一陣の風が部屋に吹き込み、椅子の上の書類がぱらぱらとめくれた。ティースデイル医師は窓のところに行き閉めた。

「感じましたか」彼は尋ねた。

「ええ、風がさーと。ひんやりとね」

窓を閉ざした部屋でまた風が吹いた。

「今度も感じましたか」医師が尋ねた。

教戒師はうなずいた。彼は不意にとても恐ろしくなってきた。

「今晩の危険から私たちをお護りください」彼は叫んだ。

「何かこちらにやって来る」医師が言った。

そう言ったとたんにやって来た。二人から三メートルと離れていない部屋の中央に男が立っていた。首を一方の肩のほうに垂れているため顔は見えなかった。男は両手で首を持ち、重いものでも持ちあげるように上をむかせ、二人の顔を見た。目と舌はとびだし、青黒い痕が首のまわりにあった。そのとき、床板にがたがたと激しい音がして、もはや誰の姿もなかった。しかし、床には新しいロープがあった。

長いこと二人は口をきかなかった。汗が医師の顔から流れ落ち、教戒師の青ざめた唇からは祈りの言葉がかすかにもれていた。医師はやっとのことで気をとりなおし、ロープを指さした。

「処刑後からなくなっていたものだ」彼は言った。

そのとき、また電話のベルが鳴った。今度は教戒師を促す必要はなかった。すぐに電話のところに行って受話器を取ったので、ベルは鳴りやんだ。彼はしばらく黙って聞いていた。

「チャールズ・リンクワースよ」とうとう言った。「神の前で、神に誓って心から罪を後悔するか」

医師には聞こえないが何か答えが返ってきて、教戒師は目を閉じた。そして、「赦免」を宣する言葉を聞くと、医師はひざまずいた。

それが終わると、また静かになった。

「もう何も聞こえない」と受話器をもどしながら教戒師は言った。

間もなく、医師の召使が酒とサイフォン瓶を盆にのせて入ってきた。ティースデイル医師は霊がいた場所を見ずに指さした。

「そこにあるロープを持っていって燃やしてくれ、パーカー」

一瞬沈黙があった。

「ロープなんかありませんが、旦那さま」パーカーは言った。


（訳＝並木慎一）

ハリー

ローズマリー・ティンパリー

R・ティンパリー

一九二〇～一九六八。ロンドン生まれ。第二次大戦後の怪奇幻想小説家として女流の代表にあげられよう。どぎつさはないが、日常性の影にひそむ怪奇を鋭く造形する。『聞き耳をたてる子』(一九五六)、『黒いロングドレス』(一九七二)ほか、多くの怪談傑作選に登場する。

こんな、なんでもない、まいにちの事どもが、怖ろしい。日ざし。草のうえの鋭い物蔭。白いバラたち。紅毛《あかげ》の子供たち。そしてハリーという——名。こんな、なんでもない、まいにちの事どもが。

でも、クリスチンが初めてこの名を口にしたとき、わたしはゾクッとするような前兆を覚えたものです。

クリスチンは五歳《いつつ》、もうあと三カ月で学校にあがる筈。暖かな、素敵な日で、クリスチンは庭でひとり遊びをしていました、よくやるように。草のうえに腹這いになって、ヒナゲシを摘んでは、丹精する喜びをこめながら、ヒナゲシの輪をつくっていたのです。薄い紅毛《あかげ》に太陽はカッと照りつけて、クリスチンの肌を凄いほど白くみせていました。つぶらな碧眼《あおめ》は熱中して大きく見開かれていました。

やにわに、クリスチンは白いバラの繁みのほうを振り向いたのです、草の上に蔭をなげかけているバラの繁みに。そして、にっこりとしたのです。

「そうよ、あたしクリスチン」

彼女は言いました。

立ち上がると、バラの繁みのほうにゆっくりと歩いていきました、短すぎる青いコットンのスカートのしたに、むきだしのかわいいプッチリとした両脚をみせて。この年ごろの女の子はずんずん大きくなるものです。

「ママに、パパが一緒なの」

はっきりと彼女は言いました。

それから、すこし間《ま》をおいて、

「アラ、だって、ふたりとも、あたしのママにパパなのよ」

彼女はもうバラの蔭のなかに入っていきました。まるで光りの国から闇の国に入ってしまったみたいでした。

なぜだか、よくは分からなかったけれど、不安になったわたしは声をかけたのです。

「クリス、なにしてんの?」

「べつに」

声はひどく遠くから聞こえたような気がしました。

「うちにお入り。そとは、おまえには暑すぎるから」

「暑すぎないわよ」

「うちにお入り、クリス」

「もうかえんなきゃ。じゃ、バーイ」

クリスの声がして、ゆっくりと家のほうに戻ってきました。

「クリス、誰とお話ししていたの?」

「ハリーよ」

彼女は言いました。

「ハリーって誰？」

「ハリーはハリーじゃない」

これ以上、なにも聞き出せませんでした。わたしはクリスチンにケーキとミルクをあげて、寝る時間まで、本をよんであげるのです。

聞いている間じゅうも、クリスは庭のほうをジッとみつめていました。いちどニッコリして、手を振りました。やっとベッドに寝かしこんだときは、ホッとしたものです。もう安心と思いましたから。

わたしのハズのジムが帰ってきたとき、わたしは、この不思議な〈ハリー〉のことを話してみました。ジムは笑って言うのでした。

「あの子、またおふざけを始めたって？　ん？」

「おふざけってなによ、ジム？」

「だからさ、空想の友達をこさえるってのは、あれくらいの子にはよくあることさ。人形に話しかける子供もいる。クリスはあんまり人形に熱中しない子だから。兄さんも妹もいない子だし。おない歳《とし》の友達もいないしね。誰かを空想してるんさ」

「でも、どうして〈ハリー〉なんて名前をねエ？」

分からんね、という風に、ジムは肩をそびやかしました。

「子供たちの思いつきなんか分かるもんか。なんでそんなこと、気にするんかね、俺はてーんで気にならんよ」

「ええ、そりゃ、わたしだって。ただわたし、あの子には特別、責任あるでしょ。ほんとの親だったら、もっと責任感ずると思うの」

「うん、分かる。でもね、あの子はシャンとしてるよ。ちゃんとしてる。かわいくて、健康で、頭のいい、女の子さ。君の自慢だろう」

「あなたの自慢でもあってよ」

「つまり、僕たち、完璧な両親ってわけ！」

「とっても控え目なね！」

わたしたちは一緒になって笑い、ジムはわたしにキスをしました。わたしは、こころが慰まりました、
つぎの朝までは。

またしても太陽は、ささやかな輝かしい芝生と白いバラたちのうえに燦然と光りをそそぎ。クリスチンは草のうえに、あぐらをかいて坐り、バラの繁みをジッとみつめて、にこにこしておりました。

「こんにちわー！」

クリスチンは言いました。

「きっと来てくれるとおもったわ……あなたが好きだもん……あなたいくつ？……あたし五歳《いつつ》の女の子……もう赤ちゃんじゃないわ！　もうすぐ学校ゆくのよ、新しい洋服きて。緑の服よ。あなたも学校ゆくの？……学校でなにするの？」

クリスチンはしばらく黙って、熱心に、うなずいたり、耳を傾けたりしていました。台所に立ったまま、わたしは身体が寒くなってゆく気がしました。「なにを馬鹿な、いろんな子が、空想の友達をもつんじゃない」わたしは必死に自分に言い聞かせました。「何事もなかったふりをしつづけるんだ。聞いちゃ駄目。わたしって馬鹿ね」

でもわたしは、いつもより早くクリスを家に呼び入れて、十時のオヤツをあげました。

「ミルクだよ、クリス、さあ！」

「いまいく」

これは変な返事でした。いつもは、ミルクと特製クリームのビスケット・サンドとなると、ちょっとしたグルメのあの子は、もう目がなくて、風のように飛び込んでくるのです。

「さあ、早くおいで」

わたしは言いました。

「ハリーも一緒でいい？」

「いけません！」

わが声ながら、あまりの荒々しさに、自分でびっくりしてしまったほど。

「じゃ、バーイ、ハリー。うちに入れてあげられなくて、ごめんね、あたしミルク飲まなくちゃなんないのよ」

そう言うと、クリスは家めがけて走ってきました。

「どうしてハリーも一緒にミルク飲んじゃいけないのよ」

挑むように尋ねるあの子でした。

「ねエ、いい子、ハリーって、いったい誰なの?」

「あたしの兄さんじゃない」

「だってクリス、あなたに兄さんなんていないでしょ。パパとママには子供はひとり、小さい女の子しかいないの、それがあなたでしょ。ハリーなんて兄さんはいないのよ」

「ハリーは兄さんよ、だってそう言ったもん」

クリスチンはミルクを入れたコップに顔を伏せ、上唇にミルクのついた顔をあげて。それから、ひったくるようにビスケットをとるのでした。ま、ともかく、〈ハリー〉騒ぎでも、食欲だけはあるらしいのです。

オヤツが済んで、わたしは言いました。

「さあ、買い物にゆこうね、クリス。一緒にくるね、ね?」

「ハリーと一緒にお家にいるの」

「いけません、一緒にいらっしゃい」

「ハリーも一緒でいい?」

「いけません」

帽子をかぶり、手袋をしながら、わたしの両手はブルブル震えていました。ここんところ、家の中はヒンヤリします。外はあんなに太陽が降り注いでいるのに、まるで冷たい影が家には射しているみたい。クリスはおとなしくついてきましたが、道々、後ろをふりかえり、手をふるのでした。

その晩、ジムには、このことは言いませんでした。まえみたいに、鼻にもかけないに決まってるからです。

　でも、クリスチンの〈ハリー幻想〉が日を追ってつのってくるにつれ、わたしはますますイライラしてきました。長い夏の日々が憎らしく恐ろしくなってきたのです。灰色の空と雨が恋しくなりました。枯れては死んでゆく白いバラ達が恋しくなりました。庭でクリスチンが他愛もないことをおしゃべりしているのを聞くと、身震いがするのでした。いまではクリスチンは、〈ハリー〉相手にまるで抑制もなく話すのでした。

　ある日曜日、ジムはクリスチンのおしゃべりを聞いて、言うのでした。

「ま、空想の友達に肩もつわけじゃないがね、あいつら子供のおしゃべりの力をのばしてくれてらあな。クリスはいままでより、ずっとおしゃべりが自由になったね」

　うっかりわたしは言ってしまったのです。

「なまりがあるけれど……」

「なまりだって？」

「ちょっぴり下町なまりよ」

「君、子供ってもんは、誰だってちょっぴり下町なまりがあるもんさ。学校にあがって、たくさん子供達にあうと、もっとなまりがひどくなるさ」

「下町なまりのこと言ってんじゃないの。どこでなまりを覚えたのかってことよ。誰から習ったのかしら、まさかハ……〈ハリー〉……」

　とてもじゃない、〈ハリー〉の名はだせません。

「パン屋さん、牛乳屋さん、バタ屋さん、石炭屋さん、窓拭き屋さん――もっと並べてみるかい?」

「たくさんよ」

恨めしそうにわたしは言いました。ジムのおかげで、自分が馬鹿みたいになったのです。

「どっちみち、クリスになまりなんかありゃしないよ」

「わたしたちに話すときはないわ。あのときだけなのよ、彼――と」

「ハリーとだろ。その、ハリーって子、すっかり可愛いくなってきたな。いつか見つけ出して会えたら、面白いだろうぜ」

「止めて!」

わたしは叫んでしまいました。

「そんなこと言わないで! わたしの悪夢だわ。真昼の悪夢よ。ねエ、ジム、わたしもう我慢ができないの」

ジムはびっくりしたようでした。

「ハリー事件で、すっかり神経が参っているんだね、君?」

「そうよ! 明けても暮れても《これハリー》《あれハリー》《ハリーが言うのよ》《ハリーが思うのよ》《ハリーも持ってるかしら》《ハリーも一緒にいっていい》の連続なのよ。一日中、職場のあなたは平気でしょうけれど、わたしは一緒にいるんですもん。わたし、わたし……怖い、ジム。とってもなんか変なのよ」

「きっと気が静まると思うけど、行ってくれないかな?」

「どこへ?」

「あす、クリスをつれて老ウエブスター先生のところに行ってくれないかな？　先生に診《み》ていただくのさ」

「あの子が病気だとでも――その、頭の……？」

「いやいや、とんでもない。でもさ、ふたり寄っても分からないことは、専門家にまかせた方がいいと思うよ」

　翌日、わたしはクリスをウエブスター先生のところに診て頂きにつれて行きました。クリスは待合室に待たせて、わたしは手短に医師《せんせ》にハリーのことをお話ししたのです。

　うんうん、よく分かるよ、と先生は頷《うなず》いてから、こうおっしゃいました。

「いくらか珍しい症例じゃがね、ジェイムズの奥さん、まるっきり無いというもんでもない。子供さんがな、空想上の友達があまり現実になってな、親があわてるということはあってな、わしは何度か出会っておる。たぶん、その子は孤独な子じゃろう、どうじゃ？」

「はい、ほかの子を知りませんの。移ったばかりで、お隣りとも、あまり親しくしておりませんし。でも、学校にあがれば、きっと癒るだろうと思っておりますの」

「そうじゃろう、学校にあがってほかの子たちと知り合いになれば、こんな空想も消えてなくなるとな。よいかな、子供というものはな、おない歳《どし》の仲間が要《い》るもんじゃ、いないとなると、自分でデッチあげるもんじゃ。孤独な大人たちも、独り言《ごと》を言うようなもんでな。独り言を言うからといって、別段、気がふれていることにはならん、話相手が欲しいだけじゃよ。子供はな、大人よりずっと臨機応変じゃ。独り言はばかげているとおもうとな、話相手をデッチあげよる。心配することは何《な》アーンもないと、折紙つけて進ぜるわ」

「宅《たく》も、そう申しておりますのよ」

「そうじゃろう、そうじゃろう。ま、折角お連れなさったとじゃ。ちょっとばかり、クリスチンと話してみようかい。ふたりだけにして下さらんか」

わたしは待合室に、クリスをつれに行きました。クリスは窓際にたっていて、こう言うのです、

「ハリーが待っているわ」

「どこなの、クリス?」

わたしは、静かに言い、クリスチンの目の方角をとっさに見ようと思いました。

「あそこよ、バラの繁みの脇のとこ」

お医者さまのお庭には、白いバラたちの繁みがひとつあったのです。

「誰もいなくってよ」

わたしは言いますと、クリスはまるで子供らしくない侮蔑の一瞥をわたしに投げたのでした。

「ウエブスター先生が、いま会いたいとおっしゃっているわ、おまえ」

と言いながら、わたしは震え声になっていました。

「ウエブスター先生のことは、おまえ、覚えているね。水ぼうそうが良くなったときお菓子をくださったろう?」

「うん」

と言うと、あの子はとてもおとなしく、先生の外科手術室に入ってゆきました。落ち着かない気持でわたしは待っていました。壁越しにふたりの話し声がかすかに聞こえてきます。先生のシャックリが聞こえ、クリスチンのカン高い笑い声がします。クリスチンは、わたしとは、ついぞ

したことのない話し方で先生と話しているのでした。

　ふたりは出てくると、先生は、

「どこも悪くない。ま、ちょいと想像力の鋭すぎるお子さんじゃのう。ちょいと、言っておくがな、ジェイムズの奥さん、ハリーのことは、なんでも言わせることじゃ。なんでもかんでも、あんたに打ち明ける癖をつけさすことじゃ。どうもな、例の彼女の《兄さん》のことで、あんたは彼女にあんまり面白くない顔をしたから、彼女はハリーのことを口にしなくなったとじゃ。なあ、クリス、ハリーは木の玩具《おもちゃ》をつくるじゃろう、ん?」

「はい先生。ハリーは木の玩具《おもちゃ》をつくれます」

「んで、読み書きもできる、な?」

「それから泳ぎも、木登りも、絵も描けるの。なんだって出来るわ。すてきなお兄さま」

ちいさなクリスチンの顔は、賛美でパッと赤らむのだった。

　お医者さまはわたしの肩をパッと手でたたくと、おっしゃった。

「彼女には、ハリーってのは、とてもすてきな兄さんらしいですな。クリス、毛だって、ハリーは君とおなじ紅毛《あかげ》だろ、ん?」

「ハリーは紅毛《あかげ》よ」

　クリスは誇らしげに言うのでした、

「あたしより紅《あか》いわ。背だって、パパとおなじくらいあるわよ、ずっと細いだけ。ママとおなじくらいの背よ。年のわりに大きいんだって、言ってたわ。年のわりに大きいって、どういうこと?」

「帰り道に、ママが教えてくれるさ」

ウエブスター先生がおっしゃいました。

「じゃあ、さよなら、ジェイムズの奥さん。気になさんな。なんでも話さすことですよ。バイバイ、クリス、ハリーによろしくな」

「ハリーなら、あそこにいるわ」

お医者さまの庭の方を指差して、クリスは言うのです。

「あそこで、わたしを待ってるの」

先生は笑いました。

「子供たちってのは、かなわんなぁ、でしょう？　或る子がね、一群の空想上の部族をデッチあげおってね、家中、その部族の祭祀《さいし》タブーの言いなりにさせられた奥さんだってあるんですわ。それ考えりゃあ、奥さんは、まだいい方ですな」

そういうことを考えるようにして、すこしは気を楽にしようとしたのですけれど、駄目でした。本気でわたしは、学校にさえ上がってくれたら、〈いまいましいハリー騒ぎ〉も終わってくれるだろうと思っていたのでした。

クリスはわたしの前を走っていました。ときどき、脇にいる誰かを見上げるように、見上げるのでした。ほんの空恐ろしい短い一瞬でしたけれど、わたしには、あの子の脇の舗道の上に――薄い長いあの子の影の脇に――少年のものらしい人影が走るのが見えたのです。それも、フッと消えてしまいました。わたしは走ってクリスに追いつき、彼女の手を摑まえると、ずっと家までの間、しっかと、捉《とら》えつづけていたのです。外よりは安全な家のなかにいても――この暑い季節のわりに妙に冷え冷えとした家でしたけれど――わたしは決して彼女から目をはなしませんでした。うわべはわたしにたいして変わらず振る舞う彼女でしたが、実は彼女のこころは、わたしから徐々に離れていっていたのです。我が家にありながら、あの子は見知らぬ子になろうとしていたのです。

ジムとわたしがクリスを養女にもらってから初めて、わたしは本気で疑い出したのです――彼女はいったい何者だ？　どういう出自だ？　本当の両親は？　娘として入籍した、この愛するちいさな見知らぬものは誰？　クリスチンとはいったい何者？

それから、もう一週間が経ちました。もうもう、四六時中、ハリー、ハリー。いよいよあの子が学校に上がる前の日、クリスは言いました。

「学校なんか行かない」

「明日は学校へゆくのですよ、クリス。楽しみにしていたでしょう、ね、楽しみにしてたわね。学校にはたくさん、男の子や女の子がいてよ」

「ハリーは言ってたわ、行かないって」

「ハリーには行ってほしくないのよ。ハリーは」――わたしは医者の忠告をまもって、ハリーの存在を信じるようにしたのです――「ハリーは大きすぎるの。ちっちゃな男の子や女の子のなかにいたら馬鹿らしくなるのよ。十四歳の大兄《おおにい》さんですもん」

「ハリーとじゃなきゃ、学校行かない。ハリーと居たいの」

クリスチンは泣き出しました、大声で、痛ましく。

「クリス、馬鹿やめなさい！　なんです！」

わたしはクリスの腕をピシャリとぶってしまいました。すぐ泣きやんだけれど、彼女はわたしをジッと見詰めたのです、碧《あお》い瞳《め》をパッチリ開き、ゾッとするような冷たい眼で。わたしを胴震いさすような大人の眼でジッと。それから言ったのです。

「ママはわたしを愛してなんかいない。ハリーはあたしを愛してる。ハリーはあたしが必要なの。あたしなら一緒に来れるって」

「もう聞きたくないわ！」

わたしは叫んでしまいました、わたしの声にこもる怒りを憎らしく思い、こんなちっちゃな子のことを怒る自分に嫌気がさして――わたしのちっちゃなこの子――わたしの――

わたしは片膝ついて、両手を差し伸べて、

「クリス、いい子だね、さ、おいで」

ゆっくりと彼女は来ました。

「おまえを愛しているんだよ」わたしは言いました。

「おまえを愛しているんだよ、クリス、わたしは現実。学校も現実。さ、学校へ行って、わたしを喜ばしておくれ」

「あたしが学校へ行ったら、ハリーは離れて行っちゃう」

「ほかにお友達ができますよ」

「ハリーがいいの」

またしても涙が、こんどはわたしの肩を濡らすのです。わたしはヒシとばかり彼女を抱き締めていました。

「おまえは疲れているよ。さ、お休み」

彼女は眠りました、涙の痕《あと》を顔にうかべたまま。

まだ昼日中《ひるひなか》だった。わたしは窓のところにゆき、カーテンを引きました。庭には黄金《きん》の物蔭と陽光のながい幾筋。すると、まるで夢のよう、ひとつの少年のながいクッキリとした影が、白いバラたちの脇に。狂ったように、わたしは窓をあけると叫んでいました。

「ハリー！　ハリー！」

バラたちの間にチラチラ、なにか紅《あか》いものが見えたように思いました、少年の頭の刈りこんだ紅毛《あかげ》のカールのような……。と、なにももうありませんでした。

クリスチンの激情の爆発のことをジムに話したとき、ジムは言いました。

「可哀想に、まだちっちゃいからな。初めて学校にあがるってことは、いつも、神経の重圧だからな。学校へ行ってしまえば、良くなるさ。時が経てば、ハリーのこともあんまり言わなくなるさ」

「ハリーはね、あの子に学校に行かせたくないのよ」

「フン、まるで君、君はハリーの存在を信じてるって感じだぜ！」

「ときどき、そんな気にもなるのよ」

「その年齢《とし》で悪霊を信ずるっての？」彼はわたしをからかうのでしたが、眼は心配そうでした。わたしが気がふれてしまって、彼にはべつに責任はないといった風《ふう》。

「ハリーが悪霊だなんて思わないわ」わたしは言いました。「ほんの子供の少年よ。クリスチンのほかにはは存在もしてない少年よ。でも、クリスチンって、いったい誰？」

「やめろ！」

　ジムが声を荒らげて言った。

「クリスを養女にしたとき、ふたりで決めたじゃないか、本当の子として育てるって。過去をほじくることは止めろ。疑いも心配も無しだ。隠し事も無しだ。ふたりの体から生れてきた子も同然の僕達のものだ。聞くまでもないだろう！　あの子は僕達の娘――いいか、これだけは覚えておけ！」

「はい、ジム、あなたの言うとおりよ。むろん、あなたの言うとおりよ」

　ジムがあんまり激しかったので、わたしは翌日クリスが学校に行っている間にわたしがしようとしていたことを打ち明けられなかったのでした。

　翌朝、クリスは黙ってムッツリとしていました。ジムは彼女に冗談を言って、元気づけようとしたけれど、彼女のしたことといえば、窓から外を覗いて、

「ハリーが行っちゃった」

　と言うだけでした。

「もうハリーはいらないのだよ。おまえは学校にあがるんだ」とジムは言いました。

　クリスはときにわたしに向けたあの大人のような侮蔑の一瞥をジムに与えるだけでした。

　学校にゆく道すがら、わたしと彼女は、一言も言いませんでした。わたしは、ほとんど涙に暮れていたのです。彼女が学校に行き始めることをうれしく思う一方、彼女と別れるというある喪失感のようなものがありました。すべての母が、手塩にかけた子羊のような子を初めて学校につれてゆくとき、感じるものを感じていたのでしょう。子供にとっては幼時のおわり、現実生活の

始まり、残酷で、異様で、野蛮な現実生活の始まり。校門のところで別れのキスをしてあげて、言いました、

「ほかの子達と一緒にお昼は学校で食べるのよ、クリス、三時に学校が終わったら、お迎えにゆくからね」

「はい、ママ」

彼女はしっかりとわたしの手をにぎりました。おなじくらいちっちゃな神経質になった子供達が、おなじくらい神経質になった母親達に連れられてやってきます。金髪で真っ白なリンネルの服をきた快活な先生が門のところに現われて、新しい子供達を集めて連れてゆく。この女の先生は、とおりすがりざま、わたしに〈お気持は分かりますよ〉というように微笑《ほほえ》んでみせ、言うのでした、

「しっかり、ご面倒はみて差し上げますわ」

校門を立ち去りながら、わたしはこれで心が軽くなり、クリスはもう大丈夫、心配なんかすることないんだ、と思うのでした。

それからわたしは、秘《ひそ》かな行動にでたのです。バスに乗って町にゆき、五年ぶりに、大きな薄気味悪いビルに入ってゆきました。五年前、ここにジムと一緒にきたのです。ビルの天辺《てっぺん》にはグレイソーン養子縁組協会があります。四階上がって、見慣れたペンキの剝げたドアを叩きました。知らない顔の秘書が中へいれてくれました。

「あのう、ジェイムズの家内《かない》でございますが、クリーヴァーさんにお会いしたいのですが」

「お約束でも?」

「いえ、でも、とっても大事なお話がございますの」

「伺ってきます」秘書の女は奥に入っていきましたが、すぐもどってきました。

「ジェイムズの奥様、クリーヴァーさんはお会いになるそうです」

クリーヴァー老嬢《さん》――背の高い、魅力的な微笑みを浮かべた、痩せた、灰色の髪の、さっぱりした、親切そうな顔に、とても皺々《しわしわ》の額をした――が立ち上がってこっちに来ました。

「ジェイムズの奥様。ご機嫌よう。クリスチンはいかがです?」

「とても元気ですの、クリーヴァーさん。ズバリ要点をお話ししますわ。普通、養い親に子供の出自はお教えになりませんわね、その反対も。存じておりますの。でも、クリスの出自ばかりは、教えて頂きたいの」

「お言葉ですが、ジェイムズの奥様」とクリーヴァーさんは始めた、「手前どもの規則としまして……」

「なにもかもお話ししますわ、きっとわたしが俗な好奇心から伺っているんじゃないことが分かって頂けますわ」

わたしはハリーについて話しました。

話し終わると、クリーヴァーさんは言うのでした、「ま、なんて不思議。なんてことでしょう。ジェイムズの奥様。今回かぎり、わたし協会の掟を破ることに致しますわ。絶対秘密を守って頂くことをお約束頂いて、クリスチンの出自をお話しします。あの子はね、ロンドンの極貧地域の生れなんです。家には四人おりました。父、母、息子、それにクリスチンですね」

「息子ですって?」

「はい、事件が起こったときは十四歳《じゅうし》でした?」

「事件って、いったいいつ何が?」

「初めからお話ししましょう。両親は、本当はクリスチンが欲しくなかったんです。一家は古ぼけた家の天辺《てっぺん》の一間《ひとま》に住んでいたんですが、きっと衛生検査官に使用に耐えないと判断されたに違いない家でして。三人住むだけでも、とても無理という有様でしょう、そこへ、もうひとり赤ん坊ができた日には、もう人生は悪夢ですわ。母親というのが神経症的な人で、自堕落で、不幸で、太り過ぎ。クリスチンが生れても、母親はぜんぜん面倒も見ようとしない。ところが息子というのが、初めっから、このちっちゃな女の子が好きで好きで。女の子の面倒みたいばかりに、学校をズル休みして悶着《もんちゃく》を起こして。

お父さんというのが倉庫の番人をしていて定収はあっても、大した金にならず、まあ一家をかつかつ支えるだけ。ところが何週間も病気で寝込んでしまって、失職。病気で、その乱雑な部屋に寝込んだまま、気は立つ、女房には小言のいわれっぱなし、赤ん坊の泣声には悩まされ、息子にはてしなく赤ん坊について、ああだこうだと言われる——ついでに言っときますけれどね、こういう細かいことは、あとからご近所の人にきいたんです。これも聞いて分かったことですけれど、とくに戦争ではひどい目にあったみたい。何カ月か精神病院にいれられていて、やっと除隊して家庭復帰したらしいんですよ。かえったら、のっけから、とてもじゃないけれど、やって行けないことが分かったんですよ。

ある朝、まだ丑三《うしみ》ツ刻《どき》に、下の階に住んでた女の人が、窓の外を何かが落っこっていって、地面にドサンと当たった音を聞いたんです。出てみると、地面にあの息子が倒れていて、クリスチンは息子の腕のなかに抱かれていたんです。少年の頸《くび》の骨は折れていて、死にました。クリスチンは顔が土色になっていたけれど、かすかな息があったんです。

女の人は、建物中の人を起こして、警官と医者を呼びにやって、それから天辺の部屋に行ってみました。ドアは固く閉じられて裏から目張りがしてあったので、叩き破らねばならなかったのです。窓は割られていたのに、部屋いっぱい、ガスの臭いが立ちこめていたそうです。

亭主と女房はベッドで死んでいて、亭主の書いた走り書きの遺書がありました。


《もう、やって行けない。皆を殺す。

これしきゃ道がない》

警察の結論では、亭主は皆が眠るのを見澄ましてから、ドアと窓を目張りして、ガス栓をひねって、それから女房の脇に横になり、いつしか意識を失って死んだものらしい。ところが息子は目を覚まして、多分ドアと格闘したが開かず、弱って叫ぶ力もなかった。精一杯、窓の目張りをはがして、窓を開き、大好きなちっちゃな妹をしっかり両腕に抱いて、窓から身を躍らせたのでしょう。

どうしてクリスチンがガス中毒にならなかったのかは分かりません。たぶん頭をふとんの下に埋めて兄さんの胸に顔を押しつけていたからだろうと思います——ふたりはいつも一緒に寝ていたそうですから。とにかく、あの子は病院につれていかれて、それから家《うち》——つまり奥さんとご主人とに、初めてお目見えしたっていうわけなのですね……あのちっちゃな子にとっては、幸福の日だったわけなのよね！」

「そうなの、そうやってあの子のお兄さんは、あの子を救ったのね？」と、わたし。

「そうなんです。わかいのに、とても勇敢な男の子ですこと」

「きっと救うなんて思わず、あの子と一緒に居たいだけだったのでしょうけど。あら、いけない！　そんなこと言っちゃ可哀想ね。そんな気は、毛頭なかったけれど。クリーヴァーさん、その男の子、名前、何ていいましたの？」

「そう、調べてあげましょう」

たくさんのファイルを探していたが、とうとうこう言いました。

「家の名はジョーンズで、兄は十四歳、名前はハロルドです」

「髪は紅毛《あかげ》じゃないかしら？」と、わたしは口ごもりました。

「それは分かりかねます、ジェイムズの奥様」

「でも、それなら呼び名はハリー。ハリーって名の少年。どういうこと？　わたし分かんない」

「さあ、それは難しいですね。たぶんクリスチンは無意識の心の奥深くで、赤ん坊時代の仲間だったハリーのことを覚えていたんじゃないかしら。小さい時の記憶なんてたいしてないと思いますが、子供たちのちいさな頭の裏のどこかに仕舞いこまれた過去のイメージというものがあるに違いないと思いますわ。クリスチンは、この〈ハリー〉って子を、創作なんかしてませんね。彼女は覚えているんです。彼を、もういちど蘇《よみがえ》らすほどアリアリとね。こじつけのように聞こえますかしらね。でも、この話、一部始終があんまり不思議で、ほかに説明がつきませんのよ」

「その家族が住んでいた家の番地を教えていただけます？」

彼女は渋っていたが、とうとう説得して教えてもらい、カナヴァー小路《こうじ》十三番地を、やっとのこと探し当てました。ジョーンズという男が、かつて一家心中しようとして、ほとんど成功したというあたりを。

建物は人気がありません。不潔で、廃屋《あばらや》にちかかったのです。ただ、ひとつ、わたしには思わずジッと見詰めざるを得ないものがあった。

猫の額のような花壇です。大地の不敵な褐色の地のうえに散らし模様に撒き散らされた鮮やかな不揃いの草の群れ。だがこの小さな花壇には、この貧しい悲しげな小路《こうじ》に立つほかのどの家々にもないただひとつ不思議な輝きがありました――白いバラたちの繁み。輝かしく咲き匂っている。あふれ、こぼれんばかりのその香り。

繁みの脇に立って、わたしは天辺の窓を見上げました。

人の声がわたしを驚かしました、

「そこで何しているのかね?」

それは老婆の声、一階の窓からこちらを覗いている。

「空き家かと思って……」わたしは言いました。

「だろうね。とっくに住んじゃならねえって、お達しよ。だけんど、誰もあたしを追い出せない。どこも行くところがねえだ。行きたかねえよ。あの事件以来、すぐ皆、でていっちまいやがった。だれも来たがらねえよ。お化け屋敷だって言うだ。そのとおりよ。でもさ、なんでそんなこと騒ぐ?　生と死じゃないか。生と死は親戚よ。あんたも、だんだん年とりゃ分かる。生きる、死ぬ――なんの変りもありゃしねえよ」

黄色い血眼《ちめ》でジッとわたしを見詰め、こう言う老婆だったのです、

「あたしんとこの窓を、あの子が落っこってくのを見ただ。ここんとこに落ちたね。バラの真ん中よ。あの子はいまでも帰ってくるんだよ。あたしにゃ見える。あの男の子は、あの女の子を取り戻すまで、よそへは行かないよ」

「あの男の子って——誰、誰のこと?」

「ハリー・ジョーンズよ。いかす男の子だったぁね。紅毛《あかげ》で、ひどく瘦せて。でも、実に意志の堅い子でね。いつだって、我が道を行くって子だった。クリスチンをあんまり愛しすぎたんだね、きっと。バラの間で死んでたよ。いつも、バラの脇で、クリスチンと何時間も坐っていたからね。それから、バラんとこで死んだわさ。人は死ぬものかね? 教会は答えをだすべきだと思うがね、答えないね。教会なんか、ひとつとして信じられるもんか。行くかい、あんた? ここはね、あんたなんかの来るとこじゃない。ここはね、死んでない死者、生きてない生者むきの場所。あたしゃ、生きているんかね、死んでるんかね? 教えておくれ。あたしゃ、知らない」

もつれた白髪の前髪の下の、わたしを見詰める狂人の眼が、わたしを怯えさせました。狂った人は怖い。哀れむことはできても、それでも狂人は怖い。わたしは口ごもりました、

「行くわ、さよなら」

そして熱い固い舗道を急いで横切ろうとしたのですが、足は重たくて、半ば麻痺したみたいで、悪夢を見ているようでした。

太陽が頭にガンガン照りつけているのですが、ほとんど自覚がありません。つまずきがちに歩いてゆきながら、わたしには、まるっきり、時の感覚も場所の感覚もありませんでした。

それから、なにか、わたしの血を凍らす物音を聞きました。

時計が三時を打ったのです。

三時といえば、わたしが校門で、クリスチンを待っててあげる筈の時間ではないか。

ここは何処？　学校へは、どのくらいある？　どのバスにのったものかしら？

わたしは狂乱して、通りすがりの人達に尋ねてみましたが、みんな怖がって、まるでわたしがあの老婆を怖がったみたいなのです。わたしのことを、気違い女だと思ったらしいのです。

やっと、学校のほうをとおるバスを見つけ、埃と石油ガスと恐怖とで、吐き気がしながら学校につきました。暑い、人っ子ひとりいない運動場を横切りました。教室にゆく。白衣を着た若い先生が教科書を集めています。

「クリスチン・ジェイムズを迎えに参りました。わたし、母親でございます。すっかり遅くなっちゃいまして、申し訳ございません。あの子、どこにおります？」あえぐように、わたしは言いました。

「クリスチン・ジェイムズですって？」若い先生は仏頂面をしたが、すぐ快活に言いました、「ええ、そうそう、思い出しましたわ。かわいい、ちっちゃな、紅毛《あかげ》の女のお子さんね。それなら、大丈夫ですわ、ジェイムズの奥様。お兄様がお見えになりましたわ。よく似ていらっしゃること、ねえ。それに、まあ、可愛がっていらっしゃって。あの年ごろの坊ちゃんが、赤ちゃんのような妹さんを溺愛していらっしゃるのって、みるだけでも、すてきなものですわ。旦那さまも、紅毛《あかげ》でいらっしゃる？　お二人のお子さんみたいに？」

「な、なんて、その、その兄のほうは——申し——まして？」わたしは声にならない声で尋ねました。

「なにもおっしゃいませんでしたよ。わたしが話しかけますと、ただニッコリなさいました。もう、今頃は、お家についていらっしゃるだろうと思います。ちょっと、奥様、お加減でも……」

「あ、有り難うございます、わたし家《うち》にかえらなくちゃあ」

燃えるような往来を走りどおしに走って、家に帰りました。

「クリス、クリスチン、どこにいるの？　クリス！　クリス！」

時として、いまでもなお、わたしには過去のあのときのわたしの声が冷たい家のなかをつんざくのが聞こえるのです。「クリスチン！　クリス！　どこにいるの？　答えて！　クリ――イ――ス――ウ！」それから「ハリー！　ハリー！　あの子を連れてかないで！　戻ってきてよ！　ハリー！　ハリー！」

狂ったようになって、わたしは庭に走りでました。太陽が暑くグサリとわたしを刺します。バラたちが真っ白に煌《きら》めいています。大気はあまりに静かで、わたしは時間も場所もないところに立っているみたい。一瞬、わたしはクリスチンのすぐそばに居るような気がしました、彼女の姿は見えなかったのですけれど。するとバラたちが目の前で踊りだし、真っ赤に変りました。世界が真っ赤に。血のように真っ赤に。わたしは倒れてしまいました、真っ赤から真っ黒へ、そして無へ――ほとんど死んで。

数週間、わたしは日射病でベッドにいました、日射病は脳病の発熱にかわっていたのです。その間、ジムと警察とは、クリスチンを探し回ったのですが駄目でした。無駄な探索が数カ月つづき、新聞は、紅毛《あかげ》の子の不思議な失踪について一面に書きたてました。先生は、彼女を迎えにきた《お兄さん》のことを、細かく話していました。

誘拐、子さらい、子殺しの話が新聞にいろいろ載りました。

それから、騒ぎもだんだん静まりました、警察のほかの迷宮事件並みに。

ふたりだけが、起こったことを知っていたのです。廃屋《あばらや》のなかの気違いの老婆と、そしてこのわたしとが。

何年もが過ぎました。わたしは歩くのが怖ろしいのです。

ありふれた、なんでもない、まいにちの事どもが、怖ろしい。日ざし。草のうえの鋭い物蔭。白いバラたち。紅毛《あかげ》の子供たち。そしてハリーという――名。こんな、なんでもない、まいにちの事どもが！


（訳＝由良君美）

逝《ゆ》けるエドワード

リチャード・ミドルトン

R・ミドルトン

一八八二～一九一一。ミドルセックス生まれ。韻文物語集『インゴルズビー伝説』の作者R・H・バラムの子孫に生まれ、世紀末芸術の趣味をたっぷりと享けて育った。ニュー・ボヘミアン・クラブの主唱者となったが、二十九歳の時、ブリュッセルで自殺。『幽霊船その他』（一九一二）等がある。

　ドロシーはおとなしく浜辺にすわっていた。黒い海草の塊を手にからませ、白い裸足《はだし》の足が陽にきらきらと輝いている。一目見て、去年の夏よりも顔色が少し悪いようだなと思ったけれど、それだけではどうして事情が知れよう？

「エドワードはどこにいるの？」私はそう言って、あたりの砂浜を見まわし、セーラー服と、元気良くはねまわる可愛い二本の脚をさがした。

　ドロシーの両眼は、何を見ているのかしらと訝《いぶか》しむように私の目の中を覗いていた。

「エドワード、死んだの」とそっけなく言った。「去年、あなたが帰ってから、死んだの」

　一瞬、私は言葉を失って少女の顔を見つめた。なぜ、そんなことに——？　エドワードがもう一緒に遊べないのだと知って、あらためて彼女の顔を見ると、年齢《とし》にふさわしくない翳《かげ》りがあり、子供らしい身ごなしのしなやかさも少しなくなっているようだ。だが声は冷静で、つぶらな眼に一瞬走った苦痛《くるしみ》の色を見なかったなら、弟のことなど忘れてしまったのかと思っただろう。

「可哀そうに」やっと私は口を開いた。「ほんとに、ほんとに可哀そうに。じつは君らをドライブに誘おうと思って、自動車を持って来てあるんだよ。このまえ約束したからね」

「まあ！　エドワードがいたら、きっと喜んだでしょうね」ドロシーは考え深げにこたえた。

「あの子、とても自動車が好きだったから」

そう言うと、くるりと振り返って、うしろの砂浜をじっと見つめた。

「今、聞こえなかったかしら——」

私も一瞬、なにか風の音でもなければ、遠くの子供の声でも、渚にざわめく波音でもないものが聞こえたように思った。死んだ子供と知り合ったあの素晴らしい夏の間、エドワードは御機嫌が良いと、砂煙をかき立てて、やかましい豪華車の真似を芸術的に演じてくれたものである。だが死んだ者はもう遊べない。そこには砂と、熱い空と、そしてドロシーがいるだけだった。

「ドロシー、ドライブに行くからおいで——運転手が運転するから、おしゃべりをしながら行こうよ」

少女は静かにうなずいて、砂のついた靴下をはいた。

「あの子、苦しまなかったわ」とだしぬけに言った。

その声の、感情を圧し殺したひびきが、私には殴りつけられるような苦痛だった。

「およしよ、もう！——もう忘れるほかないんだよ」

「忘れてしまったわ、すっかり」ドロシーは落ち着いた指づかいで靴の紐を結びながら、「十月も前のことだもの」

私たちは車を待たせてある玄関に歩いて行った。ドロシーは車の中のクッションの間に腰をおろすと、満足げに小さな吐息をついた。それを聞いて少しほっとした。ああ、この子が泣くか笑うかしてくれたらいいのに！　私もドロシーの横に坐ったが、運転手はドアを開けたまま待っていた。

「すみません」彼は、あわててまわりをきょろきょろと見ながら、「小さなお坊ちゃんと御一緒
かと思ったものですから」
　運転手はバタンとドアを閉め、やがて車は街中に入った。ドロシーは、苦痛《くるしみ》の滲《にじ》んでいる眼で
私の顔をじっと見つめていたが、こちらはよそを向いていた。そのうち、白い道の両側に緑の野
がひらけた。
「あの子に会えないのも、ほんのわずかの間だよ」と私は言った。「なんでもないことさ」
「もう忘れた」とドロシーはくり返した。「これ、とても素敵な自動車ね」
　私はそれまで自分の車に不満を持ったことはなかった。だがこの時は、自動車が死んだ子供の
真似をするのをやめてくれないかとばかり念じていた。やめてくれ――もう遊べない子供の真似
なんか。ドロシーにもそれが聞こえていることは、袖を触れ合わせているので、こちらにも伝わ
ってきた。緑、茶、黄金色の景色が幾マイルも翔《と》び過ぎてゆく。私は、子供につらいことを忘れ
させてやることも出来ない自分に、何の生きる価値があるのだろうかと考えていた。だが待てよ、
別の方法もあるかも知れない――。
「どうしてそんなことになったのか、教えておくれよ」
　ドロシーは、何を考えているとも知れない目でこちらを見ると、感情のない声で語った。「あ
の子、風邪をひいて、とても重病《わる》くなって寝ていたの。あたしが見にいった時は真っ青な顔をし
ていたわ。『エドワード、具合はどう？』ってきいたら、『明日の朝早く起きて、かぶと虫を採
りにいくんだ』と言うの。それきり会えなかったわ」

「可哀そうに」私はつぶやいた。

「お葬式に行ったら」ドロシーは淡々と語り続けた。「雨がざあざあ降っていたわ。あたし、小さな花束を穴の中に投げ込んだの。そこにはたくさんお花があったけど、エドワードには花よりも林檎のほうがよかったでしょうに」

「泣いたかい？」私は冷酷に訊ねてみた。

「――わからない。泣いたかも知れない。もう前のことだから忘れちゃったみたい」

ドロシーがこうして話している間も、エドワードが砂をすくってふりまいている音は聞こえた。林檎が大好きだったエドワードが。

「もう我慢出来ない」と私は声に出して言った。「さあ、降りよう。気分直しに森を歩こう」

ドロシーは承知した。私は気持ちを見透かされているようで、ぞっとした。車が止まったところは、森と路傍の草原《くさはら》との境を、一本の標柱がかろうじて示している場所だった。小暗い、野兎の通り径をえらんで、下草をかきわけながら、静かな森の薄明かりの中へ進んだ。

「今年はあまり日に焼けないんだね」と私は歩きながら言った。

「どうしてかしら。毎日浜にいるのよ。時々は遊びもするわ」

私は何をして遊ぶのかも、誰と一緒に遊ぶのかも訊《き》かなかった。だが、この静まりかえった森の中でも、エドワードが彼女を私から引き離そうとしているのが感じられた。たしかに、彼は子供なりの仕方で私を好いてくれていたけれど、生きた彼の唇が浜辺を歌で満たし、小さなきつね色の身体が渚に踊っていたその同じ日々に、ドロシーひとりを連れ出すようなことはすべきではなかったのだ。私は彼を裏切ってしまったようだった。

しばらくすると、森の中の空地《あきち》に出た。忘れられた歳々《としどし》の木の葉が足下に茶色く朽ちている。空気は死んだように乾ききっていた。

「もう戻ろうよ、ドロシー。何を考えているんだい?」

「あたし……」少女はゆっくりと答えた。「思うんだけど、ここはかぶと虫を採りに来るのにいいところね」

森は謎めいた物音に満ちている。その時、さやさやと揺れる蕨《わらび》の茂みの中を、小さなすばしこい足が勝利の踊りをおどりながら走って来るのが聞こえたのは、それなのだろう。私たちはしばし黙って耳を澄ましていたが、やがてドロシーは、私の傍からだっと駆け出して、突き通すような叫び声をあげた。

「ああ、エドワード、エドワード!――エドワード!」

だが死んだ者はもう遊べない。しばらくすると彼女は、幼い日の宝である涙を頬にぽろぽろと伝わせて戻って来た。

「あの子が来てる、あの子が来てる」と言ってむせび泣いた。「でも見えないの。もう二度と見えないんだわ」

私は彼女を連れて車に戻った。だが彼女の涙の中には、今までになかった安らぎが約束されているような気がした。

考えてみればエドワードは、けして素晴らしい良い子というわけではなかった。やきもちやきで、高慢で、欲深だったと言ってもよいかも知れない。だが、あの時、彼はドロシーが捧げた花と共に小さな墓に眠りながら、彼女のために良いことをしてくれたように思える。そうにちがいない。たとえ私たちの聞いたものが、鳥の啼き声と、かぐわしい蕨の茂みを揺する風にすぎなかったとしても。エドワードは前年の夏と共に逝《い》ってしまったのであって、死んだ者も、死んだ者の愛も、墓から立ち出ることはできないのだとしても。

（訳＝南條竹則）

ロッホ・ギア物語

J・S・レファニュ

筆者がまだ十二か十三の少年だったころ、リムリック州はロッホ・ギア〔訳注　ロッホは湖の意〕のほとりに住むアン・ベイリー嬢と近づきになりました。ベイリー姉妹は土地の最後の代表者で、きわめて由緒古い家柄でした。二人はいわゆる「老嬢」であり、当時齢《よわい》六十を過ぎていましたが、この姉妹ほど人を手厚くもてなし、快活で親切で、とりわけ若い者にやさしい婦人はいたためしがありません。どちらもいたって心ばえの良い、聡明な人でした。往時、鄙《ひな》の年配の貴婦人方は皆そうでしたが、姉妹もまた家々の系図にたいそう詳しく、州で名の聞こえた家系のことなら、一族の祖先のこと、各世代のこと、他家との婚姻のことなど、ことごとくそらんじていました。

このロッホ・ギアの館に、クロフトン・クローカー氏が訪ねて行ったことがあります。それゆえたしか、氏の上梓した妖精物語集の第二集にはお二人の名前が出ているはずです。彼はその書の中で、おそらくはアン老嬢におそわったものでしょう、かの美しい湖々《うみうみ》に伝わる幽趣ある伝説のいくつかを物語っています。もっとももう湖々とは言えません。というのは、小さな澄んだ湖はその後干上がり、水底から遠い昔の興味深い遺蹟を顕《あらわ》したからです。

館の客間にも面白い昔の遺物がありました。これまたたいそう旧《ふる》い物でしたが、湖の遺蹟よりはよほど新しいものでした。それはもてなし厚いロッホ・ギアの館で、昔、馬で出立せんとする人に鐙酒《あぶみざけ》を飲ませた、門出の杯でした。クローカー氏はこの珍しい硝子の杯のスケッチを残しています。わたしはしばしばこの杯を手に取ってみたものです。脚は短く、杯とは別になっていて、底はまるく、円筒状に伸びあがっています。紅葡萄酒一瓶分の酒が入りますが、ほとんど昔風のビールの杯と同じくらいに細く、あまり背が高いので見ていて奇異の念をおぼえたものです。昔のならわしでは、馬上の人は手をいっぱいに伸ばし、この杯を高々とかかげなければなりませんでした。鞍にまたがっていることでもあり、酒が過ぎた人にはなかなか骨だったでしょう。不思議なのは、このように驚くばかり背の高い硝子の杯が、罅《ひび》割れ一つなしに当代まで伝わったことです。

客間にはもう一つ興味深い硝子の杯がありました。それは途方もなく大きく、円錐形で、むかし菓子屋の棚に並んでいた古風なゼリーの容器のようでした。縁に「栄光《はえ》ある敬虔なる者の、不滅の記憶」という文字が刻んでありました。何か大きな祝い事の際などには、この杯になみなみと酒が満たされて、睦《むつ》みの杯と同様に、自由党《ホイッグ》の客人たちの間で回し飲まれました。この党派の人々は、杯にまつわる伝説がその思い出を呼びさます英雄に、すべてを負うているのです。

動乱期の砲声と叫喚の中に生きた人々、彼らが催した荘重な酒宴、硝子の杯はまさにその透明な亡霊でした。わたしが見た時には、杯はもうとうに政《まつりごと》と宴《うたげ》からは身を引いて、客間の小さなテーブルの上に静かに佇《た》っていました。婦人たちの手がそれを磨き、澄んだ水を満たして、日々庭から摘んできた花を飾りました。

アン老嬢の話は、妹の話よりも伝説や不思議話に及ぶことがしばしばでした。彼女の物語には共感と、色彩と、神秘の感じがこもっており、実に生き生きとしていました。古い城のことをたずねますとけして飽きずに答えてくれ、そのかみの冒険と過ぎし時代とを垣間見せる、魅惑的なささやかな逸話の数々で若い聞き手を楽しませてくれたものです。わたしの記憶には、幼い日のこの友の姿がはっきりと残っています。痩身で、背筋がぴんとしていて、背丈は普通より高い方でした。全体に、あの楽しいドノワ伯爵夫人の肖像画に似た感じでした。ドノワ伯爵夫人といえば、われわれはみなこの人に妖精国のもっとも早い、もっとも輝かしい消息を負っています。夫人の威厳があって感じの良い顔つき、美人とは言えませんが上品で貴婦人らしい顔立ちに、アン老嬢はどこか似ており、不思議話のクライマックスが近づくと、ちょっと流し目をして人差し指を立てるしぐさには、あのなごやかな神秘の感じがありました。

　ロッホ・ギアはマンスターの妖精活動の中心地のようなものでした。子供が「善い人々」にさらわれると、ロッホ・ギアで人間から妖精へ、この世ならぬ変生が行われるのだと信じられていました。そして湖の底には、魔法にかけられたデズモンドの大城《おおしろ》が沈んでおり、デズモンド伯その人と、若くて美しい奥方と、伯爵の隆盛な時代と破滅の時に侍していた家来郎党が、皆そこにいるのでした。

　ここにはまた歴史的な由緒もあります。古い館の近く、馬の囲いの片側に、巨《おお》きな方形の塔が立っています。すでに胸壁は取り去られており、一階建でしたけれども、その高さは少年のわたしの目を瞠《みは》らせました。この塔は最後の叛乱者デズモンド伯の砦でした。あの楽しい二折本、『古愛蘭太平記《ヒベルニア・パーカータ》』の記述によると、胸壁の上にアイルランド守備隊が陣取り、湖に覆いかかる丘の頂上を進軍してきた代官の軍勢をはねかえしたといいます。誇り高き風雲児デズモンドの砦に護られるようにして建つ館は、古いけれども居心地良く、天井の低い小部屋がたいそうたくさんありました。同じような小部屋は、英国のシュロップシャーやその近隣にある同時代のお屋敷でも見かけたことがあります。

湖の上に覆いかかっている丘々は、若いわたしには（もっともそれ以来あの地を訪れたことはありませんが）、短く柔らかい緑の衣をまとっているように見え、丘の色はそれまで見たこともないほど濃く鮮やかでした。

片方の湖には小さな島があります。岩場がちで樹木の密なその島は、魔法によって水底に沈んだ城の一番高い塔の天辺だと、土地の農民は信じています。かなりの教育を受けた人でも、ある種の雰囲気に接すると次のように語ったものです。小舟に乗って岸からあるところまで漕ぎ出すと、その島は水面から何フィートかせり上がってくる。そうして、岩が石造りのような感じになって、島全体が湖から突き出した城の胸壁のように見えてくる、と。

以下はアン老嬢が語る、この失われた城の水没の物語です。

魔術士伯爵

魔法にかけられたデズモンドの大伯爵は、いまの現在《いま》でも、家来衆といっしょに湖の底の城で暮らしています。歴史の本にはちがうことが書いてあるかもしれませんが、これはよく知られている通りでございます。

そのむかし、世界広しと申しましても、伯爵ほどに練達の魔術士はおりませんでした。湖の島に建つ世にも美しいお城、かれはここに若くて美しい花嫁を連れてまいりました。さりながら花嫁は伯爵に可愛がられすぎたので、夫の盲愛につけこんで、おのが傲慢な気まぐれをかなえようとし、そのためにすべてが危険にさらされる羽目になったのです。

二人がこの美しい城に暮らしはじめてまもない日のことでした。伯爵が部屋にこもって禁断の術を研究しておりますと、奥方が姿をあらわし、何か不思議な魔術を見せてほしいとせがみました。伯爵は拒みつづけましたが、懇願と涙と甘い言葉に負けて、とうとう承知してしまったのです。

そこで、あのおそるべき変幻の術でアッと言わせてやろうということになりましたが、その前に、この実験がどんなに恐ろしく、危険なものであるかを奥方に説明いたしました。

広い部屋の外、はるか下の方では、湖の暗い水がピタピタと打ち寄せながら、城壁を呑み込まんと待ち構えています。彼女はこのだだっ広い部屋にたったひとりでいて、次から次へと起こる恐ろしい現象を最後まで見とどけなければならないのです。それはひとたび始まったが最後、もう止めることもどうすることもできません。そしてもし、このぞっとするような現象の続いているあいだに、一言でも口をきいたり、叫び声をあげたりしたならば、城もその中にいるものもみんな、一瞬のうちに湖に沈んでしまい、おそるべき呪文の力で何百年も水底《みなそこ》にとどまらなければならないのでした。

しかし、好奇心の強い奥方はひるみませんでした。魔術の研究室の樫の扉に鍵とかんぬきが掛けられ、破滅をもたらす実験が始まったのです。

伯爵は鳥の羽がふさふさ付いた帽子を冠り、奥方の前に立って呪文を唱えはじめました。そのうちに顔がこわばり、ひきつって、あたりに腐肉のような臭いが立ちこめました。そして、ふと見ると、伯爵のいたところには、巨大な猛禽《とり》が重たい翼をバサリバサリとはばたかせておりました。鳥はいまにも襲いかかろうとするかのように、部屋じゅうをグルグル飛び回りました。

奥方はしっかり気をひきしめておりましたが、すぐさま別の試練が始まりました。

鳥は扉のそばに降り、人智を超えた早業で、瞬《また》くうちに恐ろしく姿の醜いこびとの老婆に変わりました。顔のまわりの皮膚《かわ》が黄色く垂れ下がり、大きな目玉をギョロつかせた老婆は、一対の杖をついて奥方の方に向かってきます。怒りに口から泡を吹き、そのゆがんだしかめ面はだんだん忌《いや》らしいものになっていきました。しまいに老婆は大きな叫び声をあげて奥方の足もとに転がり、ブルルッとおそろしく身を震わせると、鎌首をもたげ、舌をチロチロさせている大蛇に変わりました。そしていまにも飛びかかるかに見えましたが、その時不意に蛇の姿は消えて、目の前に立っているのは蒼ざめた夫伯爵でありました。かれは唇に人差し指をあて、まだ声を立ててはならないと合図しました。そうして伯爵は、床に長々と軀《からだ》を伸ばしました。その軀はどんどんどんどん、長く長く伸びていって、ついには広い部屋の片端に頭がとどき、もう片方の端に足がとどきました。

これには奥方は耐えられませんでした。悪い星の下に生まれた婦人は甲高い叫び声をあげました。そのとたん、城もその中にいるものもみんな一瞬のうちに湖の底に沈んでしまったのでございます。

さりながら、七年に一度の夜、デズモンド伯は家来衆をつれてあらわれ、亡霊の行列をなして湖を渡ります。伯爵の白馬は銀の蹄鉄をつけております。その一夜だけは夜明けまで馬に乗っていられるので、伯爵は限られた時間をせいぜい有効に使わなければなりません。なぜなら、いつか駿馬の銀の蹄鉄がすり減ってなくなってしまう時が来たなら、その時はじめて、かれらを湖底に閉じ込めている呪文の効き目が切れるからです。

わたし（アン・ベイリー嬢）が子供の時分には、ティーグ・オニールという名の男がまだ生きていて、不思議な話を語ってきかせたものでした。

ティーグは鍛冶屋で、仕事場は湖を見下ろす丘の端、カハー・コンリシュへ向かう路のひときわ寂しいあたりにございました。月の明るいある晩、かれはたったひとりで夜なべ仕事をしておりました。そこいら何マイルにわたって、命あるものが起きている徴《しるし》といえば、金鎚を叩く音と、開いた扉から小径の向う側の茂みにゆらゆらと映る火明かりだけでございました。

仕事の中途でちょっと一服していると、たくさんの馬が急坂を登って鍛冶場の前の路を通る蹄の音が聞こえました。ティーグはちょうど戸口に立っていたので、一人の紳士が白馬に乗ってこちらにやってくるのが見えました。その紳士は鍛冶屋がそれまでに見たこともないような服装をしていました。馬に乗った供の者たちが付き従っており、そちらもやはり奇妙な衣服をまとっておりました。

けたたましい蹄の音から察すると、一行は大急ぎの速駆けで丘を登っているようでしたが、鍛冶場の近くに来るとにわかに速度をゆるめました。そして白馬の騎者が——その威風のある堂々とした様子から、かなりの身分で人に命令をしつけている人と見うけられましたが——手綱を引いて、鍛冶屋の扉の前に止まりました。

その人はものを言わず、お付きの者もみんな黙っておりましたが、鍛冶屋にちょっと手招きすると、馬の蹄の一つを指さしました。

中腰になって蹄を持ち上げて見たティーグは、そこに銀の蹄鉄が打ってあることに気づきました。その蹄鉄の或る箇所は、シリング硬貨のように薄くすり減っていたそうでございます。ティーグはすぐさま自分の置かれた状況を悟り、恐怖にかられて神に祈りながら後退《あとずさ》りをしました。貴族風の騎者は、苦悩と怒りをカッと顔にあらわし、何か鞭のように空にうなるものでいきなり鍛冶屋を打ちすえました。氷のように冷たい条《すじ》に身体をつらぬかれたような、鋼の箔で切り裂かれたかのような感じがしましたが、しかし、あとになってみると、身体には傷一つついていませんでした。行列は急に速駆けになり、大砲の一斉射撃のようにびゅんと風を切って、瞬くうちに丘の下に姿を消したそうでございます。

くだんの騎者というのは伯爵その人でした。かれはいつもの手管を用いて、鍛冶屋に何かしゃべらせようとしたのです。と申しますのは、これはよく知られていることですが、魔法によって湖底に封じこめられている時間を短くするためか、その苦しみを和らげるためかはわかりませんが、伯爵はあの手この手で人が自分に声をかけてくるように仕向けるのです。さりながら、もしかれがそれに成功したとき、策略にかかった人間にどんな運命がふりかかるのか、誰も知るところではございません。

モル・リアルの体験

アン・ベイリー嬢が子供のころ、モル・リアルはもう年とったおばあさんでした。彼女はロッホ・ギアのベイリー家に生涯つかえてきました。当時のアイルランドのならわしで、お屋敷の内やまわりには、たいそう大勢の素足の田舎娘や下婢《はしため》や洗濯女などが出入りしていて、家禽《とり》の世話をしたり、使い走りをしたりしておりました。

モル・リアルもそういう娘たちの一人で、当時は健やかな陽気な娘で、何の心配も悩みもないのんき気者でした。彼女はたたき洗いというマンスターではおなじみの方法で洗い物をしておりました。それはどういうやり方かと言いますと、洗う人は着物を水につけ、自分もくるぶしまで水につかって立ち、濡れた着物を大きな平らな石の上に広げて、クリケットのバットに似た道具で思いっきり叩くのです。その道具はバットに似ているといっても、もっと短くて幅が広く、片手で自由に扱える軽さでした。こうして水のしたたる衣類を何度も裏返しながら、叩いては水につけ、つけてはまた石にのせるという調子で、すっかりきれいになるまでなんべんでも繰り返すのでした。

モルは古いお屋敷と城に近い湖の端でせっせとたたき洗いをしておりました。それはある晴れた夏の朝の八時から九時のあいだのことでした。すべてが美しく輝いておりました。まわりには誰もいず、お屋敷の窓さえ見えませんでしたが（お屋敷はいびつな上り坂と茂みに隠れておりました）、べつだんさびしいとも感じませんでした。

仕事をやめて立ち上がったとき、一人の紳士がゆっくり坂をおりてくるのが見えました。それは「堂々とした風貌の」紳士で、花模様入りの絹の化粧着をまとい、びろうどの夜帽をかぶっておりました。スリッパをはいてこちらに歩いてくる、とても格好の良い脚が見えました。その人は上品に微笑みながら近づいてきました。そして贈物をしたいといいたげな優しい顔をして、指輪を抜いて高く差し上げ、モルが一生懸命洗っていた着物のそばの平らな石の上に置きました。

紳士は少し後ろに下がると、にこやかな笑みを浮かべてモルをじっと見つめました。その微笑みは、こう言おうとしているかのようでした。「おまえはよく働いたから、ご褒美にやるのだ。おそれずに受けとるが良い」

少女は思いました。この方は、昨夜《ゆうべ》遅く、とつぜんお屋敷にいらっしゃったどこかの紳士で
――もてなしに厚く、よろずに成り行きまかせだった当時は、よくそんなことがあったものです
――朝食の前にぶらぶら散歩をなさっているのかもしれないわ。

モルはもともと少しはにかみ屋の方でしたが、そんな身分の高そうな紳士にペチコートをちょっとからげてすねを出している姿を見られたので、よけいに恥ずかしく思いました。さしうつ向いて、足もとの水面に目を落とすと、真っ赤な血の輪がひとつ、またひとつ、水の上に浮かんで彼女の足にまつわるようにたゆたっているではありませんか。彼女はぞっとして聖なる御名を叫びました。そして見上げると、やんごとない貴紳の姿はどこにもなく、足もとの血の輪はみるみるうちに湖面に広がり、巨大な血の河口のごとくに一瞬あかあかと輝きました。

これもまた伯爵のしわざです。モル・リアルの言うには、もしあのとき、水が血に変わらなかったなら、次の瞬間には話しかけていたにちがいないということです。そうしたら伯爵と同じように、恐ろしい魔法にかかっていたことでしょう。

バンシー

ロッホ・ギアのベイリー家のようなマンスターの旧家には、家つきのバンシーがいないわけはありません。一家にかかわりのある者はみんなそのことをよく知っており、この世ならぬ名誉《ほまれ》の証拠をいろいろ挙げることができました。ベイリー嬢も、ただ一度だけ、この霊的共鳴現象に遭ったことがあるそうです。

むかし、まだ若かった彼女とスーザン嬢とは、下の妹キティ嬢の病床に長いこと付き添っていました。このキティ嬢というのは、わたしが聞いた話では、同じ年嵩《としかさ》の人たちの中でもいちばん陽気で楽しい娘さんだったそうです。さりながら、この心の明るい婦人は肺病にかかり、死を待つばかりでした。そうした病人の看護をするつらいつとめは、大勢いた姉妹たちで分担されていましたが、夜の看護は年長だからということでしょう、アン嬢とスーザン嬢の受持ちでした。

あるいはこうした長い憂鬱な夜番が、魂《たま》をくじき、神経を昂らせて、幻聴を引き起こしたのかもしれません。ともあれ、ある夜、人皆寝静まったころ、ベイリー嬢と妹とが余命いくばくもない婦人の部屋に坐っていると、未だかつて聞いたこともないような、甘美な物憂い音楽が聞こえて来ました。それはちょうど遠くの大伽藍の音楽のようでした。死につつある娘の部屋には、庭に面して窓があり、傍らに建つ古いお城の全容が見えました。その音楽は家の中からではなく、庭か、それよりもっと向うの方から聞こえて来るようでした。奥の扉を開け、そこに立っていると、やはり幽《かす》かに、荘重な和音が聞こえました。さりながら、それは遠くから聞こえてくる楽器の音なのか、それとも合唱の声なのか、どちらともつきません。音楽はお城の高窓から聞こえて来るようでした。しかし、塔に近づいてみると、今度は逆に庭の反対側のお屋敷の上から聞こえてくるように思われました。それゆえ彼女はとまどい、しまいにはおそろしくなって、部屋に戻ったのです。

この不思議な楽の音は長いあいだはっきり聞こえたそうで、これはスーザン嬢も断言しています。彼女はこの体験をはっきりと覚えていて、非常な畏怖をもってこのことを語ったのです。

女家庭教師の夢

この家庭教師の婦人は、ある朝、何かたいそう気がかりな様子で、ゆうべとても奇妙《へん》な夢を見たと生徒のベイリー嬢たちに話しました。

古いお城の、石造りの螺旋階段をおりてゆくと、最初に天井の高い大きな広間に入ります。壁の上のほうの深いくぼみに小窓が少しあいているだけの、薄暗い広間です。何年も前にわたしがお城を見た時には、この広い部屋の一部は、一年分の泥炭をたくわえる置き場になっていました。

夢の中で彼女はこの部屋にたったひとりでいました。そこへおごそかな顔をした一人の男が入って来ました。その人の表情には、何かこう人とは違った、たいそう秀でたものがあって、それゆえに個性が深く印象づけられるといった態の風貌でありました。それはちょうど、優れた肖像画が時として人にそういう印象を与えるのと同じでした。

男は手に棒を持っておりました。それはだいたい普通のステッキくらいの長さでした。男はこう言いました――この棒の長さをよく見て覚えておくがいい。そして、これから自分が測量をやってみせるからしっかり見て、その結果をロッホ・ギアのベイリー氏に教えるのだ。

かれは壁のある一点に棒を垂直にあてると、ひとつ、ふたつ、と数をかぞえあげながら、床と平行に棒の長さの何倍かの距離をはかりました。それから同じようにして、はっきりと声をあげて数えながら、隣の壁からも測量をいたしました。そうして、この二つの線が交わる、深さこれこれのところに宝物が埋まっていると告げました。夢はそこで醒め、秀でた風貌の訪問者は消え失せました。

家庭教師の婦人は少女たちを連れてお城へ行くと、しなやかな若枝を夢に教えられた通りの長さに切って距離をはかり、宝物が埋まっていると思われるところをたしかめました。そうして、夢のことをベイリー氏に明かしましたが、氏は笑うばかりで何もしようとはしませんでした。

それからしばらくのち、あの秀でた風貌の男が、また夢にあらわれました。男は前と同じお告げを伝えましたが、なんだか不機嫌な様子でした。ベイリー氏はこのときもまったく取り合いませんでした。

さりながら、彼女はまたしても同じ夢を見ました。同じ人物が三度《みたび》夢にあらわれて、宝物のありかを告げたのです。子供たちは鶴嘴《つるはし》とシャベルでお城の床を掘ってちょうだいと大さわぎをしました。それでとうとうベイリー氏も承知し、床の石を取りのけて、彼女が示した場所を掘り返すことになりました。

アン嬢も、父親も、家族のほとんどがこの作業に立ち会っていました。人夫が夢に示された深さへと掘り進むにつれて、一同は次第にワクワクしてきました。そうして、鉄の鶴嘴が幅広い板石にあたってカーンとうつろな響きを返したとき、興奮は頂点に達しました。

少し骨を折って板石を持ち上げると、ちょっとした大きさの瓶か寝台が収められそうな石造りの部屋があらわれました。でも、ああなんとしたことでしょう！　そこはからっぽでした。しかし、その部屋の底の地面には、――これはベイリー嬢も居あわせた人もはっきり見たのですが――容器が置いてあったとおぼしい丸い跡が残っていました。その跡の様子から見て、容器はたいそう長いあいだそこにあったものと思われました。

宝物はたしかにそこに隠されていたのです。さりながら、誰かベイリー氏よりも夢のお告げを信ずる人が盗み聞くか洩れ聞くかして、先に持ち去ってしまったのだと、ベイリー姉妹はずっとかたく信じていました。

この家庭教師の婦人は、それから数年後に亡くなるまで姉妹とひとつ屋根の下に暮らしました。彼女が死んだいきさつは、この夢の話にも劣らず奇怪なものでした。それはこういうお話です。

伯爵の広間

この善良な家庭教師の婦人はお城が好きで、子供たちの勉強が終わると、本などを持ってしばしば旧《ふる》いお城の「伯爵の広間」と呼ばれる大きな部屋に行ったものでした。そこに自分用のテーブルと椅子を置いて、明暗の中に坐って好きな編物や読書をしていました。光はほんの少しばかり、頭上の硝子のない窓から入って、テーブルをささやかに照らすだけでした。

伯爵の広間へは、螺旋階段をのぼりつめ、狭いアーチ型の扉から入ります。たいそう大きな暗い部屋で、形は大体四角く、高い天井はアーチ型、床は石づくりでした。お城の高いところにあり、壁はおそろしく厚く、窓は小さく数もわずかです。それゆえ部屋には沈黙が満ちわたり、まるで地下の洞穴のようでした。このようなさびしい場所では、聞こえる音と申しましても、壁の上のほうの小窓の一つに巣をつくっている燕のさえずりが、日に二度ばかり聞こえるだけでした。

彼女はある日、いつものようにひとりで広間にひきこんだ後、ふだん帰ってくる時間になってもお屋敷に戻りませんでした。当時のアイルランドの田舎のお屋敷では、それくらい誰も驚きませんし、べつだんさしさわりもありませんでした。さりながら、晩餐の時間——当時、田舎の家では五時がふつうでした——が来ても、彼女は姿を見せません。子供たちは古い石段を伯爵の広間までのぼって行きました。まだ冬ではありませんでしたから、薄暗い階段と廊下にも、どうにか歩いていけるだけの明かりが残っておりました。子供たちは広間に近づくと、めいめいにぎやかな声で彼女に呼びかけました。

しかしこたえはありません。と、ふと見ると、伯爵の広間の扉の外、石づくりの床に、彼女は気を失って倒れているではありませんか。大あわてで手当てをしますと、意識はようよう戻りましたが、容態は非常に悪く、お屋敷に運ばれて床についたのです。

その時に彼女は、何が起こったのかを話しました。彼女はいつものように小さなテーブルに向かって、編物だか、読書だかをしていました——どちらだったか筆者は忘れてしまいましたが、とにかく、ふだんと同じ気持で、落ち着いて過ごしておりました。と、ふと面を上げて扉のほうを見ると、恐ろしい顔をした小男が入ってくるではありませんか。男は赤い服を身にまとい、たいそう背が低く、いやにどす黒い顔で、何とも言えない悪々《にくにく》しい顔つきをしておりました。男は彼女をじっと見据えたまま、数歩あるいて立ち止まり、ついてこいと手招きをしました。そうして扉のほうへ半分ほどあともどりすると、また立ち止まってこちらを振り返りました。彼女はもう、すっかりおそろしくなって、身ゆるぎもせず、声も出せず、坐ったままその怪しい者を見つめていました。彼女が言うことを聞かないのを見ると、男の顔はいっそうものすごい、嚇《おど》かすような形相になりました。そして、顔つきがそう変わるやいなや、片手をあげて床をドンドンと踏みならしました。その身振り、その顔つき……どれをとっても悪魔のような怒りをあらわしていました。彼女はもうぞっとして立ち上がりました。男はクルリと背を向けて、扉の方向に一歩か二歩あるいたかと思うと、また立ち止まり、黙って脅かすような感じで、ついてこいともう一度合図しました。

彼女は伯爵の広間の狭い石づくりの入口までついていきました。男はもう部屋から出ていて、敷居の向うの少し離れたところに立って、こちらをまだじっと見据えていましたが、ふたたび合図をすると、螺旋階段につづく短い廊下を歩きはじめました。しかし彼女はそれ以上ついてゆけず、気を失って床に倒れてしまったのです。

この可哀想な婦人は、まぼろしを見た後、もう長くは生きられないと信じ込んでおりました。そうして不幸にもその予感は的中してしまいました。二度と床を離れることもなく、熱と錯乱状態が二、三日つづいて、亡くなったのです。もちろん、彼女が亡霊を見たときにはもう熱が上がりはじめていたのかもしれません。そうして、それが脳に響いて、居もしないまぼろしを見たということはたしかにありうることではありましょうが。

（訳＝倉阪鬼一郎・南條竹則）

僥倖

アルジャーノン・ブラックウッド

この出来事が牧師補ミークルジョンの身にふりかかったのは、かれがジュラ山中を旅している途上だった。今となっては事の真偽を裏付けるものとて本人の言葉以外にない。例の旅籠もそこの主人ももはやこの世にはないし、事件の記録もとおの昔に聞くには面白いがとうてい信を置くにあたわぬ伝説に姿を変えてしまっているからだ。とはいえこの話が実話として印象深いのは、そこに周到な意図が秘められていたと思われる点にある。それは一人の人間の生命《いのち》を——世界が必要とした男の生命を救ったのだ。人類のうちでも最上の部類に属する者がきわめて異常なかたちで生命拾いをした訳だが、それを考えるとこの出来事の中には何らかの意志、いや何らかの論理すら存在したと思わせるところがある。

それどころか、ミークルジョン本人が断言するところでは、あれはかれの経験したただ一度の心霊的な出来事だという。かれにはこの種の出来事が習慣になっていた訳ではないのだ。だからかれが九死に一生を得たことは、心霊主義者を心強くするいっぽうで市井の人々の頭を悩ませることになる、一連の不可解な霊界からの介入の一例とはいえない。あれは何らかの意図を秘めた断固とした出来事だったのだ。

あの八月の暑い夜、ミークルジョンはスイス辺境とフランスのはざまの松林のただ中に、蒼い蔭さながらひっそりと切れ込んでいる峡谷の一つにいた。その朝早くにサント・クロワを過ぎ、四時頃にはレ・ラスも背後に消えた。目指すはビュットと、ロンドンの多くの街路のセメントの出産地であるヴァル・ド・トラヴェールである。けれども目的地に到達するよりはるかに早く日は翳り、ほこりっぽい道の角を曲がると思いがけなく眼前に姿をあらわした旅籠の前でかれは脚を止めた。それは峡谷の片方の壁面をなす丈高い崖を背にして建っていた。脚は痛み、背嚢は重く肩に食い込んでいる。かれは一も二もなく旅籠の門をたたいた。

ル・ギヨーム・テル、つまり「ウィリアム・テル亭」というのが旅籠の名前だった。薄汚れた白壁に、ひねこびた、というより不潔な感じのする蔦が門口に這いのぼり、日光と雨に晒されたおかげで緑と白の斑になった鎧戸を降ろした窓の下では河がごうごうと音をたてて流れている。部屋代は七ペンスで、スープにオムレツ、果物にチーズ、それにコーヒーがついた夕食が一フラン。懐具合いにふさわしい値段で、しごくくつろいだ心地よい気分にさせてくれた。道路をはさんだ向こう側の製材所を除いてはこの旅籠が目にはいる限り唯一の建物だが、ちょうど裏側にはシャスロン山の一翼をなす絶壁が目尻はるかに聳えたっており、それはラ・サーニュを過ぎて灰色のエギュイーユ・ド・ボルムにまで至っている。かれは今や旅人の足跡稀なジュラ山脈の山懐にいた。

旅籠の低い入口をくぐって、かれは深い沈思黙考の雰囲気をひきずってきた。思いは一日中かれにつきまとってきたもので、いかにして自分の人生を用いるかという夢、すなわち犠牲と努力のための計画を思い巡らしてきたのだ。弱冠二十五歳ながら、大いなる事業を成し遂げたいという望みはまぎれもない熱情としてかれのうちにあり、人類全体のために自らを捧げつくしたいという欲求は身を焦がす焔となって燃えさかっていたからである。心はこうした大望に向かう感情で占められていたので、戸口をくぐって蔦の葉がはらりと帽子の上に落ちてきたとき、きわめて微かなものではあったが、何やらん不思議な警告の感覚が心の奥底でわきおこるのにはほとんど気づかなかった。それを思いだしたのはしばし経ってからだった。危険を告げる感覚はずっと以前から警告を送ってきていたが、その瞬間は単なる不快の暗示に過ぎず、はっきりと認識するには余りに微かなものだった。しかし戸内に踏み込んだ瞬間それは厳然としてあり、後になってかれは警告の感覚が突然に計り難く出現したことを思い出したのだった。

部屋は長い間閉めきっていたため空気がよどんでいたが、清潔だった。もちろん絨毯もなく粗末な造りだったが、壁と床は松材で、毛布にすっぽりくるまれた小さなベッドはキイキイときしんだ。何にせよそれは小さすぎた。ミークルジョンはゆうに六フィートをこえる長身だったから。「まあ、いつもやってるように身体をちぢこめて寝なきゃいかんだろう」というのがベッドの長さを目測したときに頭に浮かんだ考えだった。「もっとも露天で二十マイルという距離を歩いたあとじゃあ……」

今日は石の床に寝るにはあんまり疲れすぎているからなあ……とベッドを整えながら独語をつぶやきかけていると、なぜかさっき旅籠に入った折に感じたのと同じ警告の感覚がまいもどってきた。おかしなほど唐突に、また漠然とこのベッドにたいする激しい反撥が忍びよってきて——そしてはっきりとらえる間もなく消え去ってしまった。実のところあまりにも微かな感覚だったからすぐさま気の迷いとかたづけてしまったほどだが、と同時に、この部屋に他のベッドがあるものならそちらで寝たいという思いがあるのは自覚していたし——それに結局このベッドでは寝ることにはならないだろうという奇妙な予感もあった。こんな考えがどうして浮かんだのかは分からないが、かれはこれを事件の一部として記憶している。

八時を過ぎた頃、農夫と製材所の労働者が二、三人、階下の酒場《パブ》にやってきて、赤ワインの半《ドゥ》リットル《ミ・リットル》瓶を呑みながら、思いがけない宿泊客を無遠慮に眺めては、安物の煙草を吹かした。見るべきところもなければ何の面白味もない連中で——ただ汚くて少しばかり厭な臭いがした。九時にはミークルジョンはパイプの灰を窓際の石灰石ではたき落として二階に上がっていったが、すでに睡魔に圧倒されそうだった。あの警告の感覚はあとかたもなく消え失せていた。代わって脳裏は未来の大いなる夢——周知のごとくこの夢はあの有名なミークルジョン研究所として実現するのだが——を思いめぐらすのに忙しかった。

宿の主人《あるじ》のベルトゥはカラーなしの色褪せた茶色のジャケットを着こんだずんぐりした小男で、ワインでほろ酔い加減、それに慣れない「旅行者」の客にちょっと面喰らっている様子だったが、自分で二階へ案内してくれた。そもそもこの旅籠には女中《ファム・ド・シャムブル》などという洒落たものはなかったからだ。

「御用の際は廊下までお出になって下せえよ」小男はこう言うと何か入用の場合には踊り場のどこで怒鳴れば良いか（というのも部屋には呼び鈴がなかったからだが）を教えてくれた。そして明らさまな好奇心を見せてミークルジョンのブーツと背嚢、水筒を眺めると、おやすみなさいを告げて立ち去った。部屋の鍵を閉めるとき、かれが馬みたいな（と牧師補には思えたのだが）騒音をたてて降りていくのが聞こえた。

二時間ほど窓を開け放ってあったから、部屋はかぐわしい香りで満たされていた。それは切ったばかりの木材とかんなくずの匂い、周囲の松林の樹液の香り、まだ文明に毒されていない人里離れた山間の峡谷のはなつ、強くいわくいいがたい感覚だった。つんと鼻をつく、けれど不快ではない安煙草のにおいが見えない隙間をとおして階下からたち昇ってくる。すべては素朴かつ単純で、どことなく荒々しい処女林の趣きがあった。だが、主人の跫音が廊下の階下に消え去ったあとあらためて部屋を眺めまわそうと振り返ったとき、またしてもかれの内部で何かが身動きし、理由《わけ》もなく神経が震えた。

周囲の状況は疑いの余地もなく単純なものばかりで、なんの外面的兆しもないのに、奇妙な感情が襲ってきて告げたのだ――危険だと。

そもそもこの牧師補は生来分析の才に恵まれているという人物ではなく、常日頃は単純で疑いを知らぬ行動派タイプである。しかし今夜にかぎってはその生来の性格に反して、かれの思いは答えをもとめてはげしく揺れ動いていた。というのも、この部屋から、あるいは部屋の中の何かの家具から――あのベッドには今なお奇妙な反撥の念が感じられた――染み出してくるかに思われる不安をひめた奇怪なメッセージには、何らかの理由が存在しなければならないことが、本能的に理解できたからである。そしてその理由を想像力に欠ける頭で考えてみると、ゆいいつ推測できるのは周囲の自然力があまりに圧倒的だからということだった。スラムや林立する工場煙突のただなかで十二ヵ月という月日を過ごしたあとで、この地の聳えたつ懸崖や息もつまらんばかりの芳香をはなつ松林が畏怖をひめた崇高のことばでもってかれの魂に語りかけてきたのではないだろうか。説明としては突拍子もなくこじつけめいているような気がするが、頭に浮かんだ唯一の答えがこれだった。かれの注目すべき冒険にあって当人がここでこの危険の感覚を一部はべッドに、一部は山々に関連づけて考えた点にこそ、この直感のもつ意義がある。

「一、二度感じたことなんだが」とかれは後になって述懐している。「何か強力な力をもった霊的な使者がいて、それが僕の鈍重な脳に警告のメッセージをたたきこもうとしているみたいな気がした」——この表現にはどのような合理的仮説にも優る真実と生き生きした描写がある。

ミークルジョンは宙に開かれた窓に服をかけ、手を洗い、聖書を読むと、理由《わけ》もなく背後を何度か振り返って、お祈りのためにひざまずいた。疑いを知らぬ敬虔な人間であったから、若くしかし真摯なかれの魂は我を忘れて人類のために生きんがことを願った。普段のように強い熱意をこめて己の生涯が世界への奉仕のために用いられんことを神に祈ってやまなかった。と、その時、祈りの半ばにして、ドアにノックの音がした。

いそいで立ち上がって、ドアを開けた。早瀬の音が廊下に溢れていた。階下の酒場《バブ》の製材所の労働者たちの声が聞こえた。だが廊下に立ちはだかるのはただ暗闇だけで、それが建物の隅々まで満ちていた。人影はなかった。かれは中断された祈りに戻った。「気のせいだろう、きっと」と自分に言い聞かせた。だがかれはいつもにもまして長々と祈った。頭の片隅には不快の感覚が漠としてひそんでいて、危険を告げていた。かれはただひたすら熱心に祈った。神に助けを求める子供のように……。

ベッドを調えるため山のようにもりあがった毛布を広げようと悪戦苦闘している丁度そのとき、またしてもドアにノックがあった。静かな、不可解なまでに静かなものだったが、かれの内部にある何かがそれに反応して身動きした。ドアを開けようと床を横切って——躊躇した。このとき突如としてドアのノックが心に感じる危険の感覚と関係していることを理解したのだ。微妙な直感の領域でこの二つが結びついた。この認識と同時に（当人の弁によれば）不思議な感情がわきおこって、さながら啓示を受けたかのように知った――自然はどのような手段でか人間に直接かつ決定的に語りかけてくる力を持っているのだと。この考えはあたかも夜のただ中に発してかれを襲ったのだともいえよう。それは身動きする力を奪ってしまった。ドアを開けるか開けまいかと逡巡しながら、かれは剝き出しの床に立ちつくしていた。

その間の遅れは実際はわずか数秒間つづいただけだが、その数秒の間にこうした思いが火のように駆けめぐったのだ。この忘れ去られた神秘の谷の美が明らかに血管を流れる血に作用していた。かれは周囲をとりまく森の静かなしかし華麗な存在を感じた。樹々の無数の枝は夜の大気に嘆息を吐いていた。たぎりおつ水の叫びが肌に感ぜられた。かれらのもつ平安と力を苦難に悶える幾千もの人々に分け与えられたらと願わずにはおれなかった。蒼白い胸壁を文字どおりこの旅籠の屋根の上にかざしている聳え立つ絶壁はかれの思いを風ふきすさぶ高みへと運んだ。山々のもつ不屈の力を福音として、かれの働くスラムに住むちからなく膝萎えた人々に伝えられたらと願わずにはおれなかった。自然の力――容易に打ち倒されてもすぐさままた生まれ出てくるあらがいがたいあの力の存在を、かれは意識していた。

立ちつくし、あの神秘的で静かなノックに応えてドアを開ける瞬間を待っているかれの魂の中で、こうした思いが突風さながらに吹き抜けていったのだ。

ついにドアを開くと、そこには男がひとり、微笑みながらこちらを見つめていた。

その瞬間かれをとらえたのは失望だった。なにか常ならぬものが待ち受けていることを期待していた、というよりほとんどそう信じこんでいた。それなのに実際そこに見出したのは部屋を間違えた宿泊客で、しきりに迷惑をかけたことを詫びている。すると、驚いたことに、その男は手招きをした。誰だか知らないがかれを連れ出そうとしているのだ。

「ついておいで」――と言っているかのようだった。

だがミークルジョンはこのときそれが分からなかった。本人がいうには、気づいたときには一瞬遅く、見知らぬ男の面前でドアをぴしゃりと閉めてしまったあとだった。男の姿は闇の中に退きかけて、それを牧師補は部屋を間違えたせいだとひとり合点して（あとから感じたような）つきしたがうべき合図だとは気がつかなかったためである。

「ドアを閉めた瞬間」とかれはいう。「廊下に出てあの男が何を望んでいるのか確かめたほうが良かったという気がした。あの男はなにか重要なことを伝えようとしたのではないだろうかという考えが頭に浮かんだ。僕はそれを聞き損なってしまったんだ」

数秒の間（と思われたのだが）かれはあの男のあとを追いたいという心の動きにあらがっていた。自分で自分を諭《さと》してベッドの方へもどり、シーツと重たい毛布を引っ張りあげた、と思ったらまたしても以前《まえ》のような強い反撥――というよりもはや恐怖に近い――の念がまいもどってきた。襲いかかってきた感情は、いわば毛布を剝いだことで何か氷のような烈風が吹きすさび、顔を切り身震いさせたにも似ていた。

その瞬間、影が肩口に落ちかかって枕とベッドの上半分を覆った。それは天井の貧弱な電気のまわりを飛び回っていた蛾かなんかの拡大された影に違いなかったが、かれは最早確かめようともしなかった。とつぜん影は消え去った。ミークルジョンはこれまでにないほどの心細さにおそわれて、足早にもうほとんど駆けるようにして部屋を横切ると、ドアを開けはなってこの部屋を

——二度も——ノックした男のあとを追おうとした。ドアを閉じてからまた開けるまで実際の時間で三十秒も経っていなかったはずである。

しかし廊下には人影はなかった。松材の床のうえをかなりの距離を進んでみた。下の方にホールの明りが見え、農夫と製材所の労働者が酒場で酒を酌み交わしながら話しているのが聞こえた。滝の音が以前《まえ》と同じにあたりに溢れていた。暗闇がおおっていた。けれどもかれのドアを二度もノックしたあの人物——メッセンジャー——の姿はどこにもなかった……。今しも階下で戸の開く音がして農夫たちががやがやと出ていった。かれは踵《くびす》をかえしてベッドに戻った。下で電気の電源を切った。物音ひとつしない。ミークルジョンは不可解な不快の念を何とかねじ伏せると、祈りを呟きながらベッドにもぐりこんだ。そして十分後にはもう深い睡りに落ちていた。

「たしかに考えてみれば」とこの話をしながら本人は言う。「このあとに起こったことはひどく目まぐるしく混乱しているから——といってもそこには、これが真実だと確信させる圧倒的な力があったのだが——記憶の中で事の起こりの順序が多少とも曖昧になっているかも知れない。けれどもあれから長い年月が経った今でもまるで昨日のことのようにはっきり思い出すんだ。……そもそも最初にまず、眠りの中でまたしてもあの静かで不思議なノックの音が聞こえた。何かの夢の中で聞いたのではない、真っ暗な忘却の淵から突然その音だけが響いたのだ。僕は目を覚まそうとした。だが最初は無意識の桎梏《かせ》にがっちりと捕らえられて、もがきまわって意識の世界に戻らなければならない始末だった。眼を開けるのにたいへんな努力が要った。その短い間にだんだんと分かってきたのは、ついさっきノックした奴が僕が目を覚まそうとしている間にドアを開けて部屋の中に入ってきたということだ。そいつは傍らの暗闇のなかに立っていた——いや完全な闇の中じゃない、夜空をのぼる三日月が淡い銀色の光の輪を床の上に投げかけており、僕がベッドから跳びおりた折、何かの生き物が剝き出しの床を滑ってこっちに近づいて来るのに気がついたからだ。月光の光の輪のはじっこ、ちょうど銀色と影が入り混じっている縁のあたりで、そいつは止まった。そこから三フィートしか離れてないところで、僕はぴくりともできずに身を震わしていた。それは僕の足元に蹲って、じっとこっちを見ていた。人なのか獣なのか見当がつかない。最初見たときは四つん這いになった人間に違いないと思ったのだが、次の瞬間、息も止まらんばかりの恐怖を伴って、こいつは生き物じゃない——ぜんぜん人間なんかじゃないんだという考えが頭にひらめいた。曖昧な言い方だがほかに表現しようがない。たしかに先程ドアをノックして僕についてくるよう手招いた人間の形をしたのと同じ奴なんだが、これはそれが別の姿を顕したものなのだ。

「それが持っているのは（持ってきた、といおうか）僕宛の恐ろしいメッセージだった——恐ろしいというのは、つまりそこにたいへんな重要性が秘められているということだ。最初の時は、僕は不平を言ってあらがい、聞くのを拒んだ。だから今度は服従せざるを得ないかたちを採って戻ってきたのだ。何か恐ろしい力がそれから染み出していた——そして直感的に分かったのは、この力が山々と森、つまり人間の手でまだ飼い馴らされていない自然の根源的な力に属しているということだ。納得してもらえないかも知れないが、僕が言えるのはただ——聳え立つ絶壁が僕に直接警告を送ってきた、お前の生命《いのち》が危険にさらされているぞと言ってきたように感じたということだ。

「何分にも思えたが、実際は二、三秒も経っていなかったろう、僕は裸の床板の上に震えながら立ちつくし、眼は向こうの床をすっかり覆っている暗く奇怪な姿に釘付けになっていた。四肢とか外見にあたるものがまったくなくて、だいいち生きているもの死んだものを問わず知るかぎりの生物に似た輪郭を思わすものがおよそ存在しない。だがそれはしじゅう動き活動していた——その内部で回転していた、といえばいちばん真実に近いだろうか。そのとき僕の頭に浮かんだ図は、巨大な暗い輪がもの凄い早さでびゅんびゅん回転しており、あまりの早さに一見静止しているように見えるのだが、それが不気味な低いうなりを工場の巨大な機械室じゅうに響かせている光景だった。その次に思ったのが、エゼキエルが幻視の中で見たあの〈生ある環〉だった……。

「ちょうどこう考えたときに違いないと思うのだが、それから発せられていた深くささやくような音が僕の内部で言葉のかたちを採ったのだ。理屈はどうあれ、僕は疑いようのない知性をもった声がこういうのを聞いたんだ——

『出ろ』とそれは言った。『出ろ、いますぐに』声にはあまりに偉大な力がこめられていたので、恐怖の感情はあとかたもなく消し飛んでしまい、つらつら考える暇もあらばこそ僕はただちに従った。僕はあとを追い、それが導いた。それはかたちを変えた。ドアは開いていた。それは音もなく、深く真っ暗な水の流れ——考えうる限りどんなものよりそれに似ている——の形を採って走った。部屋を出て、階段を下り、広間を横切り、道路につながる門の前の暗闇を駆けのぼった。そこで僕は姿を見失ってしまった」

このときミークルジョンの心には（当人が言うには）それのあとを追って走っていきたい——逃げていきたいという欲求しかなかった。だからそうした。それがどんな方法でか戸口を通って外へ出ていったのが分かった。十秒遅れて、あるいはそんなにには経っていなかったかも知れないが、かれも旅籠の外にいた。このときはもうほとんど機械的に行動しており、理性とか内省とか論理とかいったものはもはや頭にはなかった。けれどもあたりの月光の中のどこを探しても、旅籠から、部屋から、とりわけあのベッドからまんまとかれを引っ張り出した世にも不思議な幽的の姿はなかった。かれはぼんやりと周囲を見まわした。このころようやく理性が戻ってきて、あれはいったい何だったんだろうと怪訝に思っていた。疑いようもなく確実に感じたのは、あの巨大な輪みたいな奴がどこか近くにひそんでいて、最後の瞬間をうかがっていることだった。それが避けるように仕向けた危険が間近にせまっていた……かれにはそれが分かった。

あたりいちめん草地で、漂う霧がところどころにぼかしをつけていた。早瀬がごうごうと音をたてて左手の岩床に流れ込んでいる。道路をへだてて向こう側には製材所が骸骨を思わすすがたで建っており、露に濡れた板葺屋根は月光で光っていたが、下の部分は影の中だ。谷の大気はかぐわしい香気で満たされていた。

目がゆっくり右手に転ずると、夜空に向かって聳え立つ絶壁の根本を暗い樹々が厚くとりまいているのを銀の月光が浸しているのが見えた。視線は切り立った崖を上へ上へと登っていって、天の奥底に突き刺さっているはるかな頂きにまで達した。天空によりつどう星を眺めているうち、にわかに後ろによろめいて、道端の壁をつかんで身を支えると、息を呑んだ。あれは幻か？　絶壁の頂きが動いている。星が一瞬見えなくなった。大地が——すくなくとも谷の風景が——ぐるぐると転がった。何かとんでもないことが硬い大地の組成に起こっている！　絶壁が身をかがめて峡谷のうえを覆わんばかり。はるか中空に突出した崖の最上部がこちらに傾いてきた。およそいままで目にしたうちで、絶壁が身動きして一瞬のあいだ一群の星を覆ってしまったこの時ほど度肝を抜かれた――そして、当然のことながら、ぞっとした――ことはないとは、ミークルジョンの断言するところである。

それから轟音とざらざらいう土砂崩れの音とともに頂きの塊がぐらぐら揺れてすべり出すと、遂にはおそろしい勢いで落下してきた。いったいどれほど長い歳月をかけて雨と霜とが鑿をふるってこの巨大な岩盤をそろそろと切り放していったのか、またそれにほんのわずかな力が加わって塊ぜんたいが崖から離れたのははたして何時なのか、それは誰にも分からないが、ただひとつ、この落石がたんに偶然によるのではなく、微妙なバランスを保っていた因果関係から生じる、きわめて微細に計算しつくされた結果だということだけは明らかである。それはすでにこの世の始まりから知られていた――いや、最初から正確に仕組まれていた、というべきか。この何千トンもある特定の岩が断崖の頂上から崩れ落ちて幾つもの嵐を集めたに匹敵する轟音とともに人里はなれた神秘的な谷のただ中に落下することも、その谷にこれこれのミークルジョンがこれこれの休暇のこれこれの晩にやって来ることもまた、この世の初めから定められていたことなのだ。それはハレー彗星が帰って来るのと同じくらい確実なことなのだ。

「僕は呆然と眺めていた」とかれは言う。「というのも他になす術がなかったからだ。本当は走って逃げ出したかった――危険なほど近くにいたからね、でもぴくりとも出来なかったんだ。ほんの数秒のうちにそれは終わった。おそろしい風圧で僕はうしろの石壁にしたたか叩きつけられた。脇筋から小さな石がぱらぱら降ってきた。轟音が谺して谷中に響きわたった。それからすべてが再び以前と同じ静寂に戻ったのだ。とても不思議なことには――当然のことながら少し経ってから分かったのだが――旅籠はあんなに断崖に接近して建っていたのに、ほとんどまったく被害を免れているじゃないか。大岩と樹木からなる巨大な塊は旅籠を跳び越えて草地に落ち、道路をふさぐとまるでマッチ箱かなんかみたいに製材所を破壊し、早瀬をせき止めた。けれど旅籠だけはほとんど無傷だった。

「ほとんどといったのには理由がある。グランドピアノ大の石灰石の塊が屋根の一郭めがけてまっしぐらに落下して、僕の部屋をぶちぬくと、部屋の中身をすっかりかっさらって地下室の深さまでたたきつけたのだ。落下の勢いはそれほどまでに激しいものだった。あとから捜しても家具の破片のひとかけらさえ見つからないくらいだったからね。あのベッドは落下してくる塊のちょうど中心にぶつかったようだった」

推して余りあるのはミークルジョン本人の狼狽ぶりである。さまざまな感情が入り乱れてすっかり呆然自失の態だった。四、五分も経たぬうちに宿の主人《あるじ》ベルトゥと農夫たちががやがやと集まってきて、てんでに怒鳴ったりああ神様とうめいたりしていた。小川は降り積もった岩で堰止められてはいたが、半時間も経つと壊れた屋根と壁の破片をすっかり運びさってしまった。けれどもあの部屋と牧師補ミークルジョンの空のベッドをこなごなに破壊した例の大岩だけは、谷の中の落下したその場所に残っていた。

「ひとつだけ記憶に残っていることがある」とこの話をしながらかれは言う。「僕はそこに、恐怖と興奮におののきながら立ちつくしていた。ベルトゥと農夫たちが一人ひとりの頭数を勘定してみると、誰ひとり欠けていないのが分かった。そのすぐあと、僕が道端の石壁にもたれて立っていると、何か足元の白いほこりの中からむっくりと起き上がったものがある。それは砲弾が発射されるときのようなうなりをあげて、あっというまに空中に見えなくなってしまった。僕の見るところそれは山々を目指して飛んでいった——星々のもと月光に照らされてはるかに不動の姿を聳え立たせているかなたのあの峰に向かって」

（訳＝赤井敏夫）

ハマースミス「スペイン人館」事件

——『心霊実話集』より——

E&H・ヘロン

E&H・ヘロン

略歴不詳

大英帝国海軍スフィンクス号に乗り組むロデリック・ハウストン太尉は軍の俸給以外にこれといった収入の当てもなく、西アフリカの軍港勤務にもいささかうんざりし始めたところに、親族が遺産を残して亡くなったという喜ばしい知らせがまいこんだ。残された財産は当座の入用に充分な額の動産と、年間二百ポンドの収入が見積れるハマースミスの地所であり、くわえてそこの家屋敷には調度内装がすっかり整っているとのことだった。そこでハウストンは館を人に貸して、その上がりで自分の収入をきわめて望ましい額にまで増やせるのではないかと算盤をはじいた。けれども母国からさらに詳しい知らせが届いてみると、いささかこの算段には甘いところがあったことが明らかになった。ハウストンは決断力に富む男だったので、さっそく二ヵ月の休暇を貰うと、自らの手で事にあたるべく故国にまいもどった。

しかしロンドンで一週間を過ごしたあげくに、結局これはどうにも自分一人の手には負いかねる難問であるとの結論に達した。そこでかれは友人のフラクスマン・ロウに次のような手紙をしたためた。

ハマースミス、スペイン人館、一八九二年三月二十三日親愛なるロウ――

最後にわれわれが会ってから三年になるが、その間貴君の消息に接する機会に恵まれなかった。ところがつい先日のことだが、われわれの共通の友人であるサミー・スミス（学校時代の「蚕野郎《シルクワーム》」）に会って、貴君の研究が新たな方向に展開したこと、また貴君が現在心霊現象に多大の興味を抱いている由を聞いた。これに間違いがなければ、必ずや貴君の研究課題にかなう現象をお目にかけられると思うので、是非ともこちらへ来て小生と二、三日を共にして貰いたい。小生は現在、輓近《ばんきん》小生の所有になったところの「スペイン人館」に逗留しているが、ここはそもそも小生の大叔母と結婚したファン・ナイセンなる人物の建築になるものである。しごく素晴らしい館ではあるが、「何かヘンなところがある」との噂がある。人の噂はどうでもよいのだが、困ったことには借家人が居つかず、どう言ってやっても一、二週間以上残っていた者がない始末だ。連中が言うにはこの場所には何かが――たぶん幽霊が――憑いている、そもそもおかしな噂がたつのは不可解なことが次々と起こるからであって、噂がたつ背景には一連の霊現象が存在しているからだというのだ。

そんなわけで貴君に時間を割いて貰ってこの事件の調査にあたって貰えまいかと考えた次第だ。そちらの事情が良ければ、何時会えるのか電報を貰いたい。

草々

ロデリック・ハウストン

ハウストンはすくなからぬ期待を抱いて返信を待ち受けた。ロウはどんな危急の際にも頼りにしてよい男だった。サミー・スミスが以前、かれの性格を端的に示すオクスフォードでのロウの生活の逸話を話してくれたことがある。結局大学ではロウの学問的な輝かしい業績のあれこれについては忘れられてしまうことはあるかも知れないが、しかしかれの名はあの件でこれから先も常に長らく学友たちの記憶の中に留まることだろう。クイーンズ・コレッヂのサンズが大学対抗競技会の前日になって突如病気で倒れた時、一本の電報がロウの部屋に届けられた。いわく、「さんずタオル。ナンジワレラガタメはんまーフルウトキキタレリ」ロウの返事は簡潔だった――「ゲンチニテワレヲマテ」ロウはその日のうちに手掛けていた論文をさっさと仕上げると、翌日にはもうわれんばかりの歓声のなかでハンマーを振るう痩せぎすで屈強なかれの姿があった。この大歓声には理由がある。なぜならロウはその日母校に勝利をもたらしたばかりか、それまでの記録まで塗り変えてしまったのだから。

五日目にロウの返信がウイーンから届いた。ハウストンは手紙を読みながら、学究肌でかつスポーツマンであった旧友の秀でた額と長い首――そのせいでひどく細く見えるカラー――を思い起こして、微笑の浮かぶのを抑えることが出来なかった。フラクスマン・ロウこそ常に自信に満ちあふれ、信頼に足る男だった。

親愛なるハウストン――

いま改めて貴君の音信に接してたいへん嬉しい。貴君の親切な申し出に対して、幽霊に会う機会を設けてくれたこと、それにもまして再び貴君とまみえることが出来ることに感謝している。小生が当地に赴いたのも同様の事件を調査するためである。明日こちらを発つ予定なので、金曜の夕刻にはお目にかかれることと思う。

草々
フラクスマン・ロウ

追伸――これは提案だが、小生がそちらに滞在する間召使たちに暇を出すというのはどうだろうか。小生の調査が貴君のお役に立てるものなら、われわれ以外の他の者には塵ひとつ触らせない方がよいと思うので。

ＦＬ

「スペイン人館」はハマースミス・ブリッジから徒歩で二十分の距離にある。どちらかといえば高級な住宅街の中にあって周囲の狭い街路の醸し出すありきたりの単調さとは際だった対照を見せている。夕暮れの明りのなかをフラクスマン・ロウが館に向けて車に揺られてゆくと、館そのものはどこか遠い辺境の地から姿をあらわしたかの印象があった――どことなく旧世界風でかつ異国風の雰囲気がつきまとっていた。

十フィートの高さの壁がぐるりと館をとりまいており、壁から上の部分は外から窺うことが出来たが、ロウの判断するところ熱心に英国風をなぞろうとして建築されてはいるものの何故かどことなく熱帯地方を思わせるものがある。内装も空間の間取りや内部の空気、冷たい色合いや厚い絨毯を敷きつめた廊下などのせいで、外観から受けるのと同じ印象が拭えない。

「ところでここに越してきてから自分の目で何か見たものがあるかね」

夕食の席でロウはたずねた。ハウストンはホテルから食事が届くようあらかじめ手配していた。

「階上の廊下でこつこついう音が行ったり来たりするのを聞いたよ。上にこの家全体を貫通している、絨毯を敷いていない踊り場があるんだ。ある晩、正体を見届けてやろうと思って普段よりも素早く上がって行くと、何だか魚の浮袋に似た奴が寝室にさっと姿を消すのが見えた――君にはその部屋で寝てもらう心算なんだがね――そのあとで戸がばたんと閉じてしまった」というのがハウストンの返答だった。「怪談にはよくある意味のないおふざけさね」

「以前に住んでいた連中は幽霊についてどう言ってたんだね」とロウは質問を続けた。

「大方の連中はいま僕の言ったようなことを見たり聞いたりしている。それっきり尻尾を巻いてすたこら逃げだしたさ。ただひとりしばらくのあいだ居残ったのがいて、それがあの老フィールディングだ――君はあの老人を知っていたっけ？　二十年前にオーストラリアの砂漠を横断しようとした――かれだけが八週間のあいだ踏みとどまった。去り際に老人は管理人に会って、二階でちょっとした発砲事件があったが内装に傷が残っていても違約金の対象にしてもらっては困る、なぜなら自分の生命を守るためにやったことだからと言った。かれがいうには何者かがベッドの上に跳び乗ってきて首を締めようとしたのだそうだ。老人の言いぐさではそれは冷たくてぐにゃぐにゃした奴だったらしい。かれは廊下までそれを追いかけていって、一発ズドンとぶっぱなしたという訳だ。老フィールディングは家主はこの家を取り壊した方がいいと言った。けれど僕の従兄弟は勿論そんなことはしなかった。これはとても良い屋敷だし、従兄弟は自分の財産を損おうとは毛頭思わなかったからだ」

「良い屋敷であることは確かだね」とフラクスマン・ロウは周囲を見回して言った。「ファン・ナイセン氏は以前西インド諸島にいて、その後もずっと広い部屋に対する嗜好を持ち続けたようだね」

「何処からかれのことを聞いたんだね？」ハウストンは驚いて訊ねた。

「君が手紙で教えてくれたこと以外は何も耳にしてはいないさ。でもホンダワラを瓶に詰めたのが対になってあったし、レースソウで造った飾り物も見かけた。以前はよく西インドから土産物に持ち帰ったものだよ」

「たぶん君にあの老人の来歴を話しておいた方がいいんだろうが……」とハウストンは言ったが、確信が持てないようだった。「とても自慢できるような話じゃないもんでね」

フラクスマン・ロウはしばらく考えこんだ。

「最初に幽霊が目撃されたのは何時だね？」

「最初の借家人の入った時さ。老ファン・ナイセンが住まなくなって貸家になったんだ」

「とすると、ファン・ナイセン氏本人について説明を聞いておいた方が事情が分かりやすいことになるね」

「かれはトリニダッドに砂糖農園を持っていた。本人はそこで一生の大半を過ごしたんだが、細君の方はたいてい英国に残っていた——向こうの気候が体に合わないと言ってね。かれが永住のために帰国してこの家を建てたときにも、二人は別居していた。叔母は何があっても夫のもとに帰ることはまっぴらごめんだと公言して憚らなかった。しばらく経つうちに夫の方の健康状態が芳しくないことがはっきりしてきてね、かれは叔母が一緒に住むべきだと強硬に主張したんだ。叔母は一年近くもこの屋敷に住んだだろうか、ある朝ベッドの中で死んでいるのが発見されたんだ——君の泊まる部屋の中でね」

「死因は何だったんだ？」

「叔母は睡眠剤を常用していてね、昏睡状態に陥っている際に窒息死したんだろうとされている」

「あまり納得できる説明とはいえんね」とフラクスマン・ロウが指摘した。

「夫の方はそれで納得したさ。それに何といっても夫婦の間のことだからね。一族の者はごたごたが片付いたので胸をなでおろしたものさ」

「それでファン・ナイセン氏の方はどうなったんだね」

「それが分からないんだよ。その直後に失踪してね、おざなりの捜索はされたんだが、今にいたるまでかれの最期については誰にも分からないんだ」

「それはおかしな話だね。病状が良くなかったというにしては」

ロウはそう言ったきり沈思黙考に落ち込んでしまった。熟考の発作はえんえんと続いて、ハウストンが今回の幽霊騒ぎなんか度しがたく愚かな事件で迷惑千万だと悪態をつきだすにおよんでようやく我に帰る始末だった。かれは考え深げにクルミをぱちんと割ると、穏やかな声でこう言った。

「ねえ君、われわれはどうも幽霊の一般的行動のもたらす有害さについて性急に答えを出しすぎる傾向にあるようだね。確かにわれわれの目には度しがたく愚かなことに映るし、僕も時にはなんら明白な目的とか知的意志の介在をまったく欠いたように見える現象のあることに同意するにはやぶさかではない。けれど決して忘れてはならないのは、われわれの目には愚かに見えることも霊の世界では叡智を表している可能性があるということだ。というのも、われわれの感覚では受け取る備えが出来ていないから、もしその関連性を追っていくことが出来たなら意味の通ったものになるはずの全体像の、ごく一部のばらばらになった一面しか見れないでいるからであって、その点に関していえば、実は僕は一抹の疑いも持っていないんだ」

「事件の背景に何かあるということは僕も認める」とハウストンは言ったが、ロウの話にはあまり関心を示さなかった。「ひとはあれは老ファン・ナイセンの幽霊だと知ったように言うだろう。けれど君に話したかれの来歴と今度の霊現象との間にいったい何の関係があるというんだ——廊下をこつこつ歩く音と子供が悪戯けしているみたいな魚の浮袋だけじゃないか。まったく莫迦げてるよ」

「確かにそうだ。けれども必ずしもすべてが莫迦げている必要はないんだ。それらはおのおの孤立した事実であって、われわれのなすべきは個々の事実の間にある関連性を探ることだ。考えてもみ給え。生まれてこの方一度も馬を見たことのない人間に鞍と馬蹄を見せたとしたら、その人物がどんなに頭が良くったって、二つのものを互いに結びつけるなんてとてもできない芸当だろう。霊の活動がわれわれの目に不可解に映るのも、ただ単に解釈するに足るそれ以上の情報を欠いているという理由からだけなんだ」

「たしかにそれは新しい見方だろうが」とハウストンが言い返した。「言わせて貰えば、ロウ、君は理屈を並べたてて時間を無駄に使っているだけだよ」

フラクスマン・ロウはゆっくりと微笑を浮かべた。かれの、厳粛でメランコリックな表情が明るくなった。

「僕はね」とかれは言った。「この問題にはずっと深く関わってきた。他の科学の分野では理論化は類推《アナロジー》によってなされる。ところが残念ながら心霊学は未来に関わる学問で過去を持っていない。あるいは別の言い方をするならこれはおそらく古代人が持っていた、今は失われた科学なのだ。そのことの真偽は兎も角も、われわれは今や未知の世界の門口に立っているのであって、発展はひとえに個々人の努力にかかっている。解決困難な現象をひとつひとつ解明してゆくことが、次の問題を解決するための糸口となるのだ。例えば今回の事件だが、例の浮袋様の物体が全体の謎を解く鍵となるかも知れない」

ハウストンは欠伸《あくび》をした。

「何を聞いても僕にはナンセンスにしか聞こえんがね。まあ君には君なりの方法があってこの事件に理屈をつけられるんだろう。しかし僕としては何か触知できるものが存在するなら、つまりこの手でぶん殴れる奴がいるならってことだが、もっと話は簡単だと思うんだがね」

「その点に関してはまったく同意見だよ。だが考えてもみ給え。われわれがこの事件をあるがままに、つまり通常の路線で取り扱ったらいったいどうなるか。通常の路線というのは、人間の手だけでなされたような事件を解決するのとまったく同じ方法を使う、何の変哲もない理性一点張りの路線のことだがね」

「ねえ、親愛なるロウ」とハウストンは応じて、いかにも飽き飽きしたというふうに椅子から腰を上げた。「君には君の好きなようにやって貰っていい。だからあの幽霊に何とか片を付けてくれよ」

ロウが到着してからしばらくの間は特に変わったことは起こらなかった。例のこつこついう音は続いていたし、ロウも一度ならず浮袋が自分の部屋に姿を消して扉が閉じるのを目撃したが、間の悪いことにいずれの場合にも部屋の中にいる機会に恵まれなかった。それにどれだけ慌てて浮袋を追いかけてみてもこれより他に何も目に出来た例《ためし》がなかった。かれは館の内部を隅から隅まで調べてまわり、注意深いその調査の目を逃れた場所は一つとしてなかった。地下室のたぐいは一切なかった。そもそも館の基礎は厚いコンクリートで出来ていた。

ようやく六日目の晩になって新たな動きがあった。事件が起こったのは、フラクスマン・ロウが記憶しているとおり、考えられる限りの調査がすべて終わりに近づこうとする頃だった。これに先立つこと二晩、かれとハウストンは、廊下をこつこつ音をたててしつこく歩きまわる人だか物だか分からない奴の姿を一目見んものとの期待をこめて見張りを続けていたが、結局なんの霊現象も見られなかったのですっかり気落ちしてしまった。そんな訳で三日目の晩にはロウはいつもよりは少しばかり早く自室に戻り、たちまち眠りに落ちた。

本人の言うところでは、何か重いもの、つまり動きのない物体めくものが足の上に乗っている感じがして、目が醒めたということだ。たしか寝る前にはガス灯を点《つ》けたままにしておいた筈なのに、部屋は真っ暗だった。

次にかれはベッドの上のものがゆっくりと身動きして、だんだんと胸の方に移動してくるのに気づいた。どうしてこんなものがベッドの上に現れたのかまるで見当もつかなかった。床から跳び上がって来たのか、それとも這い上がってきたのだろうか。このときかれが経験したのは、なにか非常に重量のあるどろどろしたものが、這うでもなく滑るでもなく、ぐんにゃり伸びあがってくる感じだった。いいようもなく恐ろしい感覚だった。下肢を動かそうとやってみたが、余りの重さにそれも儘ならなかった。全身がじんと麻痺したような感覚に覆われて、以前氷山の浮かぶ海を航海したときに感じたのと同じような肌を刺す冷気があたりに漂っていた。

必死の努力でなんとか両腕を自由にしてみたものの、それは上に上ってくればくるほどぐいぐいと押えつけてくる。この時になって、一対のガラスのような眼が鉛色の捲れあがった瞼の下でこちらを見下ろしているのに気がついた。人の眼か獣のものか判別がつかないが、その眼は死んだ魚の眼のようにどんよりと水っぽくて、中から蒼白い光を放っていた。

これを見たときかれはすっかり恐慌に囚われてしまった。けれどもこの恐ろしい訪問者にはひとつ変わった点があるのに気づくくらいはまだ冷静さが残っていた。こいつの頭は自分の頭からわずか数インチの距離にあるのに、およそ息らしいものがまるで感じられないのだ。頭が視界に入ってくるとだんだんこちらの息が詰まってきた。体を這い上がってきたのと同じやり方でぐんにゃり伸び上がってくると、顔の上に覆いかぶさろうとしたからだ。冷たくべとべとしていて、まるでゴム糊の塊りかばかでかいカタツムリがのしかかってきたような感じだった。重さは刻々と堪え難いものになっていく。ロウは屈強な男だったから、拳《こぶし》を固めて何度も何度も頭を打ちすえた。拳の下で何かの物体がへこみ皮膚が傷つく感じがした。

偶然にも身をよじるとベッドの上に起きあがることができたので、窮屈な姿勢からここをせんどと拳を振るった。だが殴打の雨を降らしても、時折震えがびくっびくっとこの塊りを走るだけだった。ようやく運がよいことに振るっていた拳が傍らの燭台に当たった。その瞬間マッチがあったことを思い出した。マッチ箱をつかむと、しゅっと火を点けた。

マッチの火が点いた瞬間その塊りは床に跳び降りた。かれはベッドから跳び出ると蠟燭を点けた。足に冷たい感触を感じたが、見下ろしてみても何も見あたらない。前の晩にしっかり閉めておいた扉が開け放たれている。かれは廊下に駆け出した。あたりは静寂に包まれていて、夜の鼓動が聞こえるほどだ。

あたりの調査を終えると、かれは部屋に戻ってきた。ベッドには先ほどの格闘の痕が歴然と残っている。腕時計を見ると時刻は二時と三時の間らしかった。

他にすることもないので、かれはドレッシング・ガウンをはおると、パイプに火を点けて腰を下ろし、つい今しがたの経験を心霊調査協会に送るために逐一書き留めた――実はここまでの描写はこの協会の機関誌から抜きだしたものである。

かれは度胸のすわった男ではあったが、もはやどう考えても自分が何らかの生命のない醜悪なものと必死の格闘を演じたという事実からは眼を逸らすことは出来なかった。襲撃してきた奴の正体こそいまだ判然としないが、今しがたの経験を裏づけるものとしては、フィールディングに対してなされた襲撃と――こう結論づけるのにはもはや疑問の余地のない――ファン・ナイセン夫人の死に様がある。

こうした状況の全体を注意深く検討して例のこつこつという音および姿を隠した浮袋と何とか結びつけてみようとするのだが、どう思いを巡らしてみてもそれらしい関連は見あたらない。両者の間に一致する点がまったく見つからないのだ。しばらくしてかれは階下に降りると、ハウストンの部屋に仮の寝床をつくった。

「それであいつはいったい何だったんだ?」と、ロウが今しがたの事件を語り終えると、ハウストンは訊いた。

ロウは肩をすくめた。

「すくなくともフィールディングが夢を見てた訳じゃないことは証明されたわけだ」とかれは言

った。

「冗談じゃない、そんなことが証明されたってちっとも事態は良くならないじゃないか。こうなった以上この屋敷を取り壊すしか方法はない。今日にでもここを出よう」

「まあそう慌てるなよ。そんなことをされたらせっかくの僕の娯しみが台無しになってしまうし、だいいちわれわれはきわめて貴重な大発見の瀬戸際に立っているかも知れないんだぜ。ここの一連の霊現象は君にこのあいだ話してやったウィーンの事件よりずっと興味深いものがあるからね」

「大発見があろうとなかろうと」とハウストンは応じた。「僕はまったく虫が好かん」

　翌朝になるとロウはさっそく十五分ばかり外出した。朝食の前に男がひとり庭にやってきて一樽ぶんもの砂を運んできた。ロウは手記から顔を上げると、窓から外に身を乗り出して指図を与えた。

　数分後にハウストンが二階から降りてくると、芝生の上にうずたかく積み上げられた黄色い山を見て眼を丸くした。

「おやおや、これはいったい何だね?」とかれは訊いた。

「僕が注文しておいたのさ」とロウが答える。

「成程。それで何に使うんだい」

「調査に使うんだよ。われわれの訪問者は手で触ることが出来る。人だか物だかは分からないが、そいつはベッドの上に明白な痕跡を残してもいる。従って僕はそいつが砂の上にも痕を残すだろうという結論に達したんだ。この幽霊がどんな類いの足で歩いているのか判然とつかめたら、調査には長足の進歩だよ。僕は二階にこの砂を何層にもわたって撒いておく心算だ。今夜あのこつこついう音が起こったらきっと足跡が残っているに違いない」

その晩二人はハウストンの部屋で暖炉に火を熾すと、そこに腰を下ろしてパイプをくゆらしたり話をしたりして過ごしたが、それも幽霊を（ハウストンのいいぐさによれば）「好き勝手にうろつきまわらせる」ためだった。例の時刻になるとこつこついう音が聞こえ始め、足音はいつものように廊下のいっぽうの端まで行くと止まり、そっと扉を閉める音がした。

ロウは耳をそばだてながら、満足の嘆息をもらした。

「僕の部屋の扉だ」とかれは言った。「あの音は聞き違えようもない。朝になれば白日のもとに晒されるだろうが、それが何であるかは神のみぞ知るだ」

朝日が足跡を調べるのに充分な明るさになると、ロウは急いでハウストンを起こした。

ハウストンは子供のように興奮していた。けれども廊下を端まで辿ってしまうと、すっかり気落ちしてしまった。

「たしかに跡はあるにはあるが」とかれは言った。「けれどこいつはこの家に憑いている畜生だか何だかの惹き起こしてる騒ぎと同じにさっぱり訳がわからないよ。君はどう思う。これはこのあいだの晩に君を襲った奴の残した跡だろうか」

「さあてね」ロウは答えたが、かれはまだ熱心に床の上にかがみこんでいた。「ハウストン、君はこれを何と読むね？」

「何よりもまず、あの畜生には脚が一本しかないということだ」とハウストンは答えた。「その脚のつけるものといったら巨大な爪のない肉趾の跡ときた。こいつは何かの動物――きっと人喰鬼みたいな怪物だぜ！」

「僕の意見は反対だ」とロウが言った。「われわれは今やあれが人間であると結論するに足る証拠を握ったと思うね」

「人間だって？　いったい人間がどうすればこんな足跡を残せるというんだい」

「この傍らにある孔《あな》と筋の跡を見ろよ。これは杖の跡だ。例のこつこついう音はこいつがたてたんだ」

「そんな説明じゃ納得しかねるね」とハウストンはあくまで頑固だ。

「もう二十四時間待ってみようじゃないか。明日の晩何も起こらなければ、僕の達した結論を説明することにしよう。よく考えて御覧。こつこついう音、浮袋、それにファン・ナイセンがトリニダッドに住んでいたという事実。それに加えるところこの肉趾状の跡だ。何かひらめくことはないかね？」

ハウストンはかぶりをふった。

「てんでひらめかないよ。そうしたことと君やフィールディングの身にふりかかった事件には何の関係もないように思えるね」

「ああそうだったか」とフラクスマン・ロウは言ったが、かれの顔色は少し曇っていた。「いやいや、君の言葉で別のことに思い当たったんだがね、勿論さっきのこととちゃんと筋は通るんだ」

ハウストンはぴくりと眉を動かして笑った。

「君がこの暗示と難事件でほつれた謎をみごと解いて幽霊の正体を明かしてくれるなら、まったくの脱帽ものだよ」とかれは言った。「君の方はあの肢のない足跡をどう解釈するんだね」

「希望的観測に過ぎないかも知れないが、手がかりになる可能性がある――とんでもないものだが、手がかりであることは確かだ」

その晩は天候が崩れて、夕刻になると嵐の突風が吹き荒れ、激しい豪雨がふりそそいだ。

「今夜は外がやかましいから」とハウストンが指摘した。「幽霊が歩き回っても聞こえないかも知れないな」

かれがこう言ったのは夕食の後で、二人が喫煙室に足を向けたときだった。ハウストンは広間のガス灯《ジェット》が暗くなっているのに気づいて、明るくしようと立ち止まった。そして階上のガス灯も点いているかどうかロウに訊ねた。

フラクスマン・ロウは上を見上げあっと叫び声を上げたので、ハウストンが慌てて傍らにやってきた。

二階の手摺ごしにこちらをじっと見下ろしている貌があった――ぶつぶつの吹き出ものだらけの黄色い貌で、両わきにむくんだ耳が突き出していた。全体からすると奇妙にもライオンを思わせるところがある。といってもそれは一瞬の出来事で、ぱっと視線が合って、挑戦的な眼がぎらりと光ったと思うと、もう貌は引っ込んでしまった。その瞬間二人は脱兎のごとく階段を駆け上がった。

「影も形もない！」とハウストンが叫んだのは、階上の部屋を虱潰しに調べ終わった後だった。

「まあ何か見つかるとは最初から考えていなかったがね」とロウは応じた。

「これでまた糸がこんぐらがってしまった訳だ」とハウストンは言った。「これでもまだ謎が解けると豪語する心算かね?」

「下へ行こう」とロウは言葉少なに言った。「もう僕の考えを君に説明してもいいだろう」

喫煙室に戻ってくると、ハウストンはあたふたと駆け回って明りという明りを全部灯すと、窓の鍵を確かめて、暖炉の火をごうごうと燃やし始めた。一方フラクスマン・ロウはというと、いつものように煙草をくわえて机の端に腰かけると、ハウストンの狼狽ぶりを面白そうに眺めていた。

「君もあのえげつない貌を見たろう」ハウストンは椅子にどさりと腰を下ろすと叫んだ。「あいつが俺たちの捜していた奴だったんだ。しかしいったい何処へ消えてしまったんだろう。きっとこのあたりをうろついているに違いない」

「確かに二人ともはっきりとあれを見た。調査にはもうこれで充分だ」

「君は問題点を列挙するのはお得意だからな、ロウ。じゃあ今度は僕の作ったリストを聞いて貰おうか。だいたい新たな発見がある度に事態はますます解決が困難になっていくじゃないか。もうどうしようもないところにきてるんだ。そうだろう? 杖とこつこついう音は老人の存在を思わせるが、それなのに浮袋で遊んでいるところは子供みたいだし、足跡は爪のない虎みたいなのに、夜に君を襲った奴は冷たくてどろどろしていると来た。それに最後におでましが、ちらっとしか見えなかったが、あのライオンみたいな貌をした奴だ! もしこれに筋の通った説明がつくというんなら慶んで御説を拝聴しようじゃないか」

「その前に君にひとつ質問をさせて貰いたい。たしか君は老ファン・ナイセン氏との間には何の血縁的なつながりもないと言ったように記憶しているが、それは確かかね?」

「勿論そうさ。一族からすればかれは外来者《よそもの》なんだ」とハウストンはぞんざいに答えた。

「なら僕の結論を聞いても気に病む必要はないだろう。君がいま挙げた問題点は実はたったひとつの解釈を指している。この館にはファン・ナイセン氏の幽霊が憑依しており、そしてかれは癩病だった」

ハウストンは立ち上がると、相棒をじっと睨《ね》めつけた。

「なんて恐ろしいことを考えるんだ！　だが正直言って、どうして君がそんな結論に達したのか、僕には皆目見当がつかない」

「一連の証拠を違った配列で考えてみるんだ」とロウは言った。「人間が杖を持って歩くとき、どうしてそうしなければならないと思うね？」

「そりゃ、普通は眼が見えないからだろうな」

「盲目である場合、支えには杖一本で充分だろう。今回のケースは支えに二本使っている」

「脚が利かない人間か？」

「そのとおり。何らかの理由で脚の自由を部分的に失った人間だ」

「しかしあの浮袋とライオンみたいな貌は？」ハウストンがさらに問いつめた。

「あの浮袋というか、われわれの眼には浮袋状に見えたものは、実は脚の一本で、それが病気のせいでねじ曲がって、たぶん亜麻布にくるんであったのだろう。この脚は使うというよりむしろ引きずっていたのだ。だから例えば戸口越しに通り過ぎるときなど、後から脚を引きずってくる恰好になる。さて次にわれわれの見た一本足の足跡だが、癩病の一症状として突端部の小骨が脱落することがある。肉趾状の跡は、僕の信じるところもう一本の脚――普段使う方の指の落ちた足の跡だろう。というのも、この病気は症状が進展した段階になると、萎えた脚もしくは手が癒着して硬質化するからだ」

「続け給え」とハウストンが言った。「その解釈だとなかなか尤もらしく聞こえるじゃないか。ライオンみたいな貌については、僕にも説明がつく。以前中国にいて、癩病患者の間にあの手の貌を見たことがある」

「ファン・ナイセン氏は長らくトリニダッドに住んでいた。たぶん現地にいる間に病気に感染したのだろう」

「きっとそうに違いない。こちらに帰国してからは」とハウストンが補足した。「すっかり交際を絶ってしまって、リューマチ性の痛風にひどく悩まされていると言っていたが、本当のところはこの恐ろしい病気が蟄居の真相だったのだろう」

「そう考えると、ファン・ナイセン夫人が梃でも夫の許に戻らぬと堅く心に決めていたという理由も説明がつく」

　ハウストンは端眼から見ても明らかに動揺していた。

「たしかにその点は落とす訳にはいかないね」と内心の乱れを抑えた声で言った。「けれど未だ判然しない点がたくさんある。説明を続けてくれないか」

「ここから先については確たる根拠があるという訳ではないのだが……」とロウは言い渋るふうで、「推測をいうしかない。けれどいいかい、あくまで推測だから納得しろといっているのではないよ。僕が信じるところでは、ファン・ナイセン夫人は殺害されたのだ」

「なにっ」とハウストンは叫んだ。「夫の手にかかってか?」

「明らかにその兆候がある」

「しかし――」

「かれは妻を窒息死させて、自らの生命も絶った。遺体が発見されなかったのがせめてもの慰めというものだよ。今更遺骸が見つかっても、僕の推論を立証するのがやっとという状態だろう。

だが骸骨を見つけければかれが癩病だったという事実が確定的になる訳だ」

　長い沈黙があって、ハウストンがようやく質問を発した。

「ちょっと待ってくれ、ロウ」とかれは言った。「幽霊というのは普通実体を持たないものだとされている。今度の場合われわれの化物には完全に触知できる肉体がある。これは特別のケースなのかい？　他のことに関しては君の説明で多少は明らかにはなった。この死んだ癩病患者がなぜ君や老フィールディングを殺そうとしたか、その点については説明がつくのかい？　それにどうしてかれが殺害におよぶような物質的な力を手にいれたのかという問題もある」

　ロウは唇から煙草を取って先端をしげしげと眺めた。

「その点になるともはや純粋理論上の話になってしまうが」とかれは言った。「魔的なものの介入を仮定しなければ説明できないケースのあることが知られている」

「魔的なものの介入？――よく分からないな」

「ちょっと整理してみようか――尤もこの問題に関してはまだまだ不明な点が多くて完全とはいえない段階にあるのだが。ファン・ナイセンは類例を見ない非道な殺人を犯して、そののち自らの生命を絶った。さて自殺を遂げた者の屍体は、たとえ明らかな腐敗状態にあっても、霊の影響をとりわけ受け易いとされている。これと考え合わす必要があるのは、悪霊の窮極的目的は物質的な肉体に憑依《ひょうい》することにあるということだ。この理論からあくまで論理的に結論を導き出すとすれば、ファン・ナイセンの肉体はこの家のどこかに隠されていることになる——つまりこの肉体は何らかの悪霊によって間歇的に活性化されて、周期的にファン・ナイセン夫妻の恐ろしい悲劇を再現するよう強制されているのだ。もし生ある人間が誰か最初の犠牲者となれば、事態ははかりしれないほど悪いものとなる」

ハウストンはしばらくの間黙りこくって、このいっぷう変わった説に何の意見もはかなかった。

「君は以前にこの類いの事件に出会ったことがあるのかね?」やっとかれは言った。

「たしかに多くのケースにおいて」とフラクスマン・ロウは考え深げに答えた。「この仮説が妥当するように思われることがあった。なかでも興味深い憑依の問題が、一八八八年の前半にバスナーの手によって精力的に調査されているが、そのとき好運にも僕はかれの仕事を手伝うことが出来た。付け加えるなら、最近ウィーンで手掛けた事件にもこれに似た特徴が観察できた。だが余り極端な一般化は厳に慎まねばならない。一般化を避けてはじめて、個々の事件に関して個別的な結果を得ることが出来るのだから」

「すると君の意見としては」とハウストンが言った。「この館をばらばらに解体して更に事件の究明をはかれというのだな」

「それにすぎる方法はないと思う」とロウ氏は言った。

ハウストンはするときっぱりとした宣言でこの議論に終止符をうった。

「この館を取り壊すことにする」

こうして「スペイン人館」は取り壊された。

以上が、ハマースミスの「スペイン人館」事件の顚末である。そもそもこの事件がフラクスマン・ロウの手掛けた一連の怪事件の冒頭に置かれた理由は、事件そのものの質は他の事件のあるものに比べて或いはその怪異さにおいて劣るところがあるやも知れないが、フラクスマン・ロウ氏がかかる事件に当たるのに常としたその特徴的な調査方法を、何にもましてわれわれに良く印象づけてくれると考えられたからである。

館の解体作業は可能なかぎり早期に着手されて、きわめて短期間に完了した。作業の初期段階に、踊り場の角の床板の下から一体の骸骨が発見された。指骨の幾つかが喪失していたこと、および他の点からして、疑いもなく遺骸は癩病患者の遺骨であると立証された。

現在この骸骨は当市の市立病院の博物館に納められている。骸骨には科学的な解説が付与されており、それが唯一の証拠としてフラクスマン・ロウ氏の採った調査方法の正統性を証明し、またかれが開陳した特異な理論がおそらくは真実を穿っていたことを偲ぶよすがともなっている。

（訳＝赤井敏夫）

悪魔の歌声

ヴァーノン・リー

V・リー

一八五六〜一九三五。フランス生まれ。本名ヴァイオレット・パジェット。長年イタリア中心にヨーロッパで暮し、イタリア美術にかんする造詣が深い。幻想綺譚も多く、『憑くもの』（一八九〇）、『モーリスのために』（一九二七）、『蛇女』（一九三四）等。

M・Wへ
バルバロ宮殿での最後の歌の
思い出に――
聞いた人にはわかるだろう《キ・ハ・インテーソ・インテンダ》

また今日も誉められた。僕が現代――オーケストラの耳を聾せんばかりの音響をいかさま詩のこの時代――にあって、奇をてらうワグナーのたわごとを軽蔑し、大胆にヘンデル、グルック、そしてあの神宿るモーツアルトの伝統に立ち帰り、旋律を至上視し、人間の声を尊重する唯一の作曲家だというのだ。

人間の声なんぞ糞食らえ。サタンの精巧な道具、小器用な手で作られた、血肉のヴァイオリンじゃないか。ああ、声楽という奴は実にいまいましい。多くの天才から崇高さを奪い、モーツアルトの純粋さを汚し、ヘンデルを上等な歌唱練習曲の作者の地位へと引きずりおろし、この世からソフォクレス、エウリピデスに匹敵するただひとつの霊感――偉大な詩人グルックの詩をだまし取っただけで、もうすでに十分な悪さをしたではないか。丸々一世紀にわたって、歌手という邪悪、卑劣な人でなしを偶像として祭り上げる不名誉を招いただけでたくさんではないか。この上またどうして現代の名もない若い作曲家を虐げるのか。財産といったら、芸術において崇高さを愛する心と、恐らくはわずかばかりの才能があるにすぎない男だのに。

それなのに、人は、過去の偉大な作曲家たちの様式を完璧に真似たと、僕に賛辞を呈したり、今の聴衆をこのすでにすたれた音楽様式の味方につけられたとしても、それを演奏する歌手が見付かるかどうかと、大真面目で尋ねたりするのだ。今日いわれたようなことを言われたり、僕がワグナーの信奉者だときいて笑ったりされると、時には訳のわからぬ子供じみた怒りでかっとなり、「いつかわかりますよ」と叫んでしまうこともある。

そうだ、いつかはわかるだろう。いつかは僕もこの奇妙きわまりない病気から回復するかも知れないではないか。こういったことすべてが信じ難い悪夢のようにみえる日が――『デーン人オージャ』が完成し、僕が未来の巨匠の弟子なのか、それとも過去のみじめな声楽教師たちの弟子なのかが明らかになる日が来ることもまだ可能なのだ。僕は自分を呪縛する魔力を意識しているのだから、半分魔法にかかっているにすぎない。遠いノルウェーにいる年老いた僕の乳母は、狼人間も日々の半ばはごく普通の男女なので、その間に自分たちの恐ろしい変容に気が付けば、それを食い止める手段をみつけられるかも知れないと、よく話して聞かせたものだった。僕の場合も同じことではないだろうか。芸術的霊感こそ奴隷にされているが、理性の方は結局のところ自由だ。それに無理やり作曲させられる音楽と、それを強いる忌わしい力を軽蔑し憎悪することだってできる。

いや、それどころか、こういう不可思議で信じられない復讐の犠牲となったのも、僕がこの過去の腐敗し腐敗させる音楽を憎むあまりに、単にその下劣さを暴露しようという目的で研究し、様式のあらゆる特色、あらゆる細かい伝記的事実を、飽かず渉猟したため、つまりは身の程を知らぬ勇敢さの結果ではないか。

そして今、僕にとってただひとつの慰めは、頭の中で、僕の悲惨な運命の物語を何度も何度も反芻すること。今度は書く。書いたものをずたずたに引き裂き、読まずに火に投げこむのだろうけれど。だが、わかるものか。最後のページが焼け焦げて、ばりばりと音を立てながらゆっくりと赤い残り火の中へと沈んでゆくその瞬間にも、呪縛が破れ、失って久しい自由、消え去った才能を再び我が手にすることができるかも知れないのだ。

風ひとつない満月の晩だった。その仮借ない月光のもとでは、水に囲まれたヴェニスが、真昼の太陽の夢幻の光輝のもとでよりも熱に浮かされ、大輪の百合のように、頭がくらくらし気の遠くなる、神秘な霊気を発していた。僕の考えでは、これこそ僕が一世紀前の楽譜の中にみつけたけだるい旋律、甘くささやく発声法から滴り落ちた精神的マラリアなのだ。その月明かりの夜は、現前するように目に浮かぶ。芸術家を泊めるあの小さな下宿屋に、僕と同宿していた人々の姿が。パン屑が散らかり、つづれ織りのリングで丸めたナプキンが置かれ、そこここにぶどう酒のしみが残り、等間隔に、欠けた胡椒壺、爪楊枝入れが並び、ピサの大理石店から買ってきたような、硬く巨大な桃が積み上げてあるテーブルに、夕食を済ませて人々がもたれかかる情景が。宿泊者全部が集まって、僕が十八世紀の音楽と音楽家に夢中だと知っていたアメリカ人の版画家が、サン・ポロ広場で山積みされた安版画をひっくり返しているうちに、当時の歌手の肖像画をみつけて、僕にと持ってきてくれた銅版画を、ぼんやりいじくりまわしていた。

歌手、悪の申し子。愚かしく邪悪な声の奴隷。人の知性によって発明されたのではなく、肉体から生み出され、魂を動かすかわりに、僕たちの本能の残滓を揺り動かす楽器のしもべ。声とは獣の呼び声以外の何だろう。それは人類の深奥に眠る別の獣を目ざめさせる。その獣とは、古い絵の中で大天使が女の顔をした魔物を鎖で繋いだように、偉大な芸術が常に縛り上げようとしてきたものだ。この声に付き従う、その所有者にして犠牲者たる歌手、かつてすべての人の心を支配した偉大な真の歌手こそ、邪悪、卑劣でなくて何であろう。だが、話を先に進めよう。

同じ下宿に泊まり合わせた者たちが、皆テーブルにもたれて、この女性的な伊達男、髪は鳩《エル・ド》の翼型《ピジョン》にカールし、剣を縫い取りしたポケットに刺し通し、どこだか知らないが雲の中、凱旋門の下に腰を下ろして、太ったキューピッドの群に囲まれ、元気のいい噂の女神から月桂冠を授けられている男の姿を描いた版画をじっと見ているところが目に浮かぶ。この歌手についての面白くもない感嘆の言葉、気の抜けた質問がまた聞こえてくる――「いつごろの人なの。有名だったのかしら。本当にこれがその人の肖像なんですか」等々。そして、読みつぶされた小冊子――『音楽の栄光の舞台、又は今世紀の最も高名なる聖歌隊長並びに名演奏家に関する意見』と題する、モデナ大学弁論術教授、アルカディア・アカデミー会員、バルナバス派、プロスドチモ・サバテッリ神父が、リリビウムのエヴァンデルとかいう牧歌的な名前で、上長の承認のもと、一七八五年にヴェニスで出版した本から仕入れた、伝記や批評のあらゆる知識を受け売りしている僕自身の声が、ずっと遠くの方からでもあるかのように聞こえる。僕は皆に話してきかせる。――この歌手、このバルタザール・チェザーリがザッフィリーノとあだ名されたのは、ある晩仮面をつけた見知らぬ人から秘教めいた印を彫り込んだサファイアをもらったためで、贈り主は人間の声のあの偉大なる養成者、悪魔だろうと賢人たちが考えたこと。このザッフィリーノの天賦の美声が、古代から現代に至るどんな歌手の声にも優る素晴しさであったこと。彼の短い生涯は、まさに勝利につぐ勝利の連続であり、最も偉大な王侯の寵愛を受け、最も有名な詩人に謳われ、そしてプロスドチモ師によれば、「(謹厳な歴史の女神《ミューズ》が艶事の噂話に耳を傾けて下さるならば、)きわめて魅力ある婦人たち、それもごく高貴の方々から愛を求められた」ということなど。

友人たちは再び版画に目をやり、何かつまらぬことをいったりする。僕はこのザッフィリーノの好んだ歌を弾くか歌うかして下さいと――特にアメリカの若いご婦人たちに――求められる。「だってもちろんご存知なんでしょう、マグナス先生。何でも古い音楽にはあんなに熱心でいらっしゃるんですもの。ねえ、お願いですからピアノの前にすわって下さいな」僕は版画を指で丸めながら不作法に拒絶する。ここのいまいましい暑さ、いまいましい月夜が、僕の自制心を失わせてしまったのだろう。このヴェニスのために、僕はきっと寿命を縮めることになる。まったくのところ、このばからしい版画を見、きざなあの歌手の名前を聞いただけで、僕の胸は高鳴り、手足は恋に身を焼くうぶな田舎者のように、めろめろと力が抜けてしまう有様だ。

僕がぶっきらぼうに断わったあと、一座は段々に散っていく。ある者はラグーンで舟を漕ぐために、他はサン・マルコ広場でカフェの前をぶらつこうと、出かける支度をする。家族の話し合いが始まり、父親は鼻をならし、母親はぶつぶついい、若い娘や若者はけたたましく笑う。そして月光は開け放った窓から流れ込み、この古い宮殿の舞踏の間、今は旅館の食堂を、ラグーンに――沖へ向かって開け、ゴンドラが船首にともした赤い灯だけをみせて行きかう、実在のもうひとつのラグーンと同じく、きらめき、ゆらめくラグーンに変える。とうとう全員が動き出す。さあ、やっとひとり落ち着いて、少しは僕のオペラ『デーン人オージャ』の仕事ができるだろう。いや、だめだ。会話がまた始まる。事もあろうに、ばかげた肖像画を僕が握りしめているあの歌手が話題だ。

主な話し手はヴェニスの人、老アルヴィーゼ伯爵、頰髭を染め、格子の大きなネクタイを、二本のピンと鎖で止めている。尾羽打ち枯らした貴族で、ひょろ長く痩せた我が息子のためにアメリカ娘をつかまえようと、やっきになっている。その母親は、広くはヴェニスの過去の栄光、わけても彼の誉れ高い一族に関するとりとめのない伯爵の話に夢中なのだ。この耄碌貴族、いったい何の必要があってザッフィリーノのことなど暇潰しの種にするのか。

「ザッフィリーノ、ああそうだ、確かに。バルタザール・チェザーリ、通称ザッフィリーノ」とは、何かいえば最後の言葉を三度は繰り返すアルヴィーゼ伯爵の鼻声だ。「そうだ、ザッフィリーノ、確かに。私の先祖の時代の有名な歌い手です。そうです、私の先祖ですよ、奥様」それから昔のヴェニスの強大さ、昔の音楽の素晴しさ、昔の音楽学校、こういったものについてのおしゃべりが、ロッシーニやドニゼッティ（親しい付き合いだったそうだ、眉唾物だが）の逸話とごっちゃになって続いていく。最後にひとつの物語――もちろん彼の栄えある一族のことがたっぷりと盛り込まれた物語――が姿を現わす。「私の大おばの母、ヴェンドラーミン行政長官夫人は、――この人から私どもはブレンタ河畔の領地ミストラを継承したのですが――」見たところどうしようもなく混乱して脱線ばかりだが、ザッフィリーノが主人公であることは間違いない。少しずつ話の意味がはっきりしてくる。いや、僕がそれに耳を傾け始めたというべきか。

「彼の歌の中でも特に『良人の歌』《アリア・ディ・マリティ》と呼ばれたものが——夫の方は妻ほどにその歌を喜ばなかったからですが——あったようです」と伯爵が言う。「私の大おば、ヴェンドラーミン行政長官夫人であるピサーナ・レニエは、百年前にはもう少なくなりはじめていた昔風の貴族で、その美徳と誇りから近づき難いものをもった婦人でした。ザッフィリーノの方は、どんな女でも自分の歌に抗し得た者はないとよく自慢したのですが、それはどうも事実に基づいていたようです（理想像は変化するものですからねえ、奥様。時代が変わればずいぶん変わるものですよ）。とにかく彼は、最初の歌を聞くとどんな女も青ざめて目を伏せ、第二の歌を聞くと狂ったように恋に落ちると、そして第三の歌では、もし自分がその気になりさえすれば、その場で見る間に焦がれ死にさせられると公言したのです。この話を聞くと私の大おばヴェンドラーミン夫人は笑い声をあげ、この厚かましいやくざ者の歌を聞くことを拒み、さらに、呪文や悪魔との取り引きで得た力によって貴婦人を殺すのは可能かも知れないが、自分が下司な男と恋に落ちるなどありえないと付け加えたのでした。この返事はもちろんザッフィリーノに伝えられたのですが、この男は自分の声に対して敬意を欠く人々を必ず屈服させてきたことを誇りにしていたのでした。古代ローマ人のように、被征服者を赦し《パルケーレ・スプィエクティース・》、驕慢者を取りひしぐ《エト・デーベルラーレ・スペルボース》、なのですね。あなた方アメリカのご婦人は大層学問がおありなので、あの大詩人ヴァージルから引いたこの言葉の意味はよくおわかりでしょう。ザッフィリーノは、ヴェンドラーミン行政長官夫人を自ら避けるような素振りを見せておき、機会を捕えて、ある晩大きな集まりの折に、私の大おばの前で歌を披露したのです。彼は歌いに歌い、とうとう私の大おばピサーナは、可哀そうに恋の病にかかってしまいました。どんなに腕のいい医者も、この哀れな若い婦人を死に至らしめることが目に見えている不可思議な病気を説明できませんでした。そしてヴェンドラーミン行政長官は、もっとも霊験あらたかといわれる各地の聖母像に願をかけ、癒しの術を司るコズマス、ダミアンの両聖人に、どっしりした金の燭台のついた銀の祭壇を奉納すると約束したのですが、何のかいもありませんでした。とうとう夫人の義理の弟、アクィレイアの大司教、アルモロ・ヴェンドラーミン猊下——生活の浄らかさで知られた高僧です——が、格別の信仰を捧げていた聖ユスティナから、義理の姉の不可解な病気に効き目のある唯一の薬はザッフィリーノの声であるとのお告げを受けたのでした。申し上げておきますが、大おばは決して自分からそのような事を打ち明けたりはしなかったのです。

「行政長官はこの具合のいい解決策に大喜びでした。そして大司教猊下がみずからザッフィリーノに会いに出向き、自分の馬車で夫人の住むミストラ荘に連れ帰ったのでした。何が起こるのかを告げられると、大おばは激しく怒りましたが、続いて同じくらい激しい喜びの発作に襲われました。それでも彼女は身分の高い者がどのように振舞うべきかを決して忘れなかったのです。死に瀕していながら、彼女は贅をこらした衣装で我が身を飾らせ、顔に化粧を施させ、持っているすべてのダイヤモンドを身につけました。示せる限りの威厳をこの歌い手の前で示したかったようにみえます。その上で彼女はミストラ荘の大舞踏会室に置いた寝椅子に横たわり、王侯然たる天蓋の下、ザッフィリーノを迎えたのでした。なぜならヴェンドラーミン家はマンチュア家とも縁つづきであるばかりか、封土を有する神聖ローマ帝国の君侯であったからです。ザッフィリーノは最大の敬意をこめて深々と頭を下げましたが、二人の間には一言も交わされませんでした。ただ、歌手は行政長官に、この高貴の婦人が教会のサクラメントを受けたかどうか尋ね、夫人が自ら求めて義弟の手で終油の秘蹟を授けられたと聞くと、閣下の御意のままに歌いましょうと、すぐさまハープシコードの前に腰を下ろしました。

「彼がこれほど見事に歌ったことはありませんでした。最初の歌の終わる時分には、ヴェンドラーミン行政長官夫人はすでに驚くばかりに生気を取り戻していました。二番目の歌の終わる頃には、夫人は病気がすっかり治り、美と幸福に輝くばかりにみえました。しかし、三番目の歌が始まると――疑いもなく『良人の歌《アリア・ディ・マリティ》』だったと思われます――彼女の様子はすさまじく変化してゆきました。夫人は恐ろしい叫び声をあげ、死の痙攣に陥り、四半時の後にはもう死んでいたのです。ザッフィリーノは夫人が死ぬまで待ってはいませんでした。歌い終えるとすぐ引き下がり、早馬を駆って夜を日に継いでミュンヘンまで逃げていったのです。人々は、彼が親類の誰かが死んだと話してはいなかったのに、ミストラに現われたとき喪服を着ていたこと、そして、このように強大な一族の怒りを恐れるかのように、出発の準備万端怠りなかったことを、いろいろと取り沙汰しました。また歌い始める前に、夫人が終油の秘蹟を受けたかと異常な質問をしたことなども……。いいえ奥様、私は紙巻たばこはやりません。でもあなたと、魅力的なあなたのお嬢様がかまわないとおっしゃるのでしたら、葉巻を吸うことをお許しいただきたいのですが」

そこでアルヴィーゼ伯爵は、自分の物語する才能に満足し、彼の美しい聞き手の心と資産を息子のために確保したと堅く信じて蠟燭に火をともし、その蠟燭の火で、吸う前に消毒する必要のある、黒くて長いイタリアの葉巻に火をつける。

……こんな状態が続くのなら、医者に水薬をもらわなくては。伯爵が話している間にも、このばかばかしい僕の心臓の鼓動は刻々激しくなり、気色の悪い冷や汗はとめどなく流れてひどくなる一方だったのだ。このきざな歌い手と憂鬱症の貴婦人とのでたらめな話について、何やかやと愚劣な意見が開陳されている間、平静を保っていられるようにと、僕は版画を広げ、かつては名声を轟かせたが今ではすっかり忘れられているザッフィリーノの肖像画をぼんやりと眺め始める。凱旋門の下で、詰め物でもしたようにふくれたキューピッドたちに囲まれ、むっちり太って羽根をはやした下働きの大女に月桂冠をかぶらせてもらっているこの歌手ときたら、まったく笑止千万だ。なんて退屈で味気なく俗悪なんだろう。このいやらしい十八世紀というのは、何もかもそうだ。

しかしこの男だけは僕が思ったほど完全に無味乾燥ではない。厚かましげで残酷な、奇妙なほほえみを浮かべた、彼の女性的なふっくらした顔は、ほとんど美しいといってもよいほどだ。こういう顔は見たことがある。実生活の中ではないが、スウィンバーンやボードレールを読んだとき、僕の少年の日のロマンティックな夢の中には現われた女たち、邪悪で復讐心の強い女たちの顔だ。そうだ、このザッフィリーノという奴は断然美しい男だ。そして彼の声もまた同じように美しく、同じように邪悪な表情をたたえていたにちがいない……。

「おい、マグナス」と下宿の友人たちの声が響く。「頼むからその男の歌を一曲歌ってくれよ。いや、その頃の歌を何か歌ってくれればいいんだ。そうすれば僕たちはそいつが可哀そうな貴婦人を殺した歌だと思って聞くからさ」

「そうですとも、アリア・ディ・マリティ――『良人の歌』ですよ」我慢ならない黒い葉巻をふかしながら、老アルヴィーゼがもぐもぐ言う。「私の亡き大おばピサーナ・ヴェンドラーミン。あいつはそういった歌で、その『アリア・ディ・マリティ』で、大おばを殺してのけたんですよ」

我を忘れるような激しい怒りが押し寄せて、僕を押し流す。頭にかっと血を昇らせ狂ったように激昂させるのは（ついでだが、今ちょうど僕と同じ国ノルウェーの医者が、ヴェニスに来ているんだ）、あのいまいましい動悸なのか。ピアノの周りに群がる人々も、家具も、すべてがいっしょくたに混ざりあって動く色じみと化するようだ。僕は歌い始める。はっきり目に映るのは下宿のピアノの端にのったザッフィリーノの肖像だけだ。肉感的、女性的な顔、邪悪で皮肉な微笑を含んだ顔が、蠟燭を煙らせ炎を弱める風に絵が煽られるのに合わせて、現われたり消えたりを繰り返す。そして僕は狂おしく歌い始める。何を歌っているのかもわからずに。いや、何だかわかってきた。『小舟の金髪娘』、今でもまだヴェニスの人々に記憶されている十八世紀の歌としては唯一のものだ。あらゆる昔風の装飾音を真似て、僕はそれを歌う。トリル、カデンツァ、物憂げに高まってはまた低くなる音、あらゆる種類の道化た唱法を加えて。一時の驚きが収まると聴衆は体を揺すって笑い始める。とうとう僕自身も歌のフレーズの中途で狂人のように笑い出す。ついには僕の歌はこの鈍く野蛮な笑い声の中にかき消されてしまう……。そして挙句の果てに、僕は人をばかにしたような間の抜けた微笑を浮かべ、性悪な女の顔で僕を見ている、このずっと昔に死んだはずの歌い手に向かって、拳を振りあげるのだ。

「ああ、君はこの僕にも復讐したいんだろうな」と僕は叫ぶ。「君は僕にすてきな旋転《ルーラード》や装飾楽句《フラーリッシュ》を書かせたいのだろう。『アリア・ディ・マリテイ』のような結構な歌曲をさ。ねえそうだろう、ご立派なザッフィリーノ大先生」

その晩、僕は実に奇妙な夢を見た。家具もろくに置いてない大きな部屋でも、蒸し暑さは息苦しいほどだった。あたりに月下香、くちなし、そしてジャスミンなど、どこかはわからないが花瓶に生けたままになって萎れている、あらゆる種類の白い花の香りが立ちこめて、その耐えがたい甘美さで空気は重苦しく淀んでいた。月光は周りの大理石の床を輝く浅海に変えていた。暑さのため、僕は古い絹布のように小さな花束や小枝が描かれた昔風のソファーに寝床を移して、眠ろうとはせず、横になったまま、僕のオペラ『デーン人オージャ』のことを取りとめもなく考えていた。もうずっと前に歌詞は書き終えてあり、それにつける曲のために、僕はいわば過去の淀んだラグーンに浮かぶ異郷ヴェニスで霊感を得たいと考えたのだった。だがヴェニスは僕の着想を何もかも絶望的な混乱に陥れてしまった。浅い水の面から遠い過去の旋律があたかも沼地の瘴気のように立ち昇って、僕の魂をむかつかせると同時に酔わせるのだった。僕はソファーに横たわり、この白っぽい光の水面を眺めていた。月光が磨かれた床面に落ちるところでは、そこかしこに滴る光が小川となって注ぎ、光の海はみるみるうちに水嵩を増していった。外の露台では巨大な影が風に吹かれ、ゆらゆらと揺れていた。

僕はスカンジナビアのあの古い物語の筋を繰り返し辿ってみた。シャルルマーニュの騎士のひとり、勇士オージャが、聖地から帰国の途上、魔女――かつては偉大な皇帝シーザーをたぶらかし、彼の息子オベロン王を生んだあの妖女である――の術にかかり虜にされたこと。たった一日一晩その島に留まったはずが、国に帰ってみるとすべてが変わり、友は死に、一族は王位を追われ、彼の顔を知る者はひとりとしてなかったこと。乞食のようにあちらこちら追われてさまよった末に、貧しい吟遊詩人が彼の苦難に同情し、自分が与えられるすべてのものを彼に与えたが、それこそ一篇の歌、何百年も前に死んだ英雄、デーン人の勇士オージャの武勲の歌であったこと。

オージャの物語はいつの間にか夢に移り変わっていた。覚醒時の考えが茫漠としていたのと同じほどに鮮明な夢だ。僕はもうソファーの周りに広がる月光の海と滴る光、迫るように不気味に揺れる影ではなく、大広間のフレスコ画で飾られた壁面を見ているのだった。瞬時にわかったのだが、それは今は下宿屋となったヴェニスの宮殿の食堂ではなかった。もっとずっと大きな部屋で、本物の舞踏の間、八角形の輪郭はほとんど円に近く、八枚の大きな白い扉が漆喰の繰形で縁どられており、丸天井の高みには、明らかに楽師や見物人にあてられた、劇場の桟敷席に似た八つの回廊ないしアルコーブがあった。その部屋は、各々長い太紐で吊されて、巨大な蜘蛛のようにゆっくりと回転する八つのシャンデリアのうちひとつに火がともされているばかりで、うす暗かった。しかしその光は僕の正面の金色の漆喰装飾と大きく広がるフレスコ画に射して、生け贄に捧げられるイフィゲネイアが、ローマ風の兜に垂れ襞と膝丈のズボンをつけたアガメムノンやアキレスと共に描かれているのが見えた。その光はまた、天井の蛇腹に嵌め込まれた油彩の鏡板を照らしたが、そこにはうす黄とうす紫の衣をまとい、大きな緑の孔雀を足元に従えた女神の姿が、遠近法であらわされていた。部屋の周囲には、辛うじて届いた光の中に、大きな黄色い繻子の寝椅子と金泥を塗った重いコンソールが見えた。片隅の陰となったあたりにピアノのようなものが、その先にはローマの宮殿の控えの間を彩る大天蓋があった。僕は周りを見回し、どこにいるのだろうかと訝った。桃の香を思い起こさせる、纏わりつくような甘い匂いが満ちていた。

やがて音が耳にはいり始めた。マンドリンのように軽く、鋭く、金属的なスタッカート。そしてそれに伴って、非常に低く甘い、ほとんど囁きといってもよいような歌声が聞こえてきた。それは徐々に大きく、大きく、大きくなってゆき、とうとう部屋全体を聞き慣れぬ異国の調子を帯びた、二つとない絶妙のヴィヴラートで満たし、更に溢れるように音量を増していった。突如耳をつんざく恐ろしい悲鳴と床に人の身体の倒れる音がして、息を殺した叫び声が飛び交った。そこ、天蓋のすぐそばにぽっと灯がともり、部屋の中をあちこちと歩き回る人影の間に、ひとりの女が他の女たちに囲まれて床に横たわっているのが見えた。うす暗がりを貫いてダイヤモンドがきらめく金髪は縺れ、乱れて垂れ下がっていた。胴着の締め緒は切られ、白い胸が宝石をちりばめた錦織の服の光沢に映えて輝いていた。顔は前に傾いて、細く白い腕が、抱きあげようとしている女たちの膝に、折れたようにだらりと投げ出されていた。バシャッと水を床にぶちまける音、乱れ飛ぶ叫び、とぎれとぎれの嗄れたうめき声、そしてごろごろと咽喉の鳴る恐ろしい音……。はっと目を覚まし、僕は窓辺に走り寄った。

外では月光のうす青い霞の中に、サン・ジョルジョ教会とその鐘塔がほのかに青くそびえ、その前には大きな汽船が、赤い灯をつけ、黒い船体と索具をみせて繋がれていた。ラグーンの方向から湿った海風が吹いてきた。いったい何だったのだろう。ああ、わかってきたぞ。老アルヴィーゼ伯爵のあの話——大おばピサーナ・ヴェンドラーミンの死だ。そうだ、そのことを夢にみていたんだ。

僕は部屋に戻った。灯をつけ、書き物机に向かって腰を下ろした。もう眠ることは不可能だった。僕はオペラの作曲を続けようとした。一度か二度、もうずっと長いこと求めてきたものを摑まえたような気がした……。が、主旋律を捕えようとするたびに、僕の心にはあの声——長く延ばすうち、気付かれないほどゆっくりと大きさを増していくあの歌声、何とも力強く、同時に何とも微妙な音色をもつあの歌声——の遠いこだまが響いてくるのだった。

芸術家の生涯には、自分自身の霊感をまだつかまえることはおろか、はっきりと見分けることもできないが、長い間求め続けてきたその閃きが近づいてくるのを意識する瞬間があるものだ。喜びと恐怖が混じり合って、あと一日、あと一時間が過ぎ去る前に、霊感が彼の魂の閾を越えて流れ込み、その歓喜で魂を溢れさすと予告するのである。一日中、孤独と静けさの必要を感じていた僕は、日が暮れると、ラグーンのもっとも人気のないあたりに漕ぎ出した。すべてがこれから自らの霊感に出会うのだと僕に告げているようにみえ、僕は恋人を待つ男のように、その訪れを待っていた。

ゴンドラをちょっと止め、月光を敷き詰めたような水面に静かに揺れていると、空想世界のほとりに来ているような気がした。それはすぐ手近に、ほの明るくかすかな青いもやに包まれてあり、その中へ、月が輝く広い路を切り開いていた。海の方には、繋がれた小舟のような小島の影が、月光とさざ波がつくるこのあたりの静寂をいやが上にも引き立て、傍らの果樹園で鳴く虫の声は、乱す者のない沈黙をいっそう強く印象づけるのだった。勇士オージャはちょうどこのような海を渡り、魔女の膝に一睡した間に数世紀が経って、英雄の世界は過ぎ去り、散文の王国が到来したことを発見するのだ。

ゴンドラがその月光の海に止まったまま揺れている間、僕はその英雄世界の黄昏のことをつくづくと考え続けた。船体に水が軽く打ちつける音は、古えの偉大な戦士らの堕落した息子たちに忘れ去られ、錆びて壁に吊されたあの甲冑、あの剣の鳴る音を聞くようだった。僕は長い間「オージャの武勇」と呼ぶ主題を探し求めていた。それは僕のオペラの中に時々現われ、最後に、彼が消えて久しい世界の人間であることを主人公に明かす、吟遊詩人のあの歌へと展開していく。そして、まさにこの時、僕はその主題があたかもすぐ目の前にあるように感じた。あとほんの一瞬、そうすれば僕の心はその野生の音楽、雄々しく、また葬送の歌のように陰鬱な音楽に圧倒されてしまうだろう。

突然、ラグーンを越えて、月が水面を波立て切り開くように、音のレース編みで沈黙を裂き、かき乱し、細かな格子模様で彩る、さざ波のような音楽、急速度の音階やカデンツァやトリルの、雨となって降りそそぐ歌声が聞こえてきた。

僕は背布団にぐったりと身体をもたせかけた。英雄時代の幻影は消え、僕の閉じた目の前には、たった今、不意に聞かされた発声練習のように、たくさんの小さな光の星の群が走り回り、互いに絡み合うのが見えた。

「岸へ、急いで」僕は船頭に叫んだ。

だが、音はもう止んでいた。桑の木が月光に濡れて光り、糸杉の梢が黒く揺れる果樹園からは、こおろぎの単調な鳴き声が不明瞭なざわめきとなって聞こえるだけだった。

僕は周りを見回した。一方には家も尖塔もなく、人っ子ひとりいない砂丘、果樹園、草地があるばかり、他方には青く霞んだ海のほか水平線に黒い影をみせる遠くの小島まで何も見えなかった。

眩暈が襲ってきて、僕は気力が挫けていくのを感じた。出し抜けに、第二の歌のさざ波がラグーンを吹き渡ったのだ。軽いあざけり笑いのような、短い音符のにわか雨である。

そして、あたりは再び静かになった。この沈黙はかなり長く続いたので、僕はもう一度、僕のオペラのことを考え始めた。もう一度、すんでのところでつかまえそこねた主題がやってくるのを待った。いや、違う。僕が息を殺して待ち構えていたのは、その主題ではなかったのだ。ジュデッカ島の突端を回ったところで、かすかなささやきが水の最中から湧き出したとき、僕は自分の思い違いを悟った。月の光のようにか細く、ほとんど聞き取れないが、この上なく美しい声の糸が、気付かぬほどゆっくりと広がり、音量を増し、形をなし、ほとんど肉体を備え火がつくばかりとなり、豊かで情熱的ではあるが、いわば綿毛の柔らかさをもった薄物に包まれたようにくぐもった、名状しがたい音色を帯びていったのである。その歌声はいよいよ強まり、熱と情とを加え、とうとう奇妙な魅惑に満ちたヴェールを破り捨ててその輝かしい姿を現わし、最後は勝ち誇る、長く華麗な絶妙のトリルとなって、宝玉の切子面がきらめくように砕け散っていった。

全くの沈黙。

「サン・マルコ広場へやってくれ、はやく」と僕は叫んだ。

ゴンドラは、輝く月光の長い路をすべるように進み、サン・マルコ寺院の丸屋根と、宮殿のレースのような小塔と、明かりに照らされた水面からうす青い宵空へとそびえ立つ、ほっそりした薔薇色の鐘塔とを映す、黄色い反射光の広帯を引き裂いた。

二つの広場のうち大きい方では、軍楽隊が螺旋を描くように上昇していくロッシーニのクレッセンドの最終部をがなり立てていた。この大きな露天の舞踏会場では群集が散り始めており、野外の音楽に付きものの雑音が聞こえていた。スプーンやグラスのぶつかる音、衣ずれや椅子のきしり、舗道にかちりと響く鞘の音。僕はステッキの握りをしゃぶりながら女性たちを眺めている当世風の若者の群を押しわけ、白い服を着た若いご婦人を前にびっしりと並べて腕を組んで行進する良家の人々の幾重もの人垣を通り抜けていき、カフェ・フローリアンの前まで来て、立ち去ろうと身体を伸ばしているお客たちや、空の茶碗や盆をがちゃがちゃいわせながら急ぎ足で歩き回っている給仕たちの間に、腰を下ろした。ナポリ人に扮した二人の楽師が、もう帰り支度をしてギターとヴァイオリンを腕の下に抱えるところだった。

「待て」と僕は怒鳴った。「まだ行くな。何か歌ってくれ。『ラ・カミセッラ』でも『フニクリ・フニクラ』でも何でもいい。やかましい音を立ててくれるのだったらな」そして二人が力いっぱい金切声をあげ、鋸よろしく弦をきしらせると、僕は付け加えた。「おい、もっと大声で歌えないのか。こん畜生、もっと大きな声を出せ。聞いているのか」

付きまとって離れない幻の歌声を追い払うために、騒音や怒鳴り声や調子っぱずれの音、つまり何か低俗で醜悪なものが、僕には必要だったのだ。

これは岸の庭園に潜んだか、姿を見せずにラグーンを舟ですべっていたか、いずれにせよロマンティックな素人のばかげた悪戯だと、僕は何度も自分に言い聞かせた。頭がかっとしていたために、月光と海のもやとの魔法が働いて、ボルドーニかクレッシェンティーニの練習曲の中の平凡な旋転《ルーラード》が、この上なく美しい歌のように聞こえたのだろう。

でも、その声は僕に取りついて離れなかった。聞こえもしないそのこだまに聞き耳を立てて、僕の仕事は繰り返し中断された。僕のスカンジナビア伝説の英雄的なハーモニーには、官能的なフレーズや華麗なカデンツァが奇妙にも織り込まれ始め、そこにあの同じ、呪わしい声が、また聞こえてくるような気がするのだった。

声楽の練習曲に取りつかれるなんて。声楽を軽蔑すると公言してはばからなかった男としては、それはあんまり馬鹿な話だと思われた。そこで、僕はまだ、月に向かってさえずっては遊んでいる子供っぽいアマチュアという説を信じたかったのだ。

ある日、こういったことを百回目ぐらいに思いめぐらしているとき、友人が壁に止めておいたザッフィリーノの肖像に目が留まった。僕はそれを引きはがし、六つぐらいに破った。それから、愚かなことをしたと、もう恥ずかしくなって、破いた断片が海から来る微風にあちらこちらと漂いながら、窓からゆっくりと散っていくのを眺めていた。一つの切れ端が目の下の黄色い日除けに引っかかったが、残りは運河に落ち、程なく暗い水の中に見えなくなった。僕は恥ずかしさで居ても立ってもいられなくなり、心臓は張り裂けそうにどきどきした。このいまいましいヴェニスに来て、僕は何とみじめな意気地無しになってしまったことだろう。月光は悩ましく、空気は長い間使われずに締め切ってあって、いっぱいの古道具やポプリでむっとする化粧部屋みたいなこのヴェニスで。

だがその晩はもう少しうまく運びそうだった。僕は落ち着いて僕のオペラに取りかかり、いくらかは仕事を進めることすらできた。合間に、破いて撒き散らした版画の断片が、ひらひらと水面に落ちていったことを思い出すと、ちょっと嬉しいような気持がしないでもなかった。ピアノの前に座っていたら、毎夜大運河沿いのホテルの前に陣取る楽師舟の一艘から聞こえてくるかすれた声とヴァイオリンをキーキー鳴らす音で想を破られた。月はすでに落ち、僕のバルコニーの下には遠くまで水が黒々と続き、その暗さに、楽師舟に寄ってくるゴンドラの群の更に黒々とした輪郭が切り込んでいた。提灯のゆらめく光に照らされて、歌手やギターやヴァイオリンが赤っぽく輝いていた。

「行こう《ヤーモ》、行こう《ヤーモ》、さあ行こう《ヤモ・ヤモ・ヤー》」とかすれ声が騒々しく歌った。それから、キーキー、ボロロンとものすごい間奏、続いて声張り上げて歌われるリフレイン。「フニクリ、フニクラ、フニクリ、フニクラー。さあさあ行こう《ヤモ・ヤモ・ヤモ・ヤモ》、さあ行こう《ヤモ・ヤモ・ヤー》」

近所のホテルから、二、三人の「アンコール」という叫び声、まばらに手をたたく音、一つかみほどの銅貨がばらばら舟に投げ込まれる音、そして、立ち去る支度をする船頭のオールの音。

「カメセッラを歌え」と外国訛のある声が命じた。

「いやいや、サンタ・ルチアだ」

「カメセッラを聞きたいんだ」

「違う、サンタ・ルチアだ。おい、サンタ・ルチアを歌え、聞いているのか」

楽師たちは緑と黄色と赤色のランプの下で、この相対立する要求をいかにして調和させたらよいか、ひそひそと相談をした。そして、ちょっと躊躇したあと、ヴァイオリンが昔は有名だった歌、ヴェニスでは今まで歌われ続けてきた歌――歌詞は百年ほど前にグリッティという貴族が書いたが、作曲者はわからない――『小舟の金髪娘』の序奏をかなで始めた。

いまいましい十八世紀め。この男たちに他でもないこの曲を選ばせて僕の邪魔をしたのは、悪意ある運命のいたずらだと思われた。

とうとう長い前奏が終わったとき、かすれたギターときしるヴァイオリンを圧して湧きおこったのは、予想された鼻声のコーラスではなく、息をひそめて歌うソロの歌声だった。僕の血管は激しく脈打った。その声を、僕が何とよく知っていたことか。それは今言ったとおり、息をひそめて歌っていた。それでも、はるか彼方から来たもののように、きわめて美しく風変わりなその音色は、運河のこのあたり一帯に響き渡った。

ひとつひとつの音を長く延ばしたその歌声は、強烈で一種独特な甘美さをもつ男のものだったが、女の声のようなところも多々あり、むしろ聖歌隊の少年歌手の声に近いともいえそうだった。ただし、それは無垢な透明さを持たぬ少年の声であって、その若々しさは、堰を切って流れ出んとする涙が辛うじて止められているかのように、いわば綿毛のような曖昧さのヴェールに包みこまれていた。

あたりにどよもす拍手喝采。その音は立ち並ぶ古い宮殿に鳴り響いた。「ブラボー、ブラボー。ありがとう、ありがとう。もう一度歌って下さい、どうぞもう一度。いったい何者だろう」

それから、ゴンドラの舳先の赤い灯が明るく照らされた歌舟の周りにひしめいて、船体がぶつかりあう音、オールが水をはねかす音、互いに押しのけようとする船頭たちの罵声。

しかし、歌舟では身動きする者はなかった。この称賛を受けるべき者がいなかったからだ。そして、人々が押し寄せ、手をたたき、怒鳴り散らしているとき、ゴンドラの舳先の赤い灯がひとつ、群がった舟の間からすっと離れた。ほんの一瞬、一艘のゴンドラが暗い水面に黒々とした姿を現わしたが、すぐに夜の闇に紛れて見えなくなった。

何日もの間、その不思議な歌い手は街中の話題だった。楽師たちは、舟には自分たちのほか誰も乗っておらず、あの声の主は自分たちにも皆目わからないのだと断言した。ゴンドラの船頭たちは昔の共和国時代のスパイの末裔だというのに、同様に何ら手掛りとなるものを提供できなかった。今、ヴェニスに来ている名歌手は、単なる噂を含めてみても、ひとりとしてなかったが、誰もが、あのような歌手ならばヨーロッパ中に名を知られているはずだと考えた。この奇妙な事件の最も奇妙なところは、音楽の専門家たちの間でさえ、この声について意見の一致をみなかったということだ。それはあらゆる種類の名で呼ばれ、あらゆる矛盾した形容詞で叙述された。男の声か女の声かで論争した人々すらあった。ひとりひとりが、自分なりに何か新しい定義を持ち出したのだ。

こういったかまびすしい音楽談義の中で、僕だけが何の意見も差し挟もうとしなかった。あの声について何か言ったりすることがいやでたまらなかっただけでなく、ほとんど不可能だとさえ感じられたのだ。それで、友達がおおよそ平凡な当て推量をやりはじめるときは、必ずといってもいいほど外に逃げ出してしまったものだ。

そのうち、僕の仕事は日ましに難しくなっていき、やがて全くの無気力から不可解な動揺状態へと移行した。僕は、毎朝立派な決意と壮大な制作計画をもって目覚めたが、晩には結局何を成すこともなく床に就くのだった。バルコニーにもたれたり、頭上にリボンのような青空が見える、入り組んだ小路をさまよったりして何時間も過ごし、あの声を空しく頭から追い払おうとしては、実はそれを記憶の中で再現しようとし続けた。何故ならそのことを考えまいとすればするほど、並々ならざるあの音色、あの綿毛のように柔らかくヴェールに包まれた神秘な歌声に、餓えるようになったからだ。そして、やっとの思いでオペラの作曲に取りかかるや否や、僕の頭は忘れられた十八世紀のメロディーの断片、時に軽薄、時に感傷的な小フレーズでいっぱいにされてしまい、苦さと甘さの入り混じった憧れと共に、こういう歌があの声で歌われたらどんな風に聞こえるだろうかと考え始めてしまうのだった。

とうとう医者に診せねばならなくなったが、僕の病気の異常なあらゆる徴候は注意深く隠しておいた。「ラグーンの空気や猛暑で」と医者は明るく答えた。「体調を崩されましたな。強壮剤を飲み、田舎で一月、仕事はせず、たっぷり乗馬をなされば、またもとのようにおなりでしょう」一緒に行こうと譲らず、医者の所までついてきたのらくら老人、アルヴィーゼ伯爵は、すぐに息子のところに泊まりにいくよう勧めてくれた。息子は本土でとうもろこしの収穫を監督して死ぬほど退屈しているのですから。空気のいいことは約束できますよ。それに馬もたくさんいるし、周囲のたたずまいも平和そのもの、田園生活の愉快な気晴らしもいっぱいです。「マグナス君、よく聞き分けて、黙ってミストラへ行きたまえ」

ミストラ――その名を聞くと僕の身内に震えが走った。断わるつもりだったが、急にある考えがぼんやりと頭に浮かんできた。

「ええ、伯爵」僕は答えた。「ご招待は喜んで有難くお受けします。明日ミストラに発つことにしましょう」

次の日、僕はミストラ荘への途上、パデュアにいた。耐えがたい重荷を下ろして来た、ちょうどそんな感じだった。こんなに心が軽くなったのは、ずいぶん久しぶりのことだ。荒石が敷かれ、陰気な柱廊には人影もない、曲りくねった通り、色あせた鎧戸は閉じ、漆喰は剝げ落ちた宮殿、木々は痩せ、雑草がはびこる、不均整な小さい広場、濁った運河に崩壊しつつあるものの優美さを映す、ヴェニス風のあずまや、入口のない庭園と庭園のない入口、どこに通ずるでもない並木道、住民といえば、盲や跛の乞食か鼻声の会堂番ばかりが、強烈な八月の日差しを浴びた敷石やごみの山や雑草の間から、魔法のようにぞろぞろと姿を現わす。こういった侘しい景色も、僕にとっては、ただひたすら面白く、楽しかった。運よくサンタントニオ聖堂で聞くことのできた音楽付きのミサは、僕の快活さを更に増幅した。

　イタリアには変わった教会音楽がずいぶんあるが、これと並ぶようなものはまだ見たことがなかった。司祭たちの鼻にかかった低い歌声に、突然、調子も拍子も完全に無視した子供たちのコーラスが飛び込んでくる。司祭たちの唸り声に、少年たちの黄色い声が応える。手回し風琴のように威勢よく甲高い声が、ゆっくりしたグレゴリオ聖歌の詠唱を遮る。魔女の集会か中世の愚人祭の景気づけに使えそうな、モーモー、ワンワン、ニャーニャー、コッコッ、ヒヒーンと、まさに狂気そのもの、あるいは狂気じみて陽気な音のごった煮だ。そして、こういう音楽のグロテスクさに、もっと途方もないホフマン的な様相を与えるものは、彫刻を施した大理石や金張りの青銅で作られた教会堂の壮麗さ、そして、古《いにし》えのサンタントニオ聖堂が誇った、輝かしい音楽の伝統だ。僕はラランードやバーニーなど古い旅行記の中で、サン・マルコ共和国は、本土の大聖堂の記念碑や装飾のためばかりでなく、音楽の基礎を築くために、多額の金を費やしたと読んだことがあった。奇妙きてれつな声と楽器の言語に絶した合奏の中に、僕はグルックが「エウリディーチェを失いて《ケ・ファアロ・センツァ・エウリディーチェ》」を書いて歌わせたソプラノ、グァダーニの声や、タルティーニ、悪魔がやってきて一緒に演奏したというタルティーニのヴァイオリンを、想像してみようとした。このような場所でこのような演奏をするという、完全に野蛮で、グロテスクで、途方もなく不釣合なことが一層面白いのは、そこに、ある種の冒瀆感が加わっているからだ。憎らしい十八世紀の素晴しい演奏家たちの跡継ぎなんてこんなものさ。

ここの音楽が全体として、完璧な演奏ではとても経験できないほど面白かったので、もう一ぺん楽しむことに決めた。そこで晩禱のころ、金星亭で二人の旅商人と愉快な食事をとり、悪魔がタルティーニに弾いてやった曲を基にして出来るかもしれないカンタータの大ざっぱな下書きを前に、パイプを燻《くゆ》らせた後、僕は足を再び聖堂に向けた。

日暮の鐘が鳴り、オルガンのこもった響きは、屹立する巨大な教会堂から湧き出してくるかのようだった。僕は今朝のグロテスクな演奏にもう一ぺん迎えられるつもりで、重い皮のカーテンをくぐった。

僕の期待ははずれた。晩禱はずっと前に終わっていたらしい。すえた香のにおい、地下納骨堂のもののような湿気が、僕の口を満たした。大聖堂の中はすでに夜だった。暗闇の奥から、チャペルに奉献されたランプがまたたき、磨かれた赤大理石の床や金箔を張った手摺やシャンデリアに、ゆらゆらと光を投げかけ、何かの彫像の筋肉を黄色く浮き出させていた。隅の方で燃える小蠟燭が、司祭の頭の周りに光輪をつくり、てかてかした禿げ頭、白い短衣、前に広げられた書物を光らせていた。「アーメン」と司祭が唱え、本がパタッと閉じられ、光が後陣《アプス》の向こうへ去ると、跪いていた女たちの黒い影が立ち上がり、そそくさと出口の方へ向かった。チャペルの前で祈りを捧げていた男も立ち上がり、杖を落として大きな音を立てた。

教会にはもう誰もいなかった。夜の巡回で扉を閉めにやってくる堂守に、今にも追い出されるのではないかと思われた。僕が柱にもたれ、アーチ型の大天井の灰色にかすんだあたりを覗き込んでいると、不意にオルガンが一連の和音を演奏しはじめて、その音は会堂中に響き渡った。何かの礼拝が終わったようだった。そして、そのオルガンの音をしのいで、歌声が聞こえてきた。

香の煙のような柔らかさに包まれた、高くかすかなその声は、長いカデンツァの迷路を歌い切ると急に沈黙した。それを包み込んで、オルガンの雷鳴のような和音が二つ鳴った。あとは静寂だけだった。ちょっとの間、僕は身廊《ネーヴ》の柱にもたれたまま立っていた。髪はじっとりと汗ばみ、膝は震え、気力を奪い取るような熱が身体中に広がっていた。僕は香を帯びた空気と一緒に音を吸い込むために、深呼吸をしようとした。この上もなく幸福だったが、死に瀕しているようでもあった。そのとき、急に身体を寒気が走った。と同時に、名状しがたい恐怖が襲ってきた。僕は踵を返し、急いで聖堂の外へ出た。

　家々の屋根のぎざぎざした輪郭の上に、日暮れ時の空は青々と澄んでいた。蝙蝠と燕が飛び交い、周り中の鐘楼から、サンタントニオの鐘の低音に半ば打ち消されながら、アヴェ・マリアの時鐘が一斉に打ち鳴らされた。

「あなたは本当に具合いが悪そうですね」と、息子のアルヴィーゼ伯爵は、前夜、ミストラ荘の草の生えた裏庭に、農夫の掲げるカンテラの明かりで僕を出迎えて言った。すべてが僕には夢のようだった。パデュアからの夜道、馬車のカンテラの灯が黄色い光を広げるアカシアの生け垣をかすめるとき鳴り響いた馬の鈴音、砂利道に車輪のきしる音、蚊を引き寄せぬよう石油ランプひとつで照らされ、玉ねぎのにおいが立ちこめる中、古い厩舎用の上着を着たままで、老いさらばえた従僕が皿を配っていた夜食の卓、闘牛の絵がかかれた扇を口の前にかざし、善意でいっぱいの甲高い声を張り上げ、方言でまくしたてたアルヴィーゼの太った母親、グラスや足をごそごそと動かしたり、片方の肩をぐっとそびやかしたり、際限なくやりつづけた髭面の村の司祭。それでも翌日の午後には、この長々とだらしなく延び、荒れて今にも倒れそうなミストラ荘——その四分の三は穀物の貯蔵と園芸用具の収納に当てられ、またはどぶねずみ、二十日ねずみ、さそりにむかでの跳梁に任されている——に生まれてこのかたずっと住んでいたような気がした。いつもアルヴィーゼ伯爵の書斎に、ほこりをかぶった農芸書の山、帳簿の束、穀類と蚕の卵の標本、インクのしみ、そして葉巻の吸い殻に埋もれて座っていたかのようだった。これまで、イタリア農業の基礎はどんな穀物かだの、とうもろこしの病気だの、ぶどうのつゆかびだの、牛の品種だの、農場労働者の不埒さだの、そんな話題のほかには聞いたことがないかのように感じられた。そして窓外には、ちらちらと緑色に光る平原に、エウガネアの山々の青い頂が迫るのがみえた。

再び、太った老伯爵夫人の金切声、髭の司祭のもじもじと肩もたげ、焼けた油や煮込んだ玉ねぎのにおいなどを伴って、早めの午餐を済ませると、アルヴィーゼ伯爵は、僕を荷車の御者席の隣に座らせ、もうもうと土煙を上げて、果てしなくきらめくポプラ、アカシア、楓の並木の間を、所有する農場のひとつへ向けて疾駆した。

燃えるような日の光の中、様々な色合のスカートをはき、胴着を紐で締め、大きな麦藁帽をかぶった二、三十人の娘たちが、赤煉瓦を敷いた広い脱穀場でとうもろこしを脱穀すると、他の娘たちが、大きな篩で穀粒をあおぎ分けていた。若伯爵アルヴィーゼ三世（親父の方はアルヴィーゼ二世だ。この一家ではみんながアルヴィーゼ、つまりルイスで、その名は家にも、荷車にも、手押し車にも、手桶にさえも書かれていた）は、とうもろこしを取り上げ、触り、味わってみ、娘たちに何か言ってどっと笑わせ、農場長にも何か言ってひどく不機嫌な顔をさせ、それから僕を連れて大きな牛舎にはいると、そこでは二、三十頭の白い去勢牛が、暗い中で足を踏み鳴らし、尾を勢いよく振り、角をかいば桶にぶつけていた。アルヴィーゼ三世は、一頭ずつ頭をたたいてやり、名前を呼んでは塩やかぶらを与え、どれがマンチュア種で、どれがアプリア種、どれがロマーニャ種か等々と説明した。それから彼にいわれるまま、僕は馬車に飛び乗って、僕たちは、また埃の中、生け垣と溝の間を走り、ピンクがかった屋根をして青空に煙を上げている、同じような煉瓦造りの農場へとやってきた。ここでも若い女たちがとうもろこしを脱穀し、あおぎ分けていて、まるでダナエを訪れた巨大な金色の雲のようだった。ここにも、牛が涼しい暗がりで足踏みをし、鳴き声を上げており、再び冗談、あらさがし、説明が繰り返された。こんなふうに五カ所の農場を回ると、目を閉じれば、熱した空に規則正しく上がり下がりする殻竿、金色の穀粒の雨、箕から煉瓦の床に落ちる黄色の埃、振られる無数の尻尾、突込んだ無数の角、汗ばむ大きな白い横腹と額が見えてくるほどだった。

「今日もよく働きましたよ」と、アルヴィーゼ伯爵は長い脚を伸ばしてぴっちりしたズボンをウェリントン・ブーツの上にはみ出させながら叫んだ。「お母さん《マンマ》、夕食のあとアニシード・シロップを下さい。すばらしい滋養強壮剤だし、それにここいらの熱病の予防にもなりますからね」

「おや、こちらにも熱病があるんですか。お父上はいい空気だとおっしゃっていましたが」

「何でもありません、何でもありませんよ」と、老伯爵夫人がなだめるように言った。「こわいのは蚊だけですのよ。蠟燭をつける前に鎧戸を閉めるようにして下さいな」

「それはね」と、息子が良心的になろうと努めて言った。「もちろん熱病があることはあるんです。でもあなたがかかる必要はありませんからね。病気になりたくなければ、夜、庭に出さえしなければいいんです。父《パパ》が申していましたが、あなたは月夜にさまよい歩くのがお好きだとか。

この気候では、それはいけませんよ。天才でいらっしゃるせいで、もし夜中に、どうしても徘徊なさりたいのでしたら、家の中を歩き回って下さい。じゅうぶん運動にはなるはずですよ」

夕食後、アニシード・シロップが、ブランデーや葉巻と共に持ち出され、全員が、二階の細長く、狭く、十分な家具調度もない部屋に座った。老伯爵夫人は形も目的もよくわからぬ衣類を編み、司祭は新聞を音読し、アルヴィーゼ伯爵は細長く曲った葉巻をふかし、皮癬と白内障の気味のある、細長く痩せた犬の耳を引っ張っていた。外の暗い庭園からは、無数の昆虫の羽音が聞こえ、青い星空を背にして重く垂れた、ぶどうの匂いが漂ってきた。僕はバルコニーに出た。庭園は下方に暗く横たわり、光のまたたく地平線には、背の高いポプラがくっきりと突き出していた。鋭いふくろうの鳴き声、犬の吠え声。突然、生暖かい、人の気力をそぐような香りが吹きつけた。ある種の桃の味を思わせ、白く、厚く、蠟のような花弁を想起させる香りだった。前にも一度かいだことがあるような気がしたのだが、その花の香りは、僕をけだるく、ほとんど気が遠くなりそうにした。

「ひどく疲れました」と、僕はアルヴィーゼ伯爵にいった。「ご覧のとおり、僕たち町の者は、身体がすっかり弱くなってしまいましたよ」

だが、疲れていたにもかかわらず、僕はどうしても寝付けなかった。その夜はまったく息がつまりそうに蒸し暑くて、ヴェニスでだってこんな思いをしたことはないほどだった。伯爵夫人に禁じられてはいたが、僕は、蚊を入れぬようぴったりと閉じていた頑丈な木の鎧戸を開けて、外を見た。

月はすでに昇り、その下では広い芝生と丸く刈り込まれた木々の頂が、ぼうっと光る青いもやに浸され、草木の葉の一枚一枚が、打ち寄せる光の海と見まごうものの中で、しとどに濡れて光り、震えていた。窓下には長いぶどう棚が、その下には白く光る舗石があった。あまりに明るかったので、ぶどうの葉の緑、きささげの花の鈍赤も、見分けることができた。あたりには、刈った草と、熟したアメリカぶどうと、口の中でとろけて、滴る露の清々しいうまさと化する桃の味を思わせる白い（白以外ではありえない）花の香りが、そこはかとなく漂っていた。村の教会の鐘が一時を打った。何と長い間、無駄に眠る努力を続けてきたことだろう。悪寒が身体を走り、酒の酔いが知らず知らず回ったように、不意に頭がくらくらとした。僕は草の生い茂った土手や、淀んだ水をたたえた運河や、農夫たちの黄色い顔を思い出した。マラリアという言葉が心に浮かんだ。かまうものか。僕は、天の深みに散り敷いた星々のように揺らぎ震えるかと見える、この青い月のもや、この露と香気と静寂に身を投げてしまいたいという渇望に駆られながら、窓辺に寄ったままでいた……。いかなる音楽が――ワグナーにしろ、星明かりの夜の偉大な伶人、あの至神のシューマンにしろ――いかなる音楽が、この壮大な静寂、己が魂の内に歌う声なきものの大音楽会に匹敵できようか。

こう考えたとき、高く震える甘美な歌声がその静寂を引き裂いた、と思う間もなく、沈黙が再びそれを押し包んだ。窓から身を乗り出すと、心臓は張り裂けそうに打っていた。一呼吸おいて、落下する流星や、火矢に似てゆっくりと昇る蛍が暗闇を切り裂くように、同じ歌声がもう一度静けさを切り裂いた。ただし今度は、その声が最初想像したように庭からではなく、屋敷そのもの、このだだっぴろく古いミストラ荘のどこかの隅から聞こえてきたことは明らかだった。

ミストラ、ミストラ。その名は耳に響き渡り、僕はそれまで気付かずにいたその意味を、ようやく把握しはじめていた。「そうだ」と僕はひとりごちた。「まったく自然なことだ」そして、この奇妙な自然さの印象には、じれた熱っぽい喜びが混じっていた。あたかも、ある目的を持ってミストラにやって来て、いよいよこれから長いこと待ちあぐんだものに会おうとしているかのようだった。

ランプを焦げた緑の笠ごと摑み、僕は静かに戸を開けて、長い廊下と大きな空っぽの部屋をいくつも通り抜けていった。教会のように足音が反響し、幾群もの蝙蝠が明かりで飛び立った。僕は足まかせに歩き回り、どんどん人の住む区域から遠ざかっていった。

この静寂は、僕に吐き気を催させた。予想もしなかった失望に突然襲われたように、僕はあえいだ。

出し抜けに、音が——金属的で鋭く、マンドリンの音のような和音が——すぐ耳元で聞こえた。そうだ、すぐ近く。その音からは壁一枚隔てられているにすぎなかった。僕はドアを捜して手探りした。酔っぱらいのように涙でしょぼついた僕の目には、不安定なランプの明かりは十分な用をなさなかったのだ。ついに掛け金を探しあて、ちょっとためらった後でそれを上げて、そっと扉を押しあけた。はじめのうちはどんな場所にいるのかわからなかった。まわりは暗かったが、まばゆい光、下方から発して向かい側の壁を照らす光に目が眩んだ。ちょうど、うす暗い劇場の暗い桟敷席にはいったようだった。実際そのような場所だったのだ。高い手摺が付き、上に引かれたカーテンで半ば隠れた、暗い穴のようなところ。僕は、イタリアの古い宮殿では、時折、舞踏室の天井の下に、楽師や見物人が用いる小さな回廊ないしアルコーブを見かけたことを思い出した。そうだ、以前はきっとそういうものだったのだろう。目の前には丸天井が、黒ずんだ大きな油絵を縁どる金色の蛇腹でおおわれ、もう少し下がったところでは、下から射す光の中に、広い壁一面に色あせたフレスコ画があった。大きな孔雀を足元に従え、うす紫とうす黄色の衣をまとい、遠近法で描かれたあの女神を見たのはどこだったろうか。何故なら、女神の絵も、金色に塗られたその縁に尾をからませた漆喰の海神トリトンも、僕には目慣れたものだったからだ。それにあのフレスコ画——ローマ風の胴鎧に緑と青の垂れ飾り、そして膝丈のズボンを身につけた戦士たちのあの絵——ああいうものをいったいどこで見たのだろう。こう自らに問いかけながら、驚きは少しも感じなかった。その上、僕は非常に落ち着いていた。異常な夢を見ても冷静でいられることがあるように——だが、そもそもこれを夢だといってよいのかどうか。

僕はそっと前に出て、手摺に寄りかかった。最初に目に入ったのは頭上の暗がりで、そこには巨大な蜘蛛のように、大きなシャンデリアが天井から吊されて、ゆっくりと回転していた。そのうちのひとつだけに火がともされ、ムラノ・ガラスの吊り飾りとカーネーションや薔薇の装飾とが、急速に溶けて流れていく蠟燭の灯で、乳白色に光っていた。シャンデリアは向かいの壁や天井の女神と孔雀の描かれたあたりに明るい光を投げかけていたが、大広間の片隅、天蓋のようなものの陰に壁に沿って並べてあるのと同じ黄色い繻子の寝椅子が置かれ、まわりに幾人かの人々が群がっているところまで照らし出すほどの明るさではなかった。寝椅子の上には、周りに立つ人々の陰に半ば隠されて、女がひとり横たわっていた。不安げに身体を動かすたびに、縫い取りをした服の銀糸が鈍く光り、ダイヤモンドのきらめきが目を射た。そしてシャンデリアの真下には、光をいっぱいに浴びて、ひとりの男がハープシコードの上に身体を屈めていた。歌う前に精神統一を図るかのように、頭を少し傾けていた。

二、三の和音を鳴らすと、彼は歌い始めた。そう、確かにあの声だった。こんなにも長い間僕を責め苛んできたあの声だった。微妙で官能的なその音色、風変わりで華麗をきわめ、えもいわれぬほど甘美だが若くも透明でもないその音色はすぐにわかった。あの晩ラグーンで、また大運河で『小舟の金髪娘』を歌って、更にまた二日前にパデュアの無人の大聖堂で、繰り返し僕の頭を悩ませた、あの涙のヴェールに包まれた同じ熱情だった。だが、今はじめて僕は知ったのだ。これまで僕には明かされなかったこと、世界広しといえども、この声こそ何よりも僕の愛してやまないものだということを。

その声は時には長く悩ましげなフレーズとなり、時には小さな音階《スケール》や歯切れのよい絶妙なトリルをさざ波のように一面に散らす豊かで官能的な装飾音《リフィオリテューラ》となって、絡んでは解け、絡んでは解け、そこかしこで休止しては、ぐったりとして歓喜にあえぐように揺らいだ。そして僕の身体は日なたに置かれた蠟も同然、月光が露と交わるようにこの歌声に溶け込もうと、流れ出しさらに蒸気と化すばかりかと思われた。

不意に天蓋わきの小暗い片隅から、痛ましい小さな泣き声が一度、そしてもう一度聞こえたが、そのまま歌手の声にかき消されてしまった。ハープシコードで鈴を振るような鋭く長い間奏を弾く間に、歌手が台座の方へ頭を向けると、悲しげなすすり泣きの声が小さく聞こえてきた。だが、彼はやめるどころか鋭い和音をひとつ鳴らし、ほとんど聞き取れないほど抑えた声を糸のように細く延ばして、いつか長いカデンツァに移行していた。それと同時に彼が頭を後ろに反らせると、光は死人のように青ざめ、黒く大きな眉をもった、女性的な美しい顔に真向から射し、歌手ザッフィリーノの相貌を照らし出した。そのむっつりした肉感的な顔、悪い女の残酷な嘲笑にも似たほほえみを見たとたん、何故、どのようにしてかは知らないが、僕は理解した。彼の歌をどうしても途中でやめさせなければならないということ、この呪われた楽句《フレーズ》を決して終わりまで歌わせてはいけないのだということを。人殺しが僕の目の前におり、彼の悪魔の歌声でこの女を、そしてこの僕自身を殺そうとしていることがわかったのだ。

気づかないうちに少しずつ、少しずつ音量を増す、美妙をきわめたその歌声に追い立てられるように、僕は桟敷から下へ通じる狭い階段を走りおりた。大広間の入口に間違いないと思った扉に身体ごとぶつかった。鏡板の隙間から明かりが漏れているのが見えた。僕は掛け金をねじ切ろうとして、手を傷つけた。扉は固く閉ざされていた。鍵のかかったその扉と格闘しているうちに、声は大きく、大きくなっていき、ついに被っていた綿毛のヴェールを真二つに裂いて、一点の曇りもなくまばゆい姿で躍り出し、ぎらぎら光る鋭いナイフの刃のように、僕の心臓にぐさりと突き刺さるとみえた。次いで再びむせび泣きと死のうめき声、そして激しい出血に息が詰まり咽喉がごろごろと鳴る、あの恐ろしくもすさまじい音。それに続いて、鋭く、輝かしく、勝ち誇った長いトリル。

僕の身体の重みで戸板の半分が中に崩れ落ちて扉は開き、入った僕は溢れる青い月の光に目が眩んだ。月光は青白い光のもやとなって、うす絹のように静やかに四つの大きな窓から流れ込み、大広間を、月光を敷きつめ、月光を満々とたたえた、微光きらめく海底の洞窟へと変えていた。真昼ほどに明るかったが、冷たく、青く、淡くかすんだ神秘な明るさだった。部屋は大きな干草置場のように空っぽで、ずっと昔にシャンデリアを吊していた紐が天井から垂れ下がっているばかりだった。隅の方には木材ととうもろこしが積みあげられて、湿気と白かびの不快な臭気を漂わせる中に、ほっそりと長い、つむ足のハープシコードが、蓋は端から端までひび割れて置かれていた。

　僕は急に冷静になった。今重要なのはただひとつ、頭の中で動いているあのフレーズ、ほんの少し前に途中まで聞いたあのカデンツァにあったフレーズだけだった。僕はハープシコードを開き、臆せず鍵盤に指を振りおろした。切れた弦が、滑稽で恐ろしい、調子はずれの騒音で応えた。すると、異常な恐怖が、突然僕に襲いかかった。窓をよじ登って外に這い出し、庭園を走り抜け、畑地を過ぎ、月が落ちて暁が夜明けの寒さに震えはじめるまで、運河と土手のあたりをさまよい歩いた。あの切れた弦の不協和音にどこまでも追われながら。

　人々は僕が回復したのを非常に喜んでくれた。こういう熱病で死ぬ人が少なくないらしい。回復か。僕は回復したのか。歩き、食べ、飲み、しゃべる。眠ることだってできる。他の生き物と同じように生きている。しかし、僕は命取りにもなりかねない奇妙な病気で、徐々に衰弱しているのだ。僕はもう僕自身の霊感を掴まえることができない。僕の頭は音楽でいっぱいになっている。今まで聞いたことがないのだから、その音楽は僕が作ったものにちがいないのだが、それでもそれは僕のものではない。僕が軽蔑し憎悪する、愛らしく軽快な装飾楽句《フラーリッシュ》や、けだるいフレーズや、長く引き延ばされた、響きのよいカデンツァなのだ。

　おお、悪い、悪い歌声よ。悪魔の手によって作られた、血肉のヴァイオリンよ。僕にはお前を安んじてのしることすら許されないのか。呪いの言葉を吐いたとたんに、再び聞きたいという切望が、地獄の渇きのように僕の魂を焦がす必要がどこにあろう。僕はお前の復讐の欲求を満足させたのだから、お前は僕の人生を荒廃させ、才能を枯渇させてしまったのだから、今はもう憐れみをかけてもよい時ではないか。おお歌い手よ、ほんの一声、たったひと声でいいのだから、どうか聞かせてもらえないだろうか。おお、邪悪、卑劣な人でなしよ。

（訳＝内田正子）

上段寝台

F・マリオン・クローフォード

F・M・クローフォード

一八五四〜一九〇九。イタリア生まれ。アメリカ、イギリス、ドイツで教育を受け、後半生をイタリアで過した。リアリズムに反対し、語りと興味を本位とする小説理論を説き、かつ実践した。イタリアを背景とする長篇のほか、『ゾロアスター』（一八八五）などの怪奇に接する作品群がある。

1

誰かが葉巻を頼んだ。私達は長いこと話し続けて、会話はだれ始めていた。煙草の煙は重いカーテンのなかに吸い込まれ、葡萄酒はとかく重くなりがちな脳髄の中にしみ込んでしまっていた。そこで、誰かが私達の重くふさがれた気分を目覚めさせることを何かしてくれない限り、この集まりがまもなく自然解散となり、私達客人も急ぎ帰路につき、ベッドに潜り込んでそのまま眠ってしまうことはもはや明らかであった。際だって珍しい話をしたものは誰一人いなかったが、多分誰も際だって珍しい話を持っていなかったのだ。ジョーンズはヨークシャ(*1)での彼の一番新しい狩猟冒険談を事細かに逐一語り終わって(*2)いた。ボストンからきたトムプキンズ氏は、アッチスン――トピーカ――サンタ・フェ鉄道の作業原則を長々と念入りに説明し尽くしていた。すなわち、件の会社がその原則を正当かつ細心に持続させた結果、その縄張りを拡張し、政府部局への影響力を増大し、家畜を買い手への実際の引渡し日まで飢え死にさせることなく輸送したうえに、更にチケットを買った乗客達を騙し続けて人の命をも損傷することなく輸送できるという誤った信念を植えつけることに何年にもわたって成功してきた、というのである。トムボーラ閣下(*3)が懸命に説得しようとして、彼の国の統一はあの現代の並みの魚雷に似ているなどということは絶対にないと息巻いた話は、私達がつぎつぎに出した議論で難なく反駁されてしまった。つまり、それは、注意深く設計され、ヨーロッパ最高の兵器工場の技術の粋を集めて建造されながら、建造後は必ず愚かな人手によってどこかとんでもない地域に差し向けられ、そこで人目につかず、恐怖も与えず、耳にも聞こえず爆発してしまい、限りない浪費である政治的混沌へと帰してしまうよう運命づけられている点で共通している、と結論づけられたのである。

これ以上詳細にわたる必要はない。会話はひどい様相を呈していて、岩に縛り付けられたプロメテウス[*4]でも退屈しきり、地獄の湖水に漬けられたタンタロス[*5]も気がおかしくなり、回転する火の輪に繋がれたイクシオン[*6]も、私達の話に耳を傾けるという災厄を甘受するくらいならオレンドルフ教授[*7]の単純ながらも教育的な対話に気晴らしを求めても構わないといったほどであった。私達は何時間もテーブルに座ったままで、退屈し、疲れ果て、誰一人動く気配を示さなかった。

誰かが葉巻をと大声で頼んだ。私達は全員本能的に声の主の方を見た。ブリズバンは三十五歳の男で、いやでも人の注意を引きつけてしまう天賦の才能に恵まれていた。彼は屈強な男であった。サイズは並み以上であったが、プロポーションは普通見た目には何の変わったところもなかった。背丈は六フィートを少し越え、肩幅は程よく広かった。うわべは太っているように見えなかったが、反対に痩せていなかったのは確かだ。小振りな頭を頑丈な筋肉質の首がささえていた。大きな筋骨たくましい手は、普通の胡桃割り器を用いずに、胡桃を割る特別な才能を備えているらしかった。横から見ると、たもとのところが異常に広く、胸が並々ならず厚いのに人は気づかざるをえなかった。彼は一般に欺瞞的といわれる類の男の一人であった。つまり非常に頑健そうに見えるが、実際には見かけ以上にはるかに頑健なのであった。顔の造作についてはほとんど言う必要はない。頭は小さく、髪の毛は薄く、青い目、大きな鼻、口髭を蓄え、四角い顎をしている。ブリズバンを知らぬ者はいない。そこで、彼が葉巻を頼んだときだれもかれもが彼を見た。

「実に妙なことだな」と、ブリズバンは言った。

各人がみな話をやめた。ブリズバンの声は大きくはなかったが、その場全体の会話によく通り、ナイフのように切り裂く一種特別な質を備えていた。皆耳をそばだてた。ブリズバンは、全員の注意を引きつけたと見て取るや、泰然自若とした様子で徐了に葉巻に火を点けた。

「実に妙なのは」と、話を続けた。「幽霊に関することさ。みんなよく幽霊を見たことがあるものはいるかと聞いてるよね。実は、私はあるのさ」

「馬鹿言え!」「何だって、君がか?」「まさか本気で言っているんじゃないだろ、ブリズバン?」「そうだよ、奴ぐらいの知性を備えた男が!」

一斉に叫び声がブリズバンの驚くべき発言に応えた。皆が葉巻を注文し、執事のスタブズはどことも知れぬ奥まったところから突然、辛口のシャンパンの真新しいのを一本携えて姿を現わした。状況は救われたのである。ブリズバンは物語をしようととりかかった。

私は昔からよく船に乗っていてね、とブリズバンは言った。かなり頻繁に大西洋を横断しなければならないものだから、おのずと好みの船がいくつかきまっているのさ。大概の人はそれぞれお気に入りのものがある。ある男がブロードウエイの酒場で自分好みの特別な車が来るまで小一時間もねばっているのを見たことがある。思うに、そこの酒場の主人はその男の物好きで稼ぎの少なくも三分の一を得ていたに違いない。私は、かの家鴨池(*8)を渡らねばならぬ時、好みの船を待つ習慣がある。それは偏見かもしれないが、私は、それで良い船旅をできぬように騙された試しがなかった。生まれてこのかた、一度例外を除いてだが。今でも実によく憶えている。それは六月のある暖かい朝であった。検疫停船港からようやく出てくる蒸気船を待ってぶらぶらしていた税関の役人たちが、独特の靄のかかったような物思わしげな姿を現わした。私にはさしたる荷物はなかった――これはいつもそうだ。私は、船客、ポーター、それに真鍮のボタンの付いた青い上着を着たお節介な連中の群れに混じった。青上着の連中は助けのいらぬ船客に無用なサービスを押しつけるため、もやった船の甲板からマッシュルームのように飛び出してくるように見えた。私は、しばしばこの連中の自然発生現象に、ある興味を覚え、注意して見てみたことがある。彼らは、こちらが着いたときにはまだ姿がない。また、水先案内人が「前進！」と叫んだ五分後には、彼ら、或いは、少なくとも彼らの真鍮ボタン付き青上着は、甲板と舷門からは完全に消えている。まるで海の悪霊デイビー・ジョーンズの格納庫(＊9)と異口同音に言い伝えられている海底に葬られてしまったかのように。ところが、いざ出航という段になると、彼らは髭剃り痕も生々しく、青の上着姿でまたしても現われ、チップをむやみやたらとせがんでいる。私は急いで乗船した。カムチャツカ号は私のお気に入りの船の一つであった。あった、というのは、今はもう絶対に違うということだ。私は、どんな甘い言葉で誘われても、その船では二度と航海する気になることはあるまい。ああ、わかっている、君たちが言いたいことは。その船は、船尾端部が並々ならずきれいで、船首部も船をいつも乾いた状態に保てるぐらいに十分脹らみがあって、下段寝台部の殆どはダブルベッドの広さをもつ快適なものだ。その他色々の利点が備わっている、が、私は二度とその船で航海する気はないね。話が逸れてしまって申し訳ない。私は乗船し、船室係のスチュワードを呼んだ。この男の赤っ鼻とそれ以上に赤い頬髭は船と同じく私には馴染みのものであった。

「一〇五号室、下段寝台」と、私は、大西洋を渡るのを、盛り場のデルモニコの店(*10)でウイスキー・カクテルを飲むのと同じように考えている男に特有のビジネスライクな調子で言った。

スチュワードは、私の旅行鞄、厚地の外套、それにひざ掛けを受け取った。その顔の表情を、私は決して忘れないだろう。彼の顔が真っ青になったというわけではない。奇蹟ですらも自然の法則を変えることはできぬとは最も高名な神学者たちも主張しているところである。私は、何のためらいもなく、スチュワードの顔色は変わらなかったと言おう。だが、その表情から、私は、彼が今にも涙を流すか、嚔《くしゃみ》をするか、私の旅行鞄を取り落とすのではないかと判断した。鞄には、我が旧友スニッギンスン・ヴァン・ピキンズが今回の航海用に贈ってくれたとっておきの極上のシェリー酒が二本入っていたので、私は気が気でなかった。しかしながら、スチュワードは何事もしでかさなかった。

「ちょ、参ったな！」(*11)と、彼は低い声で呟くと、先に立った。

私は、我がヘルメス──なにしろ彼は私を地下の冥界へ先導していくのだから──は多分一杯グロッグ酒でも引っかけているんだろうと思い、何も言わずに、後に続いた。一〇五号室は、はるか船尾の左舷であった。その特等船室には取り立てて変わったところはなかった。下段寝台は、カムチャツカ号の殆どの下段寝台と同じく、ダブルベッドになっていた。スペースは十分だったし、お定まりの洗面装置が備えつけられていて、北米インディアンの目にはまず贅沢という感じを抱かせてくれるよう計算されていた。褐色の木材でできたこれ又お定まりの役に立たない棚も備わっていたが、そこには市販の普通の歯ブラシより、大型の雨傘でもぶらさげておくほうが簡単だ。無愛想なマットレスの上には現代の優れたユーモア家が冷えた蕎麦粉のパンケーキに巧みになぞらえたことのある例の毛布が丁寧に畳み込まれてあった。タオルがどこにあるかは全く想像にまかされた。ガラスの細口瓶には微かに茶褐色を帯びた透明な液体が充たされていたが、そこから昇ってくる匂いはなお一層微かで、快いとは言いがたく、鼻孔をうった。それは遙か昔船酔いにおそわれ、油臭い機械が鼻についた記憶を甦らせるようであった。くすんだ色のカーテンが上段寝台を半分閉ざしていた。靄のかかった六月の陽光が、微かな照明をこの荒れ寂びた小さな光景になげかけていた。ウエッ！　あの特等船室を思い出すとゾッとしてしまう！

スチュワードは私の手荷物を置くと、今直ぐ逃げだしたいというように、私を見た——恐らくもっと他の乗船客やもっと多くの実入りを求めたがっていたのであろう。初めにこうした世話係の職員を手なずけておくのは常に上策である。そこで、私は、すぐさまいくつかのコインを彼に握らせた。

「ひとつお客様にゃあくつろいで頂けますよう精一杯《べぇ》つとめやしょう」と彼は、ポケットにコインをしまいこみながら言った。それでもなお、彼の声にはあやふやな音調があって、私を驚かせた。ひょっとすると、彼のチップの尺度が上がってしまっていて、不満足だったのかもしれない。だが、総じて私としては、彼自身言いそうな言葉で言えば、奴さんは「一杯機嫌で上機嫌」と考えて済ましたかった。しかし、私の考えは間違っており、その男を誤解していたのだ。

2

その日一日の間は取り立てて言うに値することはなにもなかった。私達は埠頭を定刻通り出発した。そして、船が順調に航行しているのはとても快適であった。というのは、蒸し暑い気候だったので、船の動きで気分を爽快にする微風が作り出されたからである。航海第一日目の様子がどのようであるかは誰もが知っている。人々は甲板の上を往ったり来たりし、互いに観察しあう。時には思いがけず乗船していた知人に出会ったりもする。食事が旨いか不味いか、或いは程々かについていつもながらの不安があり、やがて最初の二食がこの問題を解決し、疑惑をなくしてくれる。また、船が順調にファイア・アイランド(＊12)を通過するまでは、天候についていつもの不安がある。食卓は、最初のうち、込みあっていて、それから突然疎らになる。真っ青な顔をした人々が席から急に立ち上がると、扉をめがけて突進する。船酔いをした隣人が自分の傍らからいなくなり、自由に肘を動かせる余地や芥子を無制限に使える余裕を与えられると、ベテランの船客はもっと楽々と息ができることになるのである。

　大西洋横断の航海はどれもこれも殆ど似たものである。何度も横断している私達は、物珍しさを求めて航海するのではない。実際、鯨と流氷はいつも興味深い見《み》物ではあるが、結局のところ、どの鯨もそれぞれ同じようなものであるし、流氷といってもすぐまじかに見られるのはめったにない。私達の大多数にとって外洋航海船上での一日の最も楽しい瞬間は、甲板を最後に一回りし終わって、最後の葉巻を吸いおわり、何とか体に疲労を覚えさせるのに成功したところで、曇りのない良心をもって勝手気儘に床に就くことができると感じられる時なのである。その航海の第一夜、私は、特に気怠《けだる》い気がしたので、いつもよりやや早目に一〇五号室のベッドに就いた。床に入ると同時に驚いたことに、私には、同室の連れがあることに気がついた。私のものとそっくりの旅行鞄が部屋の反対側の隅に置かれていて、上段寝台にはきれいに畳まれたひざ掛けがステッキと雨傘を差し込んで置かれていた。私は一人になりたいと思っていたので失望を感じたが、我が相棒はどんな男なのか一目見ておこうと思い直した。ベッドに入って間もなくすると、その男が部屋に入ってきた。彼は、私の見た限りでは、非常に背が高く、痩せぎすで、色は青白く、砂色の髪の毛と頬髭、褪せた灰色の目をしていた。身の回りにいささか胡散臭い雰囲気を漂わせている、と私には思えた。ウォール街で見かけられそうだが、そこで正確に何をしているのか言いあてることのできない――キャフェイ・アングレ(*13)に頻繁に出入りし、いつも一人でいるように見え、シャンパンを飲んでいたかと思えば、競馬場で出会うこともあるが、そこでも何かをしているようでもない――そんな種類の男である。やや着飾りすぎており、ちょっと風変わりな感じだが、どの外洋航海船にもこの手の男は必ず三、四人は乗っているものだ。私は、彼と面識を得るような面倒なことはすまいと決め、それを避けるために、彼の生活習慣を調べておこうと心のなかで呟き、眠りに就くことにした。もし彼が早起きならば、こちらは遅く起きよう、またもし彼が寝るのが遅いならば、こちらは早寝をしよう。とにかく、知り合いになりたくなかった。そういう人間は、いったん知り合いになってしまうと、必ずひょっこり現われてくる。だが、ああ、気の毒なことに、彼に対してそんな身構えをして、心を労する必要など全くなかったのである。というのは、一〇五号室でのその最初の晩以後、彼には二度とお目にかからなかったのであるから。

私がぐっすり眠り込んでいると、突然大きな物音がして目が覚めた。その音から判断して、私のルーム・メイトが上段寝台から床に一足跳びに飛び下りたに違いなかった。扉の錠前をガチャガチャいわせる音と殆ど同時に扉が開いて、その扉を開け放したまま、廊下をフル・スピードで走って行く彼の足音が聞こえた。船は少し横揺れしていたので、きっと躓くか倒れる音がするものと思い、耳をすませたが、彼はまるで命からがらといったように走り去ってしまった。扉は、船の動きにつれて、蝶番のところでギーッギーッと回っていた。その音に苛立った私は、起き上がって、それを閉め、暗がりの中を手探りで寝台に戻ると、また眠りに就いた。だが、どのくらい眠ったかは覚えていない。

目を覚ました時、依然として真っ暗であったが、ひやっとする不愉快な冷気を感じ、空気が湿っているように思われた。海水で濡れてしまった船室のあの独特の臭いを君達も知っているだろう。私は、出来る限り毛布を引き被って、頭の中で翌日訴える苦情の文句を考え、最も効果的な罵りの言葉を選びだしながら、また微睡《まどろ》み始めた。ルーム・メイトが上で寝返りを打つ音が聞こえた。多分私が眠っている間に戻っていたのだ。一度、彼が唸る声が聞こえたように思われた。船酔いをしているんだな、と納得した。下に寝ている時、それはとりわけ不愉快なものである。それでも私は、うとうとし始め、やがて朝方まで寝入った。

船は激しく横揺れしていた。前の晩よりはるかにひどい揺れ方だった。舷窓を通して差し込んでくる灰色の光は、船が横腹を傾けて窓ガラスの面を海に向けたり空に向けたりする度ごとに、その色合を変えた。ひどい寒さだった。六月という時節には、説明がつきがたい程であった。私は頭を回して舷窓を見た。すると、驚いたことには、それがすっかり開いて、掛け鉤が戻ってしまっているのに気が付いた。私は思わず人に聞こえる程の声で毒づいたに違いない。それから起き上がって舷窓を閉め、戻りしなにちらりと上段寝台を見てみると、カーテンがピタリと閉ざされていた。多分我が相棒も同じ寒さを感じていたのだ。私は、自分が十分眠ったのだなと、その瞬間心づいた。部屋は相変わらず不快であったが、不思議なことに、夜中じゅう私を悩ませていた湿っぽい臭いは無くなっていた。ルーム・メイトは、依然として眠り込んでいた――彼を避けるには絶好のチャンスだ。そこで私は、すぐさま着替えを済ますと甲板に出た。その日は暖かい曇り日であった。海上には油の臭いがしていた。私の出たのは七時――思っていたよりずっと遅い時間であった。私は、ちょうど起きぬけに朝の空気を吸いこもうと出ていた船医とばったり出会った。この男は、アイルランド西部出身の青年で――髪は黒、目は青の、途方もない大男だったが、もう既に腹が迫り出していた。顔つきは、のんきで、健康そうであり、なかなか魅力的であった。

「気持のいい朝ですね」私は、挨拶がわりに声をかけた。

「そうですね」と、彼は、即座に興味がわいた様子で、私をじっと見つめながら言った。「いい朝でもあり、よくない朝でもありますな。私にはそもそも、あまり朝らしく思えないのですがね」

「ええ、確かに――あんまりいい天気とは言えません」と、私は言った。

「まあ、私なら、くぐもった天気、とでも言うところでしょうか」と、船医は答えた。

「昨晩は大変冷え込んだように思いました」私は、言葉をついだ。「ところが、部屋を見回してみると、舷窓がすっかり開いていたんです。ベッドに入ったときは、それには気がつかなかったのですが。それに、特等船室は湿ってもいましたよ」

「湿っていた！」と、彼は言った。「どちらにいらっしゃるのです？」

「一〇五号室の――」

驚いたことに、船医は目に見えて、はっとした表情になると、私を見つめた。

「どうしたんです?」と、私は尋ねた。

「ああ——何でもありません」と、彼は答えた。「ただ、つい最近の航海でたて続けに三度、その特等船室について、誰も彼も苦情を言っていましたものですから」

「私も苦情を言うつもりですよ」と、私は言った。「あそこは、確かにちゃんと換気されていないんですよ。ひどいもんだ!」

「それはどうにもならないと思いますね」と、船医は答えた。「きっと何かが——いやいや、船客を脅かしたりするのはいらぬお世話でしょう」

「私を脅かすなんて心配は無用ですよ」と、私は答えた。「私はどんなひどい湿気にも我慢できます。万一悪い風邪でも引き込んだら、あなたのところに参りましょう」

私は、船医に葉巻を一本差し出した。彼は、それを受け取ると、あら探しでもするように吟味した。

「これは、それほど湿気を帯びていませんね」と、彼は述べた。「しかし、おそらくあなたは大丈夫でしょう。ルーム・メイトはいるんですか?」

「ええ。それが何ともひどい奴で、真夜中に飛び出していって、扉を開けっぱなしにしておくんですよ」

再び、船医は、奇妙な目付きで私をちらっと見た。それから葉巻に火を点けると、真面目な顔つきになった。

「その男は戻ってきましたか?」と、やがて彼が聞いた。

「ええ。私は眠り込んでいたんですが、目を覚ますと、動いている音が聞こえました。それから私も寒気を感じて、また眠り込んでしまいました。今朝になってはじめて舷窓が開いているのに気がついたんです」

「ねえ、いいですか」と、船医は声をひそめて言った。「私は、この船はどうもあまり好きになれないんです。この船の評判などちっとも気にしていません。ただ私がどうしたいかだけを言っておきましょう。私は、こちらにかなり広い部屋を持っています。その部屋をあなたにも一緒に使って頂きたいのです。あなたとはもとより一面識もない間柄ですが」

私は、その提案にすっかりびっくりしてしまった。なぜ彼がこんなに急に、私の健康に関心を抱くのか想像がつかなかった。しかしながら、船について彼が話すときの態度は奇妙なものであった。

「船医さん、あなたはご親切な方ですな」と、私は言った。「しかし、実のところ、私は今でもあそこの船室は換気するなり、大掃除するなり、なんなりできるんじゃないかと思っているんです。あなたは、なぜこの船が気に入らないんです?」

「私達医者は、職業柄迷信は信じていませんよ、もちろん」と、船医は答えた。「ですが、海は人を迷信家にします。私はあなたに偏見を植えつけたり、脅かしたりする気はありませんが、もし私の忠告を受け入れて頂けるならば、こちらにお移りなさい。私としては、あなたでも他の誰でも一〇五号室で眠らなければならない人がいると知って、放っておくぐらいなら、いっそ」と、彼は大真面目で付け加えた。「あなたが海に落ちるのを見たほうがましですよ」

「おやおや、それはいったいなぜです?」と、私は聞いた。

「つい最近の三度の旅行で、その部屋で眠った人は皆、実は、海に落ちてしまったのですよ」と、彼は重々しい口調で答えた。

この情報は、正直言って、私を驚かすものであり、非常に不快な気分にさせるものであった。私は、船医が私をからかっているのではないかと思い、まじまじと彼の顔を見てみたが、その顔つきは全く真剣そのものであった。私は、彼の申し出について丁重に礼を述べた上で、そのいわくつきの特等船室で眠ったものが皆船から落ちたのがこれまで例になっていても、自分は例外になるつもりだと述べた。彼は、言葉少なになったが、相変わらずきびしい顔のままで、航海の終わるまでには、私がもう一度彼の提案を考え直すことになるだろうというようなことを仄めかして言った。やがて、私達は朝食に出向いた。そこには、ほんの僅かの船客しか集まっていなかった。私は、私達と一緒に朝食をとった高級船員の一人か二人の者が妙にいかめしい顔つきをしているのに気づいた。朝食後、私は、私の特等船室に本を取りにいった。上段寝台のカーテンは、相変わらずピッタリと閉ざされたまま、うんともすんとも物音は聞こえてこなかった。私のルーム・メイトは多分ぐっすり眠っていたのだ。

部屋の外に出ると、私は、私の世話係となっていたスチュワードに会った。彼は、小声で、船長が私に会いたがっていると囁き、それから、何か質問でもされたらたまらないといわんばかりに、大急ぎで廊下を逃げていった。私が船長室に出向いていくと、船長は私を待っていた。

「実は」と、彼は口火を切った。「あなたに、折り入って一つお願いがあるのです」

私は、お役に立つことなら何なりといたしましょう、と答えた。

「あなたのルーム・メイトが姿を消してしまいました」と、彼は言った。「彼が、昨晩早く床に入ったことはわかっています。あなたは、彼の様子に何か異常な点があったかどうか気がつかれましたか?」

この問いは、半刻前に船医が表明した不安をあまりにもぴったり確証したものだったので、私はびっくり仰天した。

「まさか、彼が海に落ちてしまったなんておっしゃっているんじゃないでしょうね?」と、私は尋ねた。

「その恐れはあります」と、船長が答えた。

「これは、何とも異常な事態ですが――」と、私は言い始めた。

「なぜです?」と、彼が聞いた。

「すると、彼は四人目ですね?」と、私は叫んだ。船長の次の質問に答えて、私は、船医のことは伏せたまま、一〇五号室にまつわる話を聞いたことがあると説明した。彼は、私がそのことを知っているのを聞いて、ひどく困惑した様子であった。私は、夜中に起こったことをすっかり彼に話して聞かせた。

「あなたのお話は」と、彼は答えた。「これまでの三人のうち二人と一緒だったルーム・メイト達が私に聞かせてくれた話とほぼ正確に一致します。彼らはベッドから飛び出すと、廊下を猛然と走り去るのです。そのうち二人は海に落ちるのを夜番の当直員が目撃しました。私達は、船を停め、ボートをおろしましたが、見つかりませんでした。しかしながら、昨夜行方不明になった男の場合は――本当に行方不明になっているとしての話ですが――姿を見たものも声を聞きつけたものもいません。スチュワードの奴は、どうやら迷信を信じているらしく、何事か不吉なことが起こるのではないかと予期していたので、今朝その男を探しにいったところ、彼の寝台がもぬけのからで、衣類が脱ぎ捨てたまま転がっているのを発見したのです。スチュワードは、この船中で彼を見知っている唯一の者でしたので、あちらこちら彼を探し回ってみています。彼の姿は、今のところ、どこにも見当らないのです！　ところで、よろしいですか、あなたにお願いしたいというのは、この出来事について船客の誰にも言わないで欲しいのです。私としてもこの船に悪い評判のたつのはいやですし、自殺の話ほど外洋航行者の耳について離れなくなるものはありません。あなたには、残りの航海の間、私自身の部屋を含めて、高級船員の船室のなかでお好きな部屋をどこでも選んで頂きましょう。この取引は割りが合いますでしょうか？」

「十二分に」と、私は言った。「また、あなたのご配慮には大変感謝いたします。しかしながら、私は現在一人になって、あの特等船室を専用にしているわけですから、どちらかといえば移りたくはありません。スチュワードがあの不運な男の荷物を片付けてくれるならば、私としては、今居るところに留りたい気がします。この件に関しては一切口外はいたしません。それに、私は、私のルーム・メイトの後を追うような真似はしないとお約束できると思います」

船長は、私を説得してなんとか私の気持を変えさせようと努めた。だが、私は、その船で高級船員の誰かと相部屋になるよりは、特等船室を独り占めする方を選んだ。私の取った行動が愚かだったかどうかは分からない。しかし、もし私が、彼の勧告を受け入れていたら、私にはこれ以上話すことは何もなかっただろう。たまたま同じ船室で眠った何人かの男が続けさまに自殺したという不愉快な偶然の一致が残っただけで、ことはそれで済んでいたであろう。

だが、どうしてどうして、この一件はそんなことではけりがつかなかった。私は、頑固にも、そんなほら話に神経をかき乱されてたまるかと心を固めた。挙句は、船長とこの問題につき議論までした。あの特等船室には具合の悪いところがある、と、私は言った。湿気がかなりひどかったし、舷窓は昨夜開けっぱなしにされたままであった。私のルーム・メイトは乗船したとき多分病気だったのだろう、それで、ベッドに入った後、譫妄状態にでも陥ったのかもしれない。ひょっとすると、今でも、船中のどこかに隠れていて、後で見つかることだってあるだろう。あの部屋はまず換気をして、窓の掛け金がしっかり締まっているかどうかを検査しておかねばならない。もし船長が私に許可してくれるならば、私が自分で必要と思う処置を直ちに取るよう計らいたい、といったことまで述べた。

「もちろんお望みならば、あなたには、今いらっしゃるところに残る権利はあります」と、船長はいささかむっとして答えた。「ですが、私としては、あなたが出てくださり、あの部屋を閉鎖させて頂いて、始末をつけられればありがたいのですが」

私の見解はまるで異なっていた。そこで、我が相棒の失踪の件に関しては沈黙を守ることを約した後、船長と別れた。その男の知人は一人も船に乗っていなかったし、姿を消したのも昼間のうちではなかった。夕刻、私は、又船医に出会った。すると彼は、私が気持ちを変えたかと聞いてきた。私は、変えてないと答えた。

「それならば、間もなく変えることになるでしょう」と、彼は至極真面目な口調で言った。

3

私達は夕方ホイストをした。私がベッドに就いたのは遅かった。今だから白状するが、特等船室に返ったとき、私はあるいやな感じを覚えた。私は、前の晩に見たあの背の高い男のことを考えざるをえなかった。その男は溺れ死んで、既に二、三百マイル後方のゆったりとした大波のうねりに浮きつ沈みつしているだろう。着替えをしたとき、彼の顔が私の前にはっきりと浮かび上がってきた。私は、彼がもう実際にはいないのだということを自分に納得させようとするかのように、わざわざ上段寝台のカーテンを引き開けてみたりもした。船室の扉の錠前もおろした。その時、突然、私は、舷窓が開いており、止め金が戻ってしまっているのに気が付いた。これには私も堪忍袋の緒を切った。急いで部屋着を引っ掛けると、今回の旅の世話係ロバートを探しに飛び出した。私はかんかんに腹を立てていて、彼を見つけるや一〇五号室の戸口まであらあらしく引きずってきて、開いた舷窓の方に押しつけたのを今でも思い出す。

「この碌でなし！　毎晩この窓を開けっぱなしにしておくなんて、いったいどういうつもりなんだ？　規則違反だということがわからないのか？　もし船が傾いて、海水が入り込み始めたら、大の男が十人かかっても閉められないのがわかってないのか？　船長にお前のことを報告してやるぞ、この役立たず！　船を危険に曝しおって！」

私の憤激は並み外れだった。彼はぶるぶる震えて、真っ青になった。それから、丸いガラス板を重い真鍮の部品で閉め始めた。

「おい、返事ぐらいしたらどうなんだ？」と、私はあらあらしく言った。

「失礼ながら、旦那」と、ロバートは口ごもった。「ここんとこの窓を夜中閉めておける人はこの船にゃあ誰もいませんや。何なら、旦那ご自身で試してごらんなせえ。本音を言っちまえば、あたしゃあこの船に乗るなあもう金輪際御免蒙らせてもらうつもりなんでさあ、ええ、本当んところ。ですが、旦那、あたしが旦那なら、さっさとこの部屋を出て、船医さんのとこへ行って寝かしてもらうとか、なんとかするでしょう、多分ね。ほれ、見なせえ、旦那、この締まり方は安全確実といっていいただけるでしょう、ええ、どうです？　さあ、旦那、これが一インチでも動かせるもんかどうか、一つ試してごらんなせえ」

私は舷窓を試してみて、完全にきっちりと閉まっているのを確認した。

「いいですか、旦那」、ロバートは勝ち誇ったように言葉を続けた。「あたしゃあ極め付けの船室係としての評判を賭けてもいい、半刻もすりゃあ、こいつは開いちまいますからね。締め金も戻っちまって、旦那、ひでえもんでさあ――締め金も戻っちまってね！」

私は大きなネジ釘とその上に付けられた締め金を調べた。

「夜中にそれが開いたら、ロバート、お前に一ポンド金貨をやろう。そんなことはあるはずがない。よし、下がってよい」

「一ポンドっておっしゃったんで？　結構ですな、旦那。ありがてえこってす。では、おやすみなせえまし。ぐうっすりお休みになって、楽しい夢でもたっぷりご覧になって下せえ」

ロバートは釈放されたのを喜んで、一目散に帰っていった。もちろん、私は、彼が自分の怠慢を言い抜けるため、私を脅かそうと企んだ馬鹿話を種にしているのだと思っていたので、彼の言うことを信用しなかった。結果は、彼が一ポンドを獲得することとなり、私は実に奇妙な、不快な一夜を過ごすことになった。

私がベッドに入って、毛布に身をくるみ込んだ五分後に、ロバートは、情け容赦なく、ドア近くの磨りガラス窓の向うに絶え間なく燃えていた明かりを消してしまった。私は、暗い中で何とか眠りに就こうとじっと静かに横になっていたが、まもなく寝付けないことに気づいた。スチュワードに怒りをぶつけたことはある満足感を覚えさせてくれたし、その気晴らしが、溺死した我が相棒について考えたとき私が最初に味わった不快感をすっかり追い払ってくれていた。にもかかわらず、私にはもはや眠気が無くなり、暫くの間、私は目覚めたまま横になっていて、時々舷窓の方に目をやっていた。その窓は、私の寝ている場所からちょうど見ることができ、暗闇の中に、まるで暗室で宙吊りにされ、微かな光を発しているスープ皿のように見えた。私は、きっと一時間はそこに横になっていたに違いないと思う。いま思い出すと、ちょうどうとうとと眠りに入りかけた時だった。一陣の冷たい風と紛れもなく顔に吹きかかった海水の飛沫で、私は目を覚まさせられた。はっとして立ち上がってしまった私は、暗い中で船の動きを勘案する余裕もなかったので、たちまち、激しい勢いで特等船室の向うへと投げ出され、舷窓の下に置かれている寝椅子の上に放り出された。だが、私はすぐに意識を取り戻して、膝でよじ登った。見ると、舷窓は再びすっかり開いてしまっており、締め金が戻っていた！

さて、以上のことは事実である。起きたとき、私はすっかり目を覚ましていたはずだ。また、たとえ寝ぼけ眼だったとしても、転倒したためにきっと目が覚めてしまっただろう。その上、私がひどく痛めた肘と膝の傷は翌朝にも残っていて、私自身が疑っても、それが事実であることを証明していた。舷窓はすっかり開き、締め金は戻っていた。どうにも説明が尽きがたいことなので、それを発見したとき、恐怖を感じるよりも驚き呆れていたことを、今でもはっきり思い出す。私は直ちに、その板ガラスを閉じ直し、輪型の締め金をあらんかぎりの力で締め下ろした。特等船室は非常に暗かった。よくよく考えてみると、舷窓は、はじめにロバートが私の面前で閉めた後、一時間もしないうちに開いたことになっていた。そこで私は、夜番をして、それがもう一度開くかどうか見届けてみようと決心した。そこについている真鍮の部品は非常に重いもので、容易には動かない。私には、ネジ釘が揺らされたために、締め金が回ってゆるんだとは信じられなかった。私は立ったまま、船腹の下で泡立っている海水の白と灰色が互い違いに織り成す縞模様を、厚いガラス越しに、覗き込んでいた。そこに、四半刻も、そのままじっとしていたに違いない。

突然、立っている私の耳にはっきりと、背後の寝台の棚の一つで何かが動いている音が聞こえた。一瞬後、私が本能的に振り返って見ようとしたとき——暗闇のなかでは、もちろん、何も見えはしなかったのだけれども——非常にかすかな呻き声が聞こえた。私は、特等船室を飛ぶように横切って、上段寝台のカーテンを引き裂かんばかりに開けると、両手を突っ込んで、誰かいるか、見つけようとした。いたのである、何者かが。

思い起こすと、両手を前に出したときのあの感触は、まるで、湿った地下室の空気の中にぐっと突っ込んだような感じであった。カーテンの後ろから、さっと一ふきの風が吹いてきて、腐った海水の臭いがものすごく鼻をついた。私の摑んでいたものは人間の腕の形をしていたが、すべすべし、濡れていて、氷のように冷たかった。だが、私が引っ張ると、突然その生き物は、猛烈な勢いで、私に飛びかかってきた。ねっとりし、じくじくした固まりのように思えたそいつは、重く、濡れてはいるが、一種超自然の力を賦与されていた。私は、ひょろひょろと船室のなかをよろめいた。すると、一瞬後、扉が開いて、そいつが猛烈な勢いで出ていった。私は、恐怖に襲われる間もなく、直ぐに意識を取り戻すと、戸口から飛び出して、全速力で追跡したのだったが、それでも遅すぎた。私の十ヤード先に見えたのは——たしかに見えたと思う——かすかに明かりの点っている廊下を、闇夜に二輪馬車を引く快速の馬がランプで照らしだされて投じる影さながらのスピードで動いていく黒い影であった。しかし、瞬時に、それは消えてしまっていて、気がつくと、私は、仕切り壁沿いに取り付けられている磨き上げた手摺りに、しがみついていた。その仕切り壁から、通路は、甲板昇降口の階段へと曲っていた。私の髪は逆立って、冷たい汗が顔からたらたらと流れ落ちた。私は今はこう言っても少しも恥ずかしいとは思わない。私は、恐ろしさのあまり震え上がった。

それでも私は、自分の五感を疑って気を取り直した。こんなのは馬鹿げたことだ、と考えた。食べたチーズ・トーストが体に合わなかったか、悪夢を見ていたのだ。ようよう特等船室に戻り、勇気を奮って足を踏みいれた。昨晩目を覚ましたときと同じように、部屋中に腐った海水の臭いがしていた。中に入り、荷物をまさぐってローソクの箱を探しだすのには、最大限の力を振り絞らなければならなかった。消灯後本を読みたくなったときに備えていつも携帯している鉄道用カンテラに灯を点けると同時に、私は舷窓がまた開いてしまっているのに気がついた。ぞくぞくする恐怖が私を捉え始めた。そんなものは以前には感じたこともなかったし、二度と味わいたくもない。しかし私は、灯りを持って進み、上段寝台が海水で濡れているのではないかと、調べてみた。

だが、私はがっかりした。ベッドには寝た形跡があり、海水の臭いは強烈にしたが、寝具類は骨のようにカサカサに乾いていた。どうやらロバートは、昨晩の出来事以来ベッドを整える勇気はなかったらしい——何もかもひどい悪夢にすぎなかったのだ。私は、できるかぎりカーテンを開いて、なお念入りに点検してみた。そこは乾ききっていた。とはいえ、舷窓は再度開いていたのだ。私は、一種懶い恐怖感を覚え、とまどいながらそれを締め、ネジ釘をおろし、真鍮の締め金に私の重いステッキを通してあらん限りの力で唸った。その圧力で、厚い金属が撓み始めたほどであった。それから私は、カンテラを寝椅子の赤いビロード状の頭部にかけ、できれば平静さを取り戻そうと思い、腰をおろした。私は一晩中、そこに座ったまま、寝ることも——いや、ものを考えることも全くできなかった。しかしながら、舷窓は閉まったままであったので、私には、今度こそは、かなり強力な力を使わなければ再び開くなどとは信じられなかった。

ようやく朝が明けた。私は、昨晩起こったことを一部始終思い巡らしながら、ゆっくりと着替えをした。美しく晴れ上がった朝であった。甲板に出て、早朝の新鮮な日光を浴び、特等船室のあのむっとするような腐った臭いとは全く違った、青々とした海から吹いてくる微風の香りを嗅げるのはうれしかった。本能的に、私は、船首部の船医の部屋の方に向かった。そこには、前日と全く同じように、パイプをくわえ、朝の空気を吸いに船医が立っていた。

「お早よう」と、彼は静かに言って、私を見たが、その顔には好奇心がありありと見えた。

「船医さん、あなたのおっしゃるとおりでした」と、私は言った。「あの部屋にはどこかおかしな所がありますよ」

「あなたは考えを変えられると思いましたよ」と、彼はすっかり勝ち誇ったように答えた。「ひどい夜を過ごされたんですね、そうでしょう？　一つ気付け薬でも作りましょうか？　素晴らしい処方箋があるんです」

「いいえ、結構」と、私は叫んだ。「その代わり、起こったことを聴いてほしいのです」

それから私は、できる限り明瞭に事件の正確な成り行きを説明しようとした。生まれてこのかた経験したことがないほどひどい震え上がりかたをしたことも、つつまず話した。とりわけ、舷窓の動きについて詳しく語った。それは、他の部分が夢だったとしても、それだけは確固とした証拠を出せる事実だったからである。私はそれを夜中に二度閉めて、二度目には実際、ステッキで捻る時に真鍮を曲げてしまっていた。どうやら私は、この点をくどくど言い続けたに違いない。

「あなたは、私がその話を疑うのではないかとお考えのようですね」と、船医は、舷窓の状態についての詳しい話を聴いて、にこにこ笑いながら言った。「私は少しも疑いませんよ。あなたをもう一度改めてご招待申し上げますよ。手荷物をこちらへ持ってきて、私の船室の半分をお使いなさい」

「私の部屋の半分を一晩使いに来て下さいよ」と、私は言った。「この底にある真相を究めるのに私に手を貸して下さい」

「そんなことをすれば、別のものの底を究めてしまいますよ」と、船医は答えた。

「何のことですか?」と、私は聞いた。

「海の底ですよ。私は、そのうちこの船を降りるつもりです。どうにも剣呑ですからね」

「それでは、あなたは私に手を貸して下さる気はないと――」

「私はだめですよ」と、船医はすぐさま言った。「私の務めは、いつも平静を保っておくことですよ。幽霊とかなんだとかに付き合っているわけにはいきません」

「あなたは、それが幽霊の仕業だと本当に信じているのですか?」と、私はいささか軽蔑の口調で追及した。しかし私は、そう言った瞬間、夜中じゅう私を捉えて放さなかった身の毛もよだつ幽霊のあの感覚をまざまざと思い出した。船医は鋭い視線を私に向けた。

「あなたには、これらのことに何か合理的な説明がつけられますか?」と、彼は聞いた。「いや、できますまい。なるほどあなたがこれから説明をつけてみせるとおっしゃるのは自由です。私の方は、それは無駄ですよと申し上げておきましょう。何故ならば、説明などはこの世にないのですから」

「しかしねえ、船医さん」と、私は反駁した。「あなたは、一科学者として、そういうものは説明のつかないものだと、本気でおっしゃっているのですか?」

「ええ、本気ですとも」と、彼は断固として答えた。「それに万一説明がついても、そんな説明には私は関心がありません」

私は、あの特等船室でもう一晩一人きりで過ごすのはどうにも気が進まなかった。だがしかし、この騒動の根本を究めることは絶対に諦めまいと決意していた。あのような二晩を過ごした後で尚も同じ所で眠ろうなどという酔狂な男は多くはいまい。だが私は、もし誰か一緒に夜番をしてくれるものさえ見つかるならば、やってみることに心を固めた。船医がその実験をする気がないのは明らかであった。彼は、自分が船医であり、従って、いつ何時船上で事故が起こっても直ぐに対処する用意がなければならないと言った。彼としては、神経をかき乱される余裕はなかった。多分彼の言い分は正しい。だが、その彼の用心深さは、彼の性向が思いつかせたという気が私にはする。更に尋ねてみると彼は、私の調査に加わってくれそうな人間はこの船にはいないと、教えてくれた。そこで、もう暫く言葉をかわしてから、私は彼と別れた。暫く後、私は、船長に会って、昨夜の顚末を話して聞かせた。私は、もし誰も一緒に夜つきあってくれないならば、一晩じゅう明かりを灯しておく許可をもらい、一人でやってみたいと述べた。

「まあまあ、ちょっと待ってください」と、彼は言った。「私の考えを言いますから。私があなたの夜番のおともをして、何が起こるかを一緒に見てみましょう。私の信念では、二人でならきっと解明できます。ことによると、この船には誰かこっそり隠れて密航しているものがいて、他の乗船客を脅かしているのかも知れません。あの寝台の作りに、どこかおかしなところがあるということも考えられます」


私は、船大工を下につれていって部屋を調べたいと提案した。私は、船長が一緒に夜を過ごしてくれるとの申し出に有頂点になっていた。船長は、職人を呼びにやって、彼に私の要求することは何でもするようにと命じた。そこで私達は直ぐに下に降りた。私は、上段寝台から、すべての寝具類をきれいに出させ、それから二人で、どこかゆるんだ板はないか、開いたりずれたりする羽目板はないか、部屋を徹底的に調べた。私達は、あちらこちらの支えとなっている厚板を試し、床を叩いてみて、下段寝台の備品のネジを外してバラバラにした。——要するに、この特等船室については、一インチ四方残らず調べ、試しつくされたのであった。何もかも、整然として異常はなかった。私達はすべてのものをそれぞれの場所に戻した。仕事を終わりかけた頃、ロバートが、戸口にきて中を覗きこんだ。

「あの、旦那——なんかありましたかい?」彼は、幽霊のように青ざめた顔でニヤリと笑って尋ねた。

「ロバート、舷窓についていては、お前の言う通りだったよ」そう言って私は、彼に約束の一ポンド金貨を与えた。大工は私の指示に従って、黙々と、仕事を巧みにこなした。すべてを終えてから、やっと口を開いた。

「あっしゃああありきたりの男ですがね、旦那」と、彼は言った。「あっしの考えじゃ、旦那は持ち物を部屋から出して、あっしに、この部屋の扉に四インチのネジを、七、八本突き通させてくれた方がいいんですがね。この船室からはろくなことの起きたためしがありませんや、ただそれだけのこってすよ。あっしの覚えている限りでも、此処から四つ命が消えちまいましたぜ。それも、四回の航海立て続けに。諦めちまった方がいいですよ、旦那――諦めちまった方が！」

「もう一晩だけ、やってみるつもりさ」と、私は言った。

「諦めなせえよ、旦那、諦めなせえ！　骨折り損のくたびれもうけでさあ」その職人は繰り返し言うと、道具を袋にしまい、船室から出ていった。

しかし、私の気分は、船長が仲間に加わってくれるという見込みを得てかなり高揚していたので、この奇妙な事件の結末まで見届けることを邪魔されてはならないと、決意しなおした。私はその晩は、チーズ・トーストと、グロッグ酒を控えて、いつもやるホイストのゲームにも加わらなかった。私は、神経を十分確かにしておきたかったし、虚栄心から、船長の目に自分が一廉の人物であると映って欲しかったのである。

4

船長は、難局にあっても勇気と不屈と平常心とを兼ね備えている結果、人の信頼する高い地位に自然と押しだされてしまう海の男特有の素晴らしくタフで、快活な人種の一人であった。彼は、いい加減なほら話に丸め込まれるような男ではなかった。この調査に進んで私に加わろうとしたのは、彼が、どこかに何か重大な間違いがあり、それが通常の理論では説明できず、といってありふれた迷信として笑って済ますこともできぬ問題だと考えた証拠であった。また、これには、船の評判はもちろん、彼の名声もいくぶんかは関わっていたのである。船上の乗客を失うのは由々しきことであり、彼はそのことを重々承知していた。

その晩、およそ十時頃、私が最後の葉巻をふかしはじめていると、彼は、私の近くに寄ってきて、暖かい暗闇の甲板をぶらぶらしていた他の乗船客の群れから私を脇につれだした。「ブリズバンさん、これは重大な問題です」と、彼は言った。「私達は二つに一つの覚悟をしておかねばなりません——失望に終わるか、それとも、かなりつらい目に遇うかの。あなたには、私がこの件を笑う余裕など無いことがおわかりでしょう。そこで、これから起こること一切についての報告書には、あなたにも署名をして頂くようお願いしたいのです。もし今晩何事も起こらなければ、私達は、明日と明後日にもまた、試してみましょう。覚悟はできていますね?」

こうして私達は下に行き特等船室に入った。入りがけに、世話係のロバートが廊下のちょっと先に立っていて、恐ろしいことがこれから起こるのは間違いないと言わんばかりに、いつものニタニタ笑いを浮かべて、私達を見つめているのが見えた。船長は、後ろ手に扉を閉めると、差し錠で閉ざした。

「あなたの旅行鞄を扉の前に置いておいたらどうでしょう」と、彼は提案した。「一人がその上に腰掛けられますよ。それに、何者も外へはでられません。舷窓の止めネジは締めてありますね?」

見ると、それは朝のままになっていた。実際、私がしたように梃子でも使わなければ、それを開けることは誰にもできなかったろう。私は、上段寝台のカーテンを中がよく見えるように引き開けた。船長の助言を受けて、私は読書用のカンテラに灯を入れ、それを上段の白いシーツを照らしだすように置いた。彼は、自分が旅行鞄の上に座ると言ってきかなかった。それは、自分があくまでも扉の前を動かなかったのだと断言できるようにしておきたいからだ、と述べた。

それから彼は、私に、船室を徹底的に調べておくよう要求した。その作業は、手早く成し遂げられるものであった。なにしろ、下段寝台の下と舷窓の傍に置かれた寝椅子の下を覗くだけのことだったからである。どちらも全くの空であった。

「どんな人間もこの部屋に入り込むことはできませんね」と、私は言った。「それに、どんな人間にもあの窓を開けるのは不可能でしょう」

「大変結構です」と、船長が穏やかな声で言った。「これで、もし私達が何か見たとなれば、それは、妄想によるものか、超自然の何か、ということにならなければなりません」

私は、下段寝台の端に腰をおろした。

「初めてこれが起こったのは」と、船長は脚を組み、背を扉にもたせかけながら話しだした。「三月のことでした。ここの上段寝台に寝ていた船客は、後になって、狂人だったことが——ともかく、少し気が触れていたことが判明したのですが、友人の誰も知らないうちに、一人で航海に出ていたのです。彼は、夜中に、猛烈な勢いで突然走り出て、海中に身を投じてしまいました。夜番係の船員が止めることもできないあっという間の出来事でした。私達は船を停め、ボートをおろしました。その晩は、天候が荒れてくる直前の静かな夜でしたが、彼を発見することはできませんでした。もちろん、彼の投身自殺は精神異常のためと、後で説明づけられました」

「おそらく、そういうことはよく起こることなのでしょう?」と、私は、いささかうわの空で、合いの手を入れた。

「そんなにたびたびはありませんよ――いいえ」と、船長は言った。「私が経験したのは、それが初めてです。他の船でそういうことがあったのは聞いたことはありますが。で、今申し上げたように、それは三月に起こったことでした。そのちょうど次の航海で――何を見ていらっしゃるのです?」彼は、話を急に中断して、尋ねた。

私は、きっと何の返事もしなかったと思う。私の目は、舷窓に釘づけにされていた。真鍮の締め金が、止めネジの上で、非常にゆっくりと回り始めたように思われた。だが、あまりにもゆっくりなので、私にはそれが本当に動いたのか完全には確信が持てなかった。私は、締め金の位置を頭の中に刻み込み、それが変わったかどうか確かめようと一心不乱に見つめていた。私の視線の先に気づいて、船長も目をやった。

「動く!」と、彼は、確信した口調で叫んだ。「いや、動かない」一分後に付け加えた。

「もしあれが止めネジの振動のせいでしたら、昼間のうちに開いていたでしょう。でも、夕方には、今朝方と同じようにしっかりと締まっているのを、私は確認したのです」

私は立ち上がって、締め金を試してみた。それは確かにゆるんでいた。ちょっと力を入れると、私の手で動かすことができた。

「妙なことに」と、船長が言った。「行方不明になった二番目の男は、そこの窓から飛び下りたということになっているのです。私達は、その時も大変な目に遇いました。それも真夜中のことで、天候が非常に荒れていたのです。舷窓の一つが開いて、海水が入ってきているという警報が出ました。私が下に降りてみると、何もかも水浸しになっていました。海水は、船の揺れるたびごとに迸しるように入り込み、窓全体が——真ん中の舷窓だけでなく——天井の何本かの止めネジを支えにぶらぶらしていました。まあ、それでも私達は、何とかやっとのことで閉めましたが、海水にひどい被害を受けました。それ以来ずっと、この部屋は海水の臭いが時々するのです。私達は、その船客も身投げしてしまった——彼がどのようにしたのかは神のみぞ知るところですが——と考えました。スチュワードは、この船室のものは何一つきちんと閉めておくことができないと、いつもこぼしていました。いや、はや——何か臭いますね、どうです?」と、彼は、いぶかしげに、部屋の空気を鼻でくんくん嗅ぎながら、問うた。

「ええ——確かに」と、私は言って、例の腐った海水の臭いが部屋のなかでだんだんと強烈になってくるにつれて、身震いを禁じ得なくなった。「ほら、こんなに臭いがする以上、この部屋が湿っているのは間違いないでしょう?」私は続けた。「ところが、今朝方私が、大工職人と一緒に調べたときは、何もかも完璧に乾いていたのです。実に異常なのは——おおっと!」

　上段寝台に置かれていた私の読書用カンテラが、突然消えてしまった。それでも、かなりの量の明かりが、扉近くの磨りガラスの窓から入ってきていた。その向うには、常備灯がぼんやりと見えていた。船が激しく揺れて、上段寝台のカーテンが特等船室の真ん中にふわっと膨れて迫り出し、またもとに戻った。私は、急いでベッドの端におろしていた腰を浮かせたが、それと同時に、船長がはっとして立ち上がり、驚いたように大きな叫び声を上げた。私がカンテラをおろして調べてみようと、背を向けた瞬間、彼の絶叫と、直ぐ続いて助けを求める声が聞こえたのであった。私は、彼の方に突進した。彼は、舷窓のところで、真鍮の輪型の締め金と、あらん限りの力で、格闘していた。締め金は、彼の必死の奮戦にもかかわらず、彼の両手に逆らって、回りかけているように見えた。私は、私の細身のステッキ、常時携帯している重い樫の杖を急いで取り上げると、それを締め金の輪のなかに突き通して、渾身の力で押さえつけた。だが、頑丈な木は突然ぽっきり折れてしまい、私の体は寝椅子のうえに倒れこんだ。再び立ち上がったときには、舷窓がすっかり開いてしまっており、船長は、扉を背に、唇まで真っ青になって、立っていた。

「あの寝台に何かいるぞ！」彼は、うわずった声で、殆ど飛び出さんばかりの目をして、叫んだ。「この扉を押さえててくれ。見てくる——何であろうと、絶対に逃がしてなるものか！」

しかしながら、私は、彼の所にいく代わりに、下の自分のベッドに飛び込み、上段寝台に寝ていた何物かをぐいと捕まえた。

それは、幽霊じみた、ぞっと身の毛もよだつような、言葉に言い表わせぬ得体の知れぬもので、私の握り締めた手のなかで動いた。それは、はるか昔に溺死した男の死体のようであったが、動くことができ、生きている男の十人分の力を持っていた。それでも私は、あらん限りの力で、握り締めた——つるつるして、じくじくする、気味の悪いものを。死んでいる白い目が、薄闇の中から、私をじっと見つめているように思われた。つんと鼻をつく嘔吐を催すような腐った海水の臭いが、その周り中にして、てらてらと光る髪の毛が、死んだ顔の上に、汚い濡れた巻き毛となって垂れ下がっていた。私は、その死んでいるものと格闘した。そいつは、私に突きかかってきて、力ずくで私を押し退け、私の腕をへし折りそうになった。その生きている死んだ奴は、自分の死骸の腕を私の首に巻きつけてきて、私を圧倒した。ついに、私は、悲鳴を上げて、倒れ、握った手を放した。

私が倒れると同時に、そいつは、私を飛び越して、船長に突きかかっていったらしかった。私が最後に立っている船長の姿を見た時、彼の顔面は蒼白で、唇は引きつっていた。彼は、その死んだ奴に、猛烈な一撃を食らわしたように私には見えたが、ついで、彼もまた、はっきりと言葉にならぬ恐怖の叫び声を上げて、無様に前に倒れ、腹ばいになった。

そいつは、一瞬ためらい、船長の這いつくばった体の上を舞うように見えた。私は、恐ろしさのあまり、再度悲鳴を上げたはずであったが、もう声は残っていなかった。そいつは、忽然と姿を消した。私の混乱した感覚には、そいつは、開いた舷窓を通り抜けて出ていったように見えたが、その隙間の狭さを思えば、そんなことがどうして可能だったかは、誰にも分かりようはない。私は、長い間、床に倒れたままでおり、船長は、その私と並んで、横になっていた。やっとのことで、部分的に意識を回復した私は、動いてみて真ぐに、片方の腕が――左腕の手首に近い部分の小さな骨が――折れているのに気づいた。

私は、どうにかこうにか立ち上がって、骨折せずに残っている方の手で、船長を起こそうとした。彼は、呻き声を上げ、身動きしてから、やっと正気に戻った。彼の方は、傷こそ負ってはいなかったが、すっかり気も動転してしまっている様子であった。

さて、諸君は、これ以上、まだ聞きたいかね？　もう何もないのさ。これで私の話はおしまいだ。船大工は、一〇五号室の扉に、半ダースばかり四インチのネジ釘を打ちつける計画を実行したよ。もしも君達が、万一カムチャッカ号で航海することになったら、その特等船室の寝台を頼んでみたまえ。そこは予約済みだと言われるだろう――そうさ――あの死んだ奴が予約しているのさ。

私は、その船旅を、船医の部屋で終えた。彼は、私の折れた腕を治療してくれ、これ以上「幽霊だとか何だとかには手を出さないように」と、忠告したよ。船長は、すっかり押し黙っていたが、その船で航海することは二度となかった。もっとも、当の船は今でも運航しているがね。私もまた、その船はもう懲り懲りだ。なにしろ、非常に不愉快な経験であったし、あんなひどい恐怖を味わうのは一度でたくさん、好んですることじゃあない。それだけのことさ。以上が、私が幽霊を見た顚末だ――もしもそれが、本当に幽霊だとしたらね。そいつは死んでいたよ、とにかく。

（訳＝渡辺喜之）

＊1　ヨークシャ：英国イングランド北部の州。
＊2　アッチスン――トピーカ――サンタ・フェ鉄道：合衆国のニュー・メキシコ州とカンザス州を結ぶ。一八五九年認可された。
＊3　トムボーラ閣下：イタリア人。
＊4　プロメテウス：天上から火を盗んできて土人形に生命を与え、人類を創造した神。そのためゼウスの怒りに触れて、コーカサス山の岩に縛られ、はげたかに肝臓を食われたという。
＊5　タンタロス：神々の秘密を漏らしたために地獄の湖中につながれ、あごまで水につかりながら、のどがかわいて飲もうとすれば水は退き、頭上にたれている果物に手を伸ばすとそれもまた退いて食べることができず、焦燥の苦しみをなめさせられたという。

＊6　イクシオン：ヘラを慕った罰としてゼウスのために地獄の下の底無し淵タルタロスで永遠に回転する火の輪につながれた。

＊7　オレンドルフ教授：プロイセン生まれのドイツ語学・ドイツ文学の教授（一八〇二―六五）。読み書き聞くを六カ月で習得する言語学習の新方法――質問に答えの内容がもりこまれている対話に基づく――を編み出した。

＊8　家鴨池：大西洋のこと。

＊9　デイビー・ジョーンズの格納庫：海底、海。

＊10　デルモニコー：スイス系アメリカ人のレストラン経営者ロレンゾ・デルモニコー（一八一三―一八八一）。大陸料理をアメリカに広めた。想像力に富んだメニュ・優雅な装飾で、ニューヨークを初めとして、所々に店を開いていたが、一九二三年には閉店した。

＊11　ヘルメス：〈ギリシア神話〉神々の使者で翼のついた靴と帽子と杖を身につけて描かれ、商業・学術・雄弁・体育などを司るほか、盗賊・旅人などの守護神でもある。ローマ神話のマーキュリー。

＊12　ファイア・アイランド：ニューヨーク州ロング・アイランドの南岸にある細長い島、砂州。

＊13　キャフェイ・アングレ：不詳。

編者あとがき

由良君美

〈魔界〉という言葉もようやく、日常語としては馴染みが薄くなった。かつては神の住む場所、霊の宿る場所は共同体によって指定され人々に祭られるものであった。それに伴って、おびただしい霊域が日常に浸透し、日常を取り囲んで存在した。

いまそれらは、科学・常識・合理主義の専制のもとに姿を消したかに思われよう。人間の思慮の及ぶ範囲においては、一応そのとおりであろうが、思慮外のことについては、非科学・非常識・非合理のレッテルを貼り付けて一笑に付すことはできても、もともと思慮を超える事柄であれば否も応もない。笑ったあとに、一抹の不可解感は残るのである。

自分で作った機械や道具であれば、人間は残りなく分解し、また組み立てることもできるし、より良いものを作ることができる。それに関する限りは造物主になれるからである。しかし、宇宙ならびに生命については、ある科学や合理の枠組によって掬いとれる範囲については、分解・組み立て・創作ができるが、その枠組の外にあるものについては、手も足もでない。人間は造物主そのものではないのだから。
ここからくるのが、認識能力を備えながらも遂に被造物の境位に留まる人間の、ありとあらゆる不安・恐怖・驚異の感覚であろう。それは果てしない繰り返しに思われる日常の単調さと丁度裏腹に、不断に不安を生み出して止まない。日常は繰り返しであり、単調であると同時に、「一寸先は闇」なのである。
日常の常識の白昼に住むわれわれには、闇の側に終始してこちらを見ることはできない。心のなかの闇から類推して、闇からみた白昼をわずかに想像することしかできない。同様に、人間以上の超越的存在または永遠的対象の日常への関与または浸透も予感し想像することしかできない。まことに、
《なにか人間以上の限りなく上位の存在にとっては、全宇宙も一つの平面であるかも知れず、惑星と惑星との間の距離も一粒の砂の気孔のようなものに過ぎないかも知れず、宇宙系と宇宙系との間の空間も一粒の砂と隣の砂との間の間隙よりも大きくないかも知れないこと——これはたしかにありえないことではない。》
啓蒙主義の合理主義の真昼のあと、ロマン主義に立って想像力の伸長を企てたコールリッジの『オムニアナ』のなかに書かれている言葉である。
ほぼ同時代にブレイクは〈一粒の砂〉のなかに世界を観《み》ることを求めた。〈一茎の花〉のなかに天国を観ることも。
次元を超えたものの日常への関与や浸透に想像力を羽ばたかせることは、日常の単調さを耐え抜き、それに鈍磨されずに現実を豊かに生きるのに不可欠な、被造物としての人間だけに許され

た不思議な能力ということができる。合理主義によってますます強化されるロマン主義、科学主義によってますます求められる超自然の味は、たぶんこのあたりに、その深い理由があるだろう。ノンフィクションをつきつめると恐怖に突き当たることの理由も。

　人間は幻想やオカルトとともにミステリーも好む。ミステリーは、解き難いがゆえに不安な事件や犯罪を、隠された手掛かりをたぐる推理によって合理化し、解決し、闇を白昼に戻す。幻想やオカルトは、この反対に白昼を闇に置き戻し、超常のものの日常への関与・浸透を予感さす。前者は合理と日常の勝利であり、後者は堅固な合理と日常の崩壊であるが、その過程における不安と恐怖とを、ベクトルの方角は逆であっても、ともに共有することは注目されてよい。事実、優れた物語はすべて、その語りの要素に何程か幻想やオカルトやミステリーを含んで成り立っている。現代の幻想文学・オカルト文学・ミステリー文学は、いわば分業によって語りのこれらの諸要素を純化し、ジャンル化したものに過ぎない。古来の民話・古いアネクドートには、これらの要素が巧まずしてない交ぜられていた。共同体が地域に深く結びつきながら普遍性をめざして歴史的に磨きをかけてきたのが、これらの民話やアネクドートであった。

　実利・商業・政治・常識の民族であるように見られがちなイギリスが、その包摂するアイルランドやスコットランドやウェールズのケルト系の幻想豊かな血を根幹としながら、幻想文学、とくに怪異物語に独特の豊かさを誇っており、強靱な日常性と裏腹に怪奇への強い趣好を持ち続けていることは、人間存在の特異な二重性から見て、むしろ当然のことと言えよう。幻想もオカルトもミステリーも、イギリス文学を除いては、極端に貧しいものとなろう。

　本巻には、イギリスのお家芸ともいうべき怪談から、なるべく極め付けといえる手頃な長さのものでかつ版権に抵触しないものを選んでみた。

ひとつだけ御断りしておきたいのは、M・クロフォードを編入したことである。国籍はアメリカであるが、イギリス在住もながく、今日ではイギリス怪奇小説の傑作集に欠かせない人物となっていること、また海の民族であるイギリス人の怪談の重要ジャンルである船幽霊物語に適度な長さの秀作が見当たらなかったことから編入したものである。

終りに訳者の皆さんと編集部の内藤憲吾さんに深い感謝を捧げたい。


（お断り）

原文の性質上、本文中には極く僅かであるが差別語といえるものがある。編者は訳文を検討し、極力書き改めたが、作品の扱う時代背景・文体の一貫性等への考慮から余儀なく残った僅少のものについては、事情を了承され、あらかじめご海容を乞うものである。

「目隠し遊び」
H.R.Wakefield : Blind Man's Buff , 1938

「チャールズ・リンクワースの告白」
E.F.Benson : The Confession of Charles Linkworth, 1912

「ハリー」
Rosemary Timperley : Harry, 1956

「逝《ゆ》けるエドワード」
Richard Middleton : The Passing of Edward, 1912

「ロッホ・ギア物語」
J.S.Le Fanu : The Story of Lough Guir, 1870

「僥倖」
Algernon Blackwood : Special Delivery, 1903

「ハマースミス「スペイン人館」事件」
E&H.Heron : The Story of the Spaniards, Hammersmith, 1916

「悪魔の歌声」
Vernon Lee : A Wicked Voice, 1890

「上段寝台」
F.Marion Crawford : The Upper Berth, 1886

原著者、原題名、制作発表年一覧

「霧の中での遭遇」
A.N.L.Munby : An Encounter in the Mist, 1949

「空き家」
Algernon Blackwood : The Empty House, 1906

「若者よ、口笛吹けば、われ行かん」
M.R.James : Oh, Whistle, and I'll Come to you, My Lad, 1904

「赤の間《ま》」
H.G.Wells : The Empty Room, 1896

「ノーフォークにて、わが椿事」
A.J.Alan : My Adventures in Norfolk, 1924

「暗礁の点呼」
Sir Arthur Quiller-Couch : The Roll-Call of the Reef , 1895

「おーい、若ぇ船乗り！」
A.E.Coppard : Ahoy, Sailor Boy!, 1933

「判事の家」
Bram Storker : The Judge's House, 1891

「遺言」
J.S.Le Fanu : Squire Toby's Will, 1868

「ヘンリとロウィーナの物語」
M.P.Shiel : The Tale of Henry & Rowena, 1937

◉内田正子(うちだ・まさこ)……一九四七年生まれ。
共訳書『恐怖小説史』がある。

◉赤井敏夫(あかい・としお)……一九五七年生まれ。
著訳書『トールキン神話の世界』『カオスの自然学』他。

◉南條竹則(なんじょう・たけのり)……一九五八年生まれ。
著書『英語とは何か』『酒仙』他。

◉斎藤兆史(さいとう・よしふみ)……一九五八年生まれ。
著書『英語達人塾』『教養の力』他。

◉倉阪鬼一郎(くらさか・きいちろう)……一九六〇年生まれ。
近著に「南蛮おたね夢料理」シリーズ、『怖い短歌』他多数。

訳者略歴

◉**由良君美**(ゆら・きみよし)……一九二九年生まれ。
著訳書『椿説泰西浪曼派文学談義』『言語と沈黙』他。
一九九〇年没。

◉**横山　潤**(よこやま・じゅん)……一九三五年生まれ。
訳書『女殺人者』がある。

◉**井出弘之**(いで・ひろゆき)……一九三六年生まれ。
訳書『二つの死闘』『テス』他。二〇一五年没。

◉**伊藤欣二**(いとう・きんじ)……一九三八年生まれ。
訳書『ワーグナーの妻コジマ』『フラミンゴの羽根』他。

◉**渡辺喜之**(わたなべ・よしゆき)……一九三九年生まれ。
共訳書『ゴシック演劇集』がある。

◉**並木慎一**(なみき・しんいち)……一九四六年生まれ。
訳書『風のような物語』がある。

新装版《しんそうばん》 イギリス怪談集《かいだんしゅう》

一九九〇年　三 月　五 日　初版発行
二〇一九年　三 月二〇日　新装版初版発行
二〇一九年一一月三〇日　新装版2刷発行

編　者　由良《ゆら》君美《きみよし》
発行者　小野寺優
発行所　株式会社河出書房新社
〒一五一-〇〇五一
東京都渋谷区千駄ヶ谷二-三二-二
電話〇三-三四〇四-八六一一（編集）
〇三-三四〇四-一二〇一（営業）
http://www.kawade.co.jp/

ロゴ・表紙デザイン　粟津潔
本文フォーマット　佐々木暁
印刷・製本　中央精版印刷株式会社

Printed in Japan　ISBN978-4-309-46491-6

ラテンアメリカ怪談集

ホルヘ・ルイス・ボルヘス他　鼓直〔編〕　46452-7

巨匠ボルヘスをはじめ、コルタサル、パスなど、錚々たる作家たちが贈る恐ろしい15の短篇小説集。ラテンアメリカ特有の「幻想小説」を底流に、怪奇、魔術、宗教など強烈な個性が色濃く滲む作品集。

百頭女

マックス・エルンスト　巖谷國士〔訳〕　46147-2

ノスタルジアをかきたてる漆黒の幻想コラージュ――永遠の女・百頭女と怪鳥ロプロプが繰り広げる奇々怪々の物語。二十世紀最大の奇書。瀧口修造・澁澤龍彥・赤瀬川原平・窪田般彌・加藤郁乎・埴谷雄高によるテキスト付。

食人国旅行記

マルキ・ド・サド　澁澤龍彥〔訳〕　46035-2

異国で別れた恋人を探し求めて、諸国を遍歴する若者が見聞した悪徳の国と美徳の国。鮮烈なイマジネーションで、ユートピアと逆ユートピアの世界像を描き出し、みずからのユートピア思想を体現した異色作。

恋の罪

マルキ・ド・サド　澁澤龍彥〔訳〕　46046-8

ヴァンセンヌ獄中で書かれた処女作「末期の対話」をはじめ、五十篇にのぼる中・短篇の中から精選されたサドの短篇傑作集。短篇作家としてのサドの魅力をあますところなく伝える十三篇を収録。

幻獣辞典

ホルヘ・ルイス・ボルヘス　柳瀬尚紀〔訳〕　46408-4

セイレーン、八岐大蛇、一角獣、古今東西の竜といった想像上の生き物や、カフカ、C・S・ルイス、スウェーデンボリーらの著作に登場する不思議な存在をめぐる博覧強記のエッセイ一二〇篇。

解剖医ジョン・ハンターの数奇な生涯

ウェンディ・ムーア　矢野真千子〔訳〕　46389-6

『ドリトル先生』や『ジキル博士とハイド氏』のモデルにして近代外科医学の父ハンターは、群を抜いた奇人であった。遺体の盗掘や売買、膨大な標本……その波瀾の生涯を描く傑作！　山形浩生解説。